Katelyn Faith schreibt moderne Liebesromane voller kribbelnder Erotik, atemloser Spannung und aufregender Protagonisten. Unter anderen Namen veröffentlichte sie bereits mehrere Romane und Kurzgeschichten; zudem betreibt sie eine gehobene Erotikboutique. Als E-Book hat «Gefährliche Verlockung» eine beeindruckende Vorgeschichte. Nachdem Katelyn Faith den Roman ohne große Erwartungen selbst ins Netz gestellt hatte, machten begeisterte Leserinnen ihn zu einem Überraschungserfolg.

Mehr über Katelyn Faith unter
www.facebook.com / AutorinKatelynFaith
und *www.katelynfaith.de*

Katelyn Faith

Gefährliche Verlockung

Roman

Rowohlt Taschenbuch Verlag

Veröffentlicht im Rowohlt Taschenbuch Verlag,
Reinbek bei Hamburg, Juli 2013

Umschlaggestaltung any.way, Cathrin Günther
(Abbildung: Serg Zastavkin / shutterstock.com)
Satz ITC Legacy Serif PostScript (InDesign) bei
Pinkuin Satz und Datentechnik, Berlin
Druck und Bindung CPI – Clausen & Bosse, Leck
Printed in Germany
ISBN 978 3 499 23447 7

1

Mein Herz bleibt beinahe stehen, als ich *es* sehe. Ich fange unkontrolliert an zu zittern und spüre, wie das Adrenalin durch meine Adern rast.

Gott, ich *muss* es haben. Ich muss einfach! Nervös kaue ich auf meinen Nägeln herum. Der Auktionssaal ist voller Menschen. Ich sitze in der zweiten Reihe – in die erste habe ich mich nicht getraut – und bange um ein Schmuckstück, von dem ich weiß, dass es einmal meiner Urgroßmutter gehört hat.

Ja, ich bin nostalgisch und sentimental. Immer. Ich weine bei fast allen Filmen (sogar bei Komödien finde ich irgendwas, das mich zum Heulen bringt), und ich liebe romantische Liebesromane, in die ich mich richtig fallen lassen kann. Kein Wunder also, dass ich heute hier sitze und verzweifelt auf das Halsband starre, das die Nummer 165 trägt und in ungefähr einer Stunde versteigert werden wird.

Mit den Händen umklammere ich das Geldbündel in meiner Tasche. Zur Feier des Tages habe ich mich in Schale geworfen und trage ein schickes Kostüm, das ich mir vor Jahren für ein Vorstellungsgespräch gekauft habe. Es kneift etwas in der Hüfte, und der Reißverschluss des Rocks ließ sich beim besten Willen nicht bis ganz nach oben ziehen, aber da die Jacke lang genug ist und darüberhängt, ist das egal. Ich sehe seriös aus und – hoffe ich jedenfalls – nach Geld. Das ich nicht habe.

Dreihundertfünfzig Pfund befinden sich in meiner Tasche, genau abgezählt. Hundert Pfund davon hat der Bankautomat noch ausgespuckt, danach war der Dispo erschöpft. Hundertfünfzig Pfund hat Sylvia mir geliehen, meine Mitbewohnerin. Und die letzten hundert Pfund kamen in letzter Minute von eBay. Ich habe dafür meinen Fernseher verkauft, da ich den sowieso nur selten benutze. Nun zittere ich darum, dass mein Geld für das schöne Collier reicht, das wirklich nur Liebhaberwert hat und weder Schmuckfetischisten noch Kunstsammler anziehen dürfte.

Als ich es vor zwei Wochen in der Auslage des Auktionshauses entdeckte, blieb mir fast die Luft weg. Ich nahm allen Mut zusammen und ging rein, um es mir genau anzusehen. Der freundliche Mitarbeiter musterte mich zwar etwas seltsam, weil ich in meiner Jeans und den Turnschuhen wohl eher nicht den Eindruck erweckte, zum üblichen Publikum des Auktionshauses zu gehören. Aber er gestattete mir trotzdem gönnerhaft einen Blick. Dann las ich die Gravur auf der Innenseite und war mir sicher: Vor mir lag Granny Ellis' Halsband, das sie zur Hochzeit von meinem Urgroßvater, den ich nicht mehr kennenlernen durfte, geschenkt bekommen hatte! Wie es hierhergeraten konnte, ist mir bis jetzt absolut unerklärlich. Ich weiß, dass Granny in den letzten Lebensjahren wegen ihrer sehr kleinen Rente einiges verpfänden musste, daher nehme ich an, dass auch dieses Halsband darunter war.

Meine Finger sind schweißnass, als die Nummer 159 aufgerufen wird. Jetzt dauert es nicht mehr lange. Gott, ich habe noch nie etwas ersteigert, und ich habe keine Ahnung, wie ich mich verhalten soll. Möglichst lange zögern, damit niemand merkt, dass ich überhaupt Interesse habe? Vielleicht lenke ich sonst Aufmerksamkeit auf etwas, das wirklich über das Material hinaus kaum einen finanziellen Wert haben dürfte. Ich kann mich genau daran erinnern, wie Granny das Collier getragen hat. Es lag um ihren dünnen, faltigen Hals, nur zu besonderen Anlässen, und sie fuhr ständig lächelnd mit den Fingern über den zierlichen Goldring. Es muss hart für sie gewesen sein, es zu verkaufen, da bin ich mir sicher.

«Emma», sagte sie oft, wenn wir an ihrem runden Eichentisch saßen, auf dem eine gehäkelte Decke lag und dampfender Tee im Samowar brodelte. «Wir besaßen nichts, als wir geheiratet haben. Wir lebten bei meinen Eltern in einem winzigen Zimmer, ich war schwanger, und um uns herum tobte der Krieg. Ich bekam kein Brautkleid und keine Feier, nicht mal einen Strauß Blumen. Aber dieses Halsband hat dein Urgroßvater bei einem Goldschmied in Deutschland für mich selber angefertigt, und für das Material hat er mit Zigaretten und Strumpfhosen bezahlt. Es war ein Zeichen seiner unendlichen Liebe, und ich fühle mich noch heute mit ihm verbunden, wenn ich es trage.»

Wenn ich das Halsband anschaue, sehe ich wieder ihre dünnen, mit Falten übersäten Finger vor mir, ihre blauen Augen, die im Alter ganz hell geworden waren wie der Himmel. Ich sehe die Sorgen ihres ganzen Lebens in ihrem Gesicht, die sich in Falten und Furchen manifestierten und die mir schon als Kind so viel erzählten. Jedes Glück, jedes Lachen, jede Trauer und jeden Ärger konnte ich in ihrem Gesicht lesen, es war für mich wie ein offenes Buch. Ich habe Granny Ellis sehr geliebt und vermisse sie noch heute.

Ein dicker Kloß bildet sich in meinem Hals, die Nummer 160 ist dran. In meinem Magen tobt eine ganze Ameisenhorde, und wenn ich so weitermache, habe ich heute Abend keinen einzigen

Fingernagel mehr. Ein kleines, mit Perlen überzogenes Schmuckkästchen wird versteigert und geht für sagenhafte fünfhundertfünfundneunzig Pfund an den glücklichen Käufer. Mir wird schlecht.

Die Geldscheine fühlen sich heiß an, ich kann meine Finger nicht davon lösen. Nach zwei hässlichen Ölbildern, die ich auch hätte malen können, holt der freundliche Herr mit den grauen Haaren endlich das Halsband aus der Vitrine. Mein Herz klopft mir im Hals, und mir ist wirklich ein bisschen übel. *Beherrsch dich jetzt, Emma! Nur ein paar Minuten.*

«Zur Versteigerung kommt dieses Unikat, datiert etwa auf die Zeit des Zweiten Weltkrieges, der Künstler ist unbekannt. 750er Gelbgold, mit zwei kleinen Brillantsplittern und drei großen Süßwasserperlen der Klasse AA verziert. Ein Stück für Liebhaber, das Design ist schlicht und trotzdem elegant, eine zeitlose Schönheit.»

Was labert der denn da? Kann der nicht einfach sagen: Hier ist ein selbstgebasteltes Halsband aus minderwertigem Gold, mit zwei Glassplittern und drei Plastikperlen drin? Ein schönes Geschenk für Ihre Tochter zu Weihnachten, wenn die nicht älter als vier Jahre ist? Nein, der muss es auch noch schönreden! Ich meine, es *ist* schön, wunderschön sogar. Aber wenn er es so anpreist, will es womöglich noch jemand anderes außer mir! Das geht doch nicht!

Ich kann mich vor Nervosität kaum auf dem ungemütlichen Holzstuhl halten und würde am liebsten winkend aufspringen, doch ich beiße mir fest auf die Wange und versuche, meine zappligen Füße unter Kontrolle zu bringen. Hätte ich wenigstens nicht Sylvias hochhackige Schuhe angezogen! Ich kann darin sowieso kaum laufen, und jetzt gerade würde ich die Dinger am liebsten von den Füßen kicken.

«Hier!», rufe ich, lauter als nötig, und schwenke das Schild mit der Nummer über meinem Kopf. Leises Gelächter ertönt. Was denn? So haben das die anderen vor mir doch auch gemacht? Ich werde rot und starre verzweifelt auf den Mann mit der kleinen, silbernen Lesebrille auf der spitzen Nase und dem Hammer in der Hand. Er schmunzelt wie ein Großvater.

«Immer mit der Ruhe, junge Dame. Ich habe ja noch gar nicht angefangen.»

Meine Güte, wie lange dauert das denn? Vorhin ging es doch auch schneller, oder etwa nicht?

«Das Erstgebot liegt bei einhundertfünfzig Pfund.»

Ich keuche erschreckt auf, was erneut einige Lacher um mich herum nach sich zieht.

«Ganz ruhig, Kindchen», meint die ältere Dame neben mir und tätschelt meine Hand, mit der ich ständig den Knopf meiner Kostümjacke auf- und zumache. «Bleiben Sie locker, und geben Sie sich so unbeteiligt wie möglich.»

«Ich ... oh Gott, ja», sage ich abwesend und wedele wieder mit meinem Nummernschild. Scheiße, musste der mit so einem hohen Gebot anfangen? Fünfzig Pfund hätten doch auch gereicht. Ich weiß gar nicht, wie ich Sylvia je ihr Geld zurückzahlen soll, falls ich es tatsächlich brauche. Wahrscheinlich muss ich es abarbeiten und vier Monate lang allein die Wohnung putzen. Und ihre Wäsche machen!

«Einhundertfünfzig Pfund für die junge Dame mit der Nummer 27.»

Der ältere Herr lächelt und zwinkert mir zu. Mit einem entzückten Strahlen erwidere ich die freundliche Geste und atme hörbar aus.

«Einhundertfünfzig Pfund zum Ersten, einhundertfünfzig Pfund zum Zweiten ... ah, da hinten ist noch ein Gebot. Wir erhöhen um zehn Pfund. Einhundertsechzig Pfund zum Ersten, einhundertsechzig ...»

Empört hebe ich erneut mein Schild, das kurz die kunstvolle Frisur der vor mir sitzenden Dame touchiert. Schimpfend dreht sie sich zu mir um.

«Sorry», flüstere ich, ohne mein Schild zu senken. Ich werde es einfach oben behalten, egal, wer hier sonst noch was zu sagen hat. Ich *muss* dieses Halsband haben! Hektisch sehe ich mich um, um herauszufinden, wer da außer mir noch bietet. Aber alle Schilder sind unten, und hinter mir sitzen gut fünfzig Menschen. Jeder von ihnen könnte es sein, alle setzen eine Art Pokerface auf und tun so, als interessiere sie das hier gar nicht.

«Einhundertsiebzig Pfund sind geboten. Einhundertsiebzig Pfund zum ... einhundertachtzig Pfund für den Herrn mit der Nummer 123. Einhundertachtzig Pfund zum ... einhundertneunzig Pfund für die junge Dame. Einhundertneunzig Pfund ... zweihundert Pfund ...»

Ich höre gar nicht mehr hin. Ich bin im Rausch. Mein Kopf fühlt sich an wie ein Schnellkochtopf kurz vor der Explosion, und ich kriege kaum noch mit, welche Zahlen der Mann da vorne nennt. Ich drehe mich auch nicht mehr um, um zu sehen, wer noch mitbietet. Irgendein Mann und eine Frau mit der Nummer 48, aber es ist mir auch egal. Keiner von beiden soll dieses Halsband haben. Niemand! Als ich mein Schild wieder hochhebe und der grauhaarige Mann den sagenhaften Preis von dreihundertfünfzig Pfund nennt, bin ich kurz vor einer Ohnmacht.

«Oh Gott, bitte», sage ich lauter als gedacht, und die zehn Leute in der ersten Reihe drehen sich schmunzelnd zu mir um. Es gehörte meiner Granny! Und es ist doch nicht mehr wert als fünfzig Pfund? Warum zum Teufel will das jemand haben? Es ist meins!

«Dreihundertsechzig Pfund zum Ersten ...» Ich schwenke wild mein Schild und überlege fieberhaft, ob meine nette Sitznachbarin mir wohl fünfzig Pfund leiht, wenn ich sie darum bitte. Vielleicht kann ich auch mit meiner Waitrose-Kundenkarte bezahlen? Ich kümmere mich gar nicht mehr darum, dass ich zu wenig Geld dabeihabe, sondern biete wie im Fieber weiter. Bis ich Minuten später die Zahl Fünfhundertirgendwas höre. Ich schnappe nach Luft und lasse das Schild auf meinen Schoß fallen. Meine Augen brennen vor Wut. Das darf doch wohl nicht wahr sein!

«Tut mir leid», flüstert die Dame neben mir und beugt sich zu mir.

Ich rieche ihren Atem, sie duftet nach Tee und Toffeebonbons – wie Granny! Unkontrolliert schießen mir die Tränen aus den Augen und rollen warm über meine Wangen, während ich wie durch Watte höre, dass der Auktionator den Mann mit der Nummer 123 beglückwünscht.

«Das war wohl ein besonderes Schmuckstück?» Die ältere Dame scheint gierig auf rührselige, romantische Geschichten zu sein und mustert mich neugierig und besorgt zugleich.

«Es gehörte meiner Granny», presse ich hervor und ziehe geräuschvoll die Nase hoch. Alles war umsonst. Das geliehene Geld, das schicke Kostüm ... sogar die blöden hochhackigen Schuhe hätte ich nicht anziehen müssen.

Wie in Trance stehe ich auf, während der Auktionator das Stück mit der Nummer 166 zur Versteigerung aufruft, und quetsche mich ohne Entschuldigung durch die Reihe der Menschen, die mich missbilligend mustern. Kratzt mich doch nicht.

Ich wische mit dem Handrücken die Tränen von den Wangen und gehe an den Rängen vorbei nach hinten, ohne auch nur einen der Anwesenden anzusehen. Gütiger Himmel, ich habe es vergeigt! Ich habe die einzige Chance auf ein Andenken an

Granny versemmelt! Dabei war es mir wie ein Wink des Schicksals vorgekommen, als ich es in der Auslage des Auktionshauses entdeckte. Ich bin so wütend auf mich und den Unbekannten, dass ich vor dem Ausgang an der kleinen Bar stehenbleibe und mir ein Glas Champagner bestelle. Whisky wäre jetzt passender, wird aber nicht angeboten.

Zwanzig Pfund! Aber das brauche ich jetzt, immerhin habe ich gerade eine Menge Geld gespart – das ist das einzig Positive im Moment – und kann es mir leisten.

Der junge Mann hinter der Bar zwinkert mir zu. Will der mit mir flirten? Um Gottes willen!

«Pech gehabt heute?», fragt er, während er den Taittinger in eine elegante Champagnerflöte rinnen lässt.

«Hmm», knurre ich nur und werfe einen Geldschein, den ich aus meinem Bündel gezerrt habe, vor ihn hin. Dann nehme ich das Glas und leere es in einem Zug.

«Durst oder so großer Ärger?»

Irritiert drehe ich mich zu der männlichen Stimme um, die hinter mir ertönt, und erstarre zu Eis.

2

«Ja... Jason?» Ich fahre mir hastig durch die Haare, meine Wangen werden heiß. Oh mein Gott! Ich bin in einem Auktionshaus in London – nein, es heißt nicht Sotheby's – und treffe ... Jason Hall! Es ist einfach unglaublich!

«Wusste ich doch, dass ich dich erkannt habe, Emma. Wie geht es dir?»

Er beugt sich vor und haucht einen Kuss auf meine Wange, was mich noch mehr erröten lässt. Er riecht gut, nach Aftershave und nach Mann. Was zum Teufel tut er hier?

«Gut, danke. Lange her ...»

Er bleibt auf Armeslänge vor mir entfernt stehen und mustert mich mit zur Seite gelegtem Kopf. Gütiger Gott, er sieht genauso gut aus wie früher. Nein, noch viel besser! Offenbar trainiert er jetzt, jedenfalls sind seine Schultern breiter geworden. Vielleicht liegt das aber auch an dem eleganten, schwarzen Anzug, den er trägt? Wann habe ich jemals einen Mann in schwarzem Anzug, weißem Hemd und Weste gesehen?

Seine Augen sind noch immer so blau wie damals, seine Wimpern dicht und schwarz wie seine Haare. Und auch das Grübchen in seiner Wange ist noch da, wo es früher war ...

Mein Herz klopft viel zu heftig gegen meinen Brustkorb, und ich muss schlucken.

«Beinahe zehn Jahre, denke ich?» Er legt kurz die Stirn in Falten, dann lächelt er wieder. «Darf ich dich einladen? Auf ein weiteres Glas Champagner? Es sah aus, als hättest du großen Durst.»

Ich fahre mir mit der Zunge über die Lippen und nicke gleichzeitig.

«Klar, warum nicht ...», sage ich so locker wie möglich, als würde ich jeden Tag Champagner in einem Auktionshaus trinken. Im Gegensatz zu mir sieht er allerdings so aus, als täte er das tatsächlich.

«Du hast dich verändert, Emma.» Nachdem er seine Bestellung aufgegeben hat, wendet er sich mir wieder zu. Der Junge hinter der Bar kneift die schmalen Lippen zusammen und gönnt mir keinen weiteren Blick.

«Ja, du dich auch.» Stimmt gar nicht. *Du siehst immer noch so gut aus wie früher, während ich ...*

«Die Pickel sind weg.» Er grinst und sieht plötzlich wieder aus wie damals, mit achtzehn. Nervös lachend fahre ich mit der Hand über mein Gesicht.

«Ja, zum Glück. Und ich habe ... ein paar Pfund zugelegt.»

Großer Gott, mein Gesicht glüht wie eine Ofenplatte. Ich bin es nicht gewohnt, zu flirten, ich hasse es. Genauso, wie ich Smalltalk hasse. Mir fällt einfach nie ein Thema ein, über das ich sprechen könnte. Schon gar nicht mit jemandem, der mich nie beachtet hat und von dem ich mich gerade frage, wie um alles in der Welt er mich überhaupt erkannt hat?

«Die Kurven stehen dir gut.» Sein Blick gleitet über meinen Körper, dass mir schwindelig wird. Träume ich das eigentlich gerade? Oder hat mir der Junge was in den Champagner getan?

Wahrscheinlich ist Jason Hall gar nicht hier und nur ein Produkt meiner überbordenden Phantasie?

Und dann trifft mich die Wucht der Erinnerung wie ein Faustschlag. Ich schnappe nach Luft, bevor mir der Grund dafür überhaupt bewusst wird, und starre ihn an. Jason Hall! Meine erste große Liebe. Der Mann, der sich ständig über mich lustig gemacht hat. Der Mann, der mir die größten Komplexe meines Lebens beschert und damit die gesamte Pubertät versaut hat. Jason Hall, der keine Rücksicht auf Gefühle nahm und über Mädchenseelen hinwegtrampelte wie ein Pferd.

Oh. Mein. Gott. Ich muss mich setzen und treffe nur mit größter Konzentration den schwarzen Lederhocker vor der Bar. Mein Herz fühlt sich an, als wollte es mir aus der Brust flattern.

«Emma, ich weiß, was du gerade denkst. Aber ich habe mich verändert.»

Klar. Du bist noch attraktiver geworden und vermutlich heute steinreich, sodass du noch einfacher Frauenherzen in deine Sammlung reihen kannst.

Ich sollte weglaufen. Ich sollte meine Beine in die Hand nehmen und zurück nach Camden rennen, zu Fuß, ohne mich noch mal umzudrehen. Aber ich kann nicht. Der Schock über sein Auftauchen überwiegt sogar meinen Kummer wegen des nicht gewonnenen Halsbandes. Grannys blaue Augen verschwimmen mit seinen, die meinen Blick gefangen halten wie Magneten.

«Was machst du so? Wohin hat dich das Leben geführt?»

«Nach Camden.» Ich nehme einen tiefen Schluck von dem prickelnden Champagner, der mir umgehend zu Kopf steigt und mich angenehm beschwingt. Wovor habe ich Angst? Ich bin nicht mehr die kleine Emma, die sich jahrelang hoffnungslosen Schwärmereien hingegeben hat. Schwärmereien, die am Ende so brutal vernichtet wurden wie ein schönes Haus von einer Abrissbirne.

Er lacht. Das Grübchen in seiner glattrasierten Wange wird tiefer, ich weiß gar nicht, wo ich hinsehen soll. Ganz plötzlich sind die alten Gefühle wieder da, die seit zehn Jahren tief verschüttet in mir ruhten. Ich habe mich wirklich bemüht, darüber wegzukommen, aber es hat verdammt lange gedauert. Ihn jetzt so plötzlich wiederzusehen ist, als hätte jemand meine alten Narben mit den Fingernägeln wieder aufgekratzt. Ich kann förmlich spüren, wie sie bluten.

«Was machst du beruflich?»

«Ich bin Journalistin.» Schon wieder laufe ich rot an, dabei lüge ich gar nicht. Es ist nur nicht unbedingt notwendig, ihm zu erzählen, dass ich ziemlich unrühmlich beim Gemeindeblatt der Gemeinde St. Martin in the Fields arbeite. «Und du?»

«Ich bin selbständig», antwortet er schlicht, als würde das alles erklären. Na warte. Immerhin habe ich eins gelernt während des Studiums, und das ist Recherche. Wenn ich Jason auch jahrelang erfolgreich aus meinem Gehirn verdrängt habe – sobald ich zu Hause bin, werde ich nachsehen, was er treibt. Ob er verheiratet ist zum Beispiel. Er ist immerhin auch schon achtundzwanzig, trägt aber keinen Ring am Finger. Dafür entdecke ich eine seltsame Tätowierung um sein Handgelenk, zwei Ornamente, die sich um sein Gelenk schlängeln und eine Narbe zu verdecken scheinen.

Als hätte er meinen Blick bemerkt, zieht er den Ärmel seines Jacketts weiter runter.

«Das freut mich für dich. Du warst schon immer ... so selbständig.» Himmelherrgott, was rede ich bloß für einen Unsinn? Eigentlich bin ich ganz eloquent, aber in seiner Gegenwart fühle ich mich plötzlich wieder wie das hässliche, kleine Mädchen von damals.

Unruhig rutsche ich auf dem Barhocker herum und trinke den Champagner, bis ich einen kleinen Schluckauf bekomme.

«Was treibt dich hierher?», fragt er, während er mich interessiert mustert. Will er das wirklich wissen, oder ist er nur höflich? Eigentlich müsste er doch schwer beschäftigt sein, so als Selbständiger. Aber vielleicht hat er schon eine ganze Menge Angestellter, die für ihn die Arbeit erledigen, was weiß ich?

«Ich wollte etwas ersteigern, aber leider hat es nicht geklappt.»

Plötzlich streckt er den Arm aus und greift nach meiner Hand. Die kurze Berührung durchfährt mich jäh wie ein elektrischer Schlag. Verflucht, ich glaube, es ist das erste Mal, dass wir uns berührt haben. Dass er *mich* berührt hat jedenfalls, wenn ich also die vielen Versuche, mich im Vorbeigehen irgendwie an ihn zu pressen, nicht mitzähle.

«Das tut mir sehr leid. Manchmal hat das Schicksal andere Pläne mit uns.»

Irritiert sehe ich ihm in die Augen und bereue es sofort. Mir wird etwas mulmig zumute, denn sein Blick ist noch immer so kühl, so herablassend und unverschämt wie früher. War es nicht genau das, was mich an ihm so interessiert hat? Der Bad Boy der Schule – attraktiv, aber gefährlich und unberechenbar. Alle Mädchen träumten davon, ihn zu zähmen, wir alle wollten ihn dazu bringen, nur uns zu lieben, mussten aber einsehen, dass ein wilder Tiger wie Jason Hall nicht zähmbar war. Stattdessen fand sich das eine oder andere Mädchenherz auf dem Schutthaufen wieder, und Jason hatte eine Kerbe in seinem Bettgestell mehr. Nur eine Nummer.

Ich bin heute auch nur eine Nummer, die 27. Vielleicht sogar für ihn? Zutrauen würde ich es ihm ohne Zweifel.

«Ich glaube, ich muss jetzt los», sage ich und stehe umständlich von dem ungemütlichen Hocker auf. Die Auktion muss vorbei sein, denn langsam füllt sich der Vorraum mit plappernden, glücklichen Menschen, die sich gegenseitig von ihren Erfolgen berichten und den jungen Mann an der Bar um Getränke bedrängen.

«Darf ich dich nach Hause bringen? Camden ist ja ein ganzes Stück von hier.»

Oh Gott, bitte. Jason Hall bietet mir an, mich zu begleiten? Gütiger Himmel, ich werde zu Hause neue Unterwäsche brauchen, schon der Gedanke an eine Autofahrt mit ihm lässt in mir alles zusammenfließen. Vor zehn Jahren wäre ich vermutlich ohnmächtig geworden vor Glück, heute bin ich eher ... besorgt.

«Wenn es dir keine Umstände macht?»

«Nein, gar nicht. Es liegt quasi auf dem Weg.»

Ich frage gar nicht nach, wo er wohnt. Vermutlich ist er wahnsinnig erfolgreich und hat ein Penthouse in Mayfair. Oder sogar ein ganzes Haus in South Kensington.

«Dann würde ich mich über einen Lift sehr freuen. Die U-Bahn ist um diese Zeit ja wirklich kein Genuss.»

Ich muss lächeln, als sich sein linker Mundwinkel zu einem Schmunzeln nach oben verzieht. Er amüsiert sich über mich, aber was habe ich auch von ihm erwartet? Statt sauer auf ihn zu sein, bin ich stolz auf mich. Stolz darauf, dass ich heute so tun kann, als wäre er mir egal. Was damals passiert ist, war peinlich genug, und noch habe ich Hoffnung, dass er es längst vergessen hat. Ich meine, auch ich war ja nie mehr als eine imaginäre Kerbe in seinem Bettpfosten ...

Mit eleganten, ausladenden Schritten geht er voran und hält mir höflich die Tür auf. Seit wann ist Jason Hall ein Gentleman? Ich muss mich wirklich in einem eigenartigen Traum befinden, keine Frage.

Vor dem Eingang steht ein großer, schwarzer Wagen mit getönten Scheiben, und als wir uns ihm nähern, springt ein junger Mann in einer Art Uniform heraus und öffnet die hintere Tür.

Staunend starre ich ihn an und lasse mich von Jason ins Auto schieben.

«Nimm Platz, Emma. Wir fahren nach Camden», erklärt er dem blonden Jungen, bevor er sich neben mich auf den Rücksitz setzt. Mein Herz klopft wieder schneller.

«Ist das dein Auto?», flüstere ich, als ob uns jemand belauschen könnte, und Jason lacht wieder.

«Ja, das ist mein Wagen, ein alter Mercedes. Und ich liebe ihn. Da ich oft im Auto arbeite, leiste ich mir den Luxus eines Fahrers. Wie ist die genaue Adresse?»

«Carol Street 5», stoße ich hervor, und in meinem Kopf geht einiges durcheinander, was vermutlich nicht nur am Champagner liegt. Der Wagen setzt sich langsam in Bewegung, erkämpft sich seinen Weg durch den dichten Verkehr. Vorsichtig lasse ich mich in die Polster sinken und spüre das kühle Leder an meinem Rücken. Das Auto ist alt, ein Oldtimer, aber es riecht nur nach Leder. Animalisch herb. Ich liebe Leder.

«Emma, es tut mir leid, was damals passiert ist», sagt Jason plötzlich, und ich fahre erschreckt zusammen. Eigentlich will ich lieber weiter aus dem Fenster auf das ausnahmsweise frühlingshafte London starren, aber wie von Zauberhand dreht sich mein Kopf zu ihm, und wieder sehe ich in seine dunkelblauen Augen. Sie sind so dunkel, dass sie aus der Ferne und in der Dämmerung beinahe braun wirken. Doch ich weiß, dass sie blau sind, ich habe jahrelang von ihnen geträumt.

«Ich kann mich gar nicht mehr erinnern», murmele ich und werde knallrot bei dieser Lüge.

Er lacht sein leises, umwerfendes Lachen. «So, wie du mich vorhin angesehen hast, erinnerst du dich viel zu gut. Es tut mir aufrichtig leid, bitte glaub mir das. Ich war jung, dumm und unsicher.»

Jetzt ist es an mir, laut zu lachen. «Unsicher? Du? Du warst der arroganteste Kerl, den ich je ...» Ich beiße mir hastig auf die Lippen und schlucke den Rest meines Satzes runter. Gott, ich sollte wirklich länger nachdenken, bevor ich anfange zu reden.

«Das wirkte vielleicht so. Im Grunde war ich aber einfach nur genauso verunsichert wie alle pubertierenden Teenager und habe mich hinter einer Maske versteckt. Dass ich damals über dich ... dass ich solche Dinge gesagt habe, ist unverzeihlich, und ich weiß, es gibt keine Entschuldigung dafür. Trotzdem war ich sehr froh, dich heute wiederzusehen. Ein Wink des Schicksals, wenn du so willst? Und eine Möglichkeit für mich, einige Sünden der Jugend gutzumachen.»

«Arbeitest du an deinem Karma oder was? Da hast du aber einiges zu tun», platze ich heraus, und diesmal lachen wir gemeinsam. Er nimmt meine Hand und fährt mit seinem Daumen über den Zeigefinger. Die Berührung löst eine Gänsehaut auf meinem ganzen Körper aus, ich fühle mich, als hätte ich an einen elektrischen Zaun gefasst, der mich zum Vibrieren bringt. Ich schlucke und versuche, meinen Blick von ihm zu lösen, aber es gelingt mir nicht. Stattdessen bleibe ich stocksteif sitzen, während er sich vorbeugt und sich mir nähert.

Gütiger Gott! Ich werde gleich ohnmächtig. Oder mir wird schlecht. Ich sitze neben Jason Hall in einem wunderschönen Oldtimer und werde in der nächsten Sekunde von ihm ...

«Ich möchte dich gern einladen, Emma. Zum Essen. Irgendetwas Gutes möchte ich dir tun, was dir Spaß macht, damit du hoffentlich merkst, dass ich eigentlich ein ganz netter Kerl bin.»

Ich kann nicht von ihm weichen. Wie festgetackert klebe ich auf dem Sitz, sein Gesicht nur wenige Zentimeter von meinem getrennt, und rieche seinen süßen Champagneratem. Nervös beiße ich mir auf die Lippe und suche nach einer schlagfertigen Antwort, doch mein Gehirn ist so leer wie mein Bankkonto.

«Was willst du von mir, Jason?» Meine Stimme klingt eigenartig, beinahe krächzend. Er rührt sich keinen Millimeter von der Stelle, ich kann seine vollen, sinnlichen Lippen direkt vor mir sehen, er ist so nah, dass ich nur die Zunge herausstrecken müsste, um ihn zu ...

Mir stockt der Atem, als er seinen Mund auf meinen legt. Er ist nicht fordernd, sondern verharrt auf meinen Lippen, als warte er ab, dass ich etwas tue. Ihn auffordere. Einige Sekunden lang kleben wir aneinander wie zwei Figuren, dann schließe ich instinktiv die Augen und öffne leicht meinen Mund.

Seine Lippen sind warm und weich, er erobert mich sanft, aber hartnäckig. Als seine Zungenspitze in mich eindringt und zustößt, stöhne ich leise auf. Einige Sekunden lang bleibt mir die Luft weg, ich wage nicht, mich zu bewegen, aus Angst, dann aus diesem seltsamen Traum aufzuwachen. Schließlich hebe ich meine Hand und lege sie um seinen Nacken, ziehe Jason enger an mich heran und küsse ihn heftig. Wie eine Verhungernde, der man gerade etwas zu essen serviert hat, nage ich an ihm, genieße die erste Mahlzeit seit Jahren und höre auch nicht auf, als ich schon satt bin. Hitze durchflutet meinen Schoß, ich presse leise jammernd die Beine zusammen und küsse trotzdem weiter, kann nicht aufhören.

«Emma ...», flüstert er, als er meine brennenden Lippen endlich freigibt, und streicht mit dem Daumen über meine Unterlippe. «Ich bin so froh ...»

Gütiger Gott! Ich werde wirklich gleich ohnmächtig. Wenn ich das Sylvia erzähle, hält sie mich für die größte Lügnerin seit Münchhausen. Niemals wird sie mir das glauben!

Ich habe keine Antwort für ihn, mein Kopf ist noch immer leer, und ich fühle mich wie auf Watte gebettet. Wie man sich fühlt, wenn man eine Nacht nicht geschlafen hat und am nächsten Tag die ganze Welt um einen herum in einer Art Nebel versinkt.

«Wir sind da.»

Oh Mann, den Fahrer hab ich ganz vergessen! Ob er uns im Spiegel beobachtet hat? Mein Gesicht ist heiß.

«Was sagst du? Darf ich dich anrufen?»

«Ja ... ja, sicher», stammele ich und klettere hastig aus dem Wagen. «Ruf mich an!»

Ohne mich noch einmal umzudrehen, werfe ich die Tür hinter mir zu und renne zur Treppe, in Richtung der rettenden Wohnung, die mich gleich schützend aufnehmen wird.

«Emma?»

Seine Stimme lässt meine Schritte sterben, und ich bleibe stehen. Langsam drehe ich mich zu ihm um. Eine diffuse Angst durchströmt meinen Körper, aber ich versuche zu lächeln.

«Ja?»

«Ich habe hier etwas, das dich vielleicht interessiert.» Er lehnt im offenen Fenster und grinst. Er lächelt nicht, er grinst. Und plötzlich sieht er wieder aus wie der gemeine, arrogante Junge von damals.

Als er mir einen Gegenstand entgegenstreckt, schnappe ich nach Luft wie ein Fisch im Wasser. Mein Herz bleibt beinahe stehen. Heilige Schande, das darf doch nicht wahr sein!

3

Gott, ich bin so wütend! Auf ihn, auf mich, auf die ganze Welt. Schnaufend lasse ich die Haustür hinter mir zufallen und lehne meinen Hinterkopf dagegen. Was bildet der Blödmann sich eigentlich ein?

Und ich sage auch noch «Ruf mich an». Haha! Gut, dass ich ihm meine Telefonnummer gar nicht gegeben habe, da hat der Schlaukopf selbst nicht dran gedacht. Ich will ihn nie wiedersehen. Niemals!

Dass sich Grannys Halsschmuck nun ausgerechnet in seinen Händen befindet, wurmt mich. Ich hätte mir denken müssen, dass etwas dahintersteckt, als er mich so angequatscht hat. Aber so etwas hätte ich selbst einem Idioten wie ihm nicht zugetraut! Zumal ich mich frage, was er damit bezweckt? Wenn er mich wollte, könnte er mich doch auch einfach so haben ... Warum also hat er das Schmuckstück ersteigert, nachdem er mein Interesse daran bemerkt hat?

Ich werde keine Erklärung finden, und ihm werde ich keine Gelegenheit geben, mir eine zu liefern. Soll er doch glücklich werden mit Grannys Collier und es sich selbst umhängen!

«Und? Warst du erfolgreich?»

Stöhnend lasse ich mich auf einen der Plastikstühle in unserer kleinen Küche fallen und werfe meine Handtasche achtlos auf den Boden, bevor ich endlich aus den unbequemen hochhackigen Pumps schlüpfe. Sylvia rührt am Herd in einem Topf herum, aus dem es nach Reis und einer Art Curry riecht, und sieht mich neugierig an.

«Leider nicht.»

«Oh Mann, Emma, das tut mir leid! Du hast es dir so gewünscht!»

Wenn mir heute noch einer sagt, ihm würde etwas leidtun, explodiere ich!

«Nicht so wild. Ich hab etwas viel Schlimmeres erlebt», brumme ich und ziehe umständlich die Kostümjacke aus.

«Hattest du einen Autounfall?» Sylvia zieht ihre perfekt gezupften Brauen hoch und mustert mich scharf.

«Nein, natürlich nicht. Ich habe Jason Hall getroffen.»

Meine beste Freundin und Mitbewohnerin in unserer kleinen WG pfeift durch die Zähne, bevor sie den Herd ausschaltet und den Topf herunternimmt. Mit einem leisen Knurren erinnert mein Magen mich daran, dass er außer Champagner heute noch nichts von mir bekommen hat.

«Den Jason Hall?»

«Allerdings», sage ich unglücklich und öffne den Reißverschluss des Rockes ganz, weil ich sonst keine Luft kriege im Sitzen. Himmel, wann bin ich eigentlich derart aus Kleidergröße M rausgewachsen?

«Ich hoffe, du hast ihm ordentlich die Meinung gegeigt», meint Sylvia und schlingt ein schwarzes Gummiband um ihre dunkelbraune Mähne, von der sicherlich einige Haare bereits im Essen gelandet sind, aber das bin ich gewöhnt.

«Er hat mich geküsst», antworte ich schlicht. Weil sie mit dem

Topf in der Hand erst erstarrt und sich dann langsam zu mir umdreht, als erwarte sie eine Art Schreckenskabinett an unserem Küchentisch, muss ich lachen. Zu meiner Verteidigung hebe ich beide Hände. «*Er* hat *mich* geküsst, dass das klar ist. Ich habe gar nichts gemacht, nur dagesessen.»

«Unser Jason Hall hat dich geküsst? Der damals ...»

Ich bin ihr sehr dankbar, dass sie es nicht ausspricht. Vermutlich könnte ich es heute nicht ertragen, das auch noch zu hören, es hat mir gereicht, daran zu denken.

«Wie sieht er aus? Immer noch so gut? Was macht er beruflich?»

Ihre Neugier besiegt den ersten Schreck, und während wir essen, erzähle ich ausführlich von unserer Begegnung. Nach dem Essen setzen wir uns gemeinsam an meinen Laptop und tippen Jasons Namen bei Google ein. Als die Bildersuche einige Fotos zutage fördert, pfeift Sylvia erneut.

«Wow, der hat sich aber entwickelt ... ich hätte nicht gedacht, dass man besser aussehen kann als Jason Hall, aber er hat sich selbst übertroffen.»

Sie wirft mir einen Seitenblick zu, den ich als «Wieso hat er ausgerechnet dich geküsst?» interpretiere. Beleidigt knuffe ich meinen Ellbogen in ihre Seite.

«Er hat Grannys Halsband ersteigert.»

«Warum bloß? Hast du eine Idee?»

«Keine Ahnung, er hat nichts erklärt, nur gemeint, mich würde das vielleicht interessieren. Damit wollte er wohl sichergehen, dass ich mich mit ihm treffe.»

«Wirst du?» Sylvia runzelt die Stirn (sie sollte wirklich nicht zu eitel für eine Brille sein, mittelfristig hat das dauernde Blinzeln schlimmere Folgen für ihr Äußeres, aber das sieht sie nicht ein) und stöbert in den Suchergebnissen herum.

«Der Typ ist stinkreich, Emma. Wusstest du das?»

«Was?»

«Er hat eine Internetfirma gegründet und sie vor zwei Jahren für viel Geld verkauft, jetzt ist er laut *Sunday Times* der zehntreichste Engländer. Und Junggeselle!»

Sie stößt mich so heftig an vor Aufregung, dass ich fast vom Stuhl falle.

«Das ist besser als ein Jackpot im Lotto, Emma! Einer der reichsten Junggesellen des Landes will was von dir! Ich kann es kaum glauben! Also, nicht, dass du nicht attraktiv wärst, aber ...»

«Spar dir den Rest!» Ich schließe den Browser und stehe kopfschüttelnd auf.

«Keine Ahnung, was er mit mir vorhat, aber er ist mir unheimlich. Wenn ich an damals zurückdenke und daran, wie lange ich gebraucht habe, darüber hinwegzukommen, wird mir übel. Warum taucht er jetzt so plötzlich auf, und warum zum Teufel ist er an mir interessiert? Ausgerechnet an mir? Der kann doch an jedem Finger zehn It-Girls haben!»

«Vielleicht interessieren die ihn nicht? Vielleicht mag er dich, weil du schon in ihn verliebt warst, als er noch nicht reich war?»

«Du weißt, was er alles gesagt hat!», sage ich und hebe drohend den Zeigefinger. «Das war doch kein Spaß, jedenfalls für mich nicht. So etwas möchte ich unter keinen Umständen noch einmal erleben.»

«Er hat Grannys Halsband.»

Ich seufze und vergrabe das Gesicht in meinen Händen. «Das ist ja das Schlimme. Und das Gute. Immerhin gibt es eine Chance, es doch noch zu bekommen.»

Da fällt mir ein, dass ich Sylvia das geliehene Geld zurückgeben sollte. Ich hole meine Handtasche und wühle darin herum, um das Portemonnaie zu finden. Dabei fällt mir ein zusammengefalteter Zettel in die Finger. Neugierig klappe ich ihn auf und lese mit stockendem Atem.

Morgen Abend, Ivy Club, 22 Uhr vor der Tür. Jason

Wortlos reiche ich Sylvia den Zettel. Sie reißt Augen und Mund auf und starrt mich an.

«Du darfst ins Ivy? Oh mein Gott, ich hasse dich!»

4

Es ist dunkel und kalt. Meine nackten Beine schlottern, das Kleid ist viel zu kurz für mich, aber es war das einzige ausgehfähige Modell in Sylvias Kleiderschrank, das mir halbwegs passte. Da es immer noch etwas zu klein ist, quellen meine Brüste förmlich aus dem Ausschnitt, doch Sylvia meinte, das sei genau gut so.

Eine dünne, zickige Frau geht mit ihrem Begleiter an der Hand an mir vorbei und mustert mich mit hochgezogenen Brauen. Ich erwidere ihren Blick so herablassend wie möglich. Ja, ich weiß, dass ich nicht hierhergehöre. Dass ich vor der Tür dieses Nobelrestaurants wahrscheinlich wirke wie ein Bettler vor der Royal Bank of Scotland. Aber ich wurde eingeladen und warte nun schon seit zehn Minuten auf mein verspätetes Date.

Verstohlen werfe ich einen Blick auf die Armbanduhr und trete von einem Fuß auf den anderen. Sylvias Pumps sind mir eine Nummer zu klein, und meine Zehen sind jetzt schon beinahe abgestorben. Ich habe keine Ahnung, wie ich den Abend in einem Kleid, in dem ich kaum Luft bekomme, und mit Schuhen, in denen ich mich nur sehr langsam fortbewegen kann, überstehen soll, aber im Moment habe ich keine andere Wahl.

Quietschende Autoreifen reißen mich aus den Gedanken,

sodass ich den Blick hebe. Meine Haare habe ich hochgesteckt, und ich fühle mich seltsam nackt, beinahe schutzlos damit. Der natürliche Vorhang war so praktisch, um mich dahinter zu verstecken, jetzt sind mein Gesicht und alle Regungen darin für jeden sichtbar.

Die hintere Tür wird aufgestoßen, dann erkenne ich auch schon Jasons Haarschopf, bevor der Rest folgt. Mit ausgestreckten Händen geht Jason auf mich zu.

«Emma, es ist unverzeihlich, dass ich dich in der Kälte habe warten lassen! Vor uns gab es einen Unfall, und wir standen eine halbe Stunde in einer Straßensperrung. Leider hatte ich deine Handynummer nicht, sonst hätte ich dich angerufen und dir gesagt, dass du schon reingehen sollst.»

Er ergreift meine Hände und hält sie fest, dann bleibt er dicht vor mir stehen und zögert. Mein Gesichtsausdruck ist hoffentlich schroff genug, um ihn zumindest ein paar Zentimeter von mir fernzuhalten.

«Schon gut. Ich bin auch nur wegen des Halsbandes hier.»

Er lächelt. «Gehst du trotzdem mit mir rein? Auf einen Drink?»

Himmel. Mit diesen dunkelblauen Augen kann er tatsächlich betteln wie ein Welpe. Ein seltsames Gefühl durchströmt meinen Magen, dann nicke ich ergeben. «Gut, ein Drink. Aber dann musst du mir etwas erklären.»

«Alles, Emma.»

Jason lächelt und reicht mir galant den Arm, in den ich mich dankbar einhake, bevor er mich in den kleinen Blumenladen führt, der neben dem Restaurant liegt.

Irritiert sehe ich ihn an. «Ich dachte, wir gehen ...?»

«Ja, wir gehen. Aber nicht ins Restaurant, das ist für alle da. Wir gehen in den Club.»

In den Club? Gott, ich habe natürlich davon gehört, von diesem Club, der nur geladenen Mitgliedern zugänglich ist und für Normalsterbliche wie mich unauffindbar. Sollte sich der Eingang womöglich in diesem Blumenladen ...?

Kopfschüttelnd folge ich ihm in das Geschäft, dessen atemberaubender Duft von exotischen Blüten und Früchten bis in mein Gehirn dringt, und lasse mich staunend zu einer schmalen Tür mit der Aufschrift *Private* führen. Eine junge Frau mit elegantem Make-up nickt Jason lächelnd zu, als wir an ihr vorbei durch die Tür treten und eine Treppe hinauf nach oben gehen. Ich sage kein Wort und verspüre so etwas wie Panik. Was, wenn ich irgendwelchen Prominenten hier begegne? Madonna womöglich, oder Robbie Williams? Gott im Himmel, ich liebe Robbie Williams, aber wenn ich ihm in diesem Aufzug gegenübertreten muss ... oh bitte, lass mich sterben!

Ich umklammere Jasons Hand so fest, dass es ihm weh tun muss, aber er sagt keinen Ton. Stattdessen geleitet er mich behutsam durch eine weitere Tür in der ersten Etage, hinter der mich der leise Geräuschteppich von Gelächter und Musik empfängt. Es duftet nach teurem Wein, nach Whisky und Zigarren, nach kostbaren Parfüms und Geld. Ich atme tief ein und schlucke hart. Hier fühle ich mich ungefähr so fehl am Platz wie ein Monteur im Luxusrestaurant, aber Jason bewegt sich so selbstverständlich, als sei das hier sein Wohnzimmer. Nun, ich wäre nicht erstaunt, wenn es so ist. Was kann mich noch überraschen?

«Mr. Hall, guten Abend. Ihre Lounge ist für Sie vorbereitet. Darf ich?»

Ich brauche ein paar Sekunden, um zu begreifen, dass der attraktive, aber eindeutig schwule Angestellte mich meint und offenbar meinen Mantel nehmen möchte.

Hastig lasse ich mir aus der Jacke helfen und ziehe danach das Kleid nach unten, um meine Beine besser zu bedecken. Leider entblöße ich dabei noch mehr von meinem Dekolleté, was allerdings Jasons Blick nach zu urteilen keine so schlechte Idee ist. Der Vorteil, wenn man ein paar Pfunde mehr auf den Hüften hat, ist, dass sich die typisch weiblichen Rundungen besser in Szene setzen lassen. Und ich habe wahrhaftig mehr als genug Rundungen ...

Ich schleiche hinter den beiden Männern her und komme mir dabei vor wie ein Hochstapler. Aus Neugier mustere ich die anwesenden Gäste genauer, aber ich kann keinen von ihnen erkennen. Fast bin ich enttäuscht, dass keine Prominenten hier sind, aber vielleicht ist das auch ganz gut so.

Was der Angestellte «Lounge» genannt hat, ist eine fast komplett vom Rest des Clubs abgeteilte Nische mit einem Tisch in der Mitte und einem halbkreisförmigen Ledersofa, das modern und gemütlich zugleich aussieht. Ich wusste, dass diese Kombination mit dem nötigen Kleingeld irgendwo käuflich zu erwerben sein muss, auch wenn ich noch nie das Glück hatte, so etwas zu sehen.

Auf dem Tisch stehen eine geöffnete Flasche Champagner in einem Kühler und ein kleiner Teller mit köstlich aussehenden Miniatur-Sandwiches.

«Auf dich», sagt Jason und hebt sein Glas, nachdem er uns eingeschenkt hat.

Die weißen Vorhänge, die mich umgeben, erwecken den Eindruck von *Tausendundeiner Nacht*. Wir sitzen inmitten eines Luxusclubs und sind doch allein, nur die leisen Geräusche von den anderen Tischen erinnern mich daran, dass außer uns noch weitere Gäste anwesend sind.

Wortlos nehme ich das Glas und trinke einen großen Schluck. Mein drittes Glas in nur zwei Tagen; das ist, glaube ich, mehr Champagner, als ich in allen Jahren vorher getrunken habe.

Jason trägt keinen Anzug heute, nur ein weißes Hemd mit aufgerollten Ärmeln, die seine muskulösen Unterarme zur Geltung bringen, und eine schwarze, ziemlich enge Hose. Ich lecke mir über die Lippen und versuche, mich nicht wieder von seinem Äußeren blenden zu lassen. Das ist mir einmal passiert, und das Ergebnis war nicht unbedingt denkwürdig. Heute bin ich älter und auch klüger, ich werde nicht mehr auf ihn hereinfallen.

«Warum hast du das Halsband ersteigert?»

Er sieht mich fest an, ohne eine Miene zu verziehen. «Ich habe dich bei der Auktion gesehen und dachte, das sei eine gute Möglichkeit, mich bei dir zu entschuldigen.»

Fast erwarte ich, dass er ein Kästchen hervorzieht und mir das Schmuckstück präsentiert, aber nichts dergleichen passiert. Stattdessen sitzt er einfach da, direkt neben mir, und sieht mich an. Warum kommt er mir immer so nah? Kann er nicht einfach gegenübersitzen? Der Abstand würde mir helfen, wütend auf ihn zu sein. Meinen Magen benutzt jemand als Punchingball, jedenfalls fühlt es sich so an.

«Was willst du von mir, Jason? Dich über mich lustig machen? Über die kleine, picklige Emma, die jetzt zwar größer, aber dafür dicker geworden ist? So wie früher?»

«Ich möchte dir einen Vorschlag machen.»

Schweigend starre ich ihn an. Meine Lider flattern, und mein linkes Auge zuckt vor Nervosität. Ich bin es wirklich nicht gewohnt, mit derart einschüchternden Männern umzugehen, und ärgere mich darüber, dass ich nicht annähernd so tough bin, wie ich gern wäre.

«Ich möchte dir beweisen, dass ich ein anderer Mensch geworden bin. So wie du. Und ich möchte die Emma von heute kennenlernen.»

Er lacht leise, aber ich verziehe keine Miene.

«Glaub mir, ich habe mich schon früher zu dir hingezogen gefühlt.»

Die Luft zischt, als ich sie zwischen meinen Zähnen einsauge. «Willst du mich verarschen?» Das Blut steigt mir in den Kopf, und ich kann meine Halsschlagader pulsieren spüren. «Du hast gesagt ...»

«Ich weiß, was ich gesagt habe!» Er hebt beide Hände und lächelt wieder sein umwerfendes Lächeln. Gott, ich liebe es, wenn dieses Grübchen auf seiner Wange auftaucht.

«Ich war nur ... ich war verunsichert und wollte von den anderen Jungs gemocht werden. Auch ich habe eine Vergangenheit, Emma, und damals war es mir wichtig, dass die anderen mich cool fanden. Ich habe mich einfach nicht getraut, zu dir zu stehen. Schließlich galten dünne, picklige Mädchen zu der Zeit nicht gerade als hip, obwohl Kate Moss schon ein großes Thema war.»

Ich weiß gar nicht, was ich dazu sagen soll. Soll ich mich jetzt freuen, mit Kate Moss verglichen zu werden? Meine Augen brennen, als ich mich an den demütigendsten Augenblick meines Lebens erinnere, der mich für viele Jahre geprägt hat.

«Und ich habe spezielle Vorlieben, die nicht so leicht zu teilen sind.»

Vorlieben? Ich ziehe die Augenbrauen hoch und sehe ihm ins Gesicht. Jetzt bin ich doch wieder neugierig. Tatsächlich gab es im Internet nur wenige Fotos von ihm in weiblicher Begleitung, und kurzzeitig flammt in mir der Verdacht auf, dass er schwul sein könnte und es geschickt verborgen hat. Aber er hat ja eindeutig mit Eva Bournes ...?

«Diese Vorlieben hatte ich schon immer. Ich glaube, ich war schon als Kind so, aber da konnte ich damit natürlich nichts anfangen. In meiner Jugend war ich ziemlich wild, was Frauen angeht, das weißt du. Ich habe nichts anbrennen lassen. Aber Erfüllung habe ich bei all den Abenteuern nie erreicht. Es war immer nur Sex, schnöder, körperlicher Sex, und ich fragte mich ehrlich, was alle anderen daran finden. Ich suchte nach etwas anderem, nach mehr, und ich habe es erst vor wenigen Jahren wirklich entdeckt.»

Ich schlucke. Eigentlich weiß ich nicht, ob ich das alles hier überhaupt hören will. Mit welchen seltsamen Vorlieben wird er gleich aufwarten? Hat er einen Fetisch? Steht er auf Sex in Windelhöschen oder auf Natursekt? Ich schüttele mich unwillkürlich, aber meine Wissbegier ist riesig. Jason Hall hat ein dunkles Geheimnis, und er ist dabei, es mit mir zu teilen. Wenn das keine gute Nachricht ist! Ich werde mich endlich an ihm rächen können für alles, was er mir und einigen meiner Freundinnen angetan hat. Ich könnte es in die Welt hinauströten und ihn blamieren. Die Gazetten wären entzückt über solche Enthüllungen, damit kann man richtig Schlagzeilen machen.

«Sprich ruhig weiter», hauche ich, und er stutzt nur kurz, bevor er fortfährt.

«Ich kann dir heute Abend nicht sagen, worum es geht, aber ich bin mir nach wie vor sicher, dass du die perfekte Ergänzung für mich bist. Das war ich schon damals, und ich habe oft davon geträumt, wie ich mit dir ...»

Er verstummt. Der Punchingball in meinem Magen wirbelt durch die Gegend. Wovon um alles in der Welt hat er geträumt? Von mir? Ich reiße die Augen auf und versuche, seinen Blick festzuhalten, damit er weiterspricht.

«Es gibt Dinge, Emma, die liegen nicht in unserer Macht. Es gibt Menschen, die für einige dieser Dinge perfekt sind. Und ich glaube fest daran, dass du perfekt bist für mich. Darum mache ich dir jetzt ein Angebot ... Wenn du zustimmst, eine Woche lang mit mir in meine Geheimnisse einzutauchen und dich mir hinzugeben, werde ich dir das Halsband deiner Granny schenken. Ich verspreche, dir nicht weh zu tun. Jedenfalls nicht so.»

Jedenfalls nicht so? Wie dann? In meinem Kopf schwirrt alles. Ich schütte einen Schluck Champagner dazu, vielleicht hilft das.

«Was meinst du, Jason? Ich verstehe dich nicht?»

Er beugt sich näher zu mir und schmunzelt, während er mit den Fingern meine Unterlippe entlangfährt. «Lass es mich dir zeigen, Emma.»

Ich kann nur die Augen schließen und in die Lederpolster sinken, als seine Lippen meine treffen. Gütiger Gott, ich bin noch nie so gekonnt geküsst worden, und ich habe einige Männer geküsst in meinem Leben. Aber was er mit einem einzigen Zungenschlag in mir auslöst, ist einfach unglaublich! Mein ganzer Körper scheint sich auflösen zu wollen, während unsere Münder miteinander spielen. Dann beißt er mir kurz, aber heftig in die Unterlippe, und ich schreie leise auf.

Bevor ich etwas sagen kann, spüre ich seine Hand. Zwischen meinen Beinen. Mein Herz schlägt mir im Hals, als ich die Augen wieder öffne und ihn ansehe. Er ist so nah, so dicht, ich kann seinen Puls beinahe spüren.

Er streicht mit einem Finger über meinen Slip, und ich stöhne unwillkürlich auf. Es ist Monate her, dass mich jemand dort berührt hat. Und es fühlt sich – oh mein Gott, es fühlt sich unglaublich gut an. Er streichelt nur sanft über meine empfindlichste Stelle, während er mich mit einer Hand im Nacken festhält und mir tief in die Augen sieht. Ich schlucke so hart, dass es in der Kehle schmerzt. Ich will meine Knie zusammenpressen, aber ich kann nicht. Das warme, pulsierende Gefühl, das meinen Unterleib erregt zusammenzieht, ist stärker als jede Angst, jede Sorge über meine Verletzlichkeit.

«Bitte sag Ja, Emma», flüstert er gegen meine Wange. Mein Herz stolpert für einen kurzen Moment, dann lasse ich zu, dass sein Mund erneut den meinen erobert und er meine Lippen teilt.

Während wir uns küssen, reibt er fester über meinen Schritt, presst den Daumen gegen den pochenden, harten Punkt zwischen meinen Beinen, und meine inneren Muskeln ziehen sich zuckend zusammen. Ein weiteres Stöhnen entfährt mir, als ich komme. Ich komme einfach so, durch die Berührung seiner Finger, mitten im edelsten Club der Stadt, umringt von reichen und wichtigen Menschen. Keuchend spüre ich das lustvolle Beben, mit dem sich blitzartig die Anspannung löst, dann sehe ich in sein grinsendes Gesicht. Oh Gott, er hat es gemerkt. Natürlich hat er es gemerkt! Mein Gesicht glüht vor Scham und Aufregung.

Ich bin durch Jason Halls Finger gekommen, und er hat mich dabei angesehen. Gerade weiß ich nicht, ob ich sterben oder jubeln möchte ...

5

Ich habe meine Nägel inzwischen so kurz gekaut, dass ich mir aufs Fleisch beiße, aber das merke ich kaum noch.

«Emma? Hast du eine Minute?»

«Hm?» Irritiert sehe ich von meinem Monitor hoch und schaue in Reverend Morris' hellgraue Augen. Auch nach zwei Jahren Arbeit beim Kirchenblatt habe ich mich noch nicht daran gewöhnt, dass die Gemeinde einen derart attraktiven Priester hat. Reverend Morris ist riesig und muss den Kopf einziehen, wenn er durch die Tür meines kleinen Büros kommt. Seine Schultern sind breit, weil er viel trainiert, und ich frage mich seit meinem ersten Tag hier, wozu er das tut. Er hat sich dem freiwilligen Zölibat unterworfen, was mir seltsam vorkommt, da die meisten seiner Kollegen verheiratet sind und auch Kinder haben. Seitdem die anglikanische Kirche sogar Frauen als Priesterinnen zulässt, herrscht sowieso Sodom und Gomorrha. Jedenfalls nach Ansicht einiger Senioren, die ich gelegentlich im sozialen Café der Gemeinde treffe und für das Blättchen interviewe. Erst kürzlich wurde ein Homosexueller zum Bischof geweiht. Es ist zu befürchten, dass einige zur römisch-katholischen Religion abwandern, habe ich gehört. Da ist alles noch ... gesittet.

«Wir haben einen runden Geburtstag in der Gemeinde, Ernest Steel wird 80 Jahre alt. Da Ken krank ist, dachte ich, du könntest mich begleiten, ein paar Fotos machen und einen kurzen Bericht für die Zeitung schreiben?»

Ich schließe kurz die Augen und stöhne lautlos in mich hinein. Nach dem Studium war ich voller guter Hoffnungen. Sogar bei der *Sun* hätte ich angefangen, doch es war nirgends auch nur eine Volontariatsstelle zu bekommen, und so landete ich in Ermangelung einer Alternative hier, um meine Rechnungen begleichen zu können. Statt also akribische Recherchen durchzuführen, das Feuilleton mit Kritiken zu füllen, irgendwelche Skandale aufzudecken oder wenigstens hinter Prominenten herzuhecheln, schreibe ich über Ernest Steels achtzigsten Geburtstag, über das Gemeindefest und über die neuen Talare der Priester. Nicht gerade das, was ich mir von meinem Beruf erträumt habe, aber es ernährt mich.

Ausgerechnet heute habe ich eigentlich gar keinen Kopf für einen runden Seniorengeburtstag, aber das kann ich Reverend Morris schlecht mitteilen. Es wird ihn wenig interessieren, dass ich erst vor wenigen Tagen ein unverschämtes und aufregendes Angebot von meiner großen Jugendliebe bekommen habe, das an mir nagt wie ein Hamster. Und heute Abend haben wir eine Verabredung.

«Wann?», frage ich nur kurz und hole tief Luft, bevor die Antwort kommt.

«Um vier. Schaffst du das?»

«Ja, sicher. Ich muss nur noch diese Presseanfragen beantworten, dann bin ich für heute durch. Ist also kein Problem.»

«Danke dir, Emma. Du bist ein gutes Mädchen.»

Der riesige, blonde Reverend zieht die Tür vorsichtig hinter sich zu. *Ein gutes Mädchen.* Warum lösen diese Worte plötzlich so ein merkwürdiges Kribbeln in mir aus?

Ich greife zum Telefon, um Sylvia anzurufen.

«Hey! Alles klar bei dir? Oder hast du Fracksausen?»

«Natürlich hab ich das.» Wir lachen gemeinsam, weil sie von meinem Date heute Abend weiß.

«Heute Nachmittag bin ich noch mit Reverend Morris unterwegs, Seniorengeburtstag. Du musst also allein zum Pilates, sorry.»

«Das ist doch nur wieder eine blöde Ausrede, Emma! Sag einfach, dass du zu faul bist, dann ist es gut, und du musst dir nicht jede Woche etwas anderes einfallen lassen.»

Ich kann Sylvia praktisch vor mir sehen, wie sie die ständig mit Lipgloss getünchten Lippen schmollend verzieht. Leise seufze ich.

«Wirklich, ich kann nichts dazu! Ich würde sehr gerne mitgehen, aber Ken ist krank, und ich muss ihn ersetzen. Bis später also.»

«Ja, gut. Aber ich will danach alle Details wissen, hörst du? Und ich meine nicht den Geburtstag!» Sie kichert albern, dann legt sie auf.

Lustlos beantworte ich die Presseanfragen zu unserem Gemeindefest, das für den April geplant ist, bevor ich mich wieder meiner momentanen Lieblingstätigkeit widme: Jason Hall stalken. Ich habe schon ungefähr fünfzig Google-Ergebnisseiten nach ihm abgegrast, aber ich finde einfach nichts wirklich Prickelndes über ihn. Er hat nicht mal einen Facebook-Account, ist das nicht seltsam heutzutage? Keine Beiträge in Klatschzeitschriften, keine Skandale, keine Freundinnen. Hat er die letzten Jahre wie ein Mönch gelebt? Das kann ich mir kaum vorstellen. Warum zeigt er sich nie mit einer weiblichen Begleitung in der Öffentlichkeit? Die wenigen Fotos, die von offiziellen Veranstaltungen von ihm existieren, zeigen einen einsamen, nachdenklich wirkenden Jason, den ich so gar nicht kenne.

Ich erinnere mich nur an den arroganten, vorlauten und lebenslustigen Jungen aus der Schule. Den Kerl mit den dunkelblauen Augen und den schwarzen, dichten Haaren, dem alle Mädchenherzen zuflogen. Dem es nicht zu blöd war, die Naivität der Mädchen auszunutzen, und der mit Sicherheit die meisten Erfahrungen von allen Jungs in unserem Alter sammelte. Was ist mit ihm passiert? Warum wirkt er heute so ... anders? So zurückgezogen, ernst? Ich finde einfach keine Hinweise, nicht mal ein Interview, in dem es um etwas anderes als um seine Firma geht. Aber in mir brennt die journalistische Neugier, mehr über ihn herauszufinden.

Er hat mir ein Angebot gemacht. Jason Hall will mich – mich, Emma White –, aber das Angebot hat einen Haken. Natürlich hat es einen, ich habe seit Jahren kein Angebot mehr gefunden, das keinen gehabt hätte. Warum sollte das im wirklichen Leben anders sein als im Supermarkt? Auch wenn er mit der Wahrheit noch nicht herausgerückt ist – er hat etwas, das mir gehört und das ich zurückhaben will: das Halsband meiner Urgroßmutter, das er mir bei der Auktion vor der Nase weggeschnappt hat.

Ich bin wild entschlossen, mich auf alles einzulassen, was er begehrt. Was kann mir schon passieren? Allein der Gedanke, mit Jason Hall Sex zu haben, ist so prickelnd, dass mein Höschen feucht wird. Die Angst scheint meine Aufregung nur weiter zu verstärken, und das ist neu für mich. Außer vor Spinnen und Flugzeugen habe ich selten im Leben Angst verspürt.

6

Ich hasse es, abgeholt zu werden. Meistens bin ich schon zwei Stunden früher fertig als nötig und laufe dann wie ein Huhn in der Wohnung auf und ab. Leider ist Sylvia noch nicht vom Pilateskurs zurück, wahrscheinlich hat sie jemanden kennengelernt und ist mit ihm auf und davon. Soll mir recht sein, ich werde heute Abend auch meinen Spaß haben! Ich bin geduscht, frisch rasiert, eingecremt, sogar geschminkt zur Feier des Tages. Und ich habe mir endlich ein Kleid gekauft, damit ich mich nicht wieder in Sylvias zu kleinem Fummel blamieren muss. Letzte Woche im Ivy fühlte ich mich doch sehr unwohl in meinem Aufzug, also habe ich mir tatsächlich etwas Neues gegönnt.

Statt in Jeans und Turnschuhen sitze ich nun in einem schwarzen Wickelkleid, das meinen Busen vorteilhaft betont und meinen Bauch kaschiert, auf unserem alten Cordsofa und wippe mit dem Fuß. Langsam gewöhne ich mich an die High Heels von Sylvia – zu ihrem Leidwesen, denn eigentlich mag sie es nicht, wenn ich ihre Schuhe anziehe. Ich trage Strümpfe, obwohl die Temperaturen in London fast frühlingshaft sind, aber ich finde, dass die schwarzen Nylons (es sind halterlose!) so schön verrucht aussehen.

Heute Nacht werde ich Sex haben, so viel steht fest. Was auch immer mich erwartet, ich werde mit Jason Hall schlafen. Zehn Jahre, nachdem er mich mit einigen unbedachten Sätzen in eine Pubertätskrise stürzte und ich mich fühlte wie das hässlichste Entlein auf der Erde. Heute ist alles anders. Ich bin rund, üppig und erwachsen. Ich habe mein Herz verschlossen. Ich bin stark und habe genug schlechte One-Night-Stands erlebt, um Jason Hall verkraften zu können. Ich war sowieso nie wirklich in ihn verliebt, es war mehr eine verirrte Schwärmerei, die doch jeder Teenager für irgendwen hegt. Während andere Poster von Robbie Williams oder *Westlife* an den Wänden hatten, schwärmte ich eben für Jason Hall. Für mich ungefähr genauso unerreichbar wie ein Popstar.

Ich nippe an meinem Seven Up und schaue zum hundertsten Mal an diesem Tag auf die Uhr. Schon wieder kommt er mindestens zehn Minuten zu spät. Er scheint das zu seinem Markenzeichen gemacht zu haben, und ich mag es nicht. Ich hasse es, zu warten. So werde ich zum Nichtstun gezwungen, denn wenn ich etwas anfangen würde (zum Beispiel ein Buch lesen), müsste ich mich nachher mittendrin unterbrechen lassen. Und das hasse ich noch mehr, als nichts zu tun.

Fünf Minuten später schnappe ich mir meine Handtasche, um schon mal das Haus zu verlassen. Ich kann genauso gut auf der Straße warten, damit er sich schlecht fühlt, wenn er kommt und mich draußen stehen sieht.

Als das schwarze Auto an der Straßenecke auftaucht, beschleunigt sich mein Herzschlag. *Ganz ruhig, Emma. Was auch immer er von dir erwartet, du hast alles im Griff.*

«Du siehst großartig aus», sagt er, nachdem er den Wagen verlassen und mir galant die Tür geöffnet hat. «Jetzt habe ich ein schlechtes Gewissen, weil wir gar nicht ausgehen, sondern nur zu mir fahren.»

Ich lasse mir die Enttäuschung nicht anmerken und krieche umständlich auf den Rücksitz. Jason folgt mir, bleibt aber in gebührendem Abstand von mir sitzen. Der junge blonde Fahrer ist auch wieder da und begrüßt mich mit einem Kopfnicken, was irgendwie niedlich ist. Fast fühle ich mich, als gehörte ich dazu - zu dieser «besseren» Gesellschaft. Immerhin ist Jason ein reicher Mann, und ich werde mir heute Abend sicher einen Eindruck von seinem Vermögen verschaffen können.

Ich bin ein bisschen aufgeregt, verberge das aber, indem ich meinen BlackBerry aus der Handtasche hole und so tue, als müsste ich noch dringend eine E-Mail lesen. Dabei studiere ich nur interessiert den Amazon-Newsletter, der sich soeben mit einem leisen Pling angekündigt hat.

«Arbeitest du noch?» Es ist schon fast dunkel draußen, und Jason wirkt irritiert.

Lachend schiebe ich das Handy zurück in meine Tasche. «Nein, ich wollte nur kurz schauen, ob noch etwas Wichtiges anliegt.»

«Für welche Zeitung arbeitest du?»

Ich beiße mir auf die Lippe und durchforste mein Gehirn nach einer Zeitung, die klug und interessant genug klingt für einen wie ihn und bei der er garantiert niemanden kennt. Dass ich beim Gemeindeblatt von St. Martin in the Fields arbeite, will ich lieber nicht erzählen.

«Ich bin freie Journalistin und schreibe für verschiedene Magazine», sage ich schließlich und finde das sehr klug von mir. «Lifestyle, so Sachen halt.»

«Lifestyle.» Er zieht eine Augenbraue hoch, und ich wende ertappt den Blick ab. Gott, er sieht natürlich, dass ich nicht gerade die trendbewussteste Frau Londons bin. Was habe ich denn gedacht? Aber muss man trendbewusst sein, wenn man als Lifestyle-Journalistin arbeitet?

«Auch für Gemeindeblätter?»

Erschreckt hole ich Luft, bevor ich ihn wieder ansehe. Er grinst wie ein Lausbub, der etwas im Schilde führt.

«Herrgott, woher weißt du …?»

«Ich habe meine Quellen, Emma.»

Versöhnlich streckt er die Hand aus und legt sie auf meinen Oberschenkel. Es fühlt sich an, als würde er die Haut unter dem Kleid unmittelbar berühren, dabei trennen uns eine Lage Stoff und der gummierte Spitzenrand meines halterlosen Nylonstrumpfes. In mir steigt die Erinnerung daran auf, was er beim letzten Mal mit seiner Hand angestellt hat, und ich muss heftig schlucken. Meine Knie zittern, sodass ich die Beine fest zusammenpresse.

«Hast du mich ausspioniert?»

«Nein, ich denke nicht, dass das nötig ist. Aber ich habe meine Neugier auf dich ein wenig gestillt.» Er drückt mit den Fingern zu und kneift in mein weiches Fleisch. Ich bleibe stocksteif sitzen, starre geradeaus, auf den Nacken des blonden Jungen, der uns durch das dunkler werdende London kutschiert.

«Wohin fahren wir?», versuche ich von mir abzulenken. Der Weg kommt mir nicht bekannt vor.

«Nach Hampstead Heath.»

«Du lebst in Hampstead Heath?» Ich muss lachen.

«Was ist daran so lustig?»

«Na ja … man vermutet dort doch eher glückliche Kleinfamilien als lebenslustige Singles. Und ich dachte, da du so viel Geld …»

Ich beiße mir auf die Zunge und verstumme. Oh Gott, was denkt er jetzt von mir? Dass ich scharf auf sein Geld bin? Er lächelt milde, fährt sich aber mit der freien Hand durch die Haare. Ist er etwa nervös?

«Ich habe mir gedacht, dass auch du einige Erkundigungen einholen würdest. Schließlich bist du Journalistin.»

Es gefällt mir nicht, wie er das Wort betont. So, als nähme er mich nicht ernst. Verärgert schiebe ich seine Hand von meinem Oberschenkel.

«Jason, ich weiß, dass du reich und erfolgreich bist. Und ich frage mich immer noch, was du eigentlich von mir willst. Warum ich?»

«Ich bin mir sicher, dass du es in ein paar Tagen verstehen wirst, Emma.»

Ein Schauer läuft über meinen Rücken. Seine Worte klingen wie ein Versprechen und eine Drohung gleichzeitig, und mir ist nicht klar, was ich davon halten soll. Himmel, wenn ich nur eine Idee hätte, was er damit meinte, er hätte «besondere Vorlieben». Sylvia und ich haben das ganze Wochenende darüber nachgedacht und sogar eine Liste gemacht, aber wir sind zu keinem Schluss gekommen. Es gibt viele Möglichkeiten, und weil das Leben das Leben ist, wird es wahrscheinlich die verrückteste von allen sein.

Seine Hand streicht über meinen Rücken, und ich spüre, wie sich alle meine Körperhaare aufstellen. Gleichzeitig zieht sich mein ganzer Unterleib köstlich zusammen. Gütiger Gott, ich bin eine erwachsene, alles andere als unerfahrene Frau und lasse mich von einem alten Bekannten absolut nervös machen! Das ist doch wirklich der Wahnsinn.

Wir verlassen die Innenstadt, und plötzlich tauchen Bäume und Wiesen um uns herum auf. Natürlich, Hampstead Heath ist ein grüner Vorort, beinahe schon mit Erholungsqualität. Es amüsiert mich noch immer, dass Jason hier lebt und nicht im trendigen Mayfair oder im exklusiven South Kensington. Wie er wohl wohnt? Hat er eines dieser frei stehenden, großen Häuser aus rotem Backstein wie eine gesittete Mittelstandsfamilie? Das passt nicht zu ihm.

Seine Hand liegt noch immer auf meinem unteren Rücken, als müsste er mich vor etwas beschützen. Es gefällt mir nicht, wie mein Körper auf ihn reagiert; ständig will mein Verstand mir sagen, dass Jason gefährlich ist. Dass er nicht gut für mich ist, dass er mir das Herz brechen wird, wenn ich nicht vorsichtig bin.

So, wie er es mir schon einmal gebrochen hat. Rücksichtslos.

Jason Hall ist ein Narzisst, das weiß ich heute. Damals, mit fünfzehn oder sechzehn, hatte ich davon noch keine Ahnung. Da war er für mich ein bewundernswerter, attraktiver Junge, zu dem die anderen Jungs neidisch aufschauten und der die feuchten Träume aller Mädchen beherrschte. Auch meine.

Ich werde rot, als ich mich daran erinnere. Herrje, wenn Jason wüsste, was wir in meinen Träumen alles miteinander angestellt haben ... wenn er wüsste, wie sehr er mich geliebt hat, in meinem rosa Mädchenhimmelbett, umgeben von Kuscheltieren ...

«Wir sind da», unterbricht er meinen Gedankenstrom, und ich fahre erschrocken hoch, um aus dem Fenster zu schauen.

Das Haus vor mir ist weiß, frei stehend und hat zwei riesige Erker rechts und links von der Tür. Es ist alt, aber offensichtlich modernisiert, denn als wir über den gepflasterten kleinen Weg auf die beeindruckende Eingangstür zugehen, flammen rechts und links neben uns wie von Geisterhand entzündet Lichter auf. Bewegungsmelder.

«Es ist wunderschön, Jason», sage ich höflich, während er mit der Hand zwischen meinen Schulterblättern neben mir hergeht und mich sanft nach vorne schiebt, als hätte er Angst, ich könnte stehenbleiben oder gar umdrehen.

«Warte, bis du drinnen bist.»

7

Natürlich hat die Haustür kein einfaches Schloss, sondern einen Touchscreen, auf den er nun seinen Zeigefinger presst. Mit einem leisen Klicken öffnet sich die Tür, und wir treten ein. Schon in der großen Eingangshalle bleibe ich staunend stehen. Alles ist stilvoll und zeugt von Geschmack. Der glänzende Marmorboden, die breite Showtreppe, die nach oben führt, die modernen Designerleuchten an den Balken unter der hohen Decke. Es riecht geradezu nach Geld. Viel Geld. Mehr Geld, als ich mir je vorstellen könnte.

Die Gemälde an den Wänden kitzeln keinen Nerv in mir. Es ist moderne Kunst, mit der ich noch nie viel anfangen konnte. Buntes Gekritzel, Farbkleckse in grellen Tönen, die mir beinahe einen kalten Schauer über den Rücken jagen. Aber irgendwie ergibt die Mischung aus alt und modern einen ganz besonderen Zauber.

«Komm, ich zeig dir alles. Falls du dich dazu entscheidest, häufiger herzukommen, solltest du dich im Haus auskennen.»

Der Satz schneidet wie ein Messer in meine Eingeweide, und ich schnappe nach Luft. Häufiger herkommen? Ich? Eine Woche lang soll ich Teil seiner dunklen Sehnsüchte werden – was auch immer die beinhalten, davon hat er noch nicht gesprochen.

Warum er mir das Halsband vor der Nase weggeschnappt hat, das er mir im Gegenzug zurückgeben will, weiß ich noch immer nicht, aber wenn ich Glück habe, wird er es mir heute Nacht verraten.

Ich wage kaum, fest aufzutreten. Unsere Schritte hallen bedrohlich auf dem Steinboden, und ich habe ständig Angst, auszurutschen. Jason bemerkt meine Unsicherheit – was mich ärgert – und geht so dicht neben mir, dass ich seine Körperwärme spüre.

Im unteren Bereich des Hauses zeigt er mir den Salon (er sagt wirklich «Salon» und nicht einfach «Wohnzimmer»), die riesige Wohnküche, die so groß ist wie Sylvias und meine ganze Wohnung, ein kleines Bad (vermutlich das Gästebad) und seine Bibliothek mit deckenhohen Bücherregalen und einem Flachbildschirm, der einem kleinen Kino Ehre machen würde. Anstelle von Kinosesseln stehen dort drei Zweisitzersofas aus knautschigem Leder, in denen es sich sicher auch gemütlich lesen lässt. Der Salon besticht durch einige ausgewählte Antiquitäten, die perfekt in die alte Villa passen, und ein paar ansprechende Designeraccessoires.

Insbesondere die Artemide-Leuchten lassen darauf schließen, dass Jason dem Bauhausstil verfallen ist. Mir kommt in den Sinn, dass seine Mutter aus Deutschland stammte. Allerdings ist einige Zeit nach unserem Schulabschluss irgendetwas mit ihr passiert, denn plötzlich war sie wie vom Erdboden verschluckt und tauchte nicht mehr auf. Es gab Gerüchte, aber die waren so haarsträubend, dass sie höchstens Zeugnisse der überschäumenden Phantasie der Elephant-and-Castle-Einwohner sein konnten. Und ich hatte kurz nach Beginn meines Studiums keinen Grund mehr, in den Vorort zurückzukehren.

Irgendwie ist es seltsam, jemanden auf der einen Seite gut von früher zu kennen, der einem auf der anderen Seite so fremd ist wie ein aus der Ferne angehimmelter Popstar.

Das ganze Haus wirkt mondän, aber trotzdem gemütlich. Überall liegen Dinge herum - aufgeschlagene Bücher, Zeitschriften, leere Trinkgläser und benutzte Kerzen. Das mag ich. Ich verabscheue Häuser und Wohnungen, die aussehen wie in einem Magazin für Inneneinrichtung. Dieses Haus ist stilvoll und trotzdem lebendig. Mir fällt nur auf, dass es nirgends private Fotos gibt. Fotos, die wir um uns herum ansammeln - von unseren Eltern, den besten Freunden, Urlauben, Familienfeiern, Kindern ... bei Sylvia und mir jedenfalls hängt und steht alles voll damit, sogar in der Küche. Das erinnert mich daran, dass Sylvia als Kind schrecklich vorstehende Zähne und eine winzige Nickelbrille hatte. Irgendwie tröstet mich das Bild immer, wenn ich es sehe, weil es mir gerecht erscheint. Schließlich ist Sylvia heute wunderschön, und es tut mir gut, zu wissen, dass sie das nicht immer schon war.

«Setz dich», sagt er nach unserem Rundgang und deutet auf das altmodische Plüschsofa, das den Salon beherrscht. Es steht so vor dem aus Marmor gehauenen offenen Kamin, dass man mit ausgestreckten Füßen wahrscheinlich seine Fußsohlen über dem Feuer garen könnte.

Etwas atemlos lasse ich meine Handtasche neben das gemütliche Sofa fallen und nehme darauf Platz. Der Sitz sinkt unter mir ein, was mich zu einer fläzenden Haltung nötigt, die ich in fremder Umgebung eigentlich ziemlich unhöflich finde. Aber das ist vermutlich Absicht.

Während er aus einem antiken Buffet aus rötlich glänzendem Eichenholz Gläser und Flaschen nimmt, betrachte ich ihn von hinten. Er ist sportlich-muskulös, aber nicht übertrieben aufgepumpt. Sein Hintern wirkt rund und prall in der engen Hose, die Schultern breit, während seine Hüften schmal sind. Neben ihm fühle ich mich wie eine faule, dralle Madame Pompadour, doch er hat mir ja zu verstehen gegeben, dass er mein neues Ich mag. Warum auch immer.

«Cognac okay?»

Ich muss lachen, und er zieht eine Augenbraue hoch, während er mir das edel wirkende Kristallglas hinhält.

«Entschuldige, aber bei Cognac denke ich immer an alte Frauen», sage ich lächelnd, nehme das Glas aber trotzdem an und nippe an dem scharfen Getränk. Wärmend rinnt es meine Kehle hinab.

«Der Cognac ist älter als meine Großmutter», erklärt er etwas herablassend und schwenkt sein Glas, während er die bernsteinfarbene Flüssigkeit betrachtet. «Ein Armagnac Duc de Maravat von 1905.»

Der Schluck bleibt mir fast im Hals stecken. Das ist doch nicht sein Ernst, dass er mir einen über hundert Jahre alten Cognac serviert, als wäre es eine Cola?

«Du musst mich mit so was nicht beeindrucken, Jason.»

«Offenbar hältst du mich für einen Spießer.» Jason bleibt vor dem Sofa stehen und betrachtet mich schmunzelnd von oben herab, was mir ein wenig unangenehm ist. Warum setzt er sich nicht einfach zu mir?

«Das habe ich nicht gesagt.»

«Du hast die Wahl meines Wohnortes belächelt, meine Küche mit Amüsement betrachtet, und nun machst du dich über mein Lieblingsgetränk lustig. Was soll ich davon halten?»

Ich ziehe scharf die Luft ein und spüre, wie sich meine Nackenhaare aufstellen. Sein Ton ist schärfer geworden, als ob ihm nicht gefiele, was ich zu ihm gesagt habe.

«Entschuldige, ich wollte dich nicht beleidigen.»

«Ist schon gut. Vielleicht hast du recht. Ich bin ein Produkt meiner Eltern und habe wohl einiges von ihnen unbewusst übernommen. Bisher hat sich bloß niemand darüber beklagt.»

«Ich beklage mich ja gar nicht», beeile ich mich zu beteuern und trinke noch einen Schluck, in der Hoffnung, dass der teure Alkohol mich ein wenig entspannt. «Ich meinte nur ...»

«Ich weiß, wie du es meintest. Auf dein Wohl!» Er hebt sein Glas, das im Schein der Artemide-Leuchten funkelt, und leert es mit einem Zug, bevor er es auf dem kleinen Nierentisch neben dem Sofa abstellt. «Ich freue mich sehr, dass du meiner Einladung gefolgt bist.» Endlich setzt er sich, lässt aber zwei Handbreit Platz zwischen uns.

Ich sehe ihn nicht an, sondern starre in den kalten, leeren Kamin vor mir. Unwillkürlich habe ich die Knöchel verschränkt und sitze hier wie eine Gouvernante. Sehr unsexy.

«Du weißt, warum ich gekommen bin.»

«Nein. Ich wusste nicht einmal, dass du schon gekommen bist. Jedenfalls noch nicht heute.»

Ich reiße den Mund auf und schnappe nach Luft. Endlich treffen sich unsere Blicke, und ich nehme irritiert zur Kenntnis, dass er sich über mich amüsiert.

«Findest du das lustig?», frage ich scharf und ziehe die Brauen zusammen. Aber mein Herz pocht heftig in der Brust. Ich weiß, worauf ich mich einlasse. Ich weiß, dass er böse, gemein und gefährlich ist. Dass er mich verletzen wird, wenn ich nicht aufpasse. Aber allein der Gedanke, mit Jason – *dem* Jason – auch nur einmal zu schlafen, ihn zu sehen, wenn *er* kommt, zu wissen, wie das ist ... das ist das Risiko doch wert?

«Tut mir leid. Aber neulich ...» Er verstummt, ohne den Blick von mir zu lösen.

Ich schaue in seine blauen Augen und schlucke. «Ich muss wissen, was du von mir willst, Jason.»

«Ich weiß, was *du* willst, und das genügt mir vorerst.» Ohne Vorwarnung zieht er eine Schachtel unter dem Sofa vor und präsentiert sie mir grinsend.

Ich muss sie nicht öffnen, ich weiß sowieso, was drin ist. Das Halsband! Mein Mund wird trocken, und leider ist das Glas in meiner Hand schon leer. Vorsichtig stelle ich es ab.

«Warum hast du mir das weggenommen?», frage ich leise.

Jason legt die Schachtel auf meinen Schoß und rutscht näher an mich heran, sodass ich ihn spüren kann. Meine Körperhärchen stellen sich auf.

«Ich will dich, Emma. Und ich weiß, dass du gar kein Interesse an mir hast, daher habe ich die Chance genutzt, als ich dich im Auktionshaus bemerkte.»

«Warum warst du überhaupt dort?», frage ich und spüre, wie sich meine Stirn in Falten legt.

«Ich gehe oft dorthin. Ich liebe Altes und Schönes, sammle Kunst und habe schon das eine oder andere Accessoire für mein Haus dort erworben. Als ich dich erkannte und sah, woran du interessierst warst, konnte ich einfach nicht widerstehen.»

«Wie kommst du darauf, dass ich kein Interesse an dir habe?»

Mein Atem geht schwer, meine Brust hebt und senkt sich. Er wird merken, dass ich nervös bin. Wie ein Hund, der die Angst eines Menschen riecht, seines Opfers. Tatsächlich fühle ich mich wie ein Opfer in seiner Gegenwart, und das flößt mir Furcht ein. Warum ist er nur so verdammt attraktiv?

«Du hast mich früher keines Blickes gewürdigt, Emma. Jedes Mädchen der Schule hat mir Avancen gemacht, nur du nicht. Du warst die Eisprinzessin, und ich habe mich nicht an dich herangetraut. Kannst du dir vorstellen, wie viel Angst ich vor der ersten Abfuhr meines Lebens hatte?»

Ich hole tief Luft und schüttele ungläubig den Kopf. «Da hast du dich aber gewaltig geirrt, Jason. Ich ... ich war sogar ...» Ich beiße mir so fest auf die Unterlippe, dass es weh tut. Nein, das werde ich ihm ganz sicher nicht sagen. Genauso gut könnte ich einem tollwütigen Hund meine nackte Kehle präsentieren.

«Du warst was?»

Sein Gesicht kommt näher, ich kann seinen Atem spüren. Ich wende den Blick ab und starre wieder in das imaginäre Feuer. Es ist viel zu warm draußen, um den Kamin zu entzünden, trotzdem würde mich sein Flackern jetzt bestimmt beruhigen. Ich liebe Feuer, ich bin Schütze, ein Feuerzeichen.

«Schon gut. Nichts. Vielleicht hast du recht, und ich war nicht an dir interessiert. Du warst arrogant, überheblich und narzisstisch. Im Gegensatz zu den anderen Mädchen habe ich das wohl früh genug erkannt, um nicht auf dich hereinzufallen.»

«So?» Sein Mund ist dicht an meinem Ohr. «Warum habe ich das Gefühl, dass du mir gerade nicht die Wahrheit sagst?»

Meine Hände zittern in meinem Schoß. Mein Unterleib zieht sich erregt zusammen, und ich bin mir nicht mehr sicher, ob der versprochene Lohn all das hier wert ist.

«Jason, ich ...»

Er erstickt den Satz mit seinen Lippen. Warm und trocken ruhen sie auf meinen, er wartet kurz ab, wartet auf meine Reaktion, bevor er sich bewegt und mit der Zungenspitze meine Lippen teilt.

Seufzend lasse ich zu, dass er in mich eindringt, eine Hand auf mein Schulterblatt legt und mich festhält. Er küsst verdammt gut, mit jedem Stoß seiner Zunge breitet sich Feuchtigkeit zwischen meinen Beinen aus, die ich im Slip fühlen kann.

«Ich habe dir gesagt, dass ich spezielle ... Vorlieben habe», raunt er dann in mein Ohr. Sein Atem kitzelt auf der Haut.

«Und die wären?», flüstere ich zurück, als säßen wir inmitten einer Opernvorstellung und müssten so leise reden.

«Ich möchte sie dir zeigen. Das ist einfacher, als sie dir zu erklären.»

Ach du Schande. Jetzt ist es also so weit. Jason Hall wird mich in seine perversen Gedanken einweihen, und ich weiß gar nicht mehr genau, ob ich die wirklich sehen will. Womit wird er mich konfrontieren? Mit einem Sammelsurium schräger Sextoys? Einer eingerichteten Arztpraxis im oberen Stock?

«Komm mit.»

Er zieht mich vom Sofa hoch, und ich taumle durch die ruckartige Bewegung gegen seine Brust. Meine Wangen glühen, und mein Blut pulsiert in den Schläfen. Jason streicht mir flüchtig durchs Haar, dann löst er sich von mir und geht voran. In die Bibliothek.

«Nimm Platz.» Er weist auf das vordere Ledersofa vor der großen Leinwand. Oh mein Gott! Er will mir einen Film zeigen! Ich habe noch nie im Leben einen Pornofilm gesehen, jedenfalls keinen ganzen, und schon gar nicht in Anwesenheit eines Mannes. Allein der Gedanke an meine mögliche Reaktion jagt mir eine Gänsehaut über den Körper. Ist das peinlich!

«Jason, falls du mir einen komischen Film zeigen möchtest ... das mag ich nicht», sage ich und drehe mich zu ihm um. Ich kann gerade über die Rückenlehne des Sofas hinwegsehen. Er schmunzelt nur, dann dreht er sich um und schiebt eine silbern funkelnde DVD in den Player, bevor er auf einen Schalter drückt und die Bibliothek in Dunkelheit hüllt.

Ich halte mich mit beiden Händen am Sofarand fest und kaue auf meiner Wange. Vielleicht habe ich Glück, und er zeigt mir nur Kinderfilme von sich und seinem Bruder? Ein Andenken an die alte Zeit, sozusagen. Aber ich weiß selber, dass das Unsinn ist.

Die Leinwand flackert auf, und zunächst sind nur schemenhafte Konturen zu sehen. Dann höre ich seine Schritte. Das

Ledersofa knarrt unter ihm, während er sich neben mich setzt und einen Arm auf die Rückenlehne legt, als wollte er mich umarmen.

«Jason, ich möchte das wirklich nicht ...»

«Schsch», macht er nur, und ich kann meinen Blick gar nicht von dem lösen, was sich da innerhalb weniger Sekunden vor meinen Augen auf dem Bildschirm entfaltet.

«Oh mein Gott!»

Er sagt nichts, sieht mich auch nicht an, sondern blickt an mir vorbei auf die bewegten Bilder. Der Film hat keinen Ton und ist in Schwarz-Weiß, aber ich merke sofort, dass es ein Amateurfilm ist. Aufgenommen mit einer fest installierten Kamera.

Ich erkenne eine nackte Frau, deren Hände mit breiten Manschetten an ihre Oberschenkel gefesselt sind. Ihre Beine sind gespreizt, sodass ich mich beschämt abwenden will, um nicht auf ihre Intimzone starren zu müssen. Sie trägt eine Augenbinde, der Hinterkopf ruht auf einer Art Liege, die mich tatsächlich an eine Arztpraxis erinnert. Ich kann das Gesicht der Frau sehen, aufgrund der Augenbinde ist sie aber nicht wiederzuerkennen. Sie hat lange, schwarze Haare, die um ihren Kopf fließen wie ein Tuch.

Ein halbnackter Mann betritt den Aufzeichnungsbereich der Kamera. Ich sehe seinen Rücken, die Muskelstränge, die trainierten Oberarme. Er hat ein großes, schwarzes Tattoo an der Seite, das sich bis zu den Achseln hochzieht, und trägt eine enge Stoffhose sowie in der Hand eine Reitgerte. Er geht langsam, sehr ruhig, auf die Liege und die darauf gefesselte Frau zu, streicht mit den Fingerkuppen über ihren nackten Körper und zwirbelt ihre Brustwarzen, die schon steif sind.

«Bist du das?», flüstere ich, doch er antwortet mir nicht. Gebannt sieht er geradeaus auf den Film, und als ich nach unten blicke, entdecke ich deutlich eine Erektion in seiner Hose. Mir wird gleichzeitig heiß und kalt. Die dunklen Haare, die Frisur … eigentlich gibt es keinen Zweifel, dass er es ist. Aber wer ist die Frau? Wusste sie, dass sie gefilmt wird? Hat sie sich freiwillig in diese Situation begeben, und gefällt es ihr womöglich sogar, nackt und ausgeliefert auf einer Liege gefesselt zu sein?

Der Mann geht um die Frau herum und stellt sich hinter ihren Kopf. Ich sehe nur sein Kinn und den Mund, aber jetzt bin ich mir sicher, dass es Jason ist. Diese feine Kerbe in der Oberlippe, der Schwung des markanten Kinns, das kann nur er sein. Die Lippen bewegen sich, aber ich höre nichts. Die Frau windet sich in ihren Fesseln und drückt den Oberkörper durch, während er mit dem Ende der Gerte über ihre Brüste fährt. Er klopft mit der kleinen Lederklatsche auf ihre Brustwarzen, und dann ziehe ich erschreckt die Luft durch die Zähne ein, als die Gerte sich schwungvoll in die Luft erhebt und anschließend auf dem Bauch der nackten Frau aufkommt.

«Oh Scheiße!», sage ich und will aufspringen, aber Jason hat seine Hand in meinen Nacken gelegt und hält mich fest wie eine Katzenmutter ihr Junges. Mein ganzer Körper zittert. Zwar habe ich mit einigem gerechnet, aber nicht damit! Jason ist ein perverser Sadist! Das hatte ich schon früher vermutet, allerdings ohne mir auszumalen, was genau das bedeutet. Für ihn, für die Frauen, für … mich.

Diese arrogante, überlegene Art. Der genussvolle Verbalsadismus, mit dem er einige Lehrer in tiefe Sinnkrisen stürzte. Alles fügt sich jetzt zu einem Bild, das ich so komplex nicht vor Augen hatte.

«Bitte, ich will das nicht sehen», sage ich, und meine Stimme klingt heiser. Als die Gerte wieder und wieder auf den Oberschenkeln der Unbekannten aufprallt und diese dunkler färbt, muss ich heftig schlucken. Seltsamerweise regt sich aber auch etwas in meinem Schoß, und bei allem Widerwillen verspüre ich ... Erregung. Gütiger Gott, es macht mich geil, einer Fremden zuzusehen, wie sie sich verprügeln lässt! Was hat das zu bedeuten?

Der Mann im Film beugt sich zu der Frau und küsst sie, von oben. Dabei gleitet seine freie Hand zwischen ihre Schenkel, und ich kann sehen, wie er sie dort liebkost. Umgehend verkrampft sich alles in mir, der Gedanke daran, wie seine kundigen Finger mich beim letzten Mal schon durch den Slip hindurch in Ekstase versetzt haben, kocht in mir hoch.

Jasons Atem geht schwerer, seine Erregung steigert sich wahrscheinlich durch die mit dem Film verbundene Erinnerung, denn *er* war es ja, der diese Frau gezüchtigt hat. Gezüchtigt – das klingt so altmodisch, so antik wie die Möbel in seinem Haus. Ich schlucke noch einmal, als er von oben herab die Gerte zwischen die Beine der Frau schiebt und damit auf ihre empfindlichste Stelle klopft. Sie windet sich in ihren Fesseln, ihr Mund steht offen, und ich kann ihren keuchenden Atem beinahe hören, obwohl der Film keinen Ton von sich gibt.

Dann sehe ich zu, wie er um die Liege herumgeht und am Ende, zwischen ihren weitgeöffneten Beinen, stehenbleibt. Er nimmt etwas vom Boden auf, ich erkenne einen Dildo. Aus Glas? Oder aus Eis? Ich habe keine Erfahrung mit so etwas, aber das Ding hat mehrere unterschiedlich große Kugeln, die er nun eine nach der anderen in der weitgeöffneten Pussy der Frau verschwinden lässt.

Sie scheint zu schreien, wenn ich ihre Mundbewegungen richtig deute, und in mir zieht sich alles zusammen bei dem Anblick. Ich werde gleich dringend ein neues Höschen brauchen, wenn ich nicht mit einem Fleck auf meinem Kleid enden will. Ach du lieber Gott!

Unwillkürlich strecke ich die Hand aus und kralle die Finger in Jasons Oberschenkel. Er reagiert nicht, zuckt nicht einmal zusammen, als ich die Nägel in den Hosenstoff und das darunterliegende Fleisch bohre. Wie ich es damals als Teenager getan habe, wenn wir Horrorfilme angesehen haben. Leider saß Jason nicht neben mir, sondern neben Kate, der großen Blondine aus der Oberstufe, die sich ständig kreischend an ihn kuschelte. Das reine Theater, aber ich war entsetzlich eifersüchtig, denn ich krallte meine Fingernägel in das Hosenbein des kleinen, bebrillten Steven, der sich danach sehnte, dass ich mich in seinen Arm schmiegen und ihm erlauben würde, meine Brüste anzufassen. Was ich natürlich nicht tat, so gruselig war *Friedhof der Kuscheltiere* nun auch nicht.

Nicht so gruselig wie das hier jedenfalls. Meine Beine fühlen sich an wie Wackelpudding, ich bin froh, dass ich jetzt nicht aufstehen muss. Das könnte ich sowieso nicht, selbst wenn ich wollte. Als hätte ich einen schlimmen Autounfall vor mir, klebt mein Blick an dem Bildschirm, während der Film-Jason sich hinkniet und offensichtlich seine Zunge über die Frau wandern lässt. Da die Kamera nur noch seine Hinteransicht filmt, kann ich mir nur vorstellen, was er da gerade mit dem Glasdildo und seiner Zunge anstellt, und ich erbebe vor Gier danach.

Gütiger Himmel, Emma, reiß dich zusammen! Was willst du denn? Du würdest dich niemals freiwillig so fesseln lassen! Du hättest viel zu viel Angst davor, was er alles mit dir anstellen könnte. Die Pussy auspeitschen? Oh Gott, bitte nein!

Doch gerade, als ich denke, es kann nicht mehr schlimmer kommen, erhebt sich der Jason auf dem Bildschirm wieder und zieht quälend langsam den kugeligen Dildo aus der Frau. Ihre Spalte bleibt weit geöffnet, und ich kann sehen, wie sie sich nach der letzten Kugel immer wieder lustvoll zusammenzieht. Jetzt befördert er eine kleine Peitsche mit sehr schmalen Riemen zutage, die er zunächst sanft über die Schenkel der Frau streicheln lässt. Doch dann kann ich das Surren der Riemen förmlich hören, als sie mit Wucht auf die Oberschenkel prasseln. Ich zucke wie getroffen zusammen und krieche tiefer in das Sofa, ohne Jasons Bein loszulassen.

«Möchtest du noch mehr sehen?»

Ich schüttele den Kopf so heftig, dass die Spitzen meiner Haare gegen Jasons Arme schlagen. Wie die Peitschenriemen im Film. Gleichzeitig beiße ich mir heftig auf die Zunge und versuche, dabei zu schlucken, was in einem irritierenden Hustenanfall endet.

Jason steht auf und geht nach hinten. Der Film wird in dem Moment abgeschnitten, in dem der Mann seine Hose öffnet, und ich bin kurz geneigt, «Nein» zu rufen. *Das* will ich ja dann vielleicht doch gerne sehen ...

Aber es ist zu spät, es wäre mir peinlich, jetzt so plötzlich meine Meinung zu ändern. Und es wäre auch zu durchschaubar.

Ich stehe auf und versuche, das Gleichgewicht zu wahren, was mir nicht leichtfällt. Jason fummelt noch eine Weile an dem Player herum, bevor er zu mir kommt und dicht vor mir stehen bleibt. Höchstens ein Buch hätte noch zwischen uns Platz. Er legt beide Hände auf meine Oberarme und sieht mir so tief in die Augen, dass ich das Gefühl habe, darin zu versinken.

Mein Gesicht brennt vor Scham und vor Erregung, die ich verzweifelt vor ihm verbergen will.

«Ich habe dir gesagt, dass ich spezielle Vorlieben habe.»

Ich nicke stumm und versuche, seinem Blick auszuweichen, doch er legt einen Finger unter mein Kinn und hebt es an, sodass ich ihn ansehen muss.

«Alles geschieht auf freiwilliger Basis. Ich bin kein perverses Schwein, Emma, aber es gibt Menschen – Frauen –, die daran Spaß finden. Bisher hatte ich jedenfalls noch keine Probleme, Mitspielerinnen zu finden.»

«Was willst du dann ausgerechnet von mir? Ich finde absolut keinen Spaß daran und möchte einfach nur etwas haben, das rechtmäßig sowieso mir gehört.»

«Mein Herz?» Er zwinkert mir zu und lächelt zum ersten Mal, anstatt zu grinsen.

«Du weißt genau, was ich meine.»

«Ja, Emma. Und es tut mir weh, dass dies die einzige Chance für mich ist, dich zu bekommen. Aber immerhin ist es eine Chance.»

«Du hättest mich doch auch einfach fragen können.»

Er lacht leise. «Einfach fragen? Soll ich dich anrufen und sagen: ‹Hey, hier ist Jason, du erinnerst dich bestimmt nicht an mich, denn du hast mich schon in der Schule keines Blickes gewürdigt, aber ich bin zufällig reich und schön und habe Spaß daran, Frauen zu dominieren. Hättest du Lust?›»

«Bei anderen funktioniert das ja offenbar», erwidere ich trotzig und bemühe mich, seinem bohrenden Blick standzuhalten. Himmel, es ist fast, als könnte er in mich hineinsehen. Ich fühle mich nackt unter seinem Blick, dabei ist mein Körper bis auf den Ansatz meiner Brüste vom Kleid verhüllt. Züchtig und anständig, möchte man beinahe sagen. So wie ich.

Anständig. Natürlich habe ich auch Erfahrungen, die über die Missionarsstellung hinausgehen. Aber mit «Kink» hatte ich noch nie etwas zu tun und habe mich nie dafür interessiert.

«Bei anderen Frauen vielleicht, aber nicht bei dir. Du bist nicht oberflächlich. Das warst du schon damals nicht. Ich glaube, ich habe mich in dich verliebt, als du bei der Abschlussfeier dein Gedicht vorgelesen hast.»

Das Blut schießt so heftig in meinen Kopf, dass mir schwindelig wird. *Oh Gott!* An diesen Moment in meinem Leben erinnere ich mich wirklich ungern. Die Hälfte der anwesenden Schüler hat gelacht, meine Mom schluchzte so laut, dass es deutlich zu hören war, und ich wäre am liebsten im Erdboden versunken. Nie wieder habe ich seitdem ein Gedicht geschrieben.

«Ich weiß noch den Anfang ... er ging ungefähr so ...» Er legt die Stirn in Falten und schließt die Augen. Seine Hände liegen jetzt auf meinen Unterarmen und halten mich fest. Ich will ihn stoppen, aber es ist zu spät.

«Wenn wir die Augen öffnen,
begegnen wir im Leben Menschen,
die uns verändern.
Menschen, die uns glücklich machen.
Menschen, die uns helfen können.
Menschen, die uns traurig machen.
Menschen, die uns fordern.
Doch am wichtigsten von allen sind die Menschen,
die uns unbewusst formen.
Unsere Lehrer, unsere Eltern, unsere Freunde.
Unsere Feinde, an denen wir wachsen.
Menschen, die uns enttäuschen und den Samen des Misstrauens in uns säen. Den Samen für unser erwachsenes Dasein.»

Er hebt wieder die Lider und sieht mich an. Ich weiß gar nicht, wo ich mit mir hin soll. Ein Schleudersitz wäre jetzt gut, der mich durchs Fenster katapultiert.

«War es nicht so? Ungefähr?»

Ungefähr? Es war ziemlich genau wörtlich, sofern ich mich richtig erinnere. Ich habe dieses Erlebnis tief in der hintersten Schublade meines Gehirns vergraben, weil es mich noch heute demütigt. Nie zuvor hatte mir jemand gesagt, dass ich keine Gedichte schreiben kann, aber das Gelächter des Publikums war deutlich genug und schmerzte mehr als jede ausgesprochene Kritik.

«Ich fand es wunderschön, damals wie heute. Was ist daraus geworden? Schreibst du noch?»

«Ich bin Journalistin, wie du weißt. Aber ich schreibe definitiv keine Gedichte mehr.»

«Schade, ich fand dich ungeheuer talentiert.»

Ich erröte schon wieder, diesmal vor Freude. Oder will er mich veralbern? Spielt er nur mit mir? Ich verziehe vorsichtig den Mund. Misstrauen, ja. Das hat er gesät, vor allem er. Und nicht zuletzt seinetwegen bin ich vielleicht früher erwachsen geworden, als mir lieb war.

«Weißt du, warum die anderen damals gelacht haben?», fragt er. Langsam lässt er meine Unterarme los, die nun an meinen Seiten herunterhängen wie Spaghetti, und da mein Kleid keine Taschen hat, greife ich vor Verlegenheit mit einer Hand an mein Dekolleté und spiele mit einer imaginären Kette.

«Weil das Gedicht lächerlich und schlecht war.»

«Oh nein, Emma. Ganz bestimmt nicht. Sie haben gelacht, weil ich während deines Vortrags übertrieben ergriffene Gesten machte. Ich tat so, als würde ich mir für dich das Herz aus der Brust reißen. Ja, ich war ein Arsch damals, ich gebe dir recht. Aber ich war so fasziniert, dass ich fürchtete, jemand könnte meine Rührung sehen. Das wäre mir unglaublich peinlich gewesen. Jason Hall, der coole Jason Hall, heult vor Rührung beim Gedicht einer Mitschülerin. Kannst du dir das vorstellen? Es wäre im Jahrbuch der Abschlussklasse gelandet.»

«*Ich* bin im Jahrbuch der Abschlussklasse gelandet.»

«Mit deinem Gedicht. Ich habe es oft gelesen in den letzten Jahren.» Er grinst.

Immerhin weiß ich jetzt, dass er kein fotografisches Gedächtnis hat, was mich ein wenig beruhigt. Trotzdem irritiert mich, dass er das Gedicht mehrfach gelesen hat. Ich selbst habe nie wieder einen Blick in das Jahrbuch geworfen, vielleicht hat meine Mutter es noch irgendwo.

Plötzlich keimt Wut in mir auf. Wut auf ihn, weil er für einen weiteren schlimmen Moment in meiner Jugend verantwortlich ist. Er hat mich traumatisiert, und das nur, weil er ...

«Du ahnst gar nicht, wie gut das alles hier zu dir passt, Jason. Du bist ein Arschloch, ein sadistisches, narzisstisches Arschloch. Es überrascht mich nicht, dass du beziehungsunfähig bist und dir komische Sklavinnen halten musst, um überhaupt Sex zu haben. Du musst eine Frau halt fesseln, damit sie dich ranlässt! Kein Wunder, dass du bis jetzt noch keine hast, keine liebevolle Familie mit Kindern, die in dieses Haus gehört. Eher als ein perverser Junggeselle jedenfalls. Solange du ...»

Er unterbricht meine Hasstirade mit einem Kuss, der es in sich hat. Meine Knie geben unter mir nach, und ich lande in seinen Armen, die mich zum Glück auffangen. Ergeben schließe ich die Augen und erwidere die forschenden Berührungen seiner Zunge. Er drängt sein Becken gegen meins, und ich kann die Härte in seiner Hose fühlen. Als er die Hand unter mein Kleid schiebt und über meinen Slip fährt, keuche ich in seinen offenen Mund.

«Jason ...», stoße ich hervor, doch er hört nicht auf, wirft mich auf das Sofa hinter uns und schiebt mein Kleid hoch, bis er den schwarzen Seidenslip zu sehen bekommt. Und die halterlosen Strümpfe.

«Alles für mich», murmelt er, bevor er seinen Kopf senkt und heißen Atem gegen meinen Schoß pustet. Die plötzliche Hitze schürt meine Erregung. Mein Höschen ist bereits nass, als er es mir von den Hüften zieht und dabei immer wieder mit den Händen über meine Oberschenkel fährt.

Ich erschauere unter seinen Bewegungen. Immer wieder streifen seine Lippen meine Mitte, ohne sie wirklich zu berühren. Er küsst die Innenseite meiner Schenkel und legt beide Hände unter meinen Hintern, um das Becken etwas anzuheben. Die Beine habe ich weit gespreizt, ich bin ihm dankbar, als er mein rechtes Bein neben sich auf die Rückenlehne des Sofas legt. Er küsst sich weiter nach oben und streift dabei immer wieder wie zufällig mit hitzigem Atem meine Spalte.

Andächtig betrachtet er mich, und das Blut rauscht so heftig in meinen Ohren, dass ich ein lautes Summen höre. Du liebe Güte, ist mir das peinlich! Er sieht mich an, als wollte er sich jedes Detail meiner glücklicherweise sorgfältig rasierten Spalte einprägen. Das Herz springt mir beinahe aus dem Hals, und ich muss so hart schlucken, dass es in der Kehle schmerzt.

Mein Schoß zieht sich zusammen, die Feuchtigkeit zwischen meinen Schenkeln verstärkt sich unter seinem intensiven Blick. Mit beiden Händen halte ich mich an seinem Kopf fest, fahre mit den Fingern durch sein dichtes Haar, das sich weich wie Samt anfühlt, und versuche, sein Gesicht zur Seite zu drehen, um die unangenehme Musterung zu beenden. Doch dann schlägt er mit beiden Händen meine Arme zur Seite und hält sie fest, dicht neben meinem Körper.

Mein Atem geht heftig, und ich versuche, mich aus seinem Griff zu winden, aber der ist unnachgiebig hart. Zum ersten Mal seit dem Film bekomme ich ein Gefühl dafür, was es bedeutet, gefesselt zu sein, obwohl er außer seinen Händen keine Hilfsmittel benutzt. Und ich bekomme einen Eindruck von der Kraft, die von seinem muskulösen Körper ausgeht. Wehrlos liege ich unter ihm und lasse mir gefallen, dass er mich mit seiner Zunge quält. Oh ja, er quält mich – ohne mir dabei Schmerzen zuzufügen. Ich atme nur noch flach und versuche, den am Horizont auftauchenden Höhepunkt abzuwenden. Es ist mir beim letzten Mal nicht gelungen, wo er mich mit seinen Fingern so geschickt manipuliert hat – jetzt bin ich seiner sensiblen Zunge ausgeliefert. Die Lust pocht heftig in meinem Schoß, und als seine Zungenspitze endlich meinen empfindlichsten Punkt berührt, durchzuckt mich ein Stoß wie bei einem elektrischen Schlag.

Keuchend bäume ich meinen Oberkörper auf, was er als Hinweis deutet, weiterzumachen. Stärker zu werden, kräftiger zu lecken. Er zieht Kreise und Kringel über meinen Kitzler, und ich spüre, wie der Saft aus mir heraustropft, zwischen meine Labien läuft und meine Oberschenkel nässt.

«Oh Gott, Jason ...», stöhne ich, dann schiebt er ruckartig einen Finger in mich und bringt mich damit fast um den Verstand. Himmel, was macht er da bloß?

Erregung durchströmt meinen ganzen Körper, während sein Finger tief in mir über eine Stelle reibt, von deren Existenz ich nicht einmal etwas geahnt habe. Ich sehne mich danach, ihn jetzt ganz in mir zu spüren, nicht nur seinen Finger. Gierig lecke ich über meine Lippen und versuche erneut, mich aus seinem Griff zu befreien, doch mit seiner Rechten hält er meinen Arm so fest, dass ich kaum eine Chance habe. Ich winde mich unter ihm und jammere, aber er gönnt mir keine Gnade.

Wieder und wieder streift er mit der Zunge über mich, teilt meine intimen Lippen, während sein Finger in mir arbeitet und mich massiert. Und dann spüre ich, wie sich meine inneren Muskeln um ihn legen und sich zusammenziehen. Mein Schoß pocht im Takt meines rasenden Pulses und jagt eine Hitzewelle über meinen ganzen Körper. Schreiend hebe ich mein Becken und flehe ihn an, aufzuhören, doch er macht unbeirrt weiter, in diesem hartnäckigen, gleichmäßigen Rhythmus, den ich brauche, um zu kommen.

Und dann komme ich tatsächlich. Ich komme in Jason Halls Gesicht, explodiere unter ihm. Der Raum um mich herum scheint zu zerspringen, meine Lider flattern, und ein erlösendes Zucken durchströmt mich. Sogar meine Zehen ziehen sich zusammen, und ich spanne jeden Muskel an, während ich stöhnend versuche, nicht vom Sofa zu fallen.

Er hält mich. Er hält mich so fest, während ich komme, dass ich wimmere wie ein Baby. Ganz plötzlich ist es vorbei, die Wellen verebben sanft und verlaufen sich in der folgenden Entspannung. Ich atme in seine Hand, die mit einem Mal vor meinem Gesicht ist. Er streichelt mich, bevor er den Zeigefinger zwischen meine Lippen schiebt. Automatisch fange ich an, daran zu nuckeln, und schmecke mich selbst, den herben Moschus meiner eigenen Lust.

Jason richtet sich auf und zieht mich an sich, und so bleibe ich sitzen. Schwer atmend, mit Nachwehen in meinem Schoß, die ich nur als Sehnsucht bezeichnen kann. Das Gesicht eng gegen seine Brust geschmiegt, bis der Stoff seines Hemdes mich kratzt.

«Du bist so schön, wenn du kommst. Diese ungeheure Anspannung, die dann plötzlich aufbricht und deine Gesichtszüge löst. Nicht mal im Schlaf sehen Menschen so gelöst aus. So verletzlich», raunt er in mein Ohr, und ich erschauere bei seinen Worten. Meine Augen brennen vor Scham und vor unerfüllter Lust. Ich wollte ihn in mir haben, ihn spüren, aber offenbar will er das gar nicht. Warum nicht?

Mit einer Hand umklammere ich seinen Unterarm und schiebe vorsichtig den Ärmel etwas hoch. Die Tätowierung fesselt meine Aufmerksamkeit, und jetzt kann ich auch erkennen, was sie darstellt. Stacheldraht. Zwei Bänder schlängeln sich um sein Handgelenk wie ein Armband. Das Motiv kenne ich nicht, in der Schule hatte er noch keine Tattoos.

Sanft streicht er eine Haarsträhne aus meinem Gesicht und hebt mein Kinn an, um mich anzusehen. Seine dunkelblauen Augen wirken fast schwarz in der uns umgebenden Dämmerung. Die schwarzen Haare glänzen im Schein der kugeligen Stehlampe, die ihn von hinten beleuchtet.

«Ich gebe dir gern Bedenkzeit, Emma, wenn du dich noch nicht entscheiden kannst. Aber ich wünsche mir sehr, dass du auf mein Angebot eingehst.»

Ich schlucke.

«Ich will dich nicht von deinem Leben abhalten, im Gegenteil. Aber ich möchte eine Woche lang die Chance, dich vom Leben zu überzeugen.»

Ich zwinkere irritiert, antworte aber nicht.

«Jeden Abend möchte ich dich ein Stück weiter in meine Welt entführen, bis du siehst, dass sie dir gefällt.»

«Und wenn es mir nicht gefällt? Was ist dann?»

Noch immer atme ich schwer, als hätte ich einen Marathonlauf hinter mir, und mein Herzschlag beruhigt sich nur langsam. Mein Magen zieht sich unangenehm zusammen, und meine Finger kribbeln vor Ungeduld.

«Ich bin mir sicher, dass ich das Eis auftauen kann, das du um dich herum aufgeschichtet hast. Und erst danach bin ich bereit, dich aufzugeben, wenn es sein muss.»

«Was meinst du damit?»

«Emma, ich bin kein Mann für eine liebevolle, langfristige Beziehung, das will ich dir nicht verheimlichen. Darum erwarte ich nicht, dass du mich liebst oder heiratest. Aber ich will dich ficken.»

Das derbe Wort wirkt auf mich wie eine kalte Dusche. Gleichzeitig spüre ich wieder meine inneren Muskeln, die offenbar ein Eigenleben führen und ganz anders auf Jason reagieren als mein Verstand. Zum Teufel, was ist nur mit mir los?

«Dass du nicht lieben kannst, glaube ich gern, Jason. Jedenfalls niemanden außer dich selbst. Das ist traurig, und ich frage mich, warum das so ist, aber die Antwort kennst nur du. Ich möchte nur das Halsband haben.»

Und mit dir schlafen, füge ich in Gedanken hinzu, beiße mir aber sofort auf die Lippe, um es nicht versehentlich auszusprechen. Ich bin wie elektrisiert, in meinem Körper krabbeln Hunderte kleiner Ameisen.

«Es gibt viele Gründe dafür, warum ich so bin. Glaub mir, ich war nicht immer so. Erst das Leben hat mich zu dem gemacht, der ich bin, und wenn du in die Tiefe meiner Seele schauen könntest, würdest du dich schaudernd von mir abwenden.»

Ich reibe mir über das Gesicht und löse mich vorsichtig aus seiner Umarmung.

«Die Tiefe deiner Seele? Momentan bin ich nicht mal davon überzeugt, dass du überhaupt so etwas wie eine Seele besitzt.»

«Autsch.» Sein Blick ist hart, und ich sehe, wie seine Backenzähne aufeinandermahlen.

«Es tut mir leid, Jason, aber ... ich bin nicht so. Ich mag das nicht, und ich werde es nicht mögen. Wenn dies deine Bedingung ist, um mir das Halsband zurückzugeben, muss ich dich enttäuschen. Behalte es und werde glücklich damit. Würde dir wirklich etwas an mir liegen, würdest du es mir jetzt schenken, das Geld ist ja offenbar kein Problem. Da du es nicht tust, liege ich mit meiner Einschätzung von dir wohl richtig.»

Abrupt stehe ich auf und streiche mit beiden Händen über mein Kleid, das mir locker über die Hüften fällt und meinen blanken Schoß sowie die nackte Haut meiner Schenkel wieder umhüllt.

«Und jetzt möchte ich nach Hause.»

Er bleibt mit auseinandergestellten Füßen sitzen und sieht mich an, von unten herauf. Seine Hände sind auf die Oberschenkel gestemmt, sodass er aussieht wie ein Tier auf der Lauer, kurz vor dem Sprung auf die ersehnte Beute. Seltsamerweise wirkt auch diese Position bei ihm alles andere als unterwürfig, aber er war schon immer ein Anführer. Ein Alphatierchen durch und durch. Wenn er einen Raum betritt, verstummen die Menschen schlagartig und wenden sich ihm zu, ohne zu wissen, warum. Man spürt einfach, dass er diese Dominanz besitzt. Er hat sie schon immer besessen – und schamlos ausgenutzt.

«Ich bringe dich sofort, wenn du wirklich willst.»

Verstohlen schiele ich zwischen seine Beine, kann dort aber nichts Verdächtiges entdecken. Entweder er ist der Großmeister der Selbstbeherrschung, oder die Nummer eben hat ihn völlig kaltgelassen. Mir wird ein wenig schwindelig, und ich weiß nicht, welche Variante mir lieber ist.

«Ich will», sage ich schlicht und drehe mich zur Tür. Das schwarze Seidenhöschen lasse ich liegen. Er hat es auf den Boden geworfen, und es wäre mir unfassbar peinlich, es jetzt aufzuheben. Zwischen meinen Schenkeln ist alles feucht und warm. Plötzlich verspüre ich das dringende Bedürfnis, zu duschen, oder noch besser, ein heißes Bad zu nehmen. Das werde ich tun, sobald ich zu Hause bin.

«Ich habe Dinner vorbereiten lassen, falls du ...»

Er ist aufgestanden und hinter mich getreten. Seine Schritte sind so lautlos wie behände, er bewegt sich mit der Geschmeidigkeit und Eleganz einer Raubkatze, und bestimmt ist er ebenso gefährlich. Bei aller Lust und Sehnsucht, ich muss einfach hier weg. Zurück in den sicheren Schoß meiner Wohnung, zurück zu Sylvia, um ihr alles zu erzählen.

Alles? Ich beiße mir auf die Wange, während ich darauf warte, dass er meine Handtasche aus dem Salon holt. Mein Blick gleitet über die Gemälde und die smaragdfarbenen Textiltapeten, die mich an ein englisches Schloss erinnern. Der Prinz und sein Hofstaat ... nein, ich werde mich definitiv nicht in die Riege seiner Verehrerinnen einreihen. Und ganz sicher werde ich mir nicht den Hintern versohlen lassen, nicht einmal von Jason Hall.

Schweigend verlassen wir das Haus, vor dem wie von Geisterhand gerufen der schwarze Wagen mitsamt Fahrer auf mich wartet. Stand er die ganze Zeit dort? Hat Jason geahnt, dass ich vor ihm flüchten werde?

Ich steige ein und krieche auf den Rücksitz. Als er die Tür hinter mir zuschlägt und die Hand zum Gruß hebt, wirkt Jason enttäuscht. Der Fahrer dreht sich nicht zu mir um, sondern startet sofort den Motor. Er weiß, wo er mich hinbringen muss. Und was er sonst noch weiß, ist mir egal.

Ich schaue nicht zurück. Nur der Gedanke an Grannys Halsband treibt mir die Tränen in die Augen. Es ist nur wegen des Schmucks – und wegen der Träume eines kleinen Mädchens, von denen ich mich schweren Herzens verabschiede, während der Wagen auf die Straße biegt.

8

«Los, erzähl!»

Ich stöhne auf, als Sylvia mich schon in der aufgerissenen Tür begrüßt. Wahrscheinlich hat sie den ganzen Abend am Fenster herumgehangen, um nur ja nicht zu verpassen, wann ich von meinem Date mit Jason nach Hause komme.

Ungeduldig schiebt sie mich durch unseren schmalen Flur in die Küche – in der Zweizimmerwohnung gibt es kein Wohnzimmer – und zwingt mich, auf einem der vier Plastikstühle Platz zu nehmen. Dann setzt sie sich mir gegenüber, stützt das Kinn in die Hände und blitzt mich neugierig mit funkelnden Augen an.

«Lass dir doch nicht alles aus der Nase ziehen! Was ist passiert? Was wollte er von dir? Wie lebt er überhaupt? Schönes Haus, schickes Penthouse? Mayfair? Kensington?»

Müde hebe ich beide Hände, um ihren Fragenschwall zu unterbrechen, und hänge meine Handtasche über die Stuhllehne. Anschließend schlüpfe ich aus den Pumps (Gott sei Dank) und strecke die bestrumpften Füße aus.

«Nun lass mich doch erst mal ankommen», knurre ich missmutig, während ich fieberhaft überlege, was von dem Erlebten ich ihr überhaupt mitteilen kann ... oder will.

«Du hast Sex gehabt, Emma. Ich sehe dir an der Nasenspitze an, dass du Sex gehabt hast!»

Sylvia rutscht nervös auf ihrem Stuhl herum und tastet mit einer Hand nach ihrem Glas, in dem ich Weißwein vermute. Ich bin schneller, schnappe es ihr weg und trinke hastig einen großen Schluck. Zum Glück hatte ich recht, es ist nicht einmal der säuerliche Pinot grigio, den sie sonst immer trinkt. Ihre italienischen Wurzeln lebt meine beste Freundin vor allem in kulinarischer Hinsicht aus – mit Pizza, Pasta, Prosecco und Wein, den sie sich von ihrer Cousine aus Italien schicken lässt. Dieser hier ist sehr viel besser als das, was sie üblicherweise trinkt.

«Ich hatte keinen Sex, danke der Nachfrage. Wir haben nur … geredet.» *Und uns geküsst. Und er hat mich geleckt, auf seinem Sofa, nachdem wir einen selbstgedrehten Porno angeschaut hatten. Sex … für'n Arsch.* Besser, ich erzähle ihr keine Details, sonst laufe ich Gefahr, jahrelang von ihr aufgezogen zu werden.

«Er lebt übrigens in Hampstead Heath.»

Sylvias Mund klappt auf, und sie starrt mich fassungslos an. «Das glaube ich dir nicht!»

«Ist aber wahr», erwidere ich achselzuckend und suche mit den Augen die kleine, uralte Einbauküche (in dezentem Siebziger-Jahre-Orange) nach der Weinflasche ab, um nachzuschenken. Sylvia erkennt meinen Blick und steht grinsend auf.

«Im Kühlschrank, den muss man gut gekühlt trinken.»

Triumphierend schwenkt sie die Flasche und hält mir das Etikett hin.

«*Pavillon blanc du Château Margaux, 2007*», lese ich. «Das klingt aber nicht italienisch?» Skeptisch ziehe ich eine Augenbraue hoch, während Sylvia das stillose Senfglas mit dem fruchtig duftenden Wein füllt, bevor sie sich ein eigenes Glas aus dem Schrank holt.

«Der stand als Geschenk verpackt vor unserer Tür. Offenbar von einem Verehrer.»

Der Wein bleibt mir im Halse stecken, so fruchtig er auch ist. «War da keine Karte dran?»

«Nö. Ist doch auch egal.» Sylvia hebt schnippisch die Schultern und macht schlürfende Geräusche beim Trinken. Angeblich macht man das so, wenn man Wein verkostet, aber was weiß ich davon.

«Und du hast keine Ahnung, von wem ...?»

«Wahrscheinlich von Marc, dem Typen aus dem Fitnessstudio, du weißt schon.» Sie verdreht die Augen und wirft die dunkelbraune Mähne über ihre Schulter zurück.

«Der, den du so unsanft abserviert hast? Von dem kannst du wohl kaum noch Geschenke erwarten.»

Ich bin wirklich irritiert, denn der Wein sieht nicht nur teuer aus, sondern schmeckt auch so. Verflucht teuer, um genau zu sein. Nicht dass ich Weinexpertin wäre, aber ich kann einen guten Wein schon von normalem Tafelwein unterscheiden.

Warum mir umgehend Jason in den Kopf kommt, weiß ich selbst nicht. Wieso sollte er mir eine Flasche Wein schenken, wenn er doch wusste, dass ich gar nicht zu Hause sein würde? Hat er seinen blonden Fahrer oder einen Lieferdienst geschickt, um sie bei uns abzuliefern? Himmel, langsam fühle ich mich wirklich verfolgt.

«Was hast du denn? Ist doch egal, wer der edle Spender ist, das Zeug ist großartig. Einen guten Geschmack hat derjenige auf jeden Fall, und wenn es wirklich Marc war, werde ich ihm noch mal eine Chance einräumen.» Sylvia stellt ihr Glas zur Seite und beugt sich über den Tisch, um mir scharf in die Augen zu sehen. «Jetzt hast du aber genug abgelenkt – du schuldest mir was! Und erzähl mir nicht wieder, ihr hättet nur *geredet*.»

Meine Wangen glühen, ich versuche, ihrem Blick standzuhalten. Dann muss ich plötzlich kichern. Sylvia nickt zufrieden und kneift ein Auge zu.

«Ich wusste, dass du lügst. Jetzt hast du dich endgültig verraten. Also los, Emma! Raus mit der Sprache! Was hast du mit Jason Hall getrieben?»

Seufzend lasse ich mich in den Stuhl zurückfallen und wackele mit den Zehen. Kein Wunder, dass Sylvia so neugierig ist, schließlich kennt auch sie Jason von früher.

«Also, er steht auf SM. Bondage und so. Haue mit Peitschen und Gerten.»

Sylvia zieht scharf die Luft ein und sieht mich mit aufgerissenen Augen an. «Ernsthaft? Und das will er jetzt mit dir ...? Oh Mann, das ist großartig!»

«Spinnst du? Der Kerl ist ein waschechter Sadist und will mich ... mir ... ach, so was alles halt. Nur wegen eines Halsbands?»

«Es ist nicht nur wegen irgendeines Halsbands, Emma.» Sylvia streckt den Arm über den Tisch aus und drückt meine Hand. «Glaubst du nicht, dass er noch viel mehr mit dir vorhat, wenn er sich so bemüht? Ich meine, er hat das Collier absichtlich ersteigert, weil er dich wollte. Da steckt doch mehr dahinter.»

«Oh ja, das ist zu befürchten», sage ich und schaue missmutig in das Weinglas vor mir.

«Vielleicht ist er heimlich in dich verliebt und will ...»

«Verliebt?» Ich lache laut auf. «Jason Hall, verliebt? Der weiß doch nicht mal, wie man das Wort buchstabiert! Syl, hast du vergessen, was er mir – und einigen anderen – angetan hat in der Schule? Was für ein widerliches, selbstherrliches Arschloch er war?»

«Trotzdem warst du in ihn verknallt», stellt Sylvia schonungslos fest und grinst. «Und du warst bei weitem nicht die Einzige. Oh Mann.»

«Er ist definitiv nicht in mich verliebt. Vermutlich will er sich an mir rächen.»

«Wofür denn? Du hast ihm doch nie was getan?»

Ich beiße auf meine Wange. Es gibt Dinge in meinem Leben, die ich nicht mal mit Sylvia teile. Dinge, die fest verschlossen in meinem Herzen sind und von denen niemand etwas weiß. Aber es ist nicht unmöglich, dass Jason etwas über mich herausgefunden hat. Etwas, das ihm Grund gäbe, sich zu rächen. Doch ich kann es Sylvia unter keinen Umständen erzählen.

«Er hat bei meinem Abschlussgedicht fast geweint», sage ich mit verschwörerischer Stimme und kann nicht umhin, ein bisschen Stolz dabei zu empfinden. Sylvia reißt verblüfft die großen, grünen Augen auf. Wenn sie nicht Krankenschwester geworden wäre, hätte sie das perfekte Bond-Girl abgegeben.

«Ich bin fassungslos.»

«Hat er mir jedenfalls so gesagt. Deshalb haben alle gelacht – weil er Mätzchen gemacht hat, um seine Rührung zu verbergen.»

Sylvia kaut auf ihrer Unterlippe herum und senkt den Blick.

«Möchtest du mir etwas sagen?»

«Ich ... ach, Emma.»

Sie hebt ergeben beide Arme und lässt sie wieder fallen. Meine Stirn zieht sich in Falten.

«Das wusste ich. Ich habe ihn ja gesehen – ich saß wie die anderen zwei Reihen vor ihm und habe mich natürlich zu ihm umgedreht, als das Gekicher losging.»

Mein Kopf fühlt sich an wie eine heißgekochte Tomate. «Und du hast es nicht für nötig gehalten, mir das zu sagen? Früher? Sehr viel früher? Du hast mich all die Jahre im Glauben gelassen, dass ich keine Gedichte schreiben kann?»

Oh Gott, ich bin kurz vorm Explodieren. Ich kann sogar meine Halsschlagader spüren, wie sie klopft und pulsiert.

«Damit will ich ja nicht sagen, dass das Gedicht wirklich *gut* war ...»

«Ach, was weißt du davon? Du liest doch überhaupt nicht.»

Ich bin getroffen und ganz schön beleidigt.

«Emma, wenn du gewusst hättest, dass wieder einmal Jason schuld war an deinem Elend ... Du hattest doch sowieso schon das Gefühl, dass er dich fertigmachen will.»

«Er war auch ganz erfolgreich damit!»

«Nein, war er nicht. Sieh dich doch an – du hast studiert, du bist klug und gebildet, du arbeitest als Journalistin, du bist attraktiv und selbstsicher geworden ...»

Nur beste Freundinnen schaffen es, so viele Komplimente in einen Satz zu packen, dass einem die Luft wegbleibt. Ich bin ihr unendlich dankbar, dass sie das Gemeindeblättchen in dieser Aufzählung mit keinem Wort erwähnt.

«Du schreibst erfolgreich für das Blätt...»

«Halt!», rufe ich dazwischen und hebe meine Hand. «Nicht weiter. Lass es einfach, so war es schön.»

Sie grinst schief. «Wie genau sieht denn nun sein Angebot aus? Was will er von dir? Dich heiraten?»

Ich pruste verächtlich. «Der will nie heiraten. Er will sich nicht in mich verlieben, nicht mit mir zusammen sein. Er will mich nur ficken. Auf seine Art. Mit Peitschen und Fesseln und so.»

Sylvia atmet heftig aus und legt den Kopf schief. «Was ist daran so schlecht? Während deiner gesamten Pubertät wolltest du mit Jason schlafen.»

«Ich wollte Liebe mit ihm machen. Das ist nicht das, was *er* will. Er steht auf perverse Sachen, und die sind wirklich nicht meine Baustelle.»

Sie wirkt nicht überzeugt. «Hast du es denn schon probiert? Wie willst du wissen, dass es nichts für dich ist, wenn du es nicht versuchst?»

«Ich muss doch auch nicht alles essen, um zu wissen, dass es mir nicht schmeckt», empöre ich mich ehrlich. Ernsthaft, ich würde zum Beispiel niemals Känguruhoden essen. Oder Heuschrecken. Schon der Gedanke daran ekelt mich, selbst wenn es von Jamie Oliver zubereitet wäre. Mit Paprika (ich liebe Paprika).

«Entschuldige, Süße, aber da bin ich anderer Meinung. Was dir schmeckt, kannst du erst wissen, wenn du es probiert hast. Wenn du dich verschließt, entgehen dir kulinarische Genüsse, von denen du nichts geahnt hast.»

«Willst du mir sagen, du hast das schon gemacht? Mit Fesseln und Schlagen und so?»

Zweifelnd betrachte ich Sylvias schlanken Körper. Sie ist klein und zierlich, im Gegensatz zu mir. Obwohl sie dauernd beteuert, wie sehr sie mich um meine großen Brüste beneidet (die allerdings mit einer zu breiten Taille und einem für meinen Geschmack zu voluminösen Hintern einhergehen), bedauere ich, dass mir ihre Klamotten nie richtig passen werden. Wenn ich an das viel zu enge Kleid denke, das sie mir geliehen hat, muss ich lachen. Gott, was muss das für ein Anblick gewesen sein?

«Natürlich habe ich das mal ausprobiert, und ich muss zugeben, da ist schon was dran. Es hat was, sich einem Mann so auszuliefern, so wehrlos dazuliegen und nicht zu wissen, was er als Nächstes tun wird.» Täusche ich mich, oder werden ihre Wangen wirklich ein bisschen rot? Unglaublich! «Da ist doch nichts dabei. Jeder macht das mal! Genau wie Dreier, Analsex ...» Sie stutzt mitten im Satz und sieht mich stirnrunzelnd an. «Emma, willst du mir etwa sagen, dass du das alles noch nie ...?»

Ich schnappe nach Luft und schüttele heftig den Kopf, während ich gleichzeitig versuche zu nicken.

«Ja, nein, ich ... aaaah!»

Um ihr zu signalisieren, dass ich nichts weiter hören will, drücke ich die Hände auf beide Ohren. Ich hasse es, über Sex zu reden. Das war noch nie mein Terrain. Schon gar nicht möchte ich mit meiner besten Freundin darüber sprechen und womöglich erfahren, was sie genau mit wem getrieben hat. Analsex? Normal? Herrgott, ich dachte, ich hätte einige Erfahrungen gesammelt, aber plötzlich fühle ich mich wieder wie eine Jungfrau.

«Also schön, er hat mich ... oral befriedigt.»

Sylvia prustet den Weißwein, den sie gerade getrunken hat, über den Tisch. Mit dem Handrücken wischt sie sich über den Mund, ihr rosa Lipgloss bleibt daran kleben, was ein bisschen komisch aussieht.

«Jason Hall hat dich geleckt? Emma, ich bin stolz auf dich! Was musstest du dafür tun?»

«Gar nichts.» Ich zucke die Achseln und muss grinsen. Jetzt bin ich sogar fast selbst stolz auf mich. Weil ich es gesagt habe. So normal, als sei das gar nichts Besonderes. Obwohl es für mich etwas ganz Besonderes ist.

«Warst du dabei gefesselt?»

Das Funkeln in Sylvias Augen macht mir Angst. Offenbar stellt sie sich etwas ganz anderes vor als das, was wirklich geschehen ist. Kann ich das einfach so stehenlassen?

«Himmel, nein! Ich habe dir gesagt, dass das nicht mein Ding ist, und das habe ich auch Jason zu verstehen gegeben. Sein Angebot werde ich nicht annehmen, ich bin ja nicht wahnsinnig.»

Sylvia leckt sich über die Lippen und verschränkt die Arme vor der Brust, während sie mich mustert. Ich glaube, plötzlich so etwas wie Respekt in ihrem Blick zu erkennen, aber vielleicht ist das nur Wunschdenken.

«Ich fasse mal zusammen: Jason Hall, in den du während der gesamten Schulzeit unglücklich verschossen warst, hat dir auf einer Auktion das Halsband deiner Uroma weggeschnappt. Dann hat er dir angeboten, es dir zu schenken, wenn du ihm eine Woche lang für irgendwelche experimentellen Sexspielchen zur Verfügung stehst. Und heute Abend hat er dich geleckt, ohne eine Gegenleistung dafür zu fordern.»

Sie beugt sich weiter über den Tisch und tippt sich demonstrativ mit dem Zeigefinger an die Stirn.

«Ernsthaft, du bist wahnsinnig, wenn du es *nicht* tust! Ich würde das sogar ohne das Halsband machen. Falls ich also für dich einspringen soll, sag bitte Bescheid!»

«Pfffft.» Kopfschüttelnd stehe ich vom Tisch auf und strecke mich gähnend. «Ich geh ins Bett. Ich habe *Nein* gesagt, und dabei bleibe ich. Du weißt, dass ich mir selbst treu bin.»

«Stur wie ein Esel würde es eher treffen», meint Sylvia abwinkend und schenkt sich noch einen Weißwein ein. «Zum Teufel, das Zeug ist wirklich großartig.»

«Gute Nacht. Schlaf gut.»

Auf etwas wackligen Beinen gehe ich durch den düsteren Flur in mein Zimmer, das direkt neben der Wohnungstür liegt. Es ist spartanisch eingerichtet, noch immer stehen meine Studentenmöbel darin. Billiges Holz ohne viel Schnickschnack, ich habe mein Geld seit jeher lieber für Bücher, DVDs und so Zeug ausgegeben als für Klamotten oder Möbel. Außerdem halte ich mich zu Hause sowieso meistens in der Küche auf, wenn Sylvia da ist, und benutze das Zimmer nur zum Schlafen.

Mit einer Hand streiche ich zärtlich über die Holzkommode, die Granny mir vermacht hat.

Ja, ich bin sentimental und hänge an solchen Erinnerungsstücken. Ich weiß, dass ihre Eltern ihr diese Kommode nachträglich zur Hochzeit geschenkt haben, und ich halte sie natürlich in Ehren.

Ich lebe nicht in der Vergangenheit, aber ich lebe auch nicht ohne sie. «Carpe diem», nutze den Tag, ist Sylvias Motto. Meins lautet eher «Vergiss nicht, woher du kommst». Wir kommen aus Elephant and Castle. Sylvia, ich - und auch Jason. Und ehrlich, wer diesen Stadtteil Londons überlebt hat, der übersteht auch einen Afghanistan-Einsatz oder einen Urlaub in der Bronx.

Erschöpft lasse ich mich auf das schmale Bett fallen. Es ist gerade mal einen Meter breit, aber für mich allein reicht es völlig. Ich hatte noch nie Übernachtungsgäste. Die seltenen One-Night-Stands fanden immer in fremden Betten statt. Bevor ich einen Unbekannten mit zu mir nach Hause nehme und ihm somit meine Adresse offenbare, friert die Hölle ein. Sicher ist sicher.

Vergiss nicht, woher du kommst.

Ich schließe die Augen und konzentriere mich auf meinen Atem. Die Erinnerung an Jason und das, was er mit mir getan hat, ist noch sehr präsent. Mein ganzer Körper scheint zu summen. Mir fällt auch wieder ein, dass ich ein heißes Bad nehmen wollte, aber irgendwie bin ich jetzt zu müde dafür. Ich rolle mich auf dem Bett ein und streichle mit den Fingern über den Rand meiner Bettdecke. Das habe ich schon als Kind gemacht, und meine Mutter war der Meinung, dies sei ein Zeichen von fehlendem Körperkontakt. Da war ich allerdings für einen Freund zu jung und gleichzeitig zu alt, um noch mit meinen Eltern zu kuscheln, ohne dass mir das peinlich gewesen wäre.

Auch heute habe ich noch diese Angewohnheit, bevorzugt vor dem Einschlafen. Die Berührung beruhigt mich. Wieder und wieder gleiten meine Fingerkuppen über die weichen Nähte, während ich mit geschlossenen Augen an Jason denke. An den gefährlichen Jason, der mir schon einmal sehr weh getan hat und vor dessen Sadismus ich nicht sicher sein werde. Wenn ich nicht gut auf mich selbst aufpasse ...

9

Reverend Morris mustert mich von oben mit besorgtem Blick.

«Geht es dir gut, Emma? Du machst heute einen fahrigen Eindruck.»

«Alles prima, danke. Hab nur schlecht geschlafen.»

Ich spüre, dass ich bei meinen Worten rot werde. Schlecht geschlafen trifft es nicht annähernd. Meine Nacht war hitzig, feucht, und im Morgengrauen wurde ich von einem Höhepunkt geweckt, den ich nicht mal selbst mit den Fingern ausgelöst hatte. Die Macht der Gedanken? Das ist beinahe unmöglich. Früher habe ich das ab und zu erlebt, immer dann, wenn ich monatelang keinen Sex hatte. Und jedes Mal war der Orgasmus kräftig genug, um mich aufzuwecken. Aber warum heute?

«Du wirkst ein wenig bekümmert. Falls du jemanden zum Reden brauchst ...»

Perplex sehe ich von den Unterlagen hoch, die ich gerade zu lesen versuche. Offenbar kann der hochgewachsene Priester meine Verwirrung sehen, denn er lacht und zeigt mit dem Finger auf seine Brust.

«Ich bin Priester, wie du weißt, und damit Seelsorger. Das Angebot gilt auch für Mitarbeiter der Gemeinde.»

«Danke», sage ich und schlucke.

Verflucht, sogar mein Hals fühlt sich jetzt heiß an. Unwillkürlich greife ich wieder zu meinem imaginären Collier und versuche, mich zu sortieren. Unmöglich, dass ich unserem Priester von meinen Problemen erzähle. Davon, dass ein alter Bekannter mich seit Tagen vom Leben abhält, weil in jeder freien Minute alle meine Gedanken nur um ihn kreisen. Davon, dass mein ganzer Körper sich lustvoll verkrampft, wenn ich mir nur seine blauen Augen vorstelle, seine schlanken Finger. Die Muskelstränge auf dem Rücken, die ich nur in einem selbstgedrehten Videofilm gesehen habe.

«Es ist wirklich nichts, ich bin nur müde. Frühjahrsmüdigkeit vielleicht.» Ich versuche ein Lächeln, doch an Reverend Morris' Stirnrunzeln sehe ich, dass er mir nicht glaubt.

«Bald ist Ostern. Du solltest die freien Tage zur Erholung nutzen, Emma.» Väterlich legt er mir eine Hand auf die Schulter und drückt kurz zu.

Ich nicke dankend und versenke mich dann zum Schein wieder in das Papier vor mir. Die Buchstaben rasseln an meinen Augen vorbei, ohne dass ich auch nur den Sinn eines einzigen Satzes erfasse. Seufzend hebe ich den Kopf wieder und starre aus dem Fenster. Hinter dem Gemeindehaus, in dem auch die Redaktion des Gemeindeblattes sitzt (also ich), ist ein kleiner, quadratischer Garten angelegt. Er besteht zum Großteil aus grünem, saftigem Rasen, den Reverend Morris hegt wie ein exotisches Gewächs. Plötzlich ist mir danach, in die Sonne zu gehen. Der Schein trügt, denn es ist nicht wirklich warm draußen, aber immerhin leuchtet der Himmel in verschiedenen Blautönen, und das Licht würde mir guttun. Der Winter war trüb und lang, ich bin froh, dass sich die Nebel in London endlich verzogen haben und ich morgens bald nicht mehr im Dunkeln aufwachen werde.

Das leise «Pling» des E-Mail-Programms reißt mich aus der Lethargie. Der Absender – ein kryptischer Fake-Name – ist mir unbekannt, was selten vorkommt, denn irgendwie hat es die Gemeinde geschafft, unsere Mailadressen von Spam freizuhalten. Bei Gelegenheit muss ich mal mit dem Admin reden und ihn fragen, wie zum Teufel er das hinkriegt, ohne gleichzeitig lauter wichtige Mails im Nirwana verschwinden zu lassen.

Als ich die Nachricht aufrufe, erstarre ich. Dann beschleunigt sich mein Herzschlag.

Liebe Emma,

Deine Absage habe ich schweren Herzens zur Kenntnis genommen. Trotzdem möchte ich einen weiteren Versuch wagen. Ich bin nicht mehr der unsichere Jason von früher, den eine Abfuhr aus der Bahn wirft (nicht dass ich jemals eine bekommen hätte, wie Du weißt).
Ich bin hartnäckig, und wenn ich weiß, was ich will, lasse ich nichts unversucht. Ich will Dich, Emma, und ich werde Dich heute Nachmittag aus dem Büro abholen lassen. Gib mir die Chance, Dir meine Welt zu zeigen. Danach kannst Du immer noch entscheiden, nicht auf mein Angebot einzugehen, und wir werden sicher eine Lösung für das Halsband finden (Du könntest den Kaufpreis bei mir abarbeiten ... Scherz!).

Bis später, Dein Jason

Jetzt schlägt mein Herz so schnell, dass mir fast schwindelig wird. Offiziell habe ich in einer guten Stunde Feierabend. Wenn ich mich bei Reverend Morris wegen Unpässlichkeit entschuldige, kann ich von hier verschwinden, bevor Jason mir auflauert.

Meine Finger zittern, während ich den Laptop zuklappe und meine Notizen in die Handtasche werfe.

«Reverend Morris?», rufe ich und werfe mir schon die dünne Jacke über. «Reverend Morris, ist es okay, wenn ich heute früher gehe? Mir geht es nicht so gut, ich ...»

«Emma?», ertönt die Antwort von nebenan, dann höre ich seine Schritte. Er sieht noch immer besorgt aus. Jetzt sollte ich mir besser etwas Beruhigendes für ihn ausdenken.

«Ich habe meine Periode, da fühle ich mich meistens unwohl», sage ich und beiße mir hastig auf die Unterlippe, um mich nicht zu verraten. Himmel, ich wünschte, ich wäre eine bessere Lügnerin. Doch die Ausrede verfehlt ihre Wirkung nicht, ich sehe, wie sich die Wangen des Priesters leicht röten. Verlegen wendet er den Blick ab und murmelt seine Zustimmung, bevor er eilig mein Büro verlässt.

Ich muss lachen. Natürlich reagiert er so auf diese Begründung – was weiß ein zölibatärer Priester schon über die weibliche Menstruation? Sicher nicht genug, um mit mir darüber reden zu wollen.

Zufrieden mit mir selbst, stürme ich aus dem Haus auf die St. Martin's Lane, die wie immer um diese Zeit von geschäftigen Menschen und Touristen überschwemmt wird. Sie sind auf dem Weg zum Covent Garden, zu den alten Markthallen, in denen man heute keine Marktschreier mehr antrifft, dafür Künstler, Clowns und Akrobaten. Zahlreiche Mittagspausen habe ich dort schon verbracht, Tee getrunken oder einen Salat gegessen und den flanierenden Leuten zugesehen. Ich liebe den Covent Garden und bin froh über die Nähe zu unserer Gemeinde.

Dann entdecke ich das schwarze Auto, und mein Herz setzt zwei Schläge aus. Bitte, das kann doch nicht sein Ernst sein!

Schon erblicke ich in dem Getümmel seine dunkle Mähne, die

auf mich zukommt. Verstecken ist zwecklos, die blauen Augen fixieren mich und halten mich an Ort und Stelle. Meine Beine sind zu Salzsäulen erstarrt.

«Du bist früh heute», sagt er und lächelt, als ob nichts dabei wäre, dass er mir offensichtlich nachstellt. Ich hole tief Luft und werfe ihm einen hoffentlich wütenden Blick zu.

«Spionierst du mir jetzt nach?»

«Ich habe doch angekündigt, dass ich dich abhole.» Er hebt die Schultern zu einem kurzen Achselzucken und streckt die Hand aus. Ich presse die Arme an meinen Körper und umklammere die Riemen meiner Handtasche mit beiden Händen. Heute trage ich bequeme Jeans, meine Lieblingssneakers und eine glänzende, violette Schluppenbluse, von der Sylvia wissen wollte, ob sie aus dem Fundus meiner Urgroßmutter stammt. Dabei habe ich sie aus einem ziemlich trendigen Secondhandshop am Camden Market.

Trotzdem, nicht gerade das passende Outfit für einen heißen Abend ... aber ich hatte ja definitiv nicht vor, den Abend mit Jason zu verbringen. Oder mit überhaupt einem Mann.

«Ich muss nach Hause, Sylvia wartet auf mich.»

Jason macht zwei Schritte auf mich zu und berührt meine Schulter mit seiner Hand. Es stört mich, dass ich zu ihm aufsehen muss. Plötzlich wünsche ich mir sogar Sylvias High Heels zurück, nur, um größer zu wirken.

«Nur diesen Abend», raunt er und beugt sich zu meinem Ohr, wie zufällig streifen seine Lippen meinen Hals. Mit einer Hand schiebt er eine Strähne meiner langen Haare nach hinten. Ich zittere am ganzen Leib.

«Jason, bitte ... ich kann das nicht», stoße ich hervor. Aber mein Körper reagiert mal wieder auf seine ganz eigene Weise auf Jasons Avancen. Offenbar funktioniert die Schnittstelle zu meinem Gehirn nicht mehr.

Oh lieber Gott, wenn es dich gibt (und da ich ja sozusagen für dich arbeite, musst du doch irgendwo existieren), lass ihn einfach verschwinden. Von hier, aus meinem Leben. Lass ihn eine willige Sklavin finden, die ihm alles bedeutet. Ich will nicht. Ich *kann* nicht!

«Bitte.» Seine Stimme ist eindringlich und leise. Dann umfasst er mein Handgelenk und zieht mich sanft mit sich in Richtung des Autos, in dem der blonde Fahrer sitzt und unbeteiligt auf seine Fingernägel starrt.

Ich atme tief aus.

«Ich bin gar nicht vorbereitet», sage ich schließlich. Ich könnte mich ohrfeigen – was erzähle ich denn da für einen Unsinn? Vorbereitet? Worauf denn? Auf ihn? Ich weiß ja nicht mal, was er geplant hat.

«Das können wir gemeinsam bei mir nachholen. Ganz ungestört.»

Er gleitet mit der Hand über meinen Rücken. Die feinen Härchen in meinem Nacken stellen sich auf, und ich erschauere, als würde ich frösteln. Gütiger Himmel, was macht er bloß mit mir? Was zum Teufel zieht mich so stark zu ihm hin, und was hat er eigentlich mit mir vor?

Wie in Trance gebe ich dem sanften Druck seiner Hand nach und setze mich auf den Rücksitz des alten Mercedes. Er schließt die Tür, deren Schloss sofort einrastet, sodass ich mich wie eine Gefangene fühle. Oh verflucht, worauf lasse ich mich hier ein? Sollte ich nicht wenigstens Sylvia sagen, was los ist, damit sie mich im Notfall retten kann?

Jason geht von außen um den Wagen herum, steigt auf der anderen Seite ein und lächelt. Es ist ein freundliches Lächeln, nicht das gefährliche, raubtierhafte Lächeln, mit dem er mich sonst bedenkt. Ich werde einfach nicht klug aus ihm.

Der Chauffeur manövriert uns durch den dichten Feierabendverkehr. Die Fahrt wird diesmal länger dauern, das steht fest. Ich beiße auf meine Lippe und starre aus dem Fenster, weil ich nicht weiß, worüber ich mit Jason reden soll. Smalltalk war noch nie mein Ding. Smalltalk mit Jason Hall ist absolut unvorstellbar.

Zum Glück durchbricht er nach wenigen Metern die drückende Stille zwischen uns. Aus den Augenwinkeln registriere ich, dass sich zwischen dem Fahrer und uns eine Glasscheibe befindet. Vermutlich aus Diskretionsgründen.

«Ich bin froh, dass du mir noch eine Chance gibst. Ich wollte dich nicht verschrecken.»

«Das hast du aber», sage ich so schroff wie möglich und halte mich an der Handtasche auf meinem Schoß fest. In meinen Alltagsklamotten fühle ich mich neben ihm wie ein Schulmädchen. Wie das Schulmädchen von früher, obwohl ich das längst nicht mehr bin.

Dagegen trägt er einen glänzenden, schwarzen Anzug, der teuer aussieht. Ich frage mich, ob der aus Seide ist, aber das wäre doch total unpraktisch? Darunter hat er ein weißes Hemd an, ohne Krawatte. Die oberen zwei Knöpfe stehen offen, und unter den Sakkoärmeln blitzen silberne Manschettenknöpfe mit einem Motiv hervor, das ich nicht genau zuordnen kann. Ein Tier, vielleicht ein Adler, oder etwas Mythologisches? Damit kenne ich mich nicht aus. Aber die Stacheldrahttätowierung um sein Handgelenk ist gut zu sehen.

«Das tut mir leid, Emma. Heute werde ich einfühlsamer sein, versprochen.»

Die Worte lösen ein Zittern in meinen Oberschenkeln aus. Nur zu deutlich erinnere ich mich an das letzte Mal, als er mich einfühlsam zum Höhepunkt ... geleckt hat. Oh Gott, ich werde knallrot, wenn ich daran zurückdenke! Er hat alles von mir gesehen, ganz dicht, er hat mich geschmeckt, gerochen, ich bin in sein Gesicht gekommen ... Nervös knete ich die Riemen meiner Tasche zwischen den Fingern.

Seine bloße Anwesenheit lässt meinen Körper kribbeln, als stünde er unter Strom. Jason wirkt auf mich wie ein Magnet, von dem ich angezogen werde, obwohl ich mich von ihm abstoßen will. Aber er ist stärker als ich. Es ist mehr als die alte Leidenschaft, die jugendliche Schwärmerei. Wir sind nicht mehr die Teenager von damals, wir sind erwachsene Menschen mit einer Geschichte. Seine kenne ich nicht, und er weiß nicht, was mich verändert hat. Obwohl er bei meinem Prozess des Erwachsenwerdens eine große Rolle spielte.

Mein Magen zieht sich zusammen, als er eine Hand auf mein Knie legt. Ich bin froh, dass ich die Jeans trage, denn so kann er zumindest nicht hier im Auto unanständig werden. Meine Kleidung ist plötzlich zur Rüstung geworden, und deswegen muss ich grinsen.

«Schön, dass du deine gute Laune zurückhast. Ich habe Abendessen vorbereiten lassen, und danach werde ich dir zeigen, dass du keine Angst vor mir haben musst. Wenn du mich lässt.»

Ich zucke zusammen und starre wieder aus dem Fenster. Sobald ich ihn ansehe, bin ich verloren, das weiß ich. Wenn er mich küsst, werde ich mich nicht wehren, obwohl mir klar ist, dass es nicht gut ist für mich. Sehenden Auges laufe ich in eine große Gefahr und bin mir dessen bewusst. Wie anders als irrsinnig könnte man mich bezeichnen? Verrückt? Durchgedreht?

«Ich bin noch nicht sicher», sage ich leise und höre ihn lachen.

«Es ist meine Aufgabe, dir Sicherheit zu geben, Emma. Vertrauen ist unumgänglich für das, was ich liebe.»

Das, was ich liebe.

Mir ist klar, dass er keinen Menschen damit meint. Schon gar nicht mich. Noch immer schwebt die dunkle Wolke der Gefahr über mir, die Unsicherheit, was er weiß und warum er sich mir auf diese aufdringliche Art und Weise nähert. Dass er schon früher in mich verschossen war, kaufe ich ihm nicht ab. Es ist einfach nicht zu glauben, wenn man Jason Hall kennt. Zumindest den Jason von früher.

«Wie ist es dir ergangen in den letzten Jahren? Erzähl mir von dir», ermuntert er mich zu einem Gespräch, auf das ich gerade überhaupt keine Lust habe. Ich kenne den Smalltalk der ersten Verabredungen: Wo lebst du, was machst du, welche Hobbys hast du, was isst du gern, welche Musik magst du, wohin gehst du aus ... Es hat mich noch nie interessiert. Immer habe ich darauf gewartet, dass mir ein Mann tiefgründige Fragen stellt, um mich wirklich zu erkunden, aber bisher haben sich alle meine Dates auf diese Banalitäten beschränkt. Vermutlich ist es daher niemandem gelungen, mir wirklich nahezukommen. Mich zu öffnen. Oder aufzutauen, wie Jason es nennt. «Eisprinzessin», hat er zu mir gesagt – was für ein Hohn, wenn man bedenkt, dass er einer der Baumeister für den eisigen Schutzschild um meine Seele war.

«Mein Leben ist nichts Besonderes, Jason. Ich habe lange studiert, war zwölf Monate in Frankreich, und seit zwei Jahren arbeite ich beim Gemeindeblatt, wie du weißt. Langweilig wie früher, die Emma White.»

Er lacht. «Das ist immer eine Frage der Perspektive. Ich kann mir nicht vorstellen, dass du außer Studium und Job nichts erlebt hast?»

«Falls du jetzt auf Männergeschichten anspielst ...»

Ich wende den Kopf und wage es, ihn anzusehen. Seine Augen fixieren mich wieder, und automatisch beschleunigt sich mein Puls. Herrgott, wie macht er das nur? Ist es tatsächlich die Angst, die mich so reagieren lässt? Die gleichzeitig so ein großartiges Aphrodisiakum ist? Eins, das ich tatsächlich noch nie gekostet habe ...

Er schmunzelt. «Genau darauf spiele ich natürlich an. Ich bin neugierig.»

«Und ich bin verschwiegen. Es gibt absolut nichts Weltbewegendes zu berichten, glaub mir.»

Verbissen presse ich meine Lippen zusammen. Eine unwillkürliche Geste, die ihn daran hindern soll, mich zu küssen. Aber ich spüre, dass mich längst nicht mehr Grannys Halsband in dieses Auto gebracht hat. Meine Motivation hat sich verändert, aber noch kann ich nicht einschätzen, in welche Richtung. Ist es die Neugier, aus der ich ja auch meinen Beruf ergriffen habe? Die große Frage, wer Jason Hall wirklich ist, wenn er nicht der narzisstische Arsch unserer Jugend sein will? Oder ist es das aufregende Kribbeln, das sein Blick in mir auslöst, sind es die Turbulenzen in meinem Magen, die er mit einer einzigen sanften Berührung hervorruft?

Vielleicht ist es auch nur die Faszination des Bösen. Dieselbe, die mich schon als junges Mädchen Horrorfilme hat anschauen lassen, obwohl ich wusste, dass ich danach tagelang nicht ruhig schlafen konnte.

«Ich muss wohl nicht extra sagen, dass ich dir nicht glaube. Das weißt du. Und es reizt mich, die Wahrheit aus dir ... herauszukitzeln.»

Ich zucke zusammen. So, wie er das sagt, habe ich sicherlich anderes zu befürchten als harmloses Kitzeln. Gütiger Gott!

«Ich weiß gar nicht, warum ich überhaupt mitgefahren bin», brumme ich missmutig und werfe die Handtasche endlich von meinem Schoß in den Fußraum, der so großzügig ist, dass ich meine Beine fast ganz ausstrecken kann.

«Ich habe eine Vermutung.» Er zwinkert mir zu und fährt beinahe unschuldig kurz mit der Zungenspitze über seine Unterlippe.

Das Blut schießt in meinen Kopf, und mir wird heiß. Ach. Du. Scheiße!

«Also wenn du glaubst ... Ich werde mich nicht auf deine komischen Spielchen einlassen, Jason. Vergiss es! Wir können uns unterhalten, meinetwegen zusammen essen, wenn dir so viel daran liegt, und über alte Tage reden.»

«Ich rede gern mit dir über früher, Emma. Aber ich lebe heute, im Hier und Jetzt.»

Stöhnend schließe ich die Augen und lehne den Hinterkopf gegen die Rückenpolster. Er sollte sein Glück lieber bei Sylvia versuchen als bei mir. Ich werde den Gedanken nicht los, er könnte bei ihr direkt zwischen zwei gespreizte Schenkel kriechen.

«Verkauf mir das Halsband, Jason, und dann lass es uns vergessen.»

«Ich will dich aber nicht vergessen.»

Seine Hand kommt wieder näher, und ich rutsche unwillkürlich so weit nach links, dass meine Schulter schmerzhaft gegen die Autotür drückt.

«Ebenso wenig wie deinen Anblick damals auf der Klassenfahrt nach Edinburgh.»

Gleich platzt mir wirklich der Schädel, jedenfalls fühlt es sich verdammt danach an. Herrgott, kann er diese alten Geschichten nicht für sich behalten? Muss er in Wunden herumwühlen, die fast verheilt waren? Ich zittere am ganzen Körper vor Aufregung und Wut und möchte den Fahrer anschreien, dass er umkehren und mich nach Hause bringen soll. Oder er soll mich einfach hier aussteigen lassen, ich finde allein zurück, danke sehr.

Doch die Bilder sind schon in meinem Kopf. Vor meinem

inneren Auge läuft ein unerhörter Film ab. Leider habe ich die weibliche Hauptrolle darin und Jason die des ... Bösewichts? Der Held war er jedenfalls nicht, so viel ist klar. Wir waren in einer Jugendherberge in der schottischen Hauptstadt. Ich war damals fünfzehn und sehr schüchtern, sehr dürr und schämte mich für meinen Körper, der nur quälend langsam erwachsene - weibliche - Formen annahm. Daher hatte ich mich davor gedrückt, mit den anderen Mädchen zusammen zu duschen.

Ich wollte ihre Brüste nicht sehen, die im Gegensatz zu meinen Mäusefäustchen schon viel deutlicher ausgeprägt waren. Ich wollte kein fremdes Schamhaar sehen und gleichzeitig Gefahr laufen, dass sie sich über mich lustig machten, wenn sie das Ausmaß meiner ausbleibenden Entwicklung zu Gesicht bekamen. Schon der Schwimmunterricht in der Schule war für mich eine Tour de Force, und ich war glücklich darüber, dass unser Sportlehrer männlich und offenbar mit dem weiblichen Zyklus nicht vertraut war. Sonst hätte er durchschaut, dass ich mindestens zweimal im Monat meine Regelblutung hatte und deshalb nicht mitschwimmen konnte.

Ich sehe alles wieder vor mir: den langen Gang in den Keller, wo die Waschräume lagen. Am ersten Tag war ich noch davongekommen, aber am zweiten Tag stellte ich selbst fest, dass eine Dusche unumgänglich war. Also wartete ich, bis in den Zimmern Ruhe eingekehrt war, um mich herauszuschleichen. Im Dunkeln tastete ich mich durch die Flure, bis ich den Duschraum fand. Einen Lichtschalter konnte ich nicht entdecken, dafür erfühlten meine Finger den Duschknopf. Ich zog den Pyjama aus und brauste mich ab. Ausgiebig. Mit geschlossenen Augen genoss ich die Massage der heißen Wasserstrahlen, die wie eine tröstende Umarmung wirkten.

Erst als ich ein Geräusch hörte, schreckte ich auf, doch da war schon alles zu spät. Das Licht flackerte und beleuchtete meinen schmalen, blassen Körper, gut sichtbar für alle Anwesenden. Und es waren nicht wenige, die sich da plötzlich in der Tür tummelten und mich grinsend betrachteten. Offenbar hatten die Jungs einen nächtlichen Ausflug geplant! Ich wäre am liebsten gestorben, aber mein Handtuch hing außer Reichweite, sodass ich nur die Hände vor meine kaum sichtbaren Brüste presste und einfach losschrie.

«Sieh an, Emma hat immerhin trotz der Dunkelheit die richtige Dusche erwischt», sagte Jason feixend in die Runde. Natürlich war er der Anführer der Truppe, wer sonst? «Ich wusste nur nicht, dass du *so* männlich bist.»

Ich schnappte mit hochrotem Kopf nach Luft und flehte die Jungs an, mich in Ruhe zu lassen, damit ich mich anziehen konnte. Es war tatsächlich Jason, der mir mein Handtuch reichte, und dabei sah ich Mitleid in seinen Augen. Das schmerzte tiefer als die peinliche Situation selbst, denn das Letzte, was ich von Jason Hall wollte, war Mitleid.

Mit brennenden Augen schlang ich das Handtuch um meinen Leib, stürmte an den grölenden Jungs vorbei, um meine Klamotten zu schnappen, und raste mit klopfendem Herzen durch den Flur zur Treppe. Erst im Stockwerk mit den Schlafzimmern blieb ich stehen und lauschte zitternd, bevor ich den Pyjama wieder anzog, ohne mich abzutrocknen.

Mein Körper zittert auch jetzt wieder, hervorgerufen durch die Erinnerung an diesen beschämenden Moment. Warum quält er mich damit?

«Emma ... ich hatte eine Erektion, als ich dich unter der Dusche gesehen habe, und es war mir unangenehm vor den anderen. Um das zu verbergen, habe ich einen blöden Spruch gemacht. Es tut mir sehr leid, aber du sollst wissen, dass ich mich schon damals von dir angezogen fühlte.»

Gleich verliere ich das Bewusstsein. Ich kneife mir selbst in den Oberschenkel, der Schmerz verrät, dass ich nicht träume. Nein, ich bin wach und sitze neben Jason Hall in seinem eleganten Oldtimer, während er mir gesteht, dass er sich von mir angezogen fühlte, als er diesen dummen Kommentar machte, der mich durch meine gesamte Jugend verfolgt hat!

«Und das soll ich dir jetzt glauben?», frage ich mit erstickter Stimme, weil ich mit den Tränen kämpfe. Jason beugt sich zu mir und legt seine Hand auf meinen Schenkel, genau auf die Stelle, die ich gerade heftig gekniffen habe. Sein Gesicht ist ganz dicht an meinem, während wir langsam im Auto hin- und hergeschaukelt werden.

«Ich habe dich immer als das gesehen, was du sein könntest», raunt er, und seine Lippen gleiten dabei so dicht über meine Haut, dass ich erschauere. «Und was ich heute sehe, bestätigt mich darin. Du bist wunderschön, Emma, und so rund und kurvig gefällst du mir noch viel besser als damals.»

Wie von Zauberhand sind plötzlich seine Finger an meiner Bluse. Er schiebt die Stoffbahnen zur Seite, dann spüre ich, wie er die Hand zwischen zwei Knöpfen hindurch unter die Seide gleiten lässt.

Ich seufze heiser, löse meine angespannte Sitzhaltung und rutsche tiefer in die Polster.

«Jason ...», hauche ich, als er meine Haut berührt. Es ist eine zarte, liebkosende Berührung, die mir trotzdem überall eine Gänsehaut bereitet. Zitternd lasse ich zu, dass sich seine Finger weiter vortasten, bis sie den Rand meines Büstenhalters erreichen. Zärtlich fährt er mit den Kuppen über die Rundungen. Unter meinen Achseln bildet sich Schweiß.

«Wunderschön ... oh mein Gott, Emma, ich will dich.»

Ich bin hin- und hergerissen zwischen Faszination und Panik.

Das Adrenalin pulsiert in meinem Blut, meine Schläfen klopfen, und bestimmt werde ich weiße Sternchen sehen, wenn ich jetzt die Augen schließe. Ich tue es trotzdem und hole so tief Luft, dass man den Atemzug deutlich hört, trotz der Motorgeräusche.

Meine Schenkel beben, während er mich weiter streichelt. Dann finden seine Lippen meine und vereinen sich mit ihnen. Er erobert meinen Mund, stößt mit der Zunge vor. Anschließend nimmt er meine Hand, um sie in seinen Schritt zu legen. Mein Herz bleibt kurzzeitig stehen, als ich die Härte ertaste, die sich in seiner Hose gebildet hat. Mein Innerstes zieht sich beinahe schmerzhaft zusammen vor Erregung, da ich die Wölbung unter meinen Fingern spüre. Vorsichtig streiche ich darüber, während wir uns weiter küssen und ich in seinen Armen fast versinke.

Noch nie im Leben hat mich ein Mann mit einem Kuss so heißgemacht. Er ist unvorhersehbar, wechselt ständig zwischen liebevollem Umschmeicheln meiner Zunge und fordernden Stößen und wirft mich damit in ein ewiges Wechselbad aus Anspannung und Erleichterung, das mich in den Wahnsinn treibt.

In meinem Schoß kribbelt alles, am liebsten würde ich seine Hose aufzerren, meine Jeans abstreifen und mich auf ihn setzen. Hier, im Auto! Meine Finger werden feucht, immer wieder fahre ich wie in Trance über seine Härte und massiere ihn sanft durch den Stoff seiner Hose hindurch.

Seine Hände werden fordernder unter meiner Bluse, geschickt öffnet er die oberen Knöpfe, bis meine Brüste schutzlos vor seinen Augen liegen. Meine Brustwarzen sind steif und drücken sich durch die Spitze, aber er berührt mich dort nicht. Stattdessen zeichnet er meine Konturen nach, dass all meine Körperhaare aufrecht stehen.

Quälend langsam trennen sich unsere Lippen, als der Wagen plötzlich anhält.

«Madame?» Jason springt aus dem Wagen und läuft ums Auto herum, dann hält er mir galant die Tür auf. Ich ziehe die Jacke über meiner Bluse zusammen und versuche, den jungen blonden Fahrer beim Aussteigen nicht sehen zu lassen, dass sie mir fast bis zum Bauchnabel aufsteht.

«Keine Sorge, Orlando ist sehr diskret», raunt Jason mir ins Ohr, bevor er die Wagentür geräuschvoll zufallen lässt. Ich muss über den ausgefallenen Namen des Fahrers grinsen und beschließe, Jason später zu fragen, woher er den Jungen hat.

Zwischen meinen Beinen prickelt noch immer alles, und der Gedanke, jetzt mit Jason essen zu müssen, erscheint mir plötzlich seltsam peinigend. Ich würde ihn jetzt viel lieber ... was meine Finger da unter der Hose ertastet haben, schien durchaus vielversprechend. Jesus, ich sehne mich danach, ihn nackt zu sehen. *Ihn* zu sehen. Und ich sehne mich nach einer unsichtbar machenden Haube, um meine knallroten Wangen vor Jason verbergen zu können.

Auf wackligen Knien folge ich ihm den schmalen Weg und die Treppe hinauf zur Eingangstür seines Hauses. Als ich den Flur betrete, fällt mir auf, dass auch beim letzten Mal außer uns niemand hier war.

«Hast du gar keine Angestellten?»

«Doch, natürlich. Aber ich bin kein Sklavenhalter und gönne ihnen normale Arbeitszeiten. Mit Ausnahme von Orlando, aber er ist ein ganz besonderer ... Fall.»

Ich ziehe die Brauen zusammen und mustere ihn scharf, bevor er mich umrundet und mir die Jacke von den Schultern zieht.

«Was meinst du damit?»

«Wenn du lang genug hierbleibst, erfährst du es vielleicht», sagt er und zwinkert mir verschwörerisch zu. Wilde Phantasien von männlichen Sklaven namens Orlando tauchen vor meinem inneren Auge auf, ich blinzele sie hastig weg und beende damit das Kopfkino, ehe es richtig losgehen konnte.

Die Haustür schlägt hinter uns zu, und noch ehe ich den Mund aufmachen und ihn nach dem Abendessen fragen kann, ist er schon über mir. Mit einer Hand packt er meine Handgelenke, hebt sie über meinen Kopf, während er mich mit dem Becken gegen die raue Wand presst. Atemlos lasse ich es geschehen und öffne willig den Mund, um ihn einzulassen. Mein Herz rast, und obwohl ich diese nervigen alten Jeans trage, kann ich die Finger seiner anderen Hand zwischen meinen Beinen spüren.

Unnachgiebig hält er mich fest, mein Verlangen nach ihm wächst mit jedem Zungenschlag. Wir keuchen mit offenen Mündern, unsere Zähne schlagen aneinander, dass mich ein kurzer Schmerz durchzuckt, und dann ist seine Hand in meiner Hose.

Ich will ihm Einhalt gebieten, aber meine Stimme gehorcht mir nicht, mein Mund ist zu beschäftigt mit seinem, um etwas sagen zu können. In Windeseile öffnet er Knopf und Reißverschluss der Jeans und schiebt den engen Bund auf meine Hüften, damit seine Hand unter den Stoff passt. Es tut fast ein bisschen weh, als er seinen Finger in der Enge der Hose über dem Slip auf meine empfindlichste Stelle legt und gekonnt langsam an mir reibt.

Ich stöhne unwillkürlich auf und versuche, zwischen seinen Küssen Luft zu holen.

«Du ... machst mich ... wahnsinnig», keucht er an meinem Ohr, und mir wird schwindelig. Mein ganzer Körper kribbelt vor Lust, die er so gekonnt mit seinen Händen schürt. Ich spüre, wie seine Erektion sich gegen meine Taille drückt, er ist einen Kopf größer als ich. Fahrig greifen meine Hände um seine Schultern, ertasten den harten Bizeps unter dem Sakko, das ich einfach abstreife.

Bevor ich weitermachen kann, hebt er mich mit einem Mal ruckartig hoch. Entsetzt schreie ich auf – ich muss viel zu schwer für ihn sein, um Gottes willen! Doch er lächelt, einen Arm in meine Kniekehlen, den anderen unter meine Schultern gelegt, und marschiert auf die Treppe zu, als wäre ich eine Puppe, die zu tragen ihn nicht die geringste Anstrengung kostet.

Ich fasse in sein Haar und streichle ihn, mit der anderen Hand umklammere ich seinen Nacken. Bitte lass mich nicht fallen!

Mein Blut rauscht viel zu schnell durch die Adern, als wir den ersten Stock erreichen und er mit der Hüfte eine Tür aufstößt. Ich brauche nicht lange, um zu erkennen, dass wir in seinem Schlafzimmer sind.

10

Es ist schneeweiß – ein großes, weißes Himmelbett mit Lederpolstern an Kopf- und Fußenden dominiert den Raum. Das Bett ist so riesig, dass eine ganze Turnmannschaft darin schlafen könnte. Die weißen Vorhänge vor den bodentiefen Fenstern wehen sanft in der kühlen Brise, die von draußen hereindringt. An den Wänden hängen Schwarz-Weiß-Fotografien, bei deren Anblick ich schlucken muss. Es sind Aktbilder von Frauen, ästhetisch und kunstvoll, aber derb in dem, was sie darstellen. Bevor ich sie mir näher ansehen kann, wirft er mich auf die breite Matratze und kniet sich neben mir hin. Zärtlich streicht er eine Haarsträhne aus meiner Stirn und küsst mich.

«Emma ...», flüstert er, und als ich in seine blauen Augen sehe, muss ich schon wieder kräftig schlucken. Diese verflucht blauen Augen. Warum sieht er nur so unfassbar gut aus? Warum ist er nicht einfach dick und unansehnlich geworden, mit schütterem Haar und einer hässlichen Nickelbrille? Wie so viele andere Jungs aus unserer Klasse, die ich beim Klassentreffen letztes Jahr wiedergesehen habe. Dann könnte ich jetzt einfach aufstehen und gehen.

Er hebt meine Arme, bis beide Hände neben dem Kopf auf der

festen Matratze liegen, und stemmt sich darauf. So liegt er jetzt auf mir, sieht mich an, mit diesem unnachahmlichen, unfassbar arroganten und sexy Grinsen.

Meine Beine zittern völlig unkontrolliert, in meinem Schoß ziehen sich alle Muskeln zusammen, auch solche, von denen ich nicht mal wusste, dass ich sie habe.

Nur langsam lässt er mich los. Ein wenig Anspannung fällt von mir ab, als er an meinem Körper entlang nach unten gleitet und dabei Knopf für Knopf meine Bluse öffnet. Mein Blick fällt auf seine Arme. Er hat die Hemdsärmel bis zu den Ellbogen hochgeschoben, und erneut bewundere ich seine schönen Unterarme. Mit sehnigen Muskelsträngen, die von Kraft und Durchsetzungsvermögen zeugen.

Ich bin aufgeregt, da er die Bluse zur Seite schiebt und meinen Oberkörper entblößt. Ängstlich schaue ich in sein Gesicht, um darin möglichst jede Regung wahrzunehmen, doch er verzieht keine Miene. Fast nüchtern betrachtet er mich, fährt nur kurz mit der Zunge über seine Lippe, dann streift er mir die Bluse über die Arme und öffnet den BH-Verschluss in meinem Rücken.

Willenlos liege ich vor ihm auf diesem riesigen Bett, auf dem ich Yogaübungen machen könnte, ohne auch nur in die Nähe der Bettkante zu kommen. Nicht dass ich Yogaübungen machen würde ... Ich fühle mich fast verloren in den schneeweißen Laken, die so rein und sauber riechen, als wären sie nagelneu. Vielleicht sind sie das auch.

Dann entfernt er den BH, und ich will mich unwillkürlich aufrichten, damit meine großen Brüste nicht unvorteilhaft aussehen, aber er presst meine Arme aufs Bett zurück und schüttelt nur den Kopf. Seine blauen Augen funkeln, ich erkenne Neugier, Lust und Überraschung darin.

«Großer Gott, Emma, sie sind wunderschön geworden», flüstert er, und ich laufe schon wieder knallrot an. Komplimente bin ich nicht gewohnt, daher genieße ich das angenehm warme und prickelnde Gefühl, das seine Worte in mir auslösen. Wie eine zärtliche Umarmung. Himmel, man sollte so was jeden Tag zu hören bekommen ...

Andächtig streicht er mit den Fingerspitzen über meine Haut, umkreist die Brustwarzen, die sich ihm bereits hart und prall entgegenrecken, gierig nach mehr. Ungeduldig zappele ich mit den Beinen, und Jason lacht.

«Immer mit der Ruhe, Emma», raunt er und küsst meinen Hals, gleitet mit den Lippen an der Seite entlang nach unten, bis er mein Schlüsselbein trifft. Ich zittere unter ihm, obwohl mir alles andere als kalt ist. Es fühlt sich nur so gut an, wie er jeden Zentimeter meines Körpers in Augenschein nimmt und nahezu anbetet. Er lässt sich Zeit – viel Zeit.

Ich seufze unruhig. Schließlich richtet er sich auf und setzt sich so auf meine Oberschenkel, dass ich sein ganzes Gewicht darauf spüre.

«Geduld gehört nicht gerade zu meinen Stärken», flüstere ich etwas verlegen und sehe ihn durch halbgeschlossene Lider an.

«Dann betrachte das hier als Erziehungsmaßnahme», antwortet er schlicht, und ehe ich reagieren kann, fühle ich etwas an meinen Handgelenken. Erst will ich den Kopf drehen und schauen, was er da tut, aber dann atme ich nur tief ein und halte die Luft an.

«Jason, ich ... oh Gott», entfährt es mir, als er ein Seidentuch so schnell um mein rechtes Handgelenk windet, dass ich gar nichts dagegen tun kann. Vielleicht will ich auch gar nichts dagegen tun.

Ergeben sinke ich zurück in die Kissen und lasse zu, dass er meine Hand an sein Bettgestell fesselt. Auf der Unterlippe kauend, beobachte ich, wie er auch den linken Arm festbindet, sodass meine Arme ausgestreckt über dem Kopf am Bett hängen. Angst durchfährt mich, und mein Magen begehrt nervös auf. Ich versuche, den Gedanken zu verdrängen, dass er sich an mir rächen will, bisher hat er mir keinen Anlass gegeben, das wirklich zu glauben. Und ich will es auch gar nicht glauben. Viel lieber glaube ich, dass er die Wahrheit sagt. Dass die Erregung, die er bei meinem Anblick verspürt, echt ist. Und als er sich jetzt wieder über mich beugt und die Ansätze meiner Brüste mit warmen Küssen versieht, fühle ich auch seine Härte an meinem Oberschenkel.

Unwillkürlich bäumt sich mein Oberkörper auf, Jason entgegen. Mein Slip wird feucht, und ich warte unruhig darauf, dass er mir endlich die Jeans auszieht. Es ist ungewohnt für mich, so gefesselt dazuliegen und mich nicht bewegen zu können. Ich will ihn anfassen, will sein Haar streicheln, das so dicht und weich ist. Will ihn an mich ziehen und seine Muskeln berühren, die noch immer unter dem weißen Hemd verborgen sind.

Dann richtet er sich auf, kniet über mir, und ich stelle fest, dass sein Gesichtsausdruck nichts Zärtliches mehr hat. Wie ein Tier kurz vor dem Sprung auf die heißersehnte Beute sieht er mich an, während er mit einer eleganten Handbewegung seine Gürtelschnalle löst. Das klickende Geräusch durchfährt mich und erzeugt eine Gänsehaut. Versprechen und Drohung. Ich hoffe nicht, dass er vorhat, mich mit dem Lederriemen ... ach du liebe Güte! Daran hätte ich denken sollen, bevor ich mich von ihm habe fesseln lassen! Jetzt ist es wohl zu spät.

«Jason, bitte ...», wispere ich, aber er verzieht noch immer keine Miene.

Stattdessen öffnet er die Hose, Knopf für Knopf, dann streift er sie über seine Hüften. Ich keuche auf, als ich die schwarze, enge Shorts sehe, die keinen Zweifel an seiner Männlichkeit lässt. Das ganze Paket zeichnet sich deutlich darunter ab, und – gütiger Himmel – ich weiß nicht, ob ich jemals ein so großes gesehen habe.

«Keine Angst. Er wird dir nicht weh tun», sagt Jason schmunzelnd, bevor er von mir steigt und die Hose ganz auszieht. Die Shorts lässt er zu meinem Leidwesen an, dabei würde ich zu gerne die Details sehen, die ich bis jetzt nur erahnen kann. Unruhig zerre ich an meinen ungewohnten Fesseln, was ihn dazu bemüßigt, sich wieder über mich zu beugen und mit einem langen, fordernden Kuss zur Ruhe zu bringen.

«Ich werde dich heute verwöhnen, Emma», flüstert er verheißungsvoll und saugt an meinen Ohrläppchen. Gott, ich wusste nicht, dass meine Ohren erogene Zonen sind! Jedes Ziehen schickt Erregung durch meine Nervenbahnen, die sich in meiner Mitte sammelt und dort in ein heftiges Pulsieren mündet. Seine Hände gleiten geschickt über meine Brüste, streifen die Nippel, ohne sie wirklich zu berühren. Wie eine Feder kitzelt dieses sanfte Streicheln.

Endlich zieht er mir Schuhe und Hose aus.

Erleichtert stöhne ich auf, als nur noch der violette Slip meine intimste Stelle verdeckt. Das Blut pocht in meinen Schläfen, in meinen Ohren rauscht es, als säße ich in einem Hochgeschwindigkeitszug. Die Sorge über meine nicht wirklich frischrasierte Scham wird überlagert von einer gewaltigen Sehnsucht und Lust, die ich auf diese Art selten verspürt habe. Er hat mich schon zweimal zum Höhepunkt gebracht, mit seinen Fingern und mit seiner Zunge. Wenn er wüsste, dass ich vor ihm beim Sex mit einem Mann noch nie gekommen bin ... Hastig beiße ich mir auf die Lippen und schlucke den Gedanken herunter, der sich eben in den Vordergrund gedrängt hat. Alles in mir schreit danach, ihn jetzt in mir zu spüren. Meine inneren Muskeln ziehen sich zusammen, und tief in mir entsteht so etwas wie ein Jucken, ein unbändiges Jucken, das nur durch intensives Kratzen verschwinden wird.

Kratz mich, Jason, will ich rufen, doch ich kann mich beherrschen. Meine Knie schlottern, als er seinen Mund auf den Slip presst und mit dem Kinn an mir reibt. Er weiß genau, was er tut, findet die empfindsamste Stelle auch durch das blickdichte Höschen hindurch, das sich im Schritt verdammt nass anfühlt. Ich winde mich in den Fesseln, die Lust, ihn anzufassen, wird immer größer und lässt mich beinahe verzweifeln.

Er zerrt das Höschen mit den Zähnen runter, zieht es aber nicht ganz aus. Auf der Mitte meiner Oberschenkel lässt er es hängen, sodass ich die Beine nicht weiter spreizen kann, dann schiebt er seinen noch immer bekleideten Körper über mich. Ich will, dass er sich auch auszieht, aber er macht keine Anstalten, sich von dem Hemd zu befreien. Durch die schwarzen Shorts spüre ich seine Härte sehr deutlich an mir, als er sich mit seinem ganzen Gewicht auf mich legt und mich erneut küsst.

Hungrig sauge ich an seiner Lippe und schiebe ihm mein Becken weiter entgegen, um ihn dichter an mir zu spüren. Mein Schoß pulsiert vor Lust, während er vorsichtig die Hüften bewegt und so auf mir kreisen lässt, dass sein harter Schaft mich massiert. Mein eigenes Stöhnen klingt plötzlich fremd, wie von weit weg. Er presst sich noch stärker gegen mich und kreist weiter um meinen Punkt herum, mit dem Mund knabbert und saugt er an meinem Hals.

Zieh den verdammten Slip aus, Jason! Fick mich!

Mein ganzer Körper glüht vor Erregung und vor Scham. Ich bin so angefüllt von dieser enormen Lust, dieser Gier auf ihn, die er mit dem Entzug seines Körpers unfassbar steigert, dass ich kaum noch ruhig liegen bleiben kann.

«Jason, ich will dich», flüstere ich hitzig.

«Geduld, Emma», murmelt er auf meiner Haut, dann sind plötzlich seine Finger dort, wo ich jetzt gerne etwas anderes von ihm hätte. Die viele Nässe, die er auf mir verteilt, beschämt mich. Es fühlt sich an, als würde ich auslaufen. Ich zerre an den Seidentüchern, doch dadurch ziehen sie sich nur fester, sodass ich den Versuch rasch wieder aufgebe. Dafür strampele ich unter ihm mit den Beinen, ungeduldig wie ein kleines Kind.

Er kniet sich beobachtend neben mich. Anschließend streicht er mit seinem feuchten Finger quälend langsam durch meine Spalte nach oben, zieht einen Kreis um meinen Kitzler und wiederholt das Ganze. Immer wieder. Die feste, aber unglaublich langsame Berührung lässt mein Becken erregt zucken, der Höhepunkt kommt mit jedem Streich seiner Finger näher, ich kann ihn sehen, beinahe kann ich ihn festhalten, doch durch die langsame Bewegung zieht er sich immer wieder zurück.

Frustriert keuche ich auf und hebe meine Hüften an. Ich muss die Augen zumachen, will Jason nicht ansehen, wenn ich komme. Ich will kommen, ich muss kommen. Die Erregung quält mich, lässt meinen Körper zucken und zittern, aber er schafft es, mich kurz vor dem Gipfel zurückzuhalten, sodass ich auf einer Welle der Lust schwimme, die aufsteigt und abebbt und verschwindet ...

Meine Augen brennen, Tränen der Wut steigen in mir auf. Länger kann ich mich nicht beherrschen. Ich reibe mich an ihm und seinem Finger, wenn er da ist, wo ich ihn brauche. Es ist entwürdigend, beschämend, aber ich kann nicht anders. Die aufgestaute Gier, die er so gekonnt entflammt und immer wieder löscht, kurz bevor sich ein Brand entzünden kann, jagt das Blut durch meine Adern und lässt weiße Sterne hinter den geschlossenen Lidern explodieren.

Ich reite, reite auf ihm, auf seinem Finger, dränge mich ihm entgegen und wimmere, wenn er sich mir wieder entzieht, sobald das erlösende Zucken sich auszubreiten droht. Immer wieder nähert sich der Höhepunkt, ich spüre, wie meine Muskeln und Zehen sich versteifen, doch er gönnt mir die Erlösung nicht.

«Oh Gott, Jason, *bitte*!», schreie ich frustriert und versuche, mein Becken kreisen zu lassen, um endlich die ersehnte Erfüllung zu finden. Er lacht. Das Lachen löst eine Gänsehaut auf meinem überhitzten Körper aus, lässt mich erzittern, und dann komme ich. Ich komme schreiend, schwitzend, winde mich in den Fesseln und presse mich fest gegen seinen Finger, der nun auf mir verharrt. Minutenlang erschauert alles in mir, ziehen sich meine Muskeln rhythmisch zusammen, immer wieder.

Mir ist schwindelig, als ich keuchend langsam wieder aus der Welle auftauche, die mich mitgerissen hat. Das sanfte Pochen zwischen meinen Beinen klingt in mir nach.

«Oh Scheiße», stöhne ich unwillkürlich und höre Jason auflachen. Verwirrt öffne ich die Augen und blinzle ihn an. Plötzlich muss ich grinsen, und Sekunden später lachen wir beide. Laut. Fröhlich. Wie unbeschwerte Jugendliche.

Er legt eine Hand auf meinen Bauch, der sich unter seinem Griff zu schnell hebt und senkt. Mein Atem geht so flach, dass ich kurz vor einem Kreislaufkollaps stehe, und mein Mund ist trocken wie eine Sandwüste.

Jason beugt sich über mich und löst die Fesseln, was mich ein wenig enttäuscht. Hat er denn immer noch nicht vor, mit mir zu schlafen? Ich schiele auf seinen Schritt und stelle fest, dass die Erektion in seinen Shorts zwar noch zu sehen ist, aber offenbar abschwillt. Geknickt beiße ich auf meine Lippe, richte mich im Bett auf, reibe meine Handgelenke. Erst dann wird mir bewusst, dass ich nackt vor ihm bin. Nur der Slip hängt auf meinen Schenkeln, die ich umgehend zusammenpresse.

Er schiebt die weiße Bettdecke über meine nackten Beine und

verdeckt damit meinen Schoß, dann betrachtet er meine Brüste, legt den Kopf schief und grinst mich an.

«Lass sie mich noch ein wenig ansehen, Emma. Sie sind einfach großartig.»

Meine Wangen glühen, aber ich nicke und zwinge mich zu einem Lächeln. «Was ist mit dir?», frage ich leise.

«Heute geht es nicht um mich. Im Gegensatz zu dir bin ich geduldig und kann warten. Das erhöht die Spannung, meinst du nicht?»

Er streicht mir mit einer zärtlichen Geste die Haare aus dem Gesicht, bevor er sie hinter meinem Kopf zu einem Pferdeschwanz zusammennimmt, den er eng um sein Handgelenk wickelt. Mit festem Griff zieht er meinen Kopf in den Nacken, presst seine Lippen auf meine und küsst mich. Sein Mund fühlt sich heiß an, ich erwidere den leidenschaftlichen Kuss mit meinem ganzen Körper und schmiege meine nackten Brüste gegen sein Hemd, das an den Brustwarzen reibt.

Die dominante Geste, mit der er meinen Kopf fixiert, erregt mich mehr, als ich zugeben möchte. Wieder fühle ich mich wie ein von ihm gefangen genommenes Tier, willenlos und ausgeliefert. Ich kann nicht sagen, dass mir das nicht gefällt. Obwohl es mir Angst einjagt.

«Komm, du hast dir etwas verdient.» Er steht vom Bett auf und hält mir seine Hand hin, die ich dankbar ergreife. Etwas zu trinken wäre jetzt großartig.

Jason öffnet eine weiße Schleiflacktür und zieht mich hinter sich her. Ich fühle mich seltsam, so nackt neben ihm, werfe aber trotzdem einen Blick auf seinen Hintern, der von den engen Shorts betont wird. Rund und fest. Ich schlucke und widerstehe der Versuchung, ihn anzufassen. Dann bleibe ich mit weitgeöffnetem Mund neben Jason stehen und reiße die Augen auf.

«Ach du Scheiße!»

«Gefällt es dir nicht?», fragt er und dreht mich an den Hüften zu sich herum, sodass ich sehe, wie er die Stirn runzelt.

«Ich ... es ... du meine Güte, Jason!»

Es ist ein Badezimmer. Nun ja, nicht wirklich nur ein Badezimmer. Ebenso weiß wie sein Schlafzimmer, ist es von oben bis unten mit winzigen, glitzernden und glänzenden Mosaiksteinchen gefliest, die, wenn man genau hinsieht, durch die unterschiedlichen Weißtöne Motive ergeben. Ich wusste nicht, dass Weiß so viele verschiedene Abstufungen haben kann, aber es sieht atemberaubend aus.

In der Mitte thront auf einem niedrigen Podest ein Whirlpool, groß genug für mindestens vier Personen. Meine Fingerspitzen kribbeln. Ich liebe es, zu baden, Wasser ist mein Element. Der Gedanke, in dem Pool ausgiebig dieser Leidenschaft nachgehen zu dürfen, erregt mich beinahe körperlich.

In der Dusche, die nur durch eine schlichte Glaswand vom Rest des Raums abgetrennt ist, könnte man Tango tanzen. Ein riesiger runder Duschkopf hängt unter der Decke, an der Wand sind mehrere Massagedüsen angebracht und etwas, das wie eine Dampfbrause aussieht. Ein Wellnessparadies im eigenen Haus – von so etwas habe ich bisher nicht mal geträumt!

Jason geht zum Whirlpool und lässt dampfendes Wasser in die weiße Marmorwanne sprudeln. Neben dem Jacuzzi stehen ein Glas und ein Sektkühler mit einer Flasche darin. Ein einzelnes Glas. Fragend sehe ich ihn an, die Arme vor meinen Brüsten verschränkt.

«Für dich», sagt er schlicht und winkt mich mit dem Zeigefinger zu sich. Er ist unfassbar sexy, wie er so dasteht, nur im weißen Hemd und den schwarzen, engen Shorts. Er hat muskulöse Beine und Arme, und da er nicht so kreidebleich ist wie ich, fällt auch der dunkle Flaum darauf nicht auf. Ich frage mich, ob der Rest seines Körpers rasiert ist – noch habe ich ja nicht viel von ihm zu sehen bekommen. Aber sein Anblick, durch den Podest fast einen Meter über mir, löst schon wieder ein unsagbares Kribbeln in meinem Körper aus. Zögernd gehe ich auf ihn zu und betrete die Stufen des Podestes. Der Fußboden ist angenehm warm unter meinen Sohlen. Wie in Trance lasse ich mich in das Bassin gleiten und genieße das heiße Wasser, das meinen Schoß umspült und langsam höher steigt.

Jason öffnet die Flasche mit einem lauten Knall und lässt die Flüssigkeit übersprudeln. Schäumend vermischt sie sich mit dem Wasser, und ich muss lachen.

«In Champagner baden? Ernsthaft?», frage ich und ziehe eine Augenbraue hoch, um ihn zu ärgern.

«Ja, ich weiß, ich bin hoffnungslos spießig.» Sein Grinsen zeigt mir, dass er es mir nicht übel nimmt, wenn ich ihn so aufziehe. Dass wir uns eigentlich schon seit sechzehn Jahren kennen, finde ich irgendwie seltsam. Er ist mir so gut bekannt und doch gleichzeitig so fremd. Was zehn Jahre ausmachen können! Zehn Jahre Leben, die man miteinander nicht geteilt hat und die für den jeweils anderen rätselhaft sind.

Das schlechte Gewissen nagt an mir und lässt mich erschrocken zusammenfahren, als Jason mir das gefüllte Champagnerglas in die Hand drückt.

«Taittinger ... in Erinnerung an unser erstes Wiedersehen.»

Es ist erst etwas über eine Woche her, dass wir uns bei der Auktion getroffen haben, und doch kommt es mir vor, als wäre ich schon lange hier. Hier, bei ihm. Ich spüle das nagende Gewissen mit einem Schluck Champagner herunter und bete wieder einmal inbrünstig, dass er nicht weiß, was ich ihm damals angetan habe.

Das edle Getränk prickelt in der Kehle und stillt tatsächlich meinen Durst. Aber nicht meinen Hunger.

«Warum kommst du nicht zu mir?»

Ich muss lauter reden, weil das Wasser so rauscht. Wenn ich die Beine ausstrecke – was in diesem großzügigen Pool problemlos geht – bedeckt es meine Schenkel und meinen Schoß.

Jason schüttelt den Kopf. «Ich habe noch etwas vorzubereiten. Für später.» Er beugt sich zu mir herab und haucht einen Kuss auf meinen Hals.

Ich erschauere unter seinem warmen Atem, schließe die Augen und genieße, wie er sanft mit den Lippen an mir knabbert, während sich meine Brustwarzen schon wieder zusammenziehen. Was ist nur mit mir passiert, dass ich mich so einfach auf sein Angebot einlasse? An Grannys Halsband habe ich nicht eine Sekunde lang gedacht, obwohl das eigentlich der Auslöser für all das hier war.

Ich fühle mich ein wenig wie Giselle in dem Film *Verwünscht*. Oder wie Alice im Wunderland. Jedenfalls ist diese Umgebung für mich wie eine Reise in ein fremdes Land, das so wenig Ähnlichkeit mit meiner normalen Umgebung hat, dass es fast lächerlich ist. Ich meine, unser Bad in Camden ist so klein, dass kaum genug Platz für ein Waschbecken darin ist. Wenn man warmes Wasser haben möchte, muss man die Hähne für kaltes und heißes Wasser gleichzeitig aufdrehen und das Wasser vermischen. Hier sitze ich in einem prächtigen Bad, bei dem wahrscheinlich sogar die Queen vor Neid erblassen würde. Sofern die nicht wirklich goldene Armaturen besitzt, wie manche behaupten, aber das glaube ich ehrlich gesagt nicht.

Als das Wasser mir bis zum Bauchnabel steht, spüre ich, wie Jason hinter mir etwas Feuchtes auf meinen Rücken aufträgt. Er wäscht mich. Mit beiden Händen massiert er die flüssige Seife, die nach weißem Moschus und Baumwollblüten duftet, in meine Haut. Jedenfalls glaube ich, dass Baumwollblüten so duften, so rein, so frisch, so frühlingshaft. Ich schnurre wohlig, das Champagnerglas noch in der Hand, während das Wasser höher steigt und Jasons Hände gekonnt meinen Nacken massieren. Himmel, womit habe ich das alles verdient?

Ich könnte glücklich sein, wenn nicht noch immer diese Sorge und vor allem das schlechte Gewissen an mir zerren würden. Warum hat Jason sich derart verändert, warum lebt er so zurückgezogen, und warum hat er gesagt, dass er niemanden lieben kann? Niemanden lieben *will*?

Die Zärtlichkeit, mit der er mich streichelt und wäscht, lässt mich an seinen Worten zweifeln. Vielleicht haben wir uns damals alle in ihm getäuscht. Vielleicht hatte er Gründe dafür, so ein ... Arschloch zu sein. Egoistisch, narzisstisch und kalt. Vielleicht gibt es Dinge in seinem Leben, die ihn zu dem gemacht haben, der er heute ist. Und ich ahne nichts davon.

Meine Lider fallen zu. Ich lehne den Kopf an den Beckenrand und genieße Jasons muskulöse Unterarme und schlanken Finger, mit denen er jetzt die duftende Seife auf meinen Brüsten verreibt. Wieder streift er nur meine harten Brustwarzen, was meinen ganzen Körper zum Summen bringt. Seine Hände machen kreisende Bewegungen auf meiner Haut, verteilen den Schaum überall, während das Wasser wie ein exotischer Wasserfall eine traumhafte Geräuschkulisse liefert.

Er gleitet tiefer, über meinen Bauch und zwischen meine Beine, wo er den Venushügel massiert, ohne mich an den intimsten Stellen zu berühren. In mir zieht sich alles zusammen vor Lust, doch dann löst er sich abrupt, schüttelt die nassen Arme aus und steht anscheinend hinter mir auf.

«Ich hole dich später, wenn ich so weit bin», sagt er, und dann höre ich seine Schritte auf dem Marmorboden. Kurz darauf schließt sich die Tür hinter ihm.

Ich versuche, mich zu beherrschen und meiner aufkeimenden Erregung nicht nachzugeben.

Mit geschlossenen Augen bleibe ich im heißen Wasser liegen, verschließe den Hahn, als der Whirlpool genug gefüllt ist, und betätige den Knopf, sodass mit sanftem Druck Luftblasen durch das Bassin gewirbelt werden, die meine Haut zum Kribbeln bringen.

Sylvia wird mich ermorden, wenn ich ihr das alles erzähle. Aber mir ist klar, dies ist nicht das Ende des Songs. Das ist noch nicht einmal der Refrain. Ich weiß ja, dass Jason spezielle Vorlieben hat. Und mir ist bewusst, dass zärtlicher Sex und gemeinsame Bäder im Whirlpool nicht zu seinem Verständnis von gutem Sex gehören.

Mit dieser Brücke hier will er mir den Weg leichter machen, fürchte ich. Er will mich einlullen, mich erregen, mein Vertrauen wecken.

Damals habe ich mich an ihm gerächt, aber ich weiß nicht, welche Auswirkungen meine Rache wirklich auf ihn hatte. Ich weiß nur, dass er nach einem Jahr die Universität wechselte und damit aus meinem Leben verschwand, und ich bin mir ziemlich sicher, dass ich nicht unschuldig daran war. Aber weiß Jason das auch? Weiß er, was ich damals getan habe?

Ich zittere, als die diffuse Angst wieder in mir aufsteigt. Ich habe mich wie ein dämliches Kaninchen in den Fuchsbau begeben. Nun sitze ich hier im warmen Wasser und bebe im Angesicht der Gefahr, der ich mich selbst ausgeliefert habe. Noch immer ist mir unklar, warum er ausgerechnet mich will, warum er Grannys Halsband ersteigert und versucht hat, mich damit zu ködern. Jedenfalls ist es ihm hervorragend gelungen. Jason Hall ist noch immer so manipulativ wie damals, das hat sich nicht geändert. Bin ich verrückt, wenn ich mich auf ihn einlasse?

Ich glaube fest daran, dass ich mein Herz im Griff habe, dass ich stark genug bin, um eine Verletzung durch ihn zu überstehen. Ich kenne ihn, kenne ihn gut, und ich werde den Teufel tun und mich in ihn verlieben.

Nicht mehr.

Mein Herz klopft schneller in meiner Brust, als ich ihn nebenan höre. Er öffnet Schubladen, läuft im Schlafzimmer umher.

Ich muss noch etwas vorbereiten, hat er gesagt. Seine Worte dröhnen in meinen Ohren. Langsam wird mir klar, dass er damit nicht das Essen gemeint haben kann …

11

Neben dem Champagnerkühler liegt ein Einwegrasierer, den ich jetzt erst bemerke. Dunkelrosa. Ich muss grinsen, natürlich weiß ich, warum Jason ihn dort platziert hat. Mein Gesicht fühlt sich warm an, als ich den Rasierer in die Hand nehme. Die letzte gründliche Haarentfernung ist ein paar Tage her, was man deutlich sieht – und spürt. Ich war noch nie besonders genau damit, wozu auch?

Nach einem weiteren Schluck Champagner werde ich mutig und setze die Klinge an, ohne die Schlafzimmertür aus den Augen zu lassen. Noch immer höre ich, wie er nebenan herumrumort.

Eine Gänsehaut läuft mir über die Arme, während ich die winzigen Haarstoppeln aus der Bikinizone und unter den Achseln entferne. Immerhin bin ich warm und geschmeidig nach dem ausgiebigen Bad, und die Luftperlen, die mich stetig massieren, lösen die Spannung aus meinem Körper.

Gerade habe ich den Rasierer zur Seite gelegt, da klopft es.

«Ja?»

Jason schiebt seinen dunklen Haarschopf durch den Türspalt. Ich schlucke, als ich ihn erblicke. Er hat sich wieder angezogen, doch anstelle der dunklen, eleganten Anzughose trägt er jetzt eine verwaschene Jeans, die locker auf seinen Hüften sitzt. Das weiße Hemd mit den aufgekrempelten Ärmeln verdeckt weiterhin seinen Oberkörper. Ob er das mit Absicht macht? Ich komme mir komisch vor, nackt vor den Augen eines vollständig bekleideten Mannes, der aussieht, als wollte er in den Pub gehen, während ich noch gemütlich im Whirlpool liege. Also rutsche ich so tief in das blubbernde Wasser, dass die sprudelnden Blasen meine Brüste verdecken. Wenigstens fühle ich mich dadurch geschützter.

«Wenn du fertig bist ...?»

Ich nicke, mache jedoch keine Anstalten, mich aus dem Whirlpool zu erheben. Das will ich nun doch lieber alleine tun, nicht unter seinen Argusaugen.

«Möchtest du erst essen, oder ...?»

Oder was? Ich erschauere trotz des warmen Wassers, das mich wohlig umgibt, und hebe fragend die Schultern.

«Erst essen?»

«Gern.» Er bleibt lächelnd in der Tür stehen, einen Arm lässig in den Rahmen gelehnt, die freie Hand in die Gürtelschlaufen seiner Jeans gehakt. Unsere Blicke treffen sich, und es liegt ein unmissverständliches Knistern in diesem Augenkontakt, dass ich es körperlich fühlen kann.

«Und sonst?», frage ich frech und wühle mit den Händen im Wasser herum, als würde ich etwas suchen.

«Ich bin froh, dass du mitgekommen bist, Emma.» Rasch fährt er mit der Hand durch seine Haare, die er mit der Geste leicht zerstrubbelt. Ich mag das, wenn er aussieht, als sei er gerade aus dem Bett gekrochen.

«Natürlich weiß ich, dass es schwierig für dich ist und du mir nicht vertraust. Aber ich möchte dir zeigen, dass wir zusammen viel Spaß haben können. Sehr viel Spaß.»

Ich bin geneigt, in der Wanne unterzutauchen, um seinem

eindringlichen Blick zu entgehen. Aber ich lasse es bleiben, weil ich weiß, wie meine Haare dann aussehen würden. Wenn ich sie nach dem Waschen nicht sorgfältig föne, mutieren sie zu lufttrocknetem Stroh, und das kann ich heute Abend wirklich nicht gebrauchen. Schlimm genug, dass die Spitzen nass geworden sind.

«Also dann ... ich warte drüben.»

Er zieht sich langsam zurück und schließt die Badezimmertür. Ich warte zwei Minuten, dann klettere ich aus dem Whirlpool, von dem ich mich seufzend verabschiede, und trockne mich mit einem riesigen flauschigen Badetuch ab.

Mein Körper prickelt noch immer, schließlich ist die Erinnerung an unsere Spielchen von vorhin noch frisch. Wenn ich die Augen schließe, kann ich seine kundigen Finger überall auf meiner Haut spüren. Ich weiß, dass er mit seinen Händen nicht nur Lust hinterlassen wird, sondern auch etwas anderes ... etwas Unbekanntes, Dunkles, das mir gleichzeitig Angst bereitet und mich neugierig macht.

Mit zusammengezogenen Brauen schüttele ich die trüben Gedanken ab und ermahne mich zu Geduld und Vertrauen. Letzteres ist ein großes Wort im Zusammenhang mit Jason Hall, der mir schließlich in meiner Jugend keinen Anlass dazu gegeben hat. Dass er sich seitdem geändert haben soll, fällt mir schwer zu glauben. Nach wie vor wirkt er wie der arrogante, selbstherrliche und leider unfassbar attraktive Jason von damals. Ruhiger ist er geworden, ernsthafter. Weiß Gott, was er in den letzten Jahren alles erlebt hat – abgesehen von der einen Sache, die mir bekannt ist, weil ich maßgeblich daran beteiligt war.

Eisige Schauer laufen mir über den Rücken, während ich mein Haar bürste und mich im beschlagenen Spiegel über dem Doppelwaschbecken betrachte. Was weiß Jason von mir und von den Ereignissen damals an der Uni?

Der Gedanke, er wollte sich rächen, drängt wieder an die Oberfläche. Müsste er sich dazu so viel Mühe geben? Er hat unglaublich viel Geld und bestimmt viele hilfreiche Kontakte. Wenn er sich nur an mir rächen wollte, könnte er zu ganz anderen Methoden greifen. Außerdem erklärt das nicht die selbstlosen Spielchen, die ich bisher mit ihm erlebt habe. Ich bin es nicht gewohnt, dass sich ein Mann ausschließlich um mich kümmert und sich selbst zurücknimmt. Bei meinen wenigen One-Night-Stands war das in der Regel bisher genau anders herum. Ich kann nicht sagen, dass es mir nicht gefällt – auch wenn meine Sehnsucht, ihn endlich in mir zu spüren, ständig größer wird.

Eingewickelt in das Handtuch gehe ich ins Schlafzimmer, um mich anzuziehen. Es ist leer, erst nach ein paar Minuten sehe ich, dass auf dem Bett ein Kleid liegt. Es ist hellgrau, silbrig-glänzend, und hebt sich kaum von der schneeweißen Bettdecke ab. Neugierig nehme ich es hoch und halte es mir an. Es ist lang, hat einen Wasserfallausschnitt vorn und einen sehr tiefen Rückenausschnitt, der im unteren Rückenbereich mit einem kleinen Zierhaken zusammengehalten wird. Offenbar soll ich das anziehen?

Ich durchforste das Zimmer nach meinen Klamotten, kann sie aber nicht finden. Auch meine Unterwäsche und die Schuhe sind spurlos verschwunden. Gut, Jeans und Bluse sind vielleicht nicht gerade das eleganteste Outfit für ein Dinner, doch diese Bevormundung stört mich.

Nachdenklich betrachte ich mich im Spiegel, halte das Kleid wieder vor meinen Körper. Die Farbe schmeichelt meinem blassen Teint nicht, ein dunklerer Ton wäre vorteilhafter gewesen. Wem gehört das Stück? Ich finde kein Schild darin und kann daher weder Hersteller noch Designer ausmachen. Ebenso wenig gibt es Anzeichen dafür, dass das Kleid vor mir schon jemand anderes getragen hat. Zudem scheint die Länge genau zu mir zu passen, was mich wundert, denn ich bin nicht gerade groß. Hat er das für mich anfertigen lassen?

Irritiert schlüpfe ich hinein und ziehe die breiten ärmellosen Träger über meine Schultern. Das Kleid fließt an mir hinab und betont meine Kurven, besonders die Rückansicht im Spiegel ist unfassbar sexy. Man sieht den Ansatz meiner Pobacken, mehr nicht. Es ist verführerisch, aber nicht ordinär. Ich wünschte nur, ich hätte Unterwäsche dazu, denn durch den dünnen Stoff drücken sich meine Brustwarzen. Todsicher ist das beabsichtigt.

Neugierig lasse ich den Blick auf der Suche nach Schuhen durchs Zimmer schweifen. Tatsächlich werde ich fündig ... Vor der Tür steht ein Paar silberner Sandalen, die man kaum als Schuhe bezeichnen kann, mit mittelhohem Absatz und feinen Riemchen. Sie sehen extrem teuer aus, aber auch sie sind ohne jedes Markenzeichen. Als ich mich im Spiegel betrachte, nehme ich unwillkürlich mit beiden Händen die Haare hoch. Ja, das Kleid schreit nach einer Hochsteckfrisur. Ich ärgere mich, dass ich keine Haarspangen parat habe und daher die Mähne über die Schultern fallen lassen muss. Wie blöd!

In diesem Aufzug könnte ich in die Oper gehen oder zu einem extravaganten Ball. Auf dem roten Teppich würde ich Aufsehen erregen, denn das Kleid enthüllt viel, ohne zu viel Haut zu zeigen. Mein Blick fällt auf die weiße Lackkommode an der Wand, auf der eine mir gut bekannte Schachtel liegt. Mir kribbeln die Finger, langsam nähere ich mich der Kommode, und als ich das Kästchen öffne, atme ich tief ein.

Das Halsband von Granny! Soll ich es anziehen? Oder warum hat er es hier hingelegt? Am liebsten würde ich ihn fragen, traue mich jedoch nicht, nach ihm zu rufen. Vorsichtig nehme ich das Schmuckstück aus der Verpackung und drücke es kurz an meine Brust, bevor ich es umlege. Mein Herz rast. Das warme Gold schmiegt sich perfekt um meinen Hals; es passt mir, als wäre es für mich gemacht.

«Granny», flüstere ich und streiche mit den Fingerkuppen über die kleinen Perlen und Diamantsplitter, die mein Urgroßvater damals darin eingefasst hat. Das Collier liegt eng an, und ich kann es bei jedem Schlucken spüren. Ein Klopfen an der Tür lässt mich vom Spiegel aufsehen.

«Ja, ich bin fertig», rufe ich, unmittelbar danach öffnet sich die Tür, und Jason kommt herein. Er bleibt mit einigem Abstand stehen und stößt einen unterdrückten Pfiff zwischen den Zähnen aus.

«Wow!»

«Einfach nur ‹Wow›?» Ich muss lachen. «Ich finde, ich sehe aus wie eine Königin.»

«Mindestens. Ich hätte nicht gedacht, dass es so perfekt passen würde.»

Sein bewundernder Blick wirkt wie eine Streicheleinheit, und ich bade mich darin. Es tut gut, so viel positiven Zuspruch zu bekommen, besonders von Jason Hall, der ohne Zweifel sehr viel attraktiver ist als ich. Attraktiver, als ein Mann überhaupt sein dürfte. Mein Blick trifft auf das dunkle Blau seiner Augen, und es fängt mich ein, sodass ich schlucken muss.

«Ich habe das Halsband gefunden», sage ich leise und fasse mit einer Hand an das Collier, als wollte ich es beschützen. Er nickt, lächelt wie ein Raubtier. So wissend, hintergründig. Das macht mir Angst.

«Es steht dir gut, Emma. Als wäre es für dich gemacht. Komm her.»

Jason streckt den Arm aus, und ich gehe wie hypnotisiert auf ihn zu. Die kurzen Befehle, die er gelegentlich ausspricht, fahren mir tief unter die Haut und lassen mich reagieren, ohne dass ich vorher darüber nachdenke, was ich da gerade tue. Ich will auch nicht darüber nachdenken – ich will einfach nur genießen, dass ich mich wie Cinderella auf dem Weg zum Ball fühle.

Er legt die Hand auf meinen unteren Rücken, und ich spüre seine Wärme auf der nackten Haut. Hoffentlich bemerkt er die Gänsehaut nicht, die jetzt meinen Rücken ziert. So gehen wir durch den Flur zur Treppe. Ich kann nicht umhin, neugierige Blicke nach links und rechts zu werfen. Schließlich habe ich von der oberen Etage bisher nur sein Schlafzimmer und das – mehr als sehenswerte – Bad zu Gesicht bekommen, aber Jason macht keine Anstalten, mir den Rest seines Hauses zu zeigen.

Ängstlich ans Geländer geklammert, gehe ich vor ihm die Treppe nach unten. Die Absätze sind zwar nicht so hoch wie bei den Dingern, die Sylvia gern trägt, trotzdem ist es ungewohnt für mich, darauf zu laufen. Und die Treppe ist mir fremd. Wir schaffen den Weg ohne unsägliche Zwischenfälle (einer meiner größten Albträume: eine Showtreppe hinabzugehen und über mein Kleid oder meine eigenen Füße zu stolpern!).

Im Salon erwartet mich eine Überraschung. Der antike Esstisch, an dem zehn Leute Platz hätten, ist in der Mitte festlich gedeckt. Für zwei Personen. Lange Kerzen stehen zwischen weißen Rosenblüten, die wie zufällig auf der schwarzen Tischdecke verstreut sind.

«Oh Gott, Jason ... ich wusste nicht, dass du so ...»

«Spießig bist?» Er zwinkert mir zu und zieht einen Stuhl zurück, damit ich darauf Platz nehmen kann. Ich werde rot.

«Romantisch, wollte ich sagen. Aber spießig trifft es auch ganz gut.»

Daraufhin beugt er sich von hinten zu mir herab und beißt mir spielerisch in den Hals. Eine kecke Geste, mit der er wohl meine Frechheit bestrafen will, die allerdings ein verheißungsvolles Kribbeln in meinem Schoß auslöst. Die Berührung war so intim, dass ich mir vorkomme wie bei einem richtigen Rendezvous. Nicht dass ich jemals eins gehabt hätte, das kenne ich nur aus Büchern und Filmen. Heutzutage laufen Dates ja doch viel spartanischer ab und sind alles andere als ... kitschig.

Ich ziehe die Stirn kraus, als Jason dunkelroten Wein aus einer Karaffe in unsere Gläser gießt. Eigentlich habe ich mit den zwei – oder waren es drei? – Gläsern Champagner genug getrunken, ich kann schon fühlen, wie der Alkohol mich beflügelt und beschwingt. Aber ich will ihn nicht brüskieren und sehe schweigend zu, wie er anschließend stilles Wasser aus einer Glaskanne in zwei weitere Gläser einschenkt.

«Auf dein Wohl, Emma», sagt er und hebt sein Glas.

Der Wein duftet schwer, holzig und irgendwie düster. Ich mag Rotwein nicht gern, weil ich davon Sodbrennen bekomme. Trotzdem nippe ich an dem Glas, in der Hoffnung, dass ich heute Abend nicht viel mehr davon trinken muss.

Er ist köstlich und rinnt ölig und weich meine Kehle hinab. Erstaunt starre ich auf das Glas.

«Ein Château Lafite-Rothschild von 2002», erklärt Jason, als ob mir das etwas sagen würde. Ich nicke wissend und schnalze anerkennend mit der Zunge. Dass ich keine Ahnung davon habe, muss er ja nicht unbedingt merken.

«Aus unserem Schulabschluss-Jahr. Ich habe noch einen Karton aus meinem Geburtsjahr, aber den hebe ich für besondere Gelegenheiten auf.»

Ich will mir gar nicht vorstellen, was die Flasche kostet. Den Namen des Weinguts habe ich sogar schon einmal gehört, kann ihn allerdings nicht einordnen. Französisch jedenfalls. Und teuer.

«Danke, dass du das alles für mich tust. Es ist nicht nötig, mir damit zu imponieren.»

«Ich weiß, Emma. Es hätte mich gewundert, wenn Geld dich beeindrucken würde. So habe ich dich nie eingeschätzt. Trotzdem genieße ich die Vorzüge des Reichtums, und guter Wein ist einer davon.»

Meine Wangen glühen. Liegt das an dem Wein oder daran, dass ich aufgeregt bin? Ich komme mir vor wie ein Teenager, der in ein Luxusrestaurant geladen wurde und keine Ahnung hat, wie man sich dort benimmt. Hoffentlich serviert er mir nicht gleich Hummer! Oder Austern? Mir wird ein bisschen übel, sodass ich meine Hand auf den Bauch presse.

«Womit hast du so viel Geld verdient?», frage ich unumwunden; meine journalistische Neugier drängt an die Oberfläche.

«Während des Studiums in Yale habe ich eine Internetfirma gegründet. Ein Online-Auktionshaus.»

«eBay?», frage ich frotzelnd, und er verzieht das Gesicht.

«Nein, aber eBay hat die Firma vor zwei Jahren gekauft. Für verdammt viel Geld.»

Nur langsam sickert der erste Teil seiner Antwort in mein Gehirn. «Du warst in Yale?»

«Nach dem ersten Jahr an der Uni hier habe ich ein Stipendium bekommen und anschließend in Yale studiert.»

Mein Herz schlägt mir bis in den Hals. Das habe ich nicht gewusst. Ich habe nicht einmal gewusst, wohin es ihn getrieben hat, nachdem er die Uni verließ. Wenn der Wechsel wegen des Stipendiums war, bin ich jedenfalls nicht schuld daran. Absolut unschuldig! Und damit hat er auch keinen Grund, sich für irgendetwas an mir zu rächen. Vor Freude nehme ich einen so großen Schluck von dem Wein, dass ich kurz darauf mein Glas leer wieder abstelle und mich ein bisschen schäme für meine Gier. Jason schenkt ohne ein Wort nach.

«Und was machst du jetzt, wo du die Firma verkauft hast?»

Er schmunzelt und lehnt sich im Stuhl zurück, die Arme hinter dem Nacken verschränkt. Dagegen sitze ich schnurgerade und ziemlich steif da, weil ich nicht weiß, wie man sich in diesem Kleid gemütlich und elegant zugleich hinsetzt. Also verzichte ich auf gemütlich und bevorzuge elegant – hoffe ich jedenfalls.

«Ich habe ein wenig Pause gemacht und das Leben genossen, und seit einem Jahr baue ich eine neue Firma auf. Mit wachsendem Erfolg.»

«Online?»

«Richtig, diesmal handelt es sich um Mode.»

Ich verschlucke mich vor Lachen. «Du machst in Mode? Ach komm!»

«Was ist so witzig daran?» Seine Augen funkeln, sein Gesichtsausdruck verrät, dass er beleidigt ist, aber ich kann das Lachen trotzdem kaum unterdrücken. Jason Hall und Mode – das muss ich Sylvia erzählen!

Jason beugt sich vor, seine blauen Augen kommen näher und wirken bei der spärlichen Beleuchtung tief wie schottische Seen. Auch ich lehne mich unwillkürlich weiter vor, bis meine Brustwarzen die Tischkante berühren. Wie zwei Verschwörer sitzen wir hier, und ich fühle mich wieder wie damals.

«Ich kaufe Überhänge hochwertiger Designerkleider und -schuhe und vertreibe sie im Internet. International. Inzwischen beschäftige ich hundertfünfzig Mitarbeiter, viele davon in der Logistik, auf die ich ziemlich stolz bin. Ich zeige dir die Website morgen gerne, wenn du magst.»

Er grinst und sieht an mir herunter, bis seine Augen deutlich sichtbar bei meinen Brüsten hängen bleiben. Oh Gott! Hastig richte ich mich auf und verschränke die Arme, um meine steifen Nippel zu verbergen. Warum zum Teufel sind die Biester klein und hart? Es ist nicht besonders kalt, und ich bin doch wirklich nicht körperlich erregt. Was Jason darüber denkt, kann ich mir nur zu gut vorstellen. Verärgert versuche ich, seinen Blick wieder auf mein Gesicht zurückzulenken.

«Hey, hallo! Ich bin hier oben! Wollten wir nicht essen, im Übrigen?»

«Entschuldige, ich war gerade etwas ... abgelenkt.» Sein teuflisches Grinsen jagt mir Schauer über den Rücken. «Das Essen wird gleich gebracht. Hast du großen Hunger?»

«Wer bringt es denn?», frage ich neugierig nach, schließlich habe ich außer Orlando noch keinen seiner Angestellten getroffen und bin gespannt, ob er einen richtigen Koch hat. Oder ein Hausmädchen? In Elephant and Castle waren die meisten Leute froh, wenn sie selbst einen solchen Job hatten. Auch Jasons Mom gehörte dazu, was mich auf seine Familie und damit seinen Bruder bringt.

«Wie geht es eigentlich Phil? Was macht er?»

Plötzlich versteinert sein Gesicht, sein Blick wird seltsam düster. Erschreckt halte ich die Luft an und überlege, ob meine Frage zu persönlich war, dass er so heftig darauf reagiert? Er sieht mich an, als hätte ich ihm gerade mitgeteilt, ich hätte einen Deal mit dem Satan abgeschlossen und würde ihn gleich ins ewige Fegefeuer bugsieren. Ein eisiger Schauer überrollt mich.

«Tut mir leid, wenn die Frage unangemessen war?», wage ich leise zu sagen, dann verknote ich meine Finger auf dem Tisch und starre konzentriert auf meine angeknabberten Nägel. Großer Gott, ich kann diesen Blick kaum ertragen, er macht mir wirklich Angst!

«Phil ist tot.»

Ich sauge zischend die Luft durch die Zähne ein und strecke unwillkürlich einen Arm aus, um seine Hand zu ergreifen. Er zieht sie nicht zurück, zuckt jedoch merklich zusammen, als meine Finger ihn streifen.

«Um Himmels willen, Jason, das wusste ich nicht! Oh Gott, es tut mir so leid! Wann ... wann ist das passiert?»

Er schaut mich nicht an, während er mir antwortet. Die wehenden Vorhänge vor den bodentiefen Fenstern wirken wie Geister auf mich, und ich muss hart schlucken.

«Er hat sich umgebracht. Es gab eine Tragödie in unserer Familie, aber ich möchte jetzt wirklich nicht darüber reden.»

Dann hebt er den Kopf und blickt mir ins Gesicht. Diesmal nicht scharf, furchteinflößend oder arrogant, sondern eher – traurig. Traurig wie ein kleiner Junge. Unpassenderweise fällt mir auf, wie lang und dicht seine schwarzen Wimpern sind, die einen perfekten Rahmen für die kobaltblauen Augen bilden. Das Grübchen in der Wange ist verschwunden.

«Wir müssen darüber nicht reden, und es tut mir leid, dass ich es angesprochen habe. Wenn ich gewusst hätte ...» Ich beiße mir auf die Lippe und überlege fieberhaft, wie ich das Thema wechseln kann. Verflucht, da steht ein riesiger Fettnapf vor meiner Nase, und ich habe nichts Besseres zu tun, als kopfüber hineinzuspringen!

«Ist schon gut. Du konntest das nicht wissen.» Er versucht zu lächeln, doch das gerät gehörig schief.

Bevor ich mir etwas Aufmunterndes überlegen kann, öffnet sich plötzlich die Seitentür, und ein großes Tablett mit zwei dampfenden Töpfen darauf kommt hindurch. Gefolgt von einer jungen, sehr blonden und sehr attraktiven Frau, bei deren Anblick sich mir umgehend der Magen verknotet. Wenn das eine seiner Angestellten ist, frage ich mich wirklich, warum er sich ausgerechnet um mich bemüht? Die Frau ist bildschön! Ihre hellgrünen Augen strahlen unter dem dichten Pony hervor, der ihre

Augenbrauen verdeckt. Sie trägt ein enges, schwarzes Kleid, das knapp über ihren Knien endet, schwarze Pumps mit schwindelerregend hohen Absätzen und Strümpfe, die nicht ganz blickdicht sind und im Licht seidig schimmern.

Ich atme tief ein und vergesse, wieder auszuatmen, während ich sie beobachte. Elegant geht sie auf den Tisch zu und stellt lächelnd und mit beeindruckender Leichtigkeit die beiden schwer aussehenden Töpfe in der Mitte ab.

«Danke, Catherine. Du kannst Feierabend machen.»

«Gern, Jason.»

Sie blinzelt mir mit einem Auge zu – sie blinzelt mir zu! Hallo? –, und ich warte förmlich darauf, dass sie einen Knicks macht, aber sie dreht sich um und spaziert durch die Tür, die sie hinter sich schließt.

«Arbeiten noch mehr Models für dich?», frage ich zynischer, als ich vorhatte, während Jason die Deckel von den Porzellantöpfen nimmt, sodass ein Duft von Wild und Preiselbeeren entweicht. Ach du Schande – ich liebe Wild!

Außer zu Weihnachten esse ich das leider nie, und da Sylvia und ich selten kochen, gibt es solche kulinarischen Genüsse für mich wirklich nur einmal im Jahr.

«Ich hoffe, es schmeckt dir. Das habe ich selbst gekocht.»

Meine Stirn legt sich in Falten. Er nimmt meinen Teller und häuft ein wenig seltsam aussehende Nudeln darauf, bevor er mit der Schöpfkelle eine fleischige Sauce darübergibt.

«Du kannst kochen?»

«Ein altes Rezept meiner Mom», sagt er und klingt auf einmal wieder traurig. Ich mag nicht fragen, was mit seiner Familie ist. Nach der erwähnten Tragödie will ich lieber alle möglichen Klippen umschiffen und suche verzweifelt nach unverfänglichen Gesprächsthemen. Verfluchter Smalltalk!

«Es riecht großartig. Was ist es?»

«Rehragout mit Preiselbeersoße und Spätzle.» Das letzte Wort klingt lustig, ich habe es noch nie gehört.

«Deutsche Nudeln. Keine Pasta. Du wirst den Unterschied schmecken.»

Wir essen schweigend, die Stille ist nicht unangenehm. Eher vertraut. Als ob wir uns so gut kennen, dass wir nicht mehr miteinander sprechen müssen. Ich mag das, frage mich jedoch, ob es Jason so gut gefällt wie mir oder ob er sich mehr Unterhaltung von mir wünscht. Allerdings ist mein Vorrat an unheiklen Themen erschöpft, zumal ich nicht mal weiß, ob und was er gern liest oder welche Musik er mag.

Statt einer geistreichen Unterhaltung belasse ich es während des Essens also bei gelegentlichen Gefallensbekundungen. Es ist wirklich köstlich. Die kurzen, ziemlich dicken Nudeln schmecken wie eine Art Brotteig, den man in Wasser gekocht hat. Lecker.

«Ich kann nicht mehr», gebe ich stöhnend von mir, nachdem ich die ganze Portion verputzt habe und fürchte, dass sich mein gefüllter Bauch unter dem glänzenden Kleid deutlich abzeichnet. Mit einem Schluck von dem köstlichen Rotwein spüle ich den herben Wildgeschmack herunter, dann lasse ich mich zufrieden in den Stuhl zurücksinken. Scheiß auf Eleganz.

Die Sandalen drücken ein wenig, offenbar sind sie nagelneu und ein bisschen zu schmal für meine Füße.

«Komm her zu mir.» Der plötzliche Befehlston reißt mich aus meinen Gedanken.

Fragend sehe ich ihn an.

Er rutscht mit seinem Stuhl nach hinten, klopft mit beiden Händen auf seine Oberschenkel und grinst. «Ich habe Appetit auf Dessert», fügt er verlockend hinzu.

Ich muss lachen und gehe um den Tisch herum, so geschmeidig wie möglich. Die kühle, weiche Seide streicht bei jeder Bewegung sinnlich um meinen Körper, der mir dadurch sehr bewusst wird – vor allem meine Nacktheit unter dem teuren Stoff.

Mit einem Ruck zieht er mich an der Hüfte zu sich, bis ich quietschend auf seinem Schoß lande. Atemlos schaue ich ihm ins Gesicht, das plötzlich so verdammt nah ist. So nah, dass ich ...

Mit einem Kuss erobert er meinen Mund; gekonnt und ohne zu fordern teilt seine Zunge meine Lippen. Seine Hände halten mich, sodass ich mich fallen lassen kann, obwohl meine Füße keinen Bodenkontakt mehr haben. Unsere Münder spielen miteinander, die Zungen locken, dann spüre ich, wie sich in seinem Schoß etwas regt.

Mein Grinsen bleibt nicht unbemerkt.

«Freu dich nicht zu früh», knurrt er und beißt mir wieder in den Hals. Eine Hand ruht jetzt in meinem Nacken und hält mich dort, ich habe die Arme um seinen Hals geschlungen und fahre mit den Fingerspitzen über seinen Rücken. Er riecht gut, so männlich und frisch, und nach Rotwein und Wild. Ich will mich gar nicht von ihm lösen, doch plötzlich spüre ich seine Hand im tiefen Rückenausschnitt des Kleides. Zart wie eine Feder gleiten seine Finger über mein Rückgrat und lassen mich erschauern. Er fährt meinen Steiß entlang und umrundet mit der Hand meine Pobacken. Ich schmiege mich fester an ihn, spüre ihn ganz dicht bei mir, und es fühlt sich gut an. Es fühlt sich ... richtig an. Als hätte ich schon immer hierhergehört, hier auf seinen Schoß.

Seine Erektion wird härter, durch den dünnen Stoff des Kleides kann ich sie deutlich fühlen. Sie erregt mich, mein Schoß kribbelt lüstern. Himmel, wann war ich jemals im Leben so verrückt nach einem Mann? Nach einem Mann, von dem ich zudem weiß, dass es mit ihm keine Chance auf ein Happy End gibt?

Er steht auf, und ich schlinge ihm meine Beine um die Hüften, während ich mich weiter an seinem Nacken festhalte. Schwungvoll setzt er mich mit dem Hintern auf den Esstisch und schiebt mit seinem Arm die Teller zur Seite. Ich kichere albern, mein Gesicht kommt mir so heiß vor wie die Schüsseln auf dem Tisch.

Jason zieht mir das Kleid bis zu den Hüften hoch, sodass ich mit nacktem Schoß und gespreizten Beinen vor ihm auf dem Tisch sitze. Mein Herz schlägt mir bis in den Hals, als er sich zwischen meine Beine stellt und mich sanft nach hinten drückt, bis ich auf dem Tisch liege. Ich starre auf die Tiffanylampe, die über dem Tisch baumelt, bis sein Gesicht sich dazwischendrängt und mich vom Interieur ablenkt.

Sein Kuss ist hitziger geworden, gieriger. Seine Härte drückt vehement gegen meine Mitte, auch wenn uns noch die Hose voneinander trennt. Ich taste mit den Händen, um endlich diese verdammten Jeans zu öffnen. Großer Gott, ich werde eine Pfütze auf dem Tisch hinterlassen, wenn er so weitermacht. Er küsst und knabbert von meiner Halsbeuge bis zum Schlüsselbein, dann zieht er den weiten Ausschnitt des Kleides herab, um meine Brüste zu befreien.

Seufzend drücke ich den Rücken durch, als er die Lippen um meine harten Brustwarzen legt und daran saugt, während seine Finger über die Kurven streicheln, bis sich all meine Körperhaare aufrichten.

«Emma ... du machst mich verrückt.» Er stöhnt in das Tal zwischen meinen Brüsten, wo er mich küsst. Mein ganzer Körper vibriert, ich greife in seine Haare und wühle darin herum.

«Bitte, Jason», flüstere ich. Das Halsband liegt so eng an, dass es mich im Liegen drückt, aber es tut gut, es zu spüren. Irgendwie gibt es mir Sicherheit.

«Bitte *was*?», fragt er und hebt den Kopf, um mich anzugrinsen. Ich beiße mir auf die Lippe.

«Zwing mich nicht, so was zu sagen», versuche ich, zu drohen. Meine Wangen brennen. Er lacht nur und lässt eine Hand zwischen meine Schenkel gleiten, wo er zielsicher die feuchte Wärme findet, die ihn dort erwartet.

«Ich kann es kaum erwarten, in dir zu sein», raunt er, ohne den Blick von mir zu lösen. Ich kann nicht mal die Lider schließen, fühle mich vom Blau seiner Augen gefangen, während er dicht über meinem Gesicht verharrt und quälend zart über meine Spalte streicht. Ich erschauere unter ihm und stöhne unterdrückt. In mir schreit etwas auf, etwas, das mir fremd und unbekannt ist. Wie ein Trieb, den ich bis jetzt nicht entdeckt hatte. Etwas, das mich dazu bringen wird, Dinge zu tun, die ich mir vorher nicht einmal vorstellen konnte.

«Sag es, Emma.»

Er fährt mit dem Daumen der linken Hand über meine Unterlippe, die bei der Berührung zittert. Ich spüre, wie er einen Finger der rechten vorsichtig in mich hineinschiebt und in mir krümmt, bis ich mich keuchend aufbäume.

«Ich möchte hören, was du von mir willst.»

Ich schlucke hart. Oh verflucht, ich bin wirklich nicht gut in diesen Dingen. Meine Gedanken wirbeln durcheinander, ich finde nicht die richtigen Worte für das, was ich gerade empfinde. Er neckt mich weiter, fährt so zart mit den Fingern über meine intimste Stelle, dass sich alles in mir zusammenzieht. Gütiger Himmel, ich will ihn. Ich will ihn so sehr ...

«Oh Scheiße, Jason. Fick mich endlich!»

Mein Puls klopft hinter den Schläfen vor Aufregung, ich höre Jasons heiseres Lachen nicht mehr, weil das Blut so laut in meinen Ohren rauscht, dass kein weiterer Ton mehr eindringen kann. Doch endlich, endlich nehme ich wahr, dass er an seiner Hose nestelt. Neugierig hebe ich den Kopf, weil ich *ihn* sehen will, aber er wendet sich von mir ab und fummelt an sich herum. Kondom. Wahrscheinlich zieht er ein Kondom über. Guter Jason!

Ich nehme zwar schon seit Jahren wegen meiner Haut die Pille, aber er hat recht mit dem, was er da tut. Ich bin froh, dass er sich darum kümmert, und genieße den Moment, als ich seine nackten Hüften zwischen den Beinen spüre. Er schiebt sich sanft vor und lässt seine Härte an meiner Spalte auf- und abgleiten, bis ich erzittere. Dann beugt er sich über mich und küsst erneut meinen Hals.

«Bereit, wenn Sie es sind, Ms. White», raunt er mir ins Ohr. Statt zu antworten, presse ich die Fersen auf seinen Hintern und hole ihn so dicht an mich heran, dass sich seine Erektion in mich hineinbohren muss. Mein Schoß zieht sich krampfartig zusammen vor Lust, ich kann es nicht länger aushalten, will ihn endlich in mir haben.

«Komm», flüstere ich und halte mich an seinen Schultern fest.

Er teilt meine Lippen und dringt in mich ein. Langsam. Stück für Stück.

Ich wimmere und versuche, ihn mit den Füßen anzutreiben, aber er lässt sich Zeit. Viel Zeit. Millimeterweise erobert er mich, mein Innerstes, und facht meine Lust dadurch nur weiter an. Dieser Moment, kurz bevor er ganz in mir ist, ist ... unglaublich.

«Verflucht, Emma, du bist so verdammt eng», zischt er zwischen zusammengebissenen Zähnen. Offenbar muss er sich gewaltig beherrschen.

«Es ist lange her», murmele ich, beinahe wie weggetreten. Das ist es wirklich. So lange, dass ich mich fast wie eine Jungfrau fühle.

Mit einem Ruck ist er plötzlich da, ganz und gar, und ich stöhne erleichtert auf. Gott, er fühlt sich wahnsinnig an! Er ist groß, riesig. Noch nie war ich so ausgefüllt, noch nie schien jemand so perfekt zu passen. Meine Augen brennen, mein Herzschlag beschleunigt sich noch weiter, mein Atem geht keuchend.

Er stößt nicht zu; er gleitet hinein und wieder heraus, löst sich ganz aus mir, sodass ich ernüchtert aufstöhne. Dann fängt er von vorn an und schiebt Zentimeter für Zentimeter seine Länge in mich hinein, um das ganze Spiel erneut zu spielen.

«Das halte ich nicht aus», jammere ich. Ich werde verrückt! Ich will, dass er mich nimmt, zustößt, mich *fickt*, verdammt noch mal! Warum tut er mir das an? Meine Fersen trommeln auf seinen festen runden Hintern, doch das beeindruckt ihn nicht. Stattdessen richtet er sich auf, legt die Hände um meine Oberschenkel und sieht mich mit funkelnden Augen an.

«Das verstehst du also unter Quälen», entfährt es mir, als er in dieser Position reglos in mir verharrt. Ich spanne die inneren Muskeln an, um ihn zu ärgern, und spüre, wie sein Schaft in mir sanft pulsiert. Trotz der Latexhülle fühlt er sich warm und weich an. Alles in mir schmiegt sich eng um ihn.

«Ich hatte nicht erwartet, dass du es härter brauchst, Emma.»

«Noch härter? Du hast keine Ahnung, Jason», stöhne ich und bäume mich wieder auf. «Aber ich brauche dich – jetzt. Oh Gott, bitte!»

Noch immer hält er meine Oberschenkel, dann schließt er die Augen, legt den Kopf in den Nacken – und stößt zu. Mit so einer unerwarteten Wucht, dass mein Oberkörper durch den Stoß über den Tisch rutscht. In einer Mischung aus Entsetzen und Lust schreie ich auf, denn dieser tiefe, kräftige Stoß ist genau das, was ich wollte, um die geschürte Glut zu entfachen.

«Jason», gebe ich von mir, aber meine Stimme klingt nicht mehr wie meine. Sie ist rau, heiser ... wollüstig. Endlich nimmt er mich. Er nimmt mich, roh, voller Gier und mit einer solchen Kraft, dass ich mich mit den Händen an seinen Rücken klammere und seine Haut mit den Nägeln aufkratze. Ich schreie, als ich komme. Der Höhepunkt erreicht mich rasch und unvorhergesehen, baut sich nicht langsam auf, sondern scheint tief in mir zu explodieren. Es ist das erste Mal, dass ich komme, während ein Mann in mir ist, und es ist ein anderer Höhepunkt als sonst. Er ist tiefer, dunkler, beinahe brummend, und er erfasst meinen ganzen Körper, strahlt aus meiner Mitte bis in die Fingerspitzen. Meine Zehen ziehen sich im Takt meines Beckens zusammen, das sich zuckend und pulsierend um ihn herumschlingt. Stöhnend kneife ich die Augen zu und spüre, wie alles Blut aus meinem Kopf in den Körper gepumpt wird. Mir ist schwindelig, mein Atem geht schnell und keuchend.

Zitternd bleibe ich liegen. Jason wartet, bis ich mich von diesem heftigen Höhepunkt erholt habe. Dann stößt er flach und schnell zu, bevor er zu langsamen, tiefen Bewegungen wechselt. Mein ganzer Körper schmerzt, der Hintern tut mir weh von der harten Tischplatte, meine Waden haben einen Krampf, und die Finger sind steif. Ich will nicht, dass er aufhört. Adrenalin peitscht das Blut durch meine Adern, und ich kann nicht anders, als auf Jasons Rhythmus einzugehen.

Er beugt sich so über mich, dass seine Lenden an meiner empfindlichsten Stelle reiben, während er seine Länge tiefer und tiefer in mich hineinjagt.

«Emma», keucht er, als ich schon beinahe weiße Sternchen hinter den geschlossenen Lidern sehe. «Emma, sieh mich an.»

Ich öffne blinzelnd die Augen, unsere Blicke verhaken sich ineinander, und gleich darauf spüre ich sein Zucken, sein Pulsieren in mir. Verdammt tief in mir.

Seine Backenzähne mahlen, das Grübchen in der Wange zuckt, doch er löst den Blick nicht von mir, während er kommt. Damit reißt er mich endgültig mit sich. Alles in mir vereint sich mit seinem Beben, mein Becken erwidert seine Kontraktionen, und so kommen wir gemeinsam. Keuchend. Schreiend. Schwitzend.

12

«Oh verdammt, Jason.»

Ich jammere, während ich meinen wundgescheuerten Hintern vom Esstisch hieve und versuche, auf den wackligen Beinen zu stehen. Er zieht seine Hose wieder hoch und grinst mich an wie ein Lausbub. Frech und unverschämt.

Dann streckt er den Arm aus, streicht sanft mit dem Finger über meine Wange und hilft mir auf. Noch immer flach atmend, lasse ich mich in seine Umarmung sinken und genieße die zärtliche Berührung nach diesem Ritt. Ich spüre, wie sein Herz klopft, es schlägt genauso schnell wie meins. Unser gemeinsamer Takt gibt mir für einen Moment das Gefühl, wirklich mit ihm vereint zu sein.

«Dafür, dass du eigentlich mit normalem Sex nichts anfangen kannst, bist du verdammt gut darin», sage ich und schiebe ihn etwas von mir weg, damit ich ihn ansehen kann.

«Wer sagt, dass ich mit normalem Sex nichts anfangen kann?», fragt er verdutzt.

«Du! Jedenfalls hast du mir erzählt, du hättest dunkle Gelüste und ...»

«Das ist auch richtig, die habe ich. Trotzdem war es gut, wie es war. Wild und hemmungslos, so mag ich es. Und du offenbar auch. Ich habe nie gesagt, dass mir Vanilla nicht gefällt.»

Ich merke, wie ich schon wieder erröte. Ja, allem Anschein nach fehlte mir früher genau das beim Sex. Ein Partner, der sich fallen lassen konnte, der wild und hemmungslos war und mich mit seiner Lust ansteckte. Warum klappt es mit ihm so viel besser als mit anderen? Weil wir uns schon so lange kennen? Weil ich Angst vor ihm habe? Die Angst scheint zumindest ein verdammt starkes Aphrodisiakum zu sein.

Vielleicht gewöhne ich mich auch gerade an den Gedanken, dass ich puren Sex mit ihm haben kann. Ohne Gefühle, ohne Verpflichtungen. Eine Woche lang.

Danach gehört mir das Collier – und ich habe meine Ruhe. Oder etwa nicht?

«War es das, was dir bei deinem Angebot vorschwebte?» Meine Hand wandert zum Hals und berührt das Schmuckstück.

«Nein, Emma. Ich habe nicht gelogen, als ich dir sagte, dass ich dunkle Gelüste habe. Aber ich möchte dich damit nicht überfordern. Außerdem isst auch ein Gourmet nicht jeden Tag bei Pied à Terre. Du wirst noch alles kennenlernen, versprochen.»

Ich fahre zusammen und blinzele verwirrt. «Versprochen? Das klingt eher nach einer Drohung», erwidere ich zweifelnd.

«Glaub mir ... ich weiß, was ich tue.» Er haucht einen weiteren Kuss in meinen Nacken, dann tritt er zwei Schritte zurück und mustert mich von Kopf bis Fuß. «Das Kleid steht dir. Du solltest häufiger Kleider tragen.»

«Woher willst du wissen, dass ich das nicht längst mache?», frage ich kampflustig, muss aber ein Lachen unterdrücken. Gott, wäre ich nur nicht so eine schlechte Lügnerin!

Jason runzelt die Stirn und zieht die Augenbrauen zusammen. «Ich *weiß*, dass du ein Jeanstyp bist. Schon vergessen?»

«Menschen ändern sich, Jason. Ich bin nicht mehr die kleine Emma von damals», antworte ich etwas beleidigt.

Plötzlich verändert sich die ausgelassene Stimmung zwischen uns, die Luft wird spürbar dicker, Jasons Blick verdüstert sich.

«Ja, das musst du mir nicht sagen. Wir alle verändern uns, jeden Tag. Und das ist gut so, oder nicht?»

Ich nicke. Warum sollte ich ihm widersprechen, er hat ja recht. Auch wenn ich noch immer nicht durchschaue, was genau sich eigentlich an ihm verändert hat.

«Komm, Orlando fährt dich nach Hause.»

Mein Mund klappt auf. «Wolltest du nicht, dass ich die Nacht bei dir verbringe?»

«Du hast es selbst gesagt: Menschen verändern sich, Emma. Es passieren Dinge im Leben, mit denen man nicht rechnet und die einen gravierend verändern. Ich muss jetzt alleine sein ... dir zuliebe.» Er reibt sich mit der Hand über die Augen, als wäre er todmüde.

Ich habe keine Ahnung, wie spät es ist, schätzungsweise neun oder zehn Uhr. Draußen ist es dunkel, wie schon seit Stunden. Gott, was freue ich mich auf den Frühling! Vor allem jetzt, da mir plötzlich eiskalt geworden ist. Meine Hände zittern vor Wut.

«Wo sind meine Klamotten? Ich will mich umziehen, oder soll ich in diesem Aufzug nach Hause fahren?»

Mein Herz rast vor Aufregung. Wofür hält er mich? Für eine Prostituierte, die er zum Sex herzitieren und anschließend bequem wegschicken kann? Ich bin stinksauer und balle meine Hände zu Fäusten, bis sich die Nägel ins Fleisch krallen.

«Sei mir nicht böse.»

Mehr sagt er nicht. Mit traurigen Augen dreht er sich um und verlässt den Salon, lässt mich einfach stehen wie ein unbestelltes Paket.

Zum Teufel, Jason! Ich könnte dich umbringen!

Ich schlucke die aufsteigenden Tränen herunter und eile so schnell ich auf den halbhohen Schuhen kann hinter ihm her, aber als ich den Flur betrete, ist von ihm nichts mehr zu sehen.

«Jason, verdammte Scheiße!», rufe ich laut in Richtung Treppe, doch auch von oben kommt kein Ton.

«Verfluchter Idiot!»

Schimpfend laufe ich die Treppe hoch und reiße die Schlafzimmertür auf. Auch hier finde ich ihn nicht, dafür liegen meine Jeans und die lila Bluse ordentlich gefaltet auf dem Bett. Wer war das? Jason jedenfalls nicht, er war ja die ganze Zeit mit mir unten. Als ich auch das Höschen und den BH auf dem Stapel finde, koche ich so richtig vor Wut. Es passt mir überhaupt nicht, dass wildfremde Leute in meinen Klamotten herumwühlen. Womöglich war das die blonde Ziege, die sich bei der Gelegenheit auch noch über meine spießigen Kleider lustig gemacht hat?

Mein Spiegelbild verschwimmt mir vor den Augen. Ich schlüpfe aus dem Kleid und schleudere es mitsamt den Sandalen in die Ecke, bevor ich mich hastig anziehe. Meine Handtasche liegt auf der Kommode. Ich sehe nicht nach, ob jemand etwas herausgenommen oder womöglich reingetan hat, stattdessen haste ich zurück in den Flur, wo ich kurz stehenbleibe und nachdenke.

Es reizt mich, die anderen Türen zu öffnen und nachzusehen, was sich dahinter verbirgt. Ob Jason irgendwo sitzt und schmollt. Was soll das alles? Woher kommt sein plötzlicher Sinneswandel? Meine Haut ist noch immer feucht und warm von der eben verspürten Erregung, und eigentlich hätte ich mich jetzt gern an ihn gekuschelt, mit ihm im Bett gelegen und Champagner getrunken und gelacht.

Blödsinn, Emma. Ein Typ wie Jason Hall teilt sein Bett nicht mit einer Frau wie dir, was bildest du dir denn ein?

Zögernd gehe ich auf die benachbarte Tür zu, die weiter hinten im Flur liegt, und drücke die Klinke herunter. Ohne Erfolg, die Tür ist verschlossen. Ebenso die nächste. Weiter probiere ich es gar nicht, stattdessen gehe ich zurück zur Treppe und laufe nach unten, wo ich feststelle, dass vor dem Haus der schwarze Mercedes mit laufendem Motor auf mich wartet.

Cinderella, die Kutsche ist da. Es ist noch gar nicht Mitternacht, dafür habe ich einen Pantoffel zurückgelassen. Nicht auf der Treppe, sondern im Schlafzimmer, wo er hingehört. Das Beste aber ist: Unter meiner Bluse trage ich noch immer Grannys Halsband.

Grinsend setze ich mich auf die Rückbank des Autos und nicke Orlando zu, der wie immer kein Wort mit mir wechselt, aber mir dafür im Rückspiegel freundlich zulächelt.

13

Reverend Morris macht mich nervös. Ich habe letzte Nacht höchstens zwei Stunden geschlafen und bin immer noch sauer und wütend. Auf Jason und auf mich selbst. Und auf Sylvia, die natürlich in ihrem superkurzen Nachthemd (das eigentlich ein T-Shirt ist, allerdings in Kindergröße!) aus ihrem Zimmer geschlurft kam, um mich zu fragen, was zum Teufel ich um die Zeit schon zu Hause mache.

Als ich daraufhin heulend zusammenbrach, war die Nacht gelaufen. Jedenfalls für mich. Sylvia teilte zum Glück meine Wut, und sie tat mir ein bisschen leid, weil sie Frühschicht hat und meinetwegen heute sicherlich einen harten Tag im Krankenhaus durchstehen muss. Trotzdem war sie für mich da und hörte sich alles an. Alles! Diesmal habe ich nichts verschwiegen, und meine beste Freundin stimmte mir zu, dass Jason nach wie vor ein Idiot ist und ich froh sein soll, dass ich das Schmuckstück wiederhabe.

Unwillkürlich greift meine Hand zum Hals. Immer, wenn ich es berühre, muss ich lächeln. Weil ich dann an Granny denke und – seit gestern Abend – weil ich mich freue, ihn damit ausgetrickst zu haben. Eine Woche Sex – am Arsch, Jason Hall! Nicht mit mir, ich bin keine billige Hure.

«Hast du die Einladungen alle verschickt, Emma?», ruft mir der blonde Hüne, der in seinem Talar irgendwie immer aussieht wie ein verkleideter Basketballspieler, von nebenan zu. Dort geht er schon den ganzen Vormittag auf und ab wie ein eingesperrtes Tier, das mich in den Wahnsinn treibt.

«Ja, die sind im Postkorb und werden heute Nachmittag abgeholt!», rufe ich zurück und verdrehe die Augen. Das dämliche Gemeindefest – jedes Jahr nach Ostern steigt hier eine große Party, und weil die Gemeinde mitten in der City liegt, bestehen die Gäste in der Regel zu 90 Prozent aus ausländischen Touristen, die Fotos schießen und versuchen, möglichst ausgefallene Motive zu finden.

Zum Beispiel einen Einrad fahrenden Jesus oder eine Jungfrau Maria, die auf Stelzen läuft. Nicht dass wir uns so was ausdenken würden; die Akrobaten und Kleinkünstler aus dem benachbarten Covent Garden wissen die Aufmerksamkeit zu schätzen und nutzen die Gelegenheit, um ihre Kunststücke vor der großen Kirche aufzuführen. Das war im letzten Jahr so, und wenn ich Ken Glauben schenken darf, auch in den Jahren davor.

Er ist leider immer noch krank, klang am Telefon vorhin aber ziemlich fidel. Ich vermute, dass er nur keinen Bock hat auf die ganze Vorbereitung. Die dadurch leider an mir hängen bleibt.

Nebenan kommt Leben ins Büro. Ich höre Reverend Morris' Stimme, die dunkel und klar ist, eine perfekte Predigerstimme. Dann ertönt das Organ von Reverend Clawson, der rund zwanzig Jahre älter ist als sein blonder Kollege, und der schnarrt wie ein deutscher Soldat im Zweiten Weltkrieg. Ein unangenehmer Zeitgenosse, mit dem mein Chef sich den Vorsitz der Gemeinde teilt.

«Emma. Auf ein Wort.»

Ausgerechnet der Soldatenschnarrer kommt zu mir und schließt sogar die Tür hinter sich. Was ist passiert?

«Reverend Clawson ... die Einladungen sind ...»

«Es geht nicht um die Einladungen.» Er mustert mich scharf, und ich senke rasch den Blick.

Oh Gott, vielleicht kann er sehen – oder riechen? –, dass ich gerade in Gedanken bei Jason war. Bei den Erlebnissen von gestern Abend ...

Der kleine, etwas untersetzte Mann geht in seinem langen schwarzen Gewand an mir vorbei zum Fenster und beugt sich vor, um auf die Straße zu sehen.

Stirnrunzelnd drehe ich mich auf meinem Stuhl zu ihm um und versuche, zu erahnen, was er von mir will. Er ist nicht annähernd so attraktiv wie Reverend Morris. Seine Haare sind schütter, und am Kinn hat er einen vorwitzigen, grau melierten Ziegenbart. Vermutlich, um sein Doppelkinn damit zu verdecken.

«Kennst du das Auto da unten?»

«Was?»

Irritiert stehe ich auf und gehe zu ihm, um über seine Schulter ebenfalls nach draußen zu sehen. Mein Herzschlag beschleunigt sich, als ich den schwarzen Mercedes erblicke, doch ich beschließe, ein wenig Zeit zu schinden. Warum will er das wissen? Ist mein Privatleben neuerdings von Interesse für meine Vorgesetzten?

«Entschuldigung, welches Auto meinen Sie?»

«Das da.» Er zeigt mit seinem knochigen Finger auf den Mercedes.

Ich beiße mir auf die Lippe und denke fieberhaft nach. «Nein, nicht dass ich wüsste. Warum fragen Sie?»

Er atmet tief ein, so tief, dass ich es deutlich hören kann. Unten öffnet sich die hintere Autotür, und ich erkenne die schwarzen Haare des Aussteigenden natürlich sofort. Oh Scheiße, wenn Jason raufkommt und nach mir fragt, fliegt meine Lüge auf.

Meine Gedanken drehen sich im Kreis. Was soll ich jetzt sagen? Warum ist das überhaupt wichtig?

Ich wage kaum, nach unten zu sehen, aber meine Neugier ist stärker als die Angst. Als Jason den Kopf in den Nacken legt und eine Sonnenbrille über die Augen klappt, zucke ich hinter Reverend Clawson zusammen, was dieser zum Glück nicht bemerkt.

Stattdessen reagiert Jason – offenbar auf den Anblick von Reverend Clawson am Fenster. Jedenfalls stutzt er, schüttelt kaum merklich den Kopf. Dann geht er zurück zum Auto, das Sekunden später davonfährt.

Meine Hände sind schweißnass. Was wollte er hier? Mit mir reden? Sich entschuldigen? Nachsehen, ob ich heute im Büro bin?

«Und den jungen Mann, der da gerade eingestiegen ist, den kennst du auch nicht?»

«Ich ... nein, ich weiß nicht ... ich habe ihn so schnell nicht erkannt», sage ich rasch und spüre, wie ich knallrot anlaufe. Heiliger Mist, hoffentlich merkt er nicht, dass ich gerade gegen das achte Gebot verstoße.

«Reverend Morris meint, er hat dich gestern mit ihm wegfahren sehen.»

Ich schnappe nach Luft. Für wen hält er sich? Für meinen Vater?

«Ich habe gesagt, dass ich so schnell nicht erkennen konnte, um wen es sich handelt. Vielleicht war er ein Freund von mir. Es ist ja nicht verboten, mit jemandem befreundet zu sein, oder?» Mit Mühe versuche ich, seinem bohrenden Blick standzuhalten, was nicht einfach ist.

Reverend Clawson nickt stumm und geht mit großen Schritten zur Tür. Dort bleibt er stehen und dreht sich zu mir um. «Sei vorsichtig, Emma», sagt er schlicht. Dann lässt er mich im Büro allein, ohne die Tür wieder zu schließen.

Mein Puls pocht in den Schläfen. Was zum Teufel ist hier los?

Ich nehme das Handy aus meiner Handtasche und wähle Jasons Nummer, erreiche aber nur seine Mailbox. Ein Blick auf die Uhr zeigt mir, dass ich noch drei Stunden ausharren muss, bevor ich das Büro verlassen kann. Außerdem liegt auf meinem Schreibtisch noch ein riesiger Papierstapel, den ich durcharbeiten muss. Vorbereitungen für das Gemeindefest. Seufzend mache ich mich an die Arbeit; nicht, ohne ständig auf meinen BlackBerry zu schielen. Ich erwarte einen Anruf.

14

Genervt hocke ich am Abend in der Bar Soho in der Old Compton Street in der Nähe unserer U-Bahn-Station Leicester Square und warte auf Sylvia. Ich weiß, dass sie Frühschicht hatte und ihr am Nachmittag wahrscheinlich die Zeit davongelaufen ist, aber wir waren hier verabredet und wollten später noch ins Kino.

Im Gegensatz zu mir geht Sylvia gern aus, flirtet, trinkt und tut alles, was junge Frauen sonst so tun, wenn sie Single sind. Nur ich nicht. Weil ich es liebe, Single zu sein. Auf die Turbulenzen, den Herzschmerz, den Nerv kann ich verzichten. Wenn ich von der Schwärmerei für Jason absehe, die so unglücklich verlaufen ist, war ich noch nie wirklich verliebt, und das hat mir eine Menge Kummer erspart. Doch heute habe ich Kummer. Es ist kein Liebeskummer, weil ich Jason natürlich nicht liebe, aber ich bin enttäuscht und verletzt. Er hat mit mir geschlafen und mich danach abserviert wie ein benutztes Möbelteil. Trotz aller Wut weiß ich, dass ich sofort wieder auf ihn reinfallen würde, wenn er mich noch wollte. Und die Tatsache, dass er heute Nachmittag vor meinem Büro war, deute ich als Zeichen für sein Interesse. Ich muss nur mein Herz verschließen und versuchen, ihn dort nicht hineinzulassen. Die Erinnerung an den Sex mit ihm jagt mir ständig Schauer durch den Körper, den ganzen Tag schon spüre ich die Feuchtigkeit zwischen den Schenkeln, sodass ich mir vorkomme wie eine läufige Hündin. Entsetzlich! Was hat er nur aus mir gemacht?

Ich habe einen Tisch in der Ecke ausgewählt, von dem aus ich die gesamte Bar im Blick habe und trotzdem nicht wie auf dem Präsentierteller sitze. Mein BlackBerry liegt vor mir auf dem Tisch. Leider bleibt er schwarz und stumm, egal, wie oft ich darauf herumdrücke, um das Display wieder zum Leben zu erwecken. Das Pint, an dem ich mich festhalte, ist fast leer.

Endlich taucht Sylvias dunkle Mähne in der Tür auf, ich winke ihr zu und ziehe ein gequältes Gesicht. Soll sie ruhig mitkriegen, dass ich seit einer halben Stunde auf sie warte.

«Hey! Bin ich zu spät? Sorry!»

Sie drückt mir zwei Küsse auf die Wange, ihre Lippen sind kühl von der Abendluft. Der Frühling hat sich noch nicht wirklich seinen Platz erkämpft, die Nächte sind winterlich frisch. Trotzdem bin ich die einzige Frau in dieser Bar, die eine lange Hose trägt, alle anderen sind in kurzen Kleidchen oder Röcken und hochhackigen Sandalen unterwegs. Auch Sylvia. Offenbar hat sie andere Pläne für heute Abend als ich.

«Wollten wir nicht noch ins Kino?»

«Kino ... es ist Wochenende, Schatz. Da wollen wir *feiern*! Ich hab zwei Tage frei und werde die garantiert nicht allein auf dem Sofa verbringen.» Sie wedelt mit der Hand, um die Aufmerksamkeit der blasierten Kellnerin zu erregen. «Was trinkst du da? Bier?»

Kopfschüttelnd mustert sie mich und schlägt die langen Beine übereinander, bevor sie ihren Stuhl so zurechtschiebt, dass man diese auch gut von der Bar am Ende des Raumes aus erkennen kann.

«Zwei Perfect Manhattan.»

«Spinnst du? Ich trinke keinen Cocktail!» Der wahrscheinlich zwanzig Pfund kostet, auch wenn diese Bar alles andere als chic und trendy ist und nur am Rand von Soho liegt, dafür aber in der Nähe der Kinos, weshalb um diese Uhrzeit noch kaum jemand hier ist. Wenige einzelne Männer sitzen an der Bar, ein Pärchen hat sich an einen Tisch in der Mitte gesetzt und nervt alle Anwesenden mit seiner Knutscherei.

«Doch, doch.» Sylvia nickt der gelangweilt aussehenden Bedienung zu, die sich daraufhin umdreht und im Zeitlupentempo zur Theke zurückschlendert.

Ich stöhne auf und schließe die Augen. Weder bin ich angezogen für eine Partynacht mit Sylvia noch in der Stimmung dazu. Mir ist eher nach einem heißen Bad und frühem Schlafengehen, die letzte Nacht steckt mir noch in den Knochen.

«Hat er sich gemeldet?» Sylvia beugt sich zu mir, ohne die Augen von einem dunkelblonden Typen an der Theke abzuwenden, der nachweislich ihre Beine anstarrt.

«Wer?»

«Jason natürlich, du Schaf! Hat er sich gemeldet? Nachdem er sich gestern so bescheuert benommen hat?»

Ich schüttele den Kopf und deute auf meinen scheintoten BlackBerry. Kein Anruf, keine SMS, keine E-Mail. «Aber er war heute Nachmittag vor dem Büro. Mit dem Auto. Seltsamerweise hat Reverend Clawson mich gefragt, ob ich ihn kenne.»

«Hä? Was geht den das an?»

Sylvia spielt mit einer Haarsträhne und lächelt. Nicht für mich, so viel ist mir klar. Ich bete, dass der Typ an der Bar, den sie damit meint, trotzdem nicht rüberkommt, darauf habe ich gerade wirklich keine Lust.

«Keine Ahnung. Er klang ziemlich seltsam, als wäre das verboten. Am besten prüfe ich mal meinen Arbeitsvertrag, ob mir außereheliche Beziehungen überhaupt gestattet sind.»

Sylvia verschluckt sich an ihrem Lachen. «Das wäre ja ein Ding!»

«Wer weiß das schon ... Kirche halt.» Ich zucke die Achseln und drücke noch einmal prüfend auf den BlackBerry, damit der Bildschirm hell wird, aber noch immer nichts. Empfang habe ich hier drin, daran kann es nicht liegen.

«Hast du ihn gefragt, was das gestern sollte? Ich meine Jason, nicht Reverend Clawson.»

Sie bedenkt die Kellnerin mit ihrem zickigsten Gesichtsausdruck, als diese die beiden Cocktailgläser vor uns abstellt und den Bon unter die kleine Vase mit der weißen Lilienblüte schiebt.

«Ich hab ihn nicht erreicht, aber auch keine Nachricht hinterlassen. Wenn er mich wiedersehen will, muss er sich rühren.»

Ich bin extra langsam vom Büro aus hierherspaziert, in der Hoffnung, dass der schwarze Mercedes aus dem Nichts auftaucht und Jason aussteigt, um sich bei mir zu entschuldigen. Immerhin habe ich ein Pfand - das Halsband trage ich schon den ganzen Tag. Ich habe nicht vor, es jemals wieder abzulegen. Es gehört mir, ich habe es fast ehrlich zurückerobert.

«Denk nicht länger drüber nach, Emma. Du weißt, dass er ein Arsch ist. Anscheinend hat er sich überhaupt nicht verändert seit damals. Immerhin hast du dir deinen Kindheitstraum erfüllt und mal mit ihm gevögelt, das ist doch auch was.»

Sie zwinkert mir zu, bevor sie sich lasziv über die Lippen leckt und sich so im Stuhl zurücklehnt, dass ihre kleinen Brüste sich deutlich unter dem engen Kleid abzeichnen. Muss sie ausgerechnet heute so begierig auf Spaß sein?

Mit Jason Hall gevögelt ... oh Gott, ja. Und das Ziehen in meinem Unterleib macht mir unmissverständlich klar, dass ich es nicht bei dem einen Mal belassen will. Er hat etwas in mir berührt, von dem ich glaubte, es würde gar nicht existieren. Jetzt sehnt sich mein ganzer Körper nach ihm, nach seiner Berührung. Ich will in seine verdammten blauen Augen sehen, wenn ich komme, will ihn in mir spüren, will seine Hände überall auf mir ...

«He! Das ist nicht nett, im Beisein der besten Freundin solchen Gedanken nachzuhängen.» Sylvia schnalzt missbilligend mit der Zunge, und ich werde knallrot.

«Verflucht, Syl, woher willst du wissen, was ich denke?»

«Schatz, ich bin eine erfahrene Frau und habe viele Tage meines Lebens in diesem Zustand verbracht. Wenn allein die Erinnerung an eine heiße Nummer die Nippel hart und die Muschi feucht werden lässt. Ich kenne das. Trotzdem wäre es lieb, wenn du dich ein bisschen beherrschen könntest, okay?»

Verlegen schaue ich nach unten, doch BH und Pullover verhindern, dass irgendwer meine Brustwarzen sehen kann. Nicht mal Sylvia. Leider kennt die mich zu gut, um nicht trotzdem genau zu wissen, was gerade in mir vorgeht.

«Scheiße, ich wollte nicht, dass das passiert. Ich wollte das Halsband haben und ihn wieder vergessen. Ganz einfach. Geht das wieder weg? Bitte sag, dass das nur ein temporärer Zustand ist und ich in ein paar Tagen gar nicht mehr an ihn denke.»

«Ich glaube nicht», sagt Sylvia bedeutungsschwanger und starrt an mir vorbei zur Theke. Kann sie nicht wenigstens ein paar Minuten aufs Flirten verzichten, wenn die beste Freundin über ihren Kummer reden will?

«Oh Gott, ich bin verflucht», jammere ich und nehme einen großen Schluck von dem Cocktail, der für meinen Geschmack viel zu bitter ist.

«Das fürchte ich auch», flüstert sie.

Noch bevor ich fragen kann, warum sie so leise spricht, spüre ich eine Hand auf meiner Schulter. Ich zucke heftig zusammen und mache mich winzig klein auf meinem Stuhl. Ich weiß genau, wer das ist. Diese Geste kenne ich, diese Berührung. Das kann doch nicht sein Ernst sein? Hat er mir nachspioniert?

«Jason?»

Fragend drehe ich mich zu ihm um und sehe in ein Lächeln, das sich über sein ganzes Gesicht ausbreitet und die blauen Augen mit einschließt. Sylvia räuspert sich, aber ich kann den Blick nicht von ihm abwenden. Mein ganzer Körper fängt an zu summen unter seiner Hand.

«Schön, dass ich dich hier finde, Emma. Hi, Sylvia.»

Er nickt meiner besten Freundin zu, die ihn über den Rand ihres Glases hinweg mit riesigen braunen Augen ansieht und die Stirn kräuselt.

«Wie hast du ... woher weißt du, dass ich ...?» Ich meine, das hier ist doch nicht seine übliche Umgebung. Jason Hall gehört in Szene-Clubs und Bars wie das Ivy, nicht in diese lausige Studentenbar am Rand von Soho.

«Ich habe dich heute Nachmittag gesehen, in der Duncannon Street. Vor meinem ... unserem Büro.» Stirnrunzelnd sehe ich zu ihm hoch und wünschte mir, er würde sich hinsetzen, damit ich meinen Kopf nicht so in den Nacken legen muss. Als hätte er meine Gedanken gelesen, tut er mir den Gefallen und nimmt neben mir Platz. Sein Knie berührt meinen Oberschenkel.

«Ich wollte mit dir reden, aber du sahst so beschäftigt aus, dass ich mich wie ein Störenfried fühlte. Es tut mir leid, Emma, wenn ich dich gestern verletzt habe. Ich kann manchmal einfach nicht aus meiner Haut.»

Mein Kopf füllt sich pulsierend mit Blut. Die Vorstellung, vor meiner besten Freundin über das zu sprechen, was gestern Abend geschehen ist, beschämt mich zutiefst. Doch Sylvia ist leider viel zu neugierig, um sich diskret zurückzuziehen. Sie hängt mit dem Oberkörper über dem kleinen Tisch und grinst.

«Es ist schon gut.»

Warum bin ich nicht wütend auf ihn? Gestern wollte ich ihn anschreien, ihm sagen, dass er mich mal kann mit seiner Arroganz und seiner Selbstgefälligkeit. Und jetzt? Wo zum Teufel ist meine Wut hin?

Beschämt greife ich mir an den Hals und lege die Hand auf das Collier, als könnte ich so verhindern, dass er es sieht. Er fährt sich mit der Hand durchs Gesicht, dann sieht er mich an.

«Behalte es. Ich schenke es dir.»

«Warum? Du wolltest ...»

«Es war eine dumme Idee von mir. Ich kann und will dich nicht zwingen. Wenn du mir noch eine Chance geben möchtest, musst du das freiwillig tun. Ohne Zwang, ohne Erpressung.»

«Ich kaufe es dir ab», sage ich hastig und überlege schon fieberhaft, wie lange ich Sylvias Geschirr spülen muss, damit sie mir das nötige Geld leiht.

Jason lacht. «Glaub mir, den finanziellen Verlust kann ich verschmerzen. Im Gegensatz zu ...» Er beißt sich kurz auf die Unterlippe, erst dann spricht er weiter. Seine Augen wirken ernst. «... zu diesem Verlust hier.»

Plötzlich ist seine Hand auf meinem Oberschenkel. Die Berührung entfacht ein Feuer der Erinnerungen und löst eine schockierende Welle von Lust in mir aus, mit der ich nicht umgehen kann. Ich will aufspringen, weglaufen, mich in Sicherheit bringen, aber ich bleibe stocksteif sitzen, atme tief ein und aus und starre auf mein Cocktailglas, während seine Hand sich in mein Bein zu brennen scheint.

«Ich lass euch Turteltäubchen mal allein. Da drüben sitzt jemand, der sich vielleicht über meine Anwesenheit freut.»

Sylvia zwinkert mir mit einem Auge zu und steht auf, bevor ich sie stoppen kann. Ich starre hinter ihr her, wie sie auf den dunkelblonden Typen an der Bar zuschlendert, der vor lauter Glück knallrot anläuft.

Die schnippische Bedienung ist plötzlich entsetzlich freundlich, als sie neben uns auftaucht und Jason mit strahlendem Lächeln fragt, was er trinken möchte. Ob sie ihn erkennt? Außer mir weiß offenbar halb London, wer Jason Hall ist und was er in seinem Leben erreicht hat. Nur ich hatte gute Gründe, ihn zu ignorieren. Zu vergessen.

«Dasselbe noch einmal, bitte.» Er zeigt auf mein Glas, ohne den Blick von mir zu lösen, was mich insgeheim freut. Ich bin ein bisschen schadenfroh und muss mich anstrengen, das zu verbergen.

Innerlich feixend sehe ich der blondierten Kellnerin nach, die beleidigt abrauscht.

«Emma ... ich habe seit vielen Jahren keine Nacht mehr mit einer Frau verbracht. Gestern Abend ... Es war so intensiv, und ich habe Angst bekommen. Angst davor, dich zu verletzen. Ich erwarte nicht, dass du mich verstehst, aber ...»

«Ich verstehe dich», unterbreche ich ihn entschlossen und lasse zu, dass er meine Hand nimmt, um sie an seine Lippen zu führen. Ein eiskalter Schauer durchrieselt mich bei dieser seltsam anmutenden Berührung, mein Mund fängt an zu kribbeln, als erinnerte er sich an Jasons Küsse.

Er zieht eine Augenbraue hoch und mustert mich. «Wirklich? Es war unverschämt und gefühllos von mir, dich so zu behandeln. Das tut mir leid.»

Sein Eingeständnis nimmt mir allen Wind aus den Segeln. Hatte ich mich gerade noch bemüht, wütend auf ihn zu sein, ist das Gefühl ganz plötzlich verflogen. Als wäre es überhaupt nie da gewesen. Ich frage mich nicht mehr, was er heute Nachmittag bei meinem Büro wollte oder wie er herausgefunden hat, wo ich heute Abend bin. Ob er mir nachschleicht. Es ist mir egal – er wird seine Mittel und Wege haben, und ehrlich gesagt war es ja nicht allzu schwierig. Wir sitzen in einer öffentlichen Bar in Soho und nicht beim KGB.

Sylvia plaudert anmutig mit ihrer Eroberung und scheint mich nicht zu vermissen. Sie ist diskret genug, um nicht einmal gelegentliche Seitenblicke auf uns zu werfen, wofür ich ihr dankbar bin.

«Es ist schwer für mich, Jason. Ich durchschaue dich nicht, ich weiß nicht, was du von mir willst. Ich bin unsicher und habe Angst, dass du ...»

Die beleidigte Bedienung unterbricht mich und stellt die beiden Gläser so vor uns hin, dass sie sich mit ihrem Dekolleté tief über den Tisch beugen muss. Jason sieht nicht mal hin, im Gegensatz zu mir.

«Vielen Dank.» Er nickt höflich und zieht einen Geldschein aus der Tasche, den er auf den Tisch legt. «Stimmt so.»

Sie wird rot und fährt sich mit der Hand durchs Haar, dann lächelt sie und deutet eine Verbeugung an, bevor sie sich zurückzieht. Es ist erstaunlich, wie Jason auf andere wirkt. Ich könnte schwören, dass mindestens jede zweite Frau in der Bar nur ihn anstarrt.

Die Tatsache, dass er hier bei mir sitzt und nach wie vor an mir interessiert ist, sorgt für Aufruhr in meinem Magen.

«Du hast Angst vor ... was? Vor mir? Bitte nicht, Emma», greift Jason den Faden meines Monologes für mich auf und sieht mir tief in die Augen. Meine Lider flattern unkontrolliert, während ich versuche, seinem durchdringenden Blick standzuhalten.

«Deine Vorlieben ... du hast gesagt, du hast ... gewisse Vorlieben.»

Er seufzt und lehnt sich zurück, ohne die Hand von meinem Bein zu nehmen. Es fühlt sich an, als wären wir miteinander verwachsen; die Berührung lässt eine Nähe zwischen uns entstehen, die ich nie für möglich gehalten hätte. Ich blende die Menschen und Geräusche um uns herum aus und konzentriere mich auf ihn – so, wie er mich fixiert, als wäre ich die einzige Frau weit und breit. Das Gefühl tut so gut wie warme Milch mit Honig.

«Das ist richtig, die habe ich. Und ich brenne darauf, sie mit dir zu teilen. Aber nur, wenn du das auch möchtest und bereit dazu bist.»

«Hast du keine Angst, dass ich ... dass es mir nicht gefallen könnte?», frage ich zweifelnd und kaue auf meiner Wange, während ich auf seine Antwort warte.

Er atmet tief ein. «Natürlich macht mir das Angst. Ich habe keine Erfahrung mit Frauen, die noch nicht wissen, worum es geht. Aber genau das reizt mich. Ich möchte dein Vertrauen gewinnen, denn das ist zwingend nötig für diese Dinge. Ohne Vertrauen funktioniert es nicht. Und auf Dauer wird es langweilig, sich nur mit willigen Sklavinnen zu umgeben, die einen ständig anflehen, sie zu maßregeln.»

Er grinst wieder teuflisch, und ich bin froh darüber. Der alte Jason ist auf dem Vormarsch, er ist mir lieber als der traurige, ernste Jason.

«Willst du mich damit aufziehen?», frage ich und stoße meinen Ellbogen so fest in seine Seite, dass er sich keuchend krümmt vor gespieltem Schmerz.

«He, wer von uns ist hier eigentlich der Dom?»

«Dass du einer bist, musst du erst noch beweisen», sage ich forsch und beiße mir umgehend auf die Lippe. Oh-oh! Das Funkeln in seinen Augen verrät, dass ich mir mit dieser Frechheit mein eigenes Grab geschaufelt habe. Der Gedanke erregt mich und lässt meinen Schoß aufgeregt prickeln.

«Nichts leichter als das», raunt er dicht an meinem Ohr und beißt wie zum Beweis in mein Ohrläppchen. Es tut wirklich weh, gleichzeitig erschauere ich und bekomme eine Gänsehaut, die ihresgleichen sucht.

Ich fühle mich wie in einem Kokon, als wären wir ganz allein in dieser Bar, die nicht schick genug ist für jemanden wie ihn. Ich gehöre hierher, in meinen Jeans und mit dem Sweatshirt, das seine besten Tage hinter sich hat. Das goldene Halsband passt dazu wie Turnschuhe zum Abendkleid, aber das stört mich nicht.

«Wenn du gehen möchtest ...», flüstert er.

Ich hebe die Schultern. «Eigentlich wollten Sylvia und ich noch ins Kino», sage ich und grinse ihn an.

Er lächelt überrascht, nickt jedoch. «Gern. Was wolltet ihr sehen?»

«Twilight», antworte ich, ohne nachzudenken, und muss mir ein Lachen wirklich verkneifen. Wer war hier noch der Dom?

15

«Ehrlich, Emma, musste das sein?»

Sylvia knirscht so laut mit den Zähnen, dass sich meine Haare aufstellen. Trotzdem lächele ich stumm vor mich hin, denn Jason sitzt neben mir und hält meine Hand, während Robert Pattinson und Kristen Stewart sich auf der Leinwand anschmachten.

Ich hasse *Twilight*. Echt. Aber ich wollte herausfinden, ob Jason etwas an mir liegt oder ob er nur mit mir spielt. Dass wir nun zusammen im Kino einen Teenager-Schmachtfetzen gucken, ist so gut wie ein Liebesbeweis. Auch wenn Sylvia das völlig anders sieht, zumal ihr dunkelblonder Typ aus der Bar sich als echter Fan entpuppte und damit auf ihrer Sympathieskala tief nach unten gerumpelt ist.

«Ich könnte jetzt mit dem Kerl die Laken zerwühlen. Du schuldest mir was, ernsthaft.» Sie kaut ihr Popcorn absichtlich mit offenem Mund, weil sie weiß, dass mich das nervt.

Ich reagiere, indem ich von ihr abrücke und meinen Kopf an Jasons Brust schmiege. Seine Hand rutscht von meinen Schulterblättern nach unten und bleibt kurz vor dem Jeansbund auf meinem Rückgrat liegen. Sylvia seufzt deutlich hörbar, erregt damit aber keine Aufmerksamkeit im Kino, weil die meisten jungen

Mädchen um uns herum das hin und wieder tun. Allerdings aus anderen Gründen, nehme ich an.

Es ist seltsam, neben Jason zu sitzen wie eine alte Freundin. Er ist eine Affäre, noch nicht mal das. Und ich frage mich, wie dieser Abend enden wird. Bei ihm? Mit ihm? Wird er mich in seine dunklen Gelüste einführen, von denen ich bisher noch nichts am eigenen Leib zu spüren bekommen habe? Ich bin mir noch nicht sicher, ob ich es mir wünsche oder ob ich mich eher davor fürchten soll.

Meine liebste Freundin wartet den Abspann nicht ab, sondern springt erleichtert von ihrem Sitz auf und zerrt ihre neue Errungenschaft mit sich.

«Wir sehen uns morgen früh, Emmy.»

Ich werde rot bei der verniedlichenden Anrede, die ich überhaupt nicht mag, wie sie sehr gut weiß.

Jason sagt nichts dazu, verzieht stattdessen nur einen Mundwinkel. Oh nein, gleich wird er wieder so grinsen ... und mit diesem Grinsen eine verhängnisvolle Kettenreaktion in meinem Körper auslösen. Schon jetzt merke ich, wie sich in mir alles zusammenzieht.

Wir bleiben sitzen, bis der Kinosaal sich geleert hat und die Leinwand vor uns dunkel wird.

«Möchtest du irgendwohin, auf einen Drink? Oder ...?»

Wir sehen uns an, beide nachdenklich. Ich kann förmlich spüren, wie die Luft zwischen uns knistert, während in unseren Köpfen offenbar ein ganz anderer Abspann läuft als der soeben beendete.

«Hm.» Ich kaue auf meiner Unterlippe herum und rutsche auf dem Kinositz hin und her, was Anlass genug für ihn ist, mich mit sich hochzuziehen und mit der Hand auf meinem Schulterblatt zum Ausgang zu schieben.

Nein, wir trinken nichts mehr. Nicht einmal Orlandos Anwesenheit hält uns davon ab, schon im Auto wie verliebte Teenager zu knutschen. Gott, die Stunden so dicht neben ihm, ohne ihn anzufassen, ohne ihn zu küssen, kamen mir quälend lang vor. Jetzt trinke ich den Kuss wie köstlichen Champagner und ertaste mit der Hand in seinem Schritt Jasons wachsende Erregung.

Es ist mir egal, ob der blonde Junge uns im Spiegel beobachtet. Wenn ich mit Jason zusammen bin, fühle ich mich, als wären wir allein auf der Welt. Er schenkt mir seine ungeteilte Aufmerksamkeit, nicht eine Sekunde wirkt er abwesend oder gedankenverloren, sondern ist ganz bei mir. Mit mir.

Seine Zunge fordert mich heraus, ich lasse mich gern auf das Spiel ein. Erregt presse ich die Oberschenkel zusammen und spüre die Nähte der Jeans auf meiner geschwollenen Mitte. Die Vibrationen des Wagens, den Orlando rasch über die zum Glück leere Autobahn lenkt, verstärken meine Lust. Alles prickelt und kribbelt, und ich denke nicht daran, dass Jason mich nachher wieder fortschicken wird, dass es nur Sex ist, dass ich keine Gefühle für ihn haben sollte.

Denn wenn das, was ich spüre, keine Gefühle sind, kenne ich mich selbst nicht mehr. Es ist stärker als körperliche Lust, geht so viel tiefer ... Ich finde keine Worte für das, was er in mir auslöst. Ich will unter ihm zergehen, will seine Hände spüren, überall. Erst als der Wagen längst hält und Orlando laut hustet, um auf sich aufmerksam zu machen, lösen wir uns atemlos und mit zerzausten Haaren voneinander.

«Sorry, Orlando. Wir haben uns ein wenig ... vergessen.»

Jason grinst, sein Fahrer reagiert auf die Entschuldigung mit einem leichten Kopfschütteln, bevor er aussteigt und uns die hintere Tür öffnet.

«Viel Spaß noch», sagt er, und ich frage mich, ob das die ersten Worte sind, die ich aus seinem Mund höre.

Als ich an ihm vorbei aus dem Auto klettere, entdecke ich die Tätowierung an seinem Handgelenk. Die schwarze Jacke seines uniformartigen Anzugs ist etwas am Ärmel verrutscht, und was ich da sehe, lässt mich scharf die Luft einziehen.

Verwirrt greife ich nach Jasons Hand und lasse mich von ihm mitziehen zum Haus, ohne mich noch einmal umzudrehen. Verdammt, was hat das zu bedeuten, dass Jasons schweigsamer, sehr junger Fahrer dieselbe Tätowierung trägt wie er? Ist das ein Code? Ein geheimer Bund vielleicht, von dem ich nichts weiß? Ich werde morgen im Internet danach recherchieren. Wer weiß, ob sich etwas finden lässt? Die russische Mafia verwendet solche Codes in Tattoos, das weiß ich, aber Jason und Orlando sehen nun wirklich nicht so aus, als hätten sie etwas mit der russischen Mafia zu tun. Da spielt mir doch nur wieder meine überbordende Phantasie seltsame Streiche!

«Was ist los?»

Meine Verwirrung ist ihm natürlich nicht entgangen. Ich habe das Gefühl, er liest in mir wie in einem Buch. Bin ich so leicht durchschaubar, oder hat er mich tatsächlich früher besser beobachtet, als ich glaubte?

«Nichts. Ich bin nur etwas müde ... Die letzte Nacht war sehr kurz.» Ich zwinge mich zu einem Lächeln, lege meine Hände um seinen Kopf und biete ihm meine Lippen an.

Jason nimmt das Angebot schmunzelnd in Anspruch, dann erst öffnet er die Haustür mit seinem Fingerabdruck, und wir treten ins Dunkle.

Unwillkürlich taste ich nach einem Lichtschalter, doch er greift um meine Hüften und drückt mich gegen die Wand. Die Tür fällt wie von Geisterhand hinter uns ins Schloss, wir sind allein. Es ist düster und ziemlich kühl im Flur, die kalte Mauer spüre ich sogar durch meinen Pullover hindurch.

«Ich will dich so sehr, Emma», murmelt er an meiner Wange, während seine Hände plötzlich überall sind, als hätte er die Kontrolle darüber verloren. Sie sind unter meinem Pullover, auf meinen Brüsten, in meiner Hose, an meinem Hintern ... Hitzig presse ich mich gegen ihn und spüre seine Härte am Bauch. Verlockend.

«Aber ich werde dich heute dafür bestrafen, dass du mir wertvolle Zeit mit diesem Filmschinken gestohlen hast. Ich hätte dich in dieser Zeit viel lieber gevögelt.»

Ich unterdrücke ein albernes Kichern und presse mein Becken enger gegen ihn. Seine Drohung und der veränderte Tonfall machen mich an.

Oh Gott, ja, ich will es. Ich will wissen, was ihn umtreibt, was ihn erregt. Was er mit anderen Frauen gemacht hat, was ihn so sehr daran reizt, dass er meint, nicht darauf verzichten zu können. Ich bin bereit. Bereit für Jason Hall und seine dunklen Begierden, die ich endlich mit ihm teilen will ...

16

Minuten später stehe ich mit zitternden Knien im Schlafzimmer und warte darauf, dass er etwas tut. Er sitzt auf dem Bett, die Füße auf den Boden gestemmt und die Knie geöffnet. Dann zieht er mit einer eleganten Bewegung sein Sakko aus und wirft es auf den Boden. Er trägt wieder ein weißes Hemd, heute zur Jeans.

«Zieh dich aus.»

Sein Tonfall ist beherrscht und streng. Ich erschauere und ahne, dass er mit dieser Veränderung und mit den knappen Anweisungen eine besondere Atmosphäre einläutet. Das Licht der weißen Nachttischleuchten ist hell, aber weich. Meine Finger beben, als ich langsam den Pullover über den Kopf streife. Einen gekonnten Striptease kann ich schon wegen dieser Klamotten nicht aufs Parkett legen; Pulli und Jeans eignen sich einfach nicht dazu. Ich wünschte, ich hätte heute das Wickelkleid angezogen, aber ich konnte ja nicht wissen, dass ich ihn so rasch wiedersehen würde. War ich nicht heute Morgen noch unfassbar wütend auf ihn?

Er beobachtet mich mit starrem Blick. Keine Regung kann ich erkennen, während ich den BH im Rücken öffne und vorsichtig abstreife. Meine Brustwarzen sind hart, vor Erregung und von der Kühle, die hier herrscht.

Ich hocke mich hin, um Schuhe und Strümpfe auszuziehen, und schäme mich fast ein bisschen für meinen Aufzug. Jason scheint es jedoch nicht zu stören, er wirkt im Gegenteil fast amüsiert über meine Hampelei.

Der Versuch, die Jeans so lasziv wie möglich auszuziehen, scheitert an meinen breiten Hüften. Verfluchter Mist, das kommt davon, wenn man zu enge Hosen trägt. Den Slip halte ich einige Sekunden lang fest, bis Jason ernst mit dem Kopf nickt. Seufzend streife ich auch ihn ab und steige mit den Füßen heraus. Verstohlen kicke ich das Höschen unters Bett, damit es aus meinem Blickfeld verschwindet.

«Wunderschön», sagt Jason leise. Sein taxierender Blick löst bei mir eine Gänsehaut aus, mein Körper prickelt vor Sehnsucht. Fahrig streiche ich eine Haarsträhne aus dem Gesicht und versuche zu lächeln.

«Komm her.»

Mit der flachen Hand klopft er auf die Matratze, und ich folge seiner Anweisung. Mit zusammengepressten Beinen lasse ich mich neben ihm nieder – um festzustellen, dass ich in dieser Position direkt auf mein Spiegelbild blicke. Unser Spiegelbild, um genau zu sein.

«Fass dich an.»

«Was?»

Ich drehe den Kopf und werfe ihm einen Seitenblick zu, der alles zwischen «Ich bring dich um» und «Du gehörst in eine Nervenheilanstalt» bedeuten kann. Ungerührt nimmt er meine Hand und legt sie auf meine Brust, wo sie ziemlich dämlich liegen bleibt.

«Sieh dich an, Emma. Du bist wunderschön. Begehre dich.»

In meinem Kopf geht gerade einiges durcheinander. Ich gehöre zu den Frauen, die noch nicht mal einen genaueren Blick auf ihre

Scham geworfen haben. Zwar habe ich einige Vulven gesehen, auf Fotos und in Filmen, aber ich mag sie nicht. Um weitere Komplexe zu vermeiden, habe ich auf die intensive Inspektion meiner eigenen bislang verzichtet.

«Spreiz die Beine.»

Er verleiht seinen Worten mit einer Geste Nachdruck, bei der ich zusammenzucke. Mit einer Hand greift er um mein Knie und zieht es zu sich, sodass sich meine Beine weit spreizen. Im Spiegel lacht mich meine rasierte Scham an – und mein hochrotes Gesicht.

«Oh Gott, ich kann das nicht.» Stöhnend versuche ich, meine eigenen Brüste zu massieren, aber die Berührung fühlt sich ungefähr so erotisch an wie die meines Frauenarztes bei der Krebsvorsorge. Keine Chance.

Jason nimmt wieder meine Hand und kreist mit ihr über meine Rundungen. Er streicht mit meinen Fingerspitzen über die Nippel, so zart, dass mich ein Schauer überläuft. Mit offenem Mund betrachte ich uns im Spiegel, wie er meine andere Hand nimmt und sie mir zwischen die Beine schiebt.

«Sieh genau hin, Emma. Das alles bist du. Das und noch so viel mehr. Wenn du wüsstest, wie erregend es ist, in dir zu sein. Wie schön du bist, wenn du kommst», flüstert er mit rauer Stimme, die meine Gänsehaut verstärkt.

Gequält versuche ich, mich mit seinen Augen zu betrachten, doch es will mir nicht gelingen. Alles, was ich sehe, sind zu große Brüste, eine Speckfalte am Bauch und Hüften, die breiter sind als ein handelsüblicher Barhocker. Sogar meine Oberschenkel wirken im Sitzen wie Pfannkuchen. Tränen schießen mir in die Augen.

«Bitte, hör auf damit.»

«Oh nein. Wir werden den Teufel tun.»

Er rutscht aufs Bett und kniet sich hinter mich. Sein Gesicht neben meinem, seine Hände auf meinen Brüsten, auf meinem Bauch. Staunend sehe ich zu, wie seine schlanken Finger über meinen Körper fahren und jeden Zentimeter liebkosen, anbeten.

«Lerne, deinen Körper zu lieben. Es sollte einfach sein. Es ist einfach für mich.»

Ich will die Augen zukneifen, aber Jason fängt meinen Blick im Spiegel ein und schüttelt kaum wahrnehmbar den Kopf. Meine Hände machen sich selbständig und folgen seinen unsichtbaren Spuren. Zitternd streicheln meine Finger über die Haut, umrunden die Brustwarzen, verharren am Bauch und auf dem Venushügel, um schließlich doch zwischen die gespreizten Beine zu gleiten und die feuchte Schwüle zu ertasten. Meine Brüste heben und senken sich, mein Herz stolpert in der Brust, als ich mit den Fingern die empfindliche Perle erreiche, die sich über den Labien abzeichnet.

Jason legt seine Hand auf meine und macht um diesen Punkt herum kreisende Bewegungen, die lustvolle Impulse durch meinen ganzen Körper jagen.

Ich höre mich stöhnen, es klingt fremd in meinen Ohren. Bin das wirklich ich? Die Frau im Spiegel, die so ... lüstern ist? So sinnlich?

Durch seine Nähe macht Jason es mir leicht. Ich spüre seine Erektion an meinen Pobacken, wenn er sich von hinten gegen mich drückt, und das Gefühl steigert meine Erregung. Immer schneller reiben meine Finger, fast von allein, und verteilen die Nässe. Mein Körper scheint zu summen, ich kann lauter rote Flecken im Spiegel erkennen, die sich überall auf mir abzeichnen, sehe, wie mein Atem geht. Mein Herzschlag beschleunigt sich weiter, als Jason sich neben mich hockt und seine Hose öffnet. Allein diese Bewegung, die so verheißungsvoll ist ... meine Finger malen Kreise, es sind die gewohnten Berührungen meiner eigenen Hand, mit denen ich es mir selbst mache, aber noch nie habe ich mir dabei zugesehen. Noch nie war dabei jemand anderes anwesend und hat mich so unverhohlen beobachtet.

Mein Blick fällt auf Jason, der jetzt seine Erektion in der Faust hält und massiert. Ich stöhne und fahre mir mit der Zunge über die Lippen, dann treffen sich unsere Blicke im Spiegel.

Sein Mund ist leicht geöffnet, die Lider sind halb geschlossen, während er mir in die Augen sieht und immer wieder über seinen Schaft streicht. Es ist das erste Mal, dass ich ihn so bewusst sehe. Ich will mich zu ihm runterbeugen und ihn in den Mund nehmen, aber ich wage es nicht. Meine Finger lösen sich nicht von meinem Körper, verschaffen mir weiter größte Lust, während der Anblick von Jasons Erektion in seiner Hand meinen Unterleib vor Gier aufzucken lässt. Er reibt sich schneller, seine Fingerknöchel stechen weiß hervor, während seine Hand in atemberaubendem Tempo auf und ab geht. Schluckend schüre ich weiter meine eigene Lust, mit meinen eigenen Fingern, und folge seinem Takt, seiner Geschwindigkeit, die mich schwindeln lässt. Oh Gott, es wird nicht mehr lange dauern, bis ich ...

«Emma ... du bist wunderschön», stöhnt Jason.

Ich starre mit weit aufgerissenen Augen in seinen Schritt und sehe die weißen Kaskaden, die sich über seine Finger ergießen, während er meinen Körper im Spiegel betrachtet. Das ist zu viel für mich. Gierig schiebe ich zwei Finger in mich hinein, während mein Daumen hektisch und ungelenk über meinen Kitzler reibt, und wenige Sekunden später bin auch ich so weit.

«Sieh dich an, wie schön du bist, wenn du kommst», raunt Jason dicht an meinem Ohr, und ich komme, mit dem Rücken an seine Brust gelehnt, seinen Blick im Spiegel suchend. Wieder und wieder zuckt mein Unterleib erregt, windet sich um meine

Finger. Erst eine gefühlte Ewigkeit später lässt das Pulsieren langsam nach, und mein Blutdruck beruhigt sich.

«Ich bin noch nicht fertig mit Ihnen, Madame.» In seiner Stimme liegt eine Drohung, die mir eine Gänsehaut über den völlig entspannten Körper jagt. «Du hast mich heute Abend leiden lassen, nun bekomme ich meine Belohnung dafür.»

Und ich meine angekündigte Strafe. Oh Gott, was erwartet mich? Wird er mir wirklich weh tun? Ich sehe ihn durch halbgeschlossene Lider an und hebe fragend die Schultern, doch bevor ich etwas sagen kann, liege ich schon bäuchlings auf seinen Oberschenkeln. Erschreckt kreische ich auf, und Jason lacht rau.

Es ist seltsam intim, so auf ihm zu liegen. Mein nackter Hintern streckt sich ihm entgegen, mein Schoß wird gegen seinen muskulösen Oberschenkel gepresst. An der Hüfte kann ich spüren, wie er sich langsam wieder aufrichtet. Himmel, der Mann ist unersättlich!

Mein Körper versteift sich, als seine Hand meine Pobacken trifft.

«Locker, Emma. Lass dich fallen.»

Jason murmelt die Worte wie ein Mantra, aber ich kann trotzdem nicht. Ich habe noch nie im Leben Schläge bekommen, weder von meinen Eltern noch von jemand anderem. Ehrlich gesagt weiß ich gar nicht, wie sich das anfühlt. Eine Ohrfeige von einer ehemaligen Freundin ist das Einzige, an das ich mich erinnern kann, aber damals war ich erst acht und habe nur Scham und Schock empfunden. Was kommt hier auf mich zu?

Seine Hand tätschelt meinen Hintern, was sich gar nicht unangenehm anfühlt. Im Gegenteil. Ich entspanne mich merklich und versuche, die Muskeln zu lockern, obwohl das meinem inneren Drang widerspricht, alles anzuspannen. Ich muss ihm vertrauen, er kennt sich damit aus und wird mich nicht wirklich quälen. Hoffe ich.

Ich atme scharf ein, als seine Handfläche auf meinem Hintern aufklatscht. Das Geräusch ist schlimmer als der Schmerz, der eher dumpf bleibt und schnell verschwindet. Klatsch. Und wieder. Klatsch. Ich nehme an, mein Hintern ist mittlerweile so rot wie mein Gesicht, und zappele auf seinen Beinen herum, ohne etwas zu sagen.

Die Schläge werden härter, offenbar tastet er sich an meine Grenzen heran. Gibt es hier nicht so was wie ein Codewort, mit dem ich ihn stoppen kann? Sylvia hat mal davon gesprochen. Hilfe, was passiert, wenn ich es nicht mehr aushalte? Seine Hand liegt in meinem Nacken und drückt meinen Kopf nach unten, der schon ganz mit Blut gefüllt ist. Trotzdem prickelt es angenehm zwischen meinen Beinen. Die seltsame Position und die Tatsache, dass ich ihm ausgeliefert bin, tragen deutlich zu meiner Erregung bei.

Inzwischen schlägt er mit größerer Schärfe zu, und ich kann seine Fingerabdrücke förmlich auf mir fühlen. Ich zittere am ganzen Körper und beiße mir heftig auf die Lippe, um nicht zu schreien. Die Blöße will ich mir nicht geben.

Langsam zieht sich die Wärme zu einer Art Hitze zusammen und durchströmt meinen Leib. Jeder neue Hieb löst ein lustvolles Zucken in meiner Mitte aus, das mich verwirrt. Mittlerweile keuche ich, während Jason ganz ruhig wirkt. Nur die stetig wachsende Härte an meiner Seite lässt mich ahnen, dass ihn das hier anmacht. Warum, um Himmels willen?

Als mich ein so heftiger Schmerz durchzuckt, dass ich doch aufschreien muss, hält er inne und dreht mit der Hand meinen Kopf, damit ich ihn ansehe.

«Ich denke, das reicht fürs Erste. Eigentlich wollte ich dir für jeden dämlichen Filmdialog, den ich mir anhören musste, einen Schlag verpassen. Aber ich fürchte, dazu bräuchten wir die ganze Nacht.»

Keuchend winde ich mich auf ihm und schüttele den Kopf. «Bitte ... nicht mehr.»

Ich bin fast ein wenig enttäuscht, als er aufhört. Enttäuscht über mich selbst, dass ich nicht mehr als das aushalten kann. Mein Hintern fühlt sich heiß und wund an, Jasons Finger streicheln zärtlich über die sicherlich geröteten Abdrücke, die er auf mir hinterlassen hat. Dann schiebt er mich von seinem Schoß und zwingt mich vor sich auf die Knie.

Seine Erektion reckt sich mir entgegen, ich lecke mir unwillkürlich über die Lippen und öffne ganz automatisch den Mund. Das kann ich, das kenne ich. Plötzlich fühle ich mich wohl, trotz meiner brennenden Pobacken. Ich knie nackt auf dem Boden, während er noch immer das Hemd trägt. So aus der Nähe sieht sein bestes Stück noch verführerischer aus, lang und gerade und ordentlich rasiert. Er ist hart, fühlt sich aber trotzdem weich an, und feine Adern malen ein Muster unter seiner Haut. Und er riecht gut. Vorsichtig strecke ich die Zungenspitze etwas heraus und lecke an der glänzenden, dunkelroten Kuppe. Dann stülpe ich meine Lippen ganz über ihn, und ich nehme ihn so tief in mich auf, wie ich kann. Sehr tief. Tiefer, als ich vorhatte, denn Jason schlingt sich meine Haare um den Unterarm und hält meinen Kopf daran fest, dirigiert den Takt und die Geschwindigkeit, sodass mir kurz schwindelig wird.

Ich mache weiter und spüre, wie er in meinem Mund wächst und immer noch härter wird. Schon werde ich nass, durchfahren mich erneut Lustschauer und pulsieren in meiner Mitte, vermischen sich mit seinem Zucken in meinem Mund. Ich lutsche und sauge an ihm, lasse mich führen und bin froh über die Kontrolle, die er ausübt, weil sie mir die Verantwortung nimmt für mein Tun.

Seine Bewegungen werden hektischer, ich staune darüber, dass er schon wieder so erregt ist, so verdammt hart. Meine Scham krampft sich zusammen vor Sehnsucht, weil ich ihn jetzt gern in mir spüren würde. Ich lecke schneller, kräftiger, nehme meine Hände zu Hilfe, bis er sie von sich schiebt und hinter meinem Rücken zusammenlegt. Dort bleiben sie, ungefesselt und doch wie gebunden. Mein Gesicht glüht, ich spüre Schweißtropfen auf meiner Haut, rieche den moschusartigen Duft seiner Lust, schmecke die Bitternis der ersten Tropfen, die sich aus seiner Spitze lösen. Dann zuckt er tief in mir.

Meine Augen brennen, als er sich in mir ergießt, und ich schlucke, ohne darüber nachzudenken. Kein Tropfen berührt dabei meine Zunge, er ist so tief in mir, dass der sämige Saft ungehindert in meine Kehle rinnt. Sekunden später ist es vorbei, und ich wage, meine Lippen von ihm zu lösen und ihn anzusehen. Die devote Haltung, die Tatsache, dass er plötzlich so hoch über mir zu thronen scheint wie ein König, schüren meine Erregung weiter, doch er zieht mich nur aufs Bett und küsst mich, als wollte er prüfen, ob ich auch brav alles geschluckt habe, was er mir gegeben hat.

Wir küssen uns zärtlich und ohne jedes Fordern. Ich nehme sein Gesicht in beide Hände. Plötzlich haben seine Augen wieder diesen traurigen Ausdruck, er wirkt ernst und bedrückt.

«Bitte ... schick mich heute nicht weg», flüstere ich und verberge meinen Kopf an seiner Brust. Er streichelt über meine Haare, es besänftigt mich und lullt mich ein. Wie ein Baby wiegt er mich in seinen Armen hin und her, ich kann die Härte seiner Muskeln spüren, fühle die Anspannung der Brustmuskulatur, wenn er sich mit mir bewegt. Wie von selbst gleiten meine Hände über seinen Körper, liebkosen seine Lenden, das schlaffer gewordene Geschlecht, die behaarte Haut seiner Schenkel.

Großer Gott, er will mich nicht lieben. Das kann ich verstehen. Aber was ich für ihn empfinde, ist schon jetzt so viel mehr als Lust und Gier auf seinen Körper, dass es mir Angst macht.

Minutenlang sitzen wir so da, schwer atmend, in inniger Umarmung. Mit klopfendem Herz warte ich noch immer auf eine Antwort von ihm. Ich würde zu gern jetzt einfach einschlafen, in seinem Arm. Würde er das zulassen? Kann er das überhaupt? Manchmal kommt er mir vor, als würde eine dunkle Jalousie vor seine Seele gezogen. Ein Schutzschild, das jedes Eindringen verhindert und etwas in ihm behüten soll, von dem ich nichts weiß, es nicht einmal ahne. Was ist nur mit ihm los?

«Ich kann nicht, Emma.»

Die Worte treffen mich wie ein Messer, aber ich nicke verständnisvoll und bemühe mich, mir meine Enttäuschung nicht anmerken zu lassen. «Ist schon gut. Du hast ja gesagt, dass du ...»

«Nein!» Er schreit das Wort beinahe, umfasst mein Gesicht mit beiden Händen und sieht mir fest in die Augen. «Es hat nichts mit dir zu tun, Emma. Es ist nur ...» Jason presst die Lippen so fest zusammen, dass sie nur noch einen schmalen Strich bilden. «Es gibt einige düstere Momente in meinem Leben. Und damit meine ich nicht meinen kleinen SM-Fetisch.»

Wenn er nicht so ernst wäre, müsste ich jetzt lachen, aber ich verkneife es mir.

«Jason, was soll mich denn schockieren? Ich kenne dich schon so lange, und ganz ehrlich – du warst damals nicht gerade eine Ausgeburt an Mitgefühl oder Empathie.»

Er runzelt die Stirn, ohne die Augen von mir abzuwenden. Ich versuche, ein Blinzeln zu unterdrücken, aber es fällt mir schwer. Genauso schwer wie das Atmen.

«Bitte ... du kannst mir vertrauen», flüstere ich.

Seine Hände fallen von mir ab. Plötzlich wirken wir beide nackt, obwohl er noch immer das Hemd trägt. Und seine Socken. Wann er die Schuhe ausgezogen hat, habe ich nicht mitbekommen.

«Es ist so verflucht hart», knurrt er.

Ich schiele zwischen seine Beine und stelle fest, dass da zum Glück nicht schon wieder jemand hart geworden ist.

«Jason?» Vorsichtig stupse ich ihn mit meinem nackten Körper an. «Was hat die Tätowierung zu bedeuten?»

Erfolglos versucht er, die Ärmelhemden runterzuziehen, aber diesmal bin ich schneller. Mit beiden Händen halte ich ihn an den Gelenken fest und hebe seine Arme hoch, sodass er auf den Stacheldraht sehen muss.

«Es ist nur ein Motiv, das ich mag.»

Ich nicke und senke den Kopf, um genauer hinzusehen. Es scheint, als würde das Tattoo Narben verdecken. Narben am Handgelenk.

Als hätte ich mich verbrannt, lasse ich abrupt seine Arme los, die kraftlos auf die Decke fallen. Irritiert sieht er mich an.

«So schlimm?», fragt er, und der lebenslustige alte Jason blitzt kurz in seinen Augen auf, aber nur kurz.

«Hast du ... hast du versucht, dich umzubringen?», stoße ich hervor. Die Narben ziehen sich länglich über den Unterarm, wie wenn er versucht hätte, sich die Pulsadern aufzuschneiden. Seine Miene bleibt unbeweglich.

«Vielleicht. Spielt das eine Rolle, Emma?»

Nervös streiche ich mir durch die Haare und kaue auf meinem Daumennagel. Spielt es eine Rolle? Oh ja, das tut es.

«Ich möchte wissen, wann und warum du das getan hast. In der Schule hattest du das jedenfalls noch nicht.»

Mein Herz rast plötzlich viel zu schnell. Das schlechte Gewissen schlägt mir mit einer Wucht auf den Magen, dass ich mich unwillkürlich auf dem Bett krümme. Oh Gott, vielleicht hat ihm die Sache an der Uni doch mehr zugesetzt, als ich dachte, und er hat sich meinetwegen ... mir wird übel.

«Emma, es ist nichts. Ich hatte eine schwierige Zeit, aber die ist vorbei. Es geht mir gut! Darum habe ich die Narben übertätowieren lassen – um nicht ständig daran erinnert zu werden.»

«Ich ... ich wollte dich nicht ...»

Mit seiner Mutter ist etwas Seltsames passiert, sein Bruder ist tot, und Jason hat versucht, sich das Leben zu nehmen. Und ich, die dämliche Emma White, habe nichts Besseres zu tun, als dem attraktivsten Mann des Universums ständig aus Neugier die Finger in die Wunden zu bohren. Er muss mich dafür hassen!

«Du hast recht. Ich sollte wirklich besser nach Hause gehen.» Mit wackligen Knien stehe ich auf und angle mit dem Fuß nach meinen Klamotten.

Heimlich warte ich darauf, dass er mich aufhält, doch er sitzt nur da und rührt sich nicht. Stattdessen beobachtet er mich bei meinem linkischen Versuch, mich anzuziehen.

Angst und Wut knabbern abwechselnd an mir. Wenn ich ihn nur durchschauen, seine ständigen Stimmungswechsel verstehen könnte! Wüsste ich bloß, was ihm zugestoßen ist, das ihn so verändert hat. Oder wenigstens, dass es nicht meine Schuld war! Großer Gott, niemals hätte ich mit so etwas gerechnet! Woher hätte ich wissen sollen, dass der coole, arrogante Jason Hall ein Herz hat? Und Gefühle?

17

Der stumme Orlando scheint aufzutauen. Vielleicht ist er so daran gewöhnt, ständig andere Frauen durch die Gegend zu kutschieren, dass er sich erst bei häufiger Wiederholung auf ein Gespräch mit einer der Damen einlassen will?

Jedenfalls plaudern wir nett miteinander während der Rückfahrt, was mich ein wenig tröstet. Es ist schon spät, und ich bin unfassbar müde. Ohne die Unterhaltung würde ich vermutlich im Auto einschlafen.

«Journalist ist ein schöner Beruf», sagt er, während er auf die Autobahn biegt, die uns in die Stadt zurückbringt.

Ich stimme zu. «Allerdings ist es nicht besonders spannend, wenn man für ein Gemeindeblatt schreibt», kann ich mir nicht verkneifen, und Orlando lacht. Ein leises, sympathisches Lachen.

«Warum nicht?»

Seufzend sehe ich aus dem Fenster auf die dunkle Straße, die nur von wenigen Bäumen gesäumt wird. «Na ja ... Gemeindefeste. Runde Seniorengeburtstage. Neues Personal. Soziale Arbeit ... das sind alles nicht gerade aufregende Themen.»

«Soziale Arbeit finde ich aber schon sehr spannend. Hast du viel damit zu tun?»

«Es geht. Das Thema betreut mein Kollege Ken, aber als Mitarbeiterin der Gemeinde muss ich mich engagieren. Ich mache die Hausaufgabenbetreuung am Nachmittag.»

Ich knete die Finger und starre auf meinen Schoß. Hausaufgabenbetreuung – nicht gerade das, was mir früher vorschwebte, wenn ich mir meine berufliche Zukunft ausmalte. Ich muss jedoch zugeben, dass es mir Spaß macht. Die Kinder sind so dankbar und glücklich, und wenn der kleine John wie letzte Woche auf mich zu rennt und strahlend verkündet, dass er in Englisch eine Zwei ergattert hat (ja, er hat «ergattert» gesagt, als wäre das nicht sein Verdienst, sondern ein Gnadengeschenk seiner Lehrerin), macht mich das stolz. Man sollte sich viel stärker einbringen, das gute Gefühl ist mit nichts zu vergleichen. Vielleicht mache ich ab nächstem Monat auch noch die Seniorenbespaßung am Abend mit, einmal in der Woche. Mit Ken zusammen.

«Auch bei uns gibt es viele benachteiligte Kinder.» Ich suche seinen Blick im Rückspiegel, doch er hat die Augen fest auf die Straße geheftet. Es ist ein wenig seltsam, sich mit einem Hinterkopf zu unterhalten, aber der Beifahrersitz ist offensichtlich tabu.

«Leider ja. Ein Armutszeugnis für unsere Gesellschaft.»

«Gut, dass es die Kirchen gibt.»

Er runzelt die Stirn, so viel kann ich im dunklen Spiegel erkennen.

«Hast du Erfahrung damit?»

«Nicht mehr als jeder andere», beeilt er sich zu sagen, aber ich glaube ihm nicht.

Er macht mich neugierig, ich würde gern mehr über ihn erfahren. Wie er zu Jason gekommen ist und warum Jason meinte, Orlando hätte eine Sonderstellung unter seinen Mitarbeitern.

Warum er das gleiche Tattoo besitzt wie Jason. Für so persönliche Fragen ist unsere Bekanntschaft allerdings zu jung.

«Da sind wir.»

Er steigt aus und öffnet mir die Tür. Ich kann Sylvias Kopfumriss am Fenster erkennen und muss lachen. Entweder ist ihr Date schon verschwunden, oder sie hat den armen Kerl ins Koma gevögelt und wartet jetzt neugierig auf mich.

«Danke, Orlando. Bis bald.»

Hoffe ich.

Er schenkt mir ein Lächeln, das ich als freundlich bezeichnen möchte. «Eine angenehme Nacht wünsche ich, Ms. White.» Er zieht einen imaginären Hut vor mir, sodass ich erneut lachen muss.

Ms. White. Das klingt so ... erwachsen. Ich bin es nicht gewohnt, dass man mich mit meinem Nachnamen anredet oder sogar siezt, denn trotz meiner achtundzwanzig Jahre wirke ich auf die meisten Menschen noch immer wie ein Teenager. Das hat zwar durchaus Vorteile, aber beim Kauf von Alkohol oder Zigaretten (nicht dass ich rauchen würde) hat mir das schon einige peinliche Situationen beschert. Es ist mühsam, wenn man sich ständig ausweisen muss, obwohl der einundzwanzigste Geburtstag so viele Jahre zurückliegt.

Trotz der abrupten Unterbrechung dieser Nacht und trotz meiner Müdigkeit, die wie ein Schleier auf mir hängt, habe ich gute Laune, als ich das Haus betrete. Es ist still und dunkel, die meisten unserer anständigen Nachbarn sind schon im Bett, obwohl Wochenende ist. Wir werden alle älter. Und erwachsener.

«Ha, ich hab geahnt, dass du doch nach Hause kommst!» Sylvia sitzt in der Küche und hebt triumphierend ein Glas mit Rotwein.

Wieder ein Geschenk? Mist, ich wollte Jason die ganze Zeit

nach dem Weißwein vor unserer Tür fragen, das habe ich vor Aufregung glatt vergessen.

«Ich wollte es so. Wo ist Mr. Perfect?»

Sie verdreht seufzend die Augen. «Den habe ich nach Hause geschickt, nachdem er mir auf der Heimfahrt die Ohren von Robert Pattinson vollgesülzt hat. Der ist ziemlich sicher schwul und hat es bloß noch nicht gemerkt.»

Wir lachen gemeinsam, Sylvia schenkt mir Rotwein ein und schiebt mir das Glas über den Tisch zu.

«Und du? Sieht aus, als hättest du einen netten Abend gehabt?»

«Teilweise.»

Mein Hintern brennt noch immer, und wenn ich die Sitzhaltung ändere, durchzuckt mich ein Schmerz, der mich sofort an Jason erinnert. Ich frage mich, ob man seine Fingerabdrücke wirklich sehen kann?

Sinnierend betrachte ich die dunkelrote Flüssigkeit, die sich als holziger Chianti entpuppt und somit offenbar aus Sylvias Vorrat stammt.

Auf dem Küchentisch liegt ein kleiner Poststapel. Desinteressiert blättere ich die Umschläge durch. Krankenversicherung (bestimmt wieder eine Beitragserhöhung, ich hasse es), Werbung, Werbung, ein Brief ohne Absender ... Moment mal, ein Brief ohne Absender?

«War der im Briefkasten?», frage ich stirnrunzelnd, während ich den Umschlag aufreiße.

«Ja, mit den anderen Sachen, ganz normal. Komische Schrift, oder?»

Ich nicke kurz, falte den Zettel auseinander, der nur wenige krakelige Zeilen enthält. Dann erstarre ich und schiebe den Brief wortlos zu Sylvia rüber.

«Was ist denn ... waaaas?» Während sie liest, reißt sie Mund

und Augen auf. «Was ist das denn für eine Scheiße? Hast du eine Idee, woher der kommt?»

«Keinen Schimmer! Die Schrift ist seltsam, das sieht fast aus, als hätte ein Kind das geschrieben.»

«Großer Gott, Emma, das musst du Jason zeigen! Vielleicht weiß er, wer das gewesen sein kann?» Sylvia schüttelt sich und wirft den Brief angeekelt auf den Tisch, wo er zwischen uns liegen bleibt. Beinahe anklagend starren mich die gekritzelten Buchstaben an.

Lass die Finger von Jason Hall, sonst passiert ein Unglück!

«Scheiße, was soll denn so was? Vielleicht eine eifersüchtige Ex? Wenn er immer noch so drauf ist wie früher, bist du vielleicht jemandem in die Quere gekommen?»

«Woher hat derjenige meine Adresse?», frage ich mehr mich selbst als meine Freundin, die noch immer fassungslos auf das Papier glotzt.

«Ruf Jason an. Sofort! Frag ihn, ob er weiß, wer das geschrieben haben könnte. Es hat ja mit ihm zu tun, also muss er dir helfen. Der kann sich locker einen Privatdetektiv oder so was leisten.»

Sie hat recht. Nervös ziehe ich meinen BlackBerry aus der Tasche und wähle seine Nummer. Wie immer geht nur die Mailbox ran, die er nicht mal persönlich besprochen hat. Schade, ich hätte jetzt gern seine Stimme gehört. Ich zittere am ganzen Körper, während ich ihn in meiner Nachricht dringend um Rückruf bitte, weil etwas passiert sei. Hoffentlich hört er das heute noch. Es ist weit nach Mitternacht, und die Chance, dass er bereits im Bett liegt, ist hoch.

«Komm, reg dich nicht auf. Ich bin mir sicher, der Brief stammt von einer beleidigten Ex von Jason, und er kann das morgen alles schnell klären.»

Zu gern möchte ich ihr glauben, aber etwas sagt mir, dass es sich hier nicht um eine harmlose Ex handelt, sondern um etwas Größeres. Jason hat offensichtlich einiges vor mir zu verbergen versucht. Wer weiß, was er alles angestellt hat in den letzten Jahren?

«Ich muss ins Bett, ich bin todmüde.»

Den angefangenen Rotwein lasse ich stehen, für heute hatte ich mehr als genug Alkohol. Gähnend marschiere ich in mein Zimmer und lasse mich aufs Bett fallen, den BlackBerry lege ich auf den Nachttisch, falls Jason sich doch noch meldet heute Nacht.

Oh bitte, tu es! Wenn ich dir wichtig bin, rufst du mich an!

18

Das Brummen des Vibrationsalarms reißt mich aus dem Schlaf. Es ist noch sehr früh, draußen herrscht erst spärliche Dämmerung. Irritiert blinzelnd taste ich nach meinem Handy auf dem Nachttisch und beantworte den Anruf, der nur von einem Menschen kommen kann.

«Emma? Was ist los?»

«Gott, Jason, es ist ...» Nach einem raschen Blick auf den Radiowecker stöhne ich auf. «Es ist halb sechs! Um welche Uhrzeit stehst du überhaupt auf?»

«Um fünf», antwortet er, als wäre das ganz selbstverständlich. «Ich habe deine Nachricht gerade gehört und mache mir Sorgen. Was ist los?»

Ich reibe mir die Augen und setze mich im Bett auf. An Schlaf ist nach diesem Gespräch sowieso nicht mehr zu denken.

«In meiner Post war gestern ein anonymer Brief. Eine gekritzelte Nachricht in einer Handschrift, die eher an ein Kind als an einen Erwachsenen erinnerte. Und darin stand: *Lass die Finger von Jason Hall, sonst passiert ein Unglück.*»

Die Stille in der Leitung bringt mich fast um den Verstand.

«Jason? Hast du mich gehört?»

«Ja … ja, ich habe dich verstanden. Herrgott, Emma, was soll das?»

«Was kann ich dazu, wenn ich solche Briefe kriege? Ich dachte, du hättest vielleicht eine Idee, welche deiner Exfreundinnen mich auf diese Art bedroht?»

Er lacht heiser. «Ich bin mir ziemlich sicher, dass das keine Exfreundin war. Aber ehrlich gesagt weiß ich auch nicht, von wem diese Nachricht kommen könnte.»

Ich kann ihn förmlich vor mir sehen, wie er die Brauen nachdenklich zusammenzieht und mit der Hand über sein Kinn fährt. Wie immer, wenn er grübelt.

«Ich hole dich heute Nachmittag ab, bring den Brief mit. Vielleicht erkenne ich die Schrift.»

«Und jetzt werde ich noch ein paar Stündchen schlafen, Jason.» Jedenfalls werde ich es versuchen. Himmel, ich fühle mich wie ein Junkie auf Entzug! Kein Wunder, dass Schlafentzug die schlimmste Foltermethode der Welt ist, die chinesische Wasserfolter klingt dagegen geradezu nach Urlaub.

«Nur zu. Wir sind gegen vier bei dir.»

Er legt auf, ohne meine Antwort abzuwarten. Mein Herz rast vor Aufregung und aufkeimender Wut und macht ein Weiterschlafen undenkbar. Warum fühle ich mich bei ihm immer wie das kleine Mädchen von damals? Ich bin doch erwachsen und selbständig, aber von Jason Hall lasse ich mich herumkommandieren. Das muss aufhören. Schnell.

Kurz denke ich darüber nach, doch aufzustehen und meinen Kreislauf mit einer kalten Dusche in Schwung zu bringen, aber mein Hirn fühlt sich an wie aus Watte. Nein, ich muss schlafen. Mindestens noch drei, vier Stunden. Sonst werde ich den Tag nicht überstehen. Ich krieche zurück unter die Decke und presse das Kissen auf meinen Kopf, damit ich keine Geräusche höre.

Draußen hat der Straßenlärm schon angefangen, am Samstag ist Markt in Camden, und neben den zahlreichen Touristen machen sich vor allem die Händler gerade auf den Weg dorthin.

Heute wird der Markt sicher ohne mich stattfinden.

Jasons bewundernder Blick entschädigt sogar für die Müdigkeit, an der er immerhin nicht unschuldig ist. Offenbar gefällt ihm, was er sieht, dabei trage ich nur das schwarze Wickelkleid, das ich mir extra für ihn gekauft habe. Bislang ist es mein einziges Kleid im Schrank. Ich drehe mich vor ihm hin und her wie eine Schaufensterpuppe und zwinkere ihm zu.

«Besser als Jeans?»

Er macht ein knurrendes Geräusch wie ein Hund, was mich zum Lachen bringt.

«Sehr viel besser. Komm her zu mir.»

Er breitet die Arme aus, und ich gehe auf ihn zu, bis unsere Nasenspitzen sich fast berühren. Seine Hände streichen über meinen Po.

«Noch besser wäre das Kleid ohne was drunter.»

Ich schlage ihm spielerisch auf den Arm und schüttele missbilligend den Kopf. «Kannst du nicht mal an was anderes denken, Jason?»

«Nicht, wenn du in meiner Nähe bist.»

Die Worte rinnen über mein Rückgrat wie eine sanfte Berührung. Ich liebe seine Aufmerksamkeit und die offensichtliche Begierde. Ich bade förmlich in seinen Komplimenten, sie tun so unglaublich gut. Aber es ist mehr als das, was die enorme Anziehungskraft zwischen uns ausmacht. Mehr als die gemeinsamen Erinnerungen an damals – die in meinem Fall alles andere als positiv sind.

Mein Herz flattert, während wir Hand in Hand wie ein Liebespaar zum Auto gehen, das einige Meter entfernt auf uns wartet. Ich frage nicht, wo wir hinfahren, weil ich mir sicher bin, dass es uns nach Hampstead verschlagen wird. In sein Refugium.

Die Vorfreude auf den Tag lässt meinen Körper prickeln. Im Auto sitzt Jason dicht neben mir, in der Mitte der Rückbank.

«Guten Tag, Ms. White.» Orlando zwinkert mir im Rückspiegel mit einem Auge zu, und ich erwidere seinen Gruß mit einem Lächeln. Langsam gewöhne ich mich daran, in einem alten Mercedes herumkutschiert zu werden, statt mit der ständig überfüllten U-Bahn zu fahren. Das Cinderella-Gefühl wird täglich stärker, seit ich Jason wiedergetroffen habe.

«Hast du den Brief dabei?»

Die Frage reißt mich in die unangenehme Wirklichkeit zurück. Obwohl mich die Nachricht gestern noch erschreckt hat, bin ich mir heute sicher, dass sie kein Grund zur Besorgnis ist. Irgendein Verrückter will mich – oder Jason – ärgern.

Er kneift die Augen zusammen, während er die Zeilen studiert, anschließend senkt er das Blatt und schüttelt den Kopf. «Die Handschrift ist wirklich seltsam, diese krakeligen Druckbuchstaben ... ich habe sie noch nie gesehen. Offenbar wollte der Verfasser nicht erkannt werden.»

«Kannst du dir darauf einen Reim machen?»

«Nein, Emma. Ganz und gar nicht. Ich habe keine Ahnung und noch nie etwas Derartiges erlebt.»

Noch nie ... soll das heißen, dass bisher keine seiner Frauen Drohbriefe von einer ihrer Vorgängerinnen bekommen hat? Haha! Wie viele Frauen hat er überhaupt gehabt in den ganzen Jahren? Ob er sie noch an zwei Händen abzählen kann?

«Wie viele willige Sklavinnen saßen denn schon vor mir in diesem Auto?», frage ich frech, weil ich das gerade wissen will.

Orlando stößt ein unterdrücktes Lachen aus und kassiert

dafür einen rügenden Blick von hinten, der jedoch nur seinen Nacken trifft. Oh Gott. Diese Reaktion lässt Böses erahnen.

Misstrauisch sehe ich Jason von der Seite an und sauge an meiner Unterlippe.

«Das ist doch egal. Wichtig ist, dass du jetzt hier neben mir sitzt und vorhast, den Abend mit mir zu verbringen.»

Ich will seine Hand wegschieben, die sich plötzlich auf meinen Oberschenkel und unter das Kleid drängt, aber ich kann nicht. Zu sanft, zu zärtlich ist die Liebkosung.

«Mir ist es nicht egal. Ich möchte gerne wissen, welche Nummer ich in der Reihe bin.»

«Du bist keine Nummer. Höchstens eine Marke.»

Ich muss lachen. «Ich werde es herausfinden, und dann ...», drohe ich.

Jason beugt sich zu mir und flüstert so dicht an meinem Ohr, dass ich seinen Atem spüren kann: «Und dann? Mach keine Versprechungen, die du nicht halten kannst.»

Ich erschauere und ziehe die Schultern zusammen. Neben Jason fühle ich mich verletzlich, als müsste ich beschützt werden. Und ich male mir zu gern aus, dass er genau das für mich ist: mein Beschützer.

Blödsinn. Jason ist das genaue Gegenteil davon – die Wurzel allen Übels. Der eigentliche Grund für die Misere, in der ich stecke. Er ist schuld an meiner Verwirrtheit, an meinem Schlafmangel, daran, dass ich seit Tagen nicht vernünftig gegessen habe, weil ich einfach keinen Appetit habe (und das ist für mich wirklich verdammt seltsam) ... An allem ist er schuld, doch ich kann nicht sagen, dass ich mich unwohl fühle mit ihm. Ganz im Gegenteil.

Seine Finger berühren das Halsband, das für mich inzwischen zu einem Symbol geworden ist. Ausnahmsweise passt es heute sogar zu meiner Kleidung und schmiegt sich wie für mich gemacht um meinen Hals, durch das tiefe Dekolleté des Kleides in seiner ganzen Schönheit sichtbar.

«Warum sind wir überhaupt hier? Ich habe doch schon, was ich wollte», sage ich in ironischem Ton, und er zieht die Hand zurück, als hätte er sich verbrannt.

«Wirklich?» Er hebt eine Braue, während er mich mustert. «Alles?»

In meinem Magen herrscht Durcheinander. Ich hätte heute Morgen das Müsli nicht essen sollen, zumindest nicht mit Milch, die vertrage ich eh nicht. Das habe ich jetzt davon, es wird mich den ganzen Tag quälen!

«Zumindest das, was abgemacht war», antworte ich und halte mich an der Kette fest. Jason legt seine Hand auf meine, und seine Körperwärme durchströmt mich.

Himmel, warum reagiere ich nur so auf ihn? Sobald er in meiner Nähe ist, bin ich nicht mehr Herrin meiner Gedanken ... und meines Körpers. Alles in mir fängt an zu kribbeln und zu prickeln, und ich kann nur noch an eins denken.

«Fahren wir zu dir?», frage ich hoffnungsvoll und lächle, als er nickt.

«Falls du keine anderen Pläne hast?»

«Nein, ich habe ehrlich gesagt gar keine Pläne.» *Außer, mit dir zu vögeln.* Oje, ich laufe schon wieder knallrot an. Gut, dass er keine Gedanken lesen kann!

«Das ist gut, denn ich habe gleich mehrere für dich», raunt er, und ich fühle mich ertappt. Vielleicht kann er doch ...?

«Es ist alles so unwirklich, Jason. Es kommt mir vor, als hätten wir uns noch letztes Jahr in der Schule gesehen, ohne uns zu beachten.»

«Das gilt vielleicht für dich. Ich jedenfalls habe dich schon immer beachtet. Und beobachtet.»

Die letzten Worte lösen eine Gänsehaut bei mir aus. Spioniert er mir wirklich nach? Es war schon ein seltsamer Zufall, dass wir uns im Auktionshaus getroffen haben, denn normalerweise halte ich mich dort nicht auf. Kann ich ihm glauben? Vertrauen? Ein großes Wort, viel zu groß für uns und unsere Beziehung. Sofern es überhaupt so etwas wie eine Beziehung ist ...

«Ich will mehr über dich wissen – wie dein Leben war in den letzten Jahren, wie es in Yale war ... hey, in den USA zu studieren muss doch irre aufregend gewesen sein?»

Nervös kaue ich auf meiner Lippe herum. Hoffentlich habe ich nicht wieder einen Fettnapf erwischt; bisher hat er auf meine Fragen nach seiner Vergangenheit immer abweisend reagiert. Ich möchte die gute Stimmung zwischen uns nicht zerstören, aber ich brenne vor Neugier und will endlich mehr über ihn erfahren. Zumal ich das Gefühl nicht loswerde, dass er von mir sehr viel mehr weiß, als ich ihm bisher erzählt habe. Woher?

Doch diesmal lächelt er nur, lässt die Hand auf meinem Oberschenkel liegen und spricht. Tatsächlich, er plaudert! Lieber Himmel, wie konnten wir so schnell so ... normal miteinander umgehen? Es gefällt mir.

«Das waren in der Tat aufregende Jahre. Kannst du dir vorstellen, wie anders amerikanische Mädchen im Vergleich zu den britischen sind? Sie sind viel direkter, offenherzig, sexy und nicht so verklemmt, obwohl man sich darüber wundern könnte. Sie sind aber auch ordinärer. Dirty Talk zum Beispiel ist dort überhaupt kein Problem.»

Oh Mann. Das ist nun wirklich nicht das, was ich hören wollte. Hektisch zupfe ich an meinen Fingernägeln herum und rutsche unruhig über den Ledersitz. Mit wenigen Worten hat er es geschafft, mein gerade aufkeimendes Selbstbewusstsein in den Keller zu katapultieren. Ob das Absicht war?

«Erzähl mir nichts», höre ich mich sagen, und es klingt wie «Ich weiß Bescheid» – dabei habe ich das gar nicht so gemeint.

Prompt zieht Jason die Augenbrauen bis zur Stirn hoch und grinst sein gemeines Grinsen. «Ach ... damit hatte ich nicht gerechnet, dass du Expertin für amerikanische Collegegirls und Dirty Talk bist.»

«Haha», knurre ich und ramme ihm meinen Ellbogen so heftig in die Seite, dass er nach Luft schnappt. «Ich will das nicht hören, Jason.»

«Warum nicht? Es sind die wenigen guten Erinnerungen, die ich an die vergangenen Jahre habe.»

Mein schlechtes Gewissen erinnert mich daran, dass ich Jason dummerweise schon auf seinen verstorbenen Bruder und den Selbstmordversuch angesprochen habe. Das klingt wirklich nicht nach guten Jahren, muss ich zugeben. Trotzdem sind frivole Collegegirls so ziemlich das Gegenteil von dem, was ich erfahren wollte.

«Vielleicht möchtest du lieber hören, was ich mit dir heute Abend vorhabe?» Er spricht leise, aber ich bin mir sicher, dass Orlandos Schultern vor unterdrücktem Lachen zucken. Himmel, ist mir das peinlich! Muss Jason denn immer vor anderen über so was reden? Es scheint ihm völlig egal zu sein, ob er belauscht wird oder nicht.

«Eventuell lasse ich mich lieber überraschen.»

«Ich liebe Überraschungen.» Er beißt mir kurz und neckisch ins Ohr und legt seinen Arm um meine Hüften. Ich schmiege mich an ihn, spüre seine Körperwärme.

«Heute will ich dich aber ohne Hemd sehen», flüstere ich zurück.

Jason lacht leise. «Warum?»

«Weil ich neugierig bin.»

«Neugier bringt die Katze um», knurrt er, fährt mit der Hand in den Ausschnitt meines Kleides und erkundet die Kurven meiner Brüste.

«Bitte ...»

«Du wirst mich später um sehr viel mehr bitten, Emma. Versprochen.»

Ein Schauer überzieht meinen Rücken bei dieser Drohung. Worum werde ich ihn bitten? Um weitere Schläge etwa? Niemals! Die Erinnerung an das letzte Spanking ist noch frisch, und wenn ich mich konzentriere, kann ich sogar das Brennen meines Hinterns wieder spüren.

Abrupt hält der Wagen an, wir sind da. Wie immer warte ich, bis Jason ausgestiegen ist und das Auto umrundet hat. Er öffnet die Tür und reicht mir seinen Arm. Nicht zu glauben, dass dieser formvollendete, bildschöne Gentleman Spaß daran hat, Frauen – mir! – Schmerzen zuzufügen.

Es liegt tatsächlich Frühling in der Luft, die Sonne lacht vom Himmel und wärmt uns, während wir auf das Haus zugehen. Mitten auf dem schmalen Weg bleibt Jason plötzlich stehen, die ruckartige Bewegung reißt mich fast von den Füßen.

«Was ist ...?», frage ich, bevor auch ich ihn entdecke. Er steht vor Jasons Tür, die Hände in die Hosentaschen gestopft, und dreht sich mit einem schiefen Grinsen um. Mein Herz schlägt mir bis zum Hals, ich höre das Blut in meinen Ohren rauschen. Die hellbraunen, leicht gelockten Haare, die etwas krumme Nase, die aussieht, als wäre sie mal gebrochen gewesen und nicht richtig zusammengewachsen, die kräftigen Oberschenkel ... kein Zweifel, er ist es. Phil Hall.

Fassungslos lasse ich meinen Blick von Jason zu seinem Bruder schweifen

«Emma? Emma White? Mein Gott, bist du *groß* geworden.»

19

«Phil? Was um alles in der Welt ...?» Mein Magen zieht sich schmerzhaft zusammen.

«Wie lange haben wir uns nicht gesehen? Du siehst großartig aus! Lass dich umarmen.» Wie selbstverständlich geht Phil die Treppe runter, an seinem finster starrenden Bruder vorbei, und legt seine Arme um meine Schultern.

Ich erwidere die Geste nicht, sondern bleibe stocksteif stehen, bis er mich von sich schiebt und lächelnd betrachtet.

«Ich wusste nicht, dass ihr noch Kontakt habt.»

«Haben wir nicht ... eigentlich», murmele ich. Mein ganzes Gesicht glüht vor Aufregung. Was zum Teufel wird hier gespielt? Warum hat Jason mich so belogen? Familientragödie, Selbstmord – hier steht sein angeblich toter Bruder quicklebendig vor mir; ich kann ihn sehen, anfassen und sogar riechen. Im Gegensatz zu Jason wirkt er unbekümmert, beinahe naiv. Nicht ein Fältchen ist in seinem Gesicht zu sehen, dabei hat er als einziger von uns den dreißigsten Geburtstag seit ein paar Jahren hinter sich.

Er war immer schon anders als Jason, auch damals in der Schule. Nicht mit einem derart entwaffnenden Äußeren gesegnet wie sein Bruder, glänzte er dafür mit seinem sozialen Verhalten. Er setzte sich für Schwächere ein und beschützte uns Kleinen, wenn wir auf dem Schulweg von aggressiven Jugendlichen bedroht wurden. Das passierte in Elephant and Castle früher leider häufig, daher waren wir dankbar für seine Anwesenheit. Selbst handfesten Auseinandersetzungen ging er nicht aus dem Weg und war schon mit vierzehn ein fabelhafter Boxer, dem sein Trainer eine großartige Karriere vorhersagte. Was daraus geworden ist, weiß ich nicht, nur die etwas schiefe Nase zeugt davon, dass er diesem Hobby wohl weiterhin frönt.

«Was willst du hier?» Jasons Brauen haben sich zu einer einzigen Linie zusammengezogen.

Mein Herz rast in der Brust, und mir wird schwindelig. Was ist hier los, verflucht noch mal?

«Tut mir leid, Jason, ich wusste nicht, dass du Besuch hast.» Phil lächelt mich an, als wäre die Situation hier ganz selbstverständlich. Offenbar weiß er nicht, dass sein kleiner Bruder ihn für tot erklärt hat.

«Ich glaube, du musst mir was erklären», mische ich mich an Jason gewandt ein, während die Brüder sich gegenüberstehen wie Cowboys kurz vor einem Duell. Statt Revolverkugeln fliegen Blitze zwischen ihren Augen hin und her.

«Jetzt nicht.»

Betroffen bleibe ich hinter Jason stehen und kaue auf meiner Unterlippe. Am liebsten würde ich mich umdrehen, zurück zum Auto gehen und Orlando bitten, mich nach Hause zu bringen. Kann ich das machen und einfach über ihn verfügen? Oder soll ich zurück auf die Straße und mir irgendwo ein Taxi organisieren? Ich habe wirklich keine Lust, in dieser geladenen Atmosphäre zu bleiben.

Ja, Jason hat mir einiges zu erklären, aber das kann warten. Es ist offensichtlich, dass die beiden etwas zu bereden haben. Die Spannung zwischen ihnen ist beinahe spürbar.

Enttäuschung nagt an mir. Gerade war ich dabei, Vertrauen zu Jason aufzubauen, und mit einem Mal wurde es wie von einer Abrissbirne vernichtet. Warum erzählt er so etwas Schreckliches, wenn es gar nicht wahr ist? Wollte er Mitleid erregen?

Jason drückt den Finger auf das Touchpad an seiner Tür und öffnet sie. «Geh rein», befiehlt er seinem Bruder, bevor er sich zu mir umdreht und mit einer fast verzweifelten Geste die Schultern hebt. «Emma, es tut mir leid. Ich werde dir alles erklären, aber ich kann jetzt nicht ...»

«Ist schon gut.» Meine Stimme klingt belegt. «Kann Orlando mich nach Hause bringen? Ich will euch nicht stören.»

«Bitte, bleib. Es wird nicht lange dauern, und danach ...»

Mit gerunzelter Stirn schüttele ich den Kopf. Meine Halsschlagader pulsiert so stark, dass man sie sicherlich sehen kann. Mir ist übel. «Mir hat es ehrlich gesagt die Laune verhagelt. Nein, Jason. Ich bin ein Mensch mit Gefühlen, und bevor du mir nicht eine gute Erklärung dafür lieferst, warum du mich so angelogen hast ...»

«Es hat nichts mit dir zu tun, wirklich nicht. Das ist eine Sache zwischen Phil und mir.»

Jason hat die Hände in die Hosentaschen geschoben und wippt auf den Fersen auf und ab. Ich will ihn nicht weiter ansehen, will auch keine fadenscheinigen Ausreden hören. Ich hatte mich auf den Abend gefreut, und die Enttäuschung wächst in mir wie ein Tumor. Manchmal komme ich mir vor wie ein Kind, schlimm! Aber ich kann es nicht ändern. Ich wünschte, es wäre nicht passiert, und wir könnten die Zeit zurückdrehen bis zu dem Moment, in dem wir den Wagen verließen. Alles war gut; jetzt ist es, als hätte ein plötzlicher Regenschauer die Frühlingsstimmung verdorben.

«Melde dich, wenn ihr fertig seid mit eurem ... Gespräch», sage ich und drehe mich um. Orlando, der die Szene ans Auto gelehnt beobachtet hat, richtet sich sofort auf und öffnet die hintere Tür. Ich bin erstaunt über seine Empathie und dankbar dafür, dass ich nichts erklären muss.

Als der Wagen langsam vom Grundstück rollt, blicke ich kurz zurück. Jason steht noch immer in der Tür, mit hochgezogenen Schultern, und schaut uns nach. Er sieht traurig und wütend zugleich aus. Meine Augen brennen vor Enttäuschung, aber ich schlucke die blöden Gefühle tapfer runter und starre aus dem Fenster. Der Weg nach Camden ist mir inzwischen bekannt, aber heute habe ich keine Lust, mit Orlando zu plaudern. Ich will nur nach Hause ...

20

«Hast du einen Frühstücksservice bestellt?»

Sylvia schiebt ihren Kopf durch meine Zimmertür, ohne vorher anzuklopfen. Murrend ziehe ich die Bettdecke über mein Gesicht. Mein Schädel brummt, hinter den Schläfen klopft ein obszöner Schmerz, der mich an die zwei Flaschen Chianti von gestern Abend erinnert. Mist, hätte ich wenigstens vor dem Einschlafen noch ein Aspirin eingenommen.

«Lass mich», maule ich.

«Aber vor der Tür steht Frühstück! Und was für eins!»

«Egal.»

Ich will weder Frühstück noch Sylvias neugierige Fragen. Sie weiß ja nicht, dass ich den gestrigen Abend mit billigem Chianti und Mac & Cheese im Bett vertrödelt und nicht bei Jason verbracht habe.

«Ist das von Jason?»

«Sylvia, bitte! Ich bin todmüde!» Ich werfe mit dem kleinen rosa Kissen nach ihr, das noch aus meiner Kindheit stammt, treffe aber nur den Türrahmen. Sylvia lacht.

«Ach komm, Emma, steh auf! Das willst du nicht verpassen, glaub mir!»

Minuten später quäle ich mich aus dem Bett, weil ich weiß, dass meine liebste Freundin sowieso keine Ruhe geben wird. Sie sitzt in der Küche am Tisch und starrt andächtig auf das Sammelsurium von Delikatessen.

«Guck mal, Champagner!»

Als sie die Taittinger-Flasche anhebt und mir damit zuwinkt, ist mir klar, von wem das Frühstück kommt. Ich verdrehe die Augen und lasse mich kopfschüttelnd auf den zweiten Plastikstuhl fallen.

«Was soll das?»

«Frag doch nicht, ich finde das großartig! Sogar Kaviar ... der ist bestimmt echt, oder?» Sylvia schnalzt mit der Zunge und nimmt das kleine Glas mit den schwarzen, glänzenden Perlen in die Hand, um es genauer zu betrachten. «Russisch. Garantiert ist der echt.»

Die Croissants sind frisch und duften verlockend, trotzdem habe ich schlechte Laune. Warum ruft er nicht einfach an und erklärt mir, was los ist? Stattdessen versucht er, mich mit einem dämlichen Frühstück zu bestechen. Als ob er sich damit von einer Entschuldigung freikaufen könnte!

«Muss wohl gut gewesen sein gestern Abend.» Sylvia reißt ein Stück von dem noch warmen Croissant ab und schiebt es sich in den Mund.

«War es nicht. Ich war den ganzen Abend hier und habe mich betrunken.» Wie zum Beweis zeige ich auf meinen Schädel, der noch immer brummt wie ein Düsentriebwerk. Meine Augen fühlen sich an wie Stecknadelköpfe, jedenfalls können sie nicht viel größer sein.

«Was ist passiert? Wollte er dich auspeitschen?» Grinsend reicht sie mir eins der Croissants und tippt auf ein kleines Glas mit edel aussehender Konfitüre. *Champagner-Himbeergelee*, lese ich. Woher zum Teufel weiß der Kerl, dass ich das liebe?

«Nein, darum ging es nicht. Ich habe dir doch erzählt, dass Phil sich umgebracht hat.»

«Ja, das war schlimm genug, du meine Güte. Und?»

«Gestern Nachmittag stand Jasons Bruder vor seiner Tür – ziemlich lebendig, wie du dir denken kannst.»

Sylvia bleibt der Mund offen stehen, sie vergisst sogar zu kauen. «Warum hat er das dann erzählt?»

Ich zucke mit den Achseln. «Keine Ahnung. Ich verstehe es auch nicht, aber ich war stinksauer.»

«Kann ich mir vorstellen.»

Sylvia legt den Zeigefinger an ihre Nase und sieht aus dem Fenster. So entspannt, wie sie wirkt, hatte sie im Gegensatz zu mir eine gute Nacht, aber im Moment habe ich keine Geduld für ihre Geschichten. Mein Kopf ist zu voll mit Gedanken, Sorgen und Misstrauen.

«Das ist seltsam, Emma. Du solltest mit ihm reden.»

«Ich weiß nicht, ob ich überhaupt noch mit ihm reden will. Wozu? Ich habe das Halsband von Granny zurück. Davon abgesehen habe ich die Gewissheit, dass er mich anlügt und wahrscheinlich irgendein blödes Spiel mit mir treibt.»

Aber vielleicht weiß er doch mehr, als er zugeben will, und das alles gehört zu seinem Plan, sich an mir zu rächen. Oh verdammt, wenn er nur nicht so attraktiv wäre. Und wenn seine Finger nur nicht so geschickt wären. Und er nicht so gut küssen könnte ... und ...

«Ich merk dir doch an, dass du drauf und dran bist, dich in ihn zu verknallen, Emma. So richtig, meine ich jetzt. Ich kann es dir nicht verdenken, er ist echt scharf! Und er hat einen guten Geschmack.» Sie schiebt sich einen Teelöffel voller kleiner schwarzer Perlen in den Mund und schmatzt verzückt. «Oh Mann, das Zeug ist wirklich gut! Probier mal!»

Kopfschüttelnd schiebe ich das Kaviarglas zu ihr zurück. Ich mag das nicht, ich bin mehr für Süßes. Allein die Vorstellung, Fischeier zu essen, widert mich an. Warum sind die meisten Delikatessen so eklig?

«Gib ihm noch eine Chance, Emma. Bestimmt hat er eine gute Begründung dafür, und mal im Ernst – was hat es mit dir zu tun? Wenn er Zoff mit seinem Bruder hat, ist das doch seine Sache.»

«Du bist nur heiß auf weitere Frühstücksservices, gib es zu!», knurre ich missmutig, beiße aber trotzdem in das köstlich duftende Buttercroissant. Sylvia schenkt Kaffee in zwei große Becher, von denen sie mir einen reicht.

«Klar. Und auf leckeren Weißwein. Champagner. Und was auch immer er dir sonst noch schenkt, wenn du erst mal mit ihm ...»

«He! Das hört sich an, als wäre ich eine Prostituierte!»

Empört lasse ich das Croissant fallen. Mein Magen verkrampft sich unangenehm. Ich wünschte, ich könnte ihm vertrauen, aber wie soll ich das, wenn er mich anlügt und nicht mit der Wahrheit herausrückt? Mir ist klar, dass er etwas im Schilde führt, mein Bauchgefühl warnt mich seit dem Moment im Auktionshaus. Aber was, zum Teufel? Ich hätte mich nie auf ihn einlassen sollen. Jetzt ist es zu spät – wenn er weiter so hartnäckig bleibt, werde ich ihm nicht widerstehen können, so viel ist sicher. Dafür bin ich einfach zu hedonistisch. Was ich mit ihm erlebt habe, war schließlich viel zu gut, um es aufzugeben. Ich will ehrlich sein ... noch nie in meinem Leben hatte ich so guten Sex. Ich habe nicht einmal gewusst, dass Sex so gut sein kann. Mein ganzer Körper wehrt sich gegen die Vorstellung, dass es nach diesen wenigen Episoden damit schon wieder vorbei sein soll.

«Unsinn ... ich finde es klasse, wenn man so verwöhnt wird. Ernsthaft, das mit dem Frühstück ist eine Hammeridee!»

«War da keine Nachricht dabei?», frage ich, plötzlich alarmiert.

Sylvia schüttelt den Kopf. «Ich hab keine gefunden, aber vielleicht hat er eine Geheimbotschaft hinterlassen? Tief unten im Kaviarglas?»

«Iss das Zeug ruhig auf, auch ohne Geheimbotschaft», beruhige ich sie, damit sie kein schlechtes Gewissen bekommt.

Mit verzücktem Grinsen stürzt sie sich auf das Glas und löffelt die teure Delikatesse wie Eiscreme. Mein Magen macht seltsame Verrenkungen, sodass ich ihn mit einem großen Schluck Kaffee beruhige.

Jason ruft nicht an. Aber er schickt eine Kurznachricht. Das passt so gar nicht zu ihm, darum kann ich mir ein Grinsen nicht verkneifen, während ich sie lese. Wieso muss ich ständig wie ein Schaf grinsen, wenn ich nur an ihn denke? Ich hasse es!

Picknick im Hyde Park heute Nachmittag? Artemis im Rose Garden um 4.

Nervös tippe ich meine Antwort in den BlackBerry.

Warum? Willst du mir was erklären?

Die Antwort kommt postwendend.

Wenn es sein muss, auch das. In erster Linie aber will ich dich verführen.

Ich muss lachen. Wenigstens darin ist er ehrlich. Ich werfe einen Blick durchs Fenster und schließe kurz die Augen. Das Wetter ist großartig, die schon jetzt strahlende Sonne verspricht einen wunderschönen Frühlingstag. Den allerdings halb London ebenfalls im Hyde Park verbringen wird, daher ist das vielleicht nicht der richtige Ort für ein lauschiges Picknick?

Zu viele Zuschauer dort.

Ich liebe Zuschauer. Du nicht? Wir sehen uns um 4.

Jetzt fängt er wieder an, mich zu manipulieren. Kurz denke ich darüber nach, ihn zu versetzen und gar nicht aufzutauchen, aber der Reiz ist schlicht zu groß. Zum einen bin ich entsetzlich neugierig, was es mit Phil auf sich hat, zum anderen lockt mich die Aussicht auf ein romantisches Picknick mit Jason an der frischen Luft. Vielleicht hat Sylvia recht, und ich sollte der Sache nicht zu viel beimessen? Die Vereinbarung war klar: Es geht um Sex. Die Geschichte mit seinem Bruder geht mich im Grunde genommen gar nichts an.

Viel schwieriger als die Entscheidung, ob ich seinem Werben nachgeben soll, ist die Suche nach einem passenden Outfit. Mein Schrank gibt leider nicht viel mehr her als Jeans und Sweatshirts, und das schwarze Wickelkleid erscheint mir zu düster für den sonnigen Tag und unpassend für ein Picknick im Hyde Park.

Danke für das Frühstück, aber bitte hör auf damit, tippe ich noch schnell, bevor ich mich der Frage widme, was ich nun zu unserem Date anziehen soll. Verführung schreit nach Kleid ... plötzlich wünsche ich mir sehnlichst ein buntes, flatterndes Sommerkleid, das dem Wetter und dem Sonntag entspricht. Sylvia hat so was, aber ob mir etwas davon passt? In den letzten Tagen habe ich wenig gegessen und mit Glück vielleicht sogar ein paar Pfund abgenommen. Nicht dass ich dadurch auch nur in die Nähe von Sylvias Taillenumfang käme ...

«Syl? Ich brauche deine Hilfe!», rufe ich, während ich an ihre Zimmertür klopfe. Grinsend reißt sie die Tür auf und zieht mich in den Raum.

«Klamotten? Ein schickes Kleid? Elegant oder sexy? Oder niedlich-unschuldig?»

Entsetzt schnappe ich nach Luft. «Woher weißt du ...?»

«Ich kann es förmlich riechen! Kein Problem, setz dich aufs Bett, ich such dir was raus.»

Zähneknirschend nehme ich auf ihrem Bett Platz, das im Gegensatz zu meinem riesig ist, und ziehe die nackten Knie unters Kinn. Die Arme schlinge ich um meine Waden, während

Sylvia ihren Schrank öffnet und darin herumwühlt. Mit triumphierenden Lauten zieht sie ein Kleid hervor und schwenkt es vor meiner Nase.

«Das hier ist perfekt! Zieh es an!»

«Jetzt?» Ich sehe verdattert an mir herunter. Unter dem Nachthemd trage ich wie immer nichts, und mir ist nicht danach, mich vor meiner besten Freundin nackt zu präsentieren. Jedenfalls nicht am frühen Sonntagmittag.

«Stell dich nicht so an, Ms. Prüderie!» Sylvia rollt mit den Augen, den langen Arm mit dem Kleid in meine Richtung ausgestreckt.

Seufzend greife ich zu und betrachte es kritisch. Es ist kurz und mit bunten Motiven bestickt.

«Hör auf, darüber nachzudenken, Emma. Zieh es einfach an!»

Manchmal ist sie mir unheimlich. Nichts kann ich vor ihr verbergen, was das Zusammenleben mit ihr anstrengend macht. Allerdings bin ich im Gegensatz zu ihr ziemlich ordentlich, ohne mich wäre sie vermutlich längst in ihrem eigenen Chaos ertrunken.

Eilig schlüpfe ich aus dem Nachthemd und streife den knallbunten Stoff über. Stirnrunzelnd zupfe ich an dem knielangen, etwas ausgestellten Rock, bevor ich mich im Spiegel betrachte. Wow! Sylvia hatte recht – das Kleid sieht großartig an mir aus! Aber das kann ihr unmöglich passen? An mir jedenfalls sitzt es perfekt, und durch die bunten Farben und den leichten, fließenden Stoff ist es prima geeignet für einen sonnigen Nachmittag. Oben liegt es eng an, ohne ungemütlich zu sein, ab der Taille wird es weit und fällt wie eine Glocke über meine Hüften.

«Du darfst gucken», sage ich und betrachte mein eigenes Strahlen im Spiegel.

Sylvia pfeift durch die Zähne. «Wusst ich's doch. Es ist mir zu groß, aber ich fand die schrillen Farben so toll ... Ich schenk's dir, es ist wie für dich gemacht!»

«Ernsthaft?» Ich ziehe eine Braue hoch und drehe mich ein wenig in den Hüften hin und her, um den Stoff zum Schwingen zu bringen. «Das sieht teuer aus.»

Sie winkt lässig ab. «Secondhand, Original Sechziger. Ich steck dir die Haare passend dazu hoch.»

Misstrauisch betaste ich meine dunkelblonden Haare, die einen kleinen Rotstich haben und sich bei Feuchtigkeit so schrecklich krausen.

«Ich weiß schon wie, lass mich nur machen.»

Sylvia gönnt mir keine Pause, sondern drückt mich an den Schultern auf ihr Bett, um sich an meinen Haaren zu schaffen zu machen. Mein Magen kribbelt vor Aufregung. Es ist noch einige Stunden hin bis zu meinem Date mit Jason, und ich habe mich noch immer nicht entschieden, wie ich ihm überhaupt begegnen möchte. Eigentlich bin ich wütend auf ihn und will eine Erklärung, andererseits ahne ich schon, dass es keine geben wird. Wozu auch? Wir haben eine Vereinbarung, und die beinhaltet keine Details aus unserer Vergangenheit. Streng genommen gibt es keinen Grund, sauer auf ihn zu sein. Warum bin ich es dann trotzdem?

«Genieß es einfach, Emma. Und lass mal los. Du kannst nicht alles unter Kontrolle haben, du musst dich auch mal unvernünftig fallen lassen. Unvernünftig sein macht so viel Spaß!»

Sylvia kämmt meine Haare so akribisch, dass sich meine Nackenhärchen aufstellen. Ich mag es nicht, wenn man an meinen Haaren herumfummelt, darum gehe ich nur ungern zum Friseur. Minuten später ist sie endlich fertig mit meiner Mähne und präsentiert sie mir stolz im Spiegel.

«Et voilà ... du siehst aus wie Miss Moneypenny!»

Ich bin mir nicht sicher, ob das ein Kompliment oder eine Beleidigung sein soll, aber irgendwie hat sie recht. Es sieht flippig aus, dabei trotzdem schick und elegant. Hoffentlich gefällt es Jason.

Später vergesse ich nicht, Unterwäsche anzuziehen, bevor ich meine letzten Vorbereitungen treffe und mich sinnierend aufs Bett lege, um meine Gedanken zu sortieren.

Der Mann hat mein Leben auf den Kopf gestellt, jedenfalls fühlt es sich so an. Aber ich freue mich auf einen sonnigen Nachmittag im Park, mit oder ohne langwierige Erklärungen. Er wird schon wissen, was er tut … hoffe ich zumindest.

21

Wie erwartet ist der Park bei diesem Wetter voller Menschen. Die Artemis-Statue mit dem kleinen Brunnen habe ich schnell gefunden; den Hyde Park kenne ich als Londonerin wie meine Nachttischschublade. Trotz des Gewusels ist es hier in den Rosengärten relativ ruhig, außer mir sitzt nur ein älteres Ehepaar auf einer Bank vor einer gelben Heckenrose, deren Blüten noch in winzigen Knospen verschlossen sind. Es ist zu früh im Jahr für Rosen, trotzdem duftet es schon.

Mit den Fingern knete ich die Riemen der kleinen Handtasche, während ich vor dem Brunnen stehenbleibe und auf Jason warte. Es ist kurz vor vier, ich habe mich nicht getraut, zu spät zu kommen.

Ein Picknick ... noch weiß ich nicht genau, ob ich die Idee romantisch oder einfach nur kitschig finden soll. Plötzlich nehme ich einen Schatten wahr, verursacht durch eine Person dicht hinter mir. Eine Gänsehaut überzieht meine Arme. Ich bin mir sicher, dass er es ist. Gerade will ich mich zu ihm umdrehen, da werden zwei Hände an meinem Kopf vorbeigeführt, und ein schwarzes Tuch legt sich über meine Augen.

«Jason?», rufe ich erschreckt, mein Herz beginnt panisch zu

rasen. *Ganz ruhig, Emma, natürlich ist er es. Außerdem ist der Park voller Menschen, und es ist taghell, niemand wird dir in der Öffentlichkeit etwas antun!*

Mein Verstand weiß, dass mir nichts geschehen wird, trotzdem reagiert mein Körper mit einem Panikanfall, hervorgerufen durch die plötzliche Dunkelheit. Mein Brustkorb schließt sich wie ein Schraubstock um mein Herz, und meine Hände fangen an zu zittern. Die Gedanken wirbeln mir im Kopf durcheinander wie Socken in der Waschmaschine.

«Jason, bitte sag etwas», flehe ich und versuche, nach dem Stoff zu greifen, der eng über meinen Augen liegt und nun am Hinterkopf verknotet wird. Doch kräftige Hände hindern mich daran und ziehen meine Arme herunter.

Ich spüre einen warmen Hauch an meinem Hals, der durch die Hochsteckfrisur ungewohnt frei liegt. Grannys Halsband ist mein einziger Schutz.

Er nimmt meine Hand und drückt sie kurz, bevor er mich vorsichtig und langsam mit sich zieht. Blind stolpere ich hinter ihm her, den freien Arm unsicher vor mir ausgestreckt. Gütiger Himmel, wie peinlich! Ein kindisches Blinde-Kuh-Spiel mitten im Park! Was denkt er sich nur dabei?

«Jason, das ist nicht witzig», stoße ich hervor, ernte jedoch nichts als Schweigen. Stattdessen zieht er mich weiter hinter sich her, und ich kann nicht anders, als ihm gehorsam und blind zu folgen. Mein Gesicht brennt vor Scham und Wut, ich kann die belustigten Blicke der anwesenden Menschen förmlich auf mir spüren.

Es könnte nicht schlimmer sein, wenn ich nackt wäre. Der Gedanke daran lässt prickelnde Aufregung in mir aufkommen, die ich hastig runterschlucke. *Um Gottes willen, Emma! Wie kommen solche perversen Gedanken in deinen Kopf?*

Es fühlt sich seltsam an, so hinter ihm herzulaufen. Ich muss ihm vertrauen und darauf hoffen, dass er mich vor Hindernissen bewahrt, denn ich sehe wirklich nichts durch diese verdammte Augenbinde. Nicht mal an der Nase vorbei kann ich nach unten auf den Boden schielen, was mich beinahe verrückt macht. Schon als Kind habe ich dieses Spiel gehasst, weil immer nur diejenigen Spaß daran haben, die nicht im Mittelpunkt stehen und wie ein Hornochse durch die Gegend eiern müssen. So wie ich jetzt.

Jason führt mich mit ruhigen, aber großen Schritten durch den Park, und ich versuche, meine übrigen Sinne zu schärfen, wenn ich schon nichts sehen kann. Ich höre das leise Plätschern des Brunnens, das sich immer weiter entfernt, den knirschenden Kies unter unseren Füßen, das Gemurmel der Menschen, die an uns vorbeigehen. Ich rieche die Rosen und das Popcorn, das jemand in einem Wagen durch den Park schiebt – und ich rieche ihn, Jason. Sein Aftershave, das mir schon so gut bekannt ist, dass es meinen Magen nervös flattern lässt.

Eine halbe Ewigkeit später bleibt er stehen und fängt mich sanft auf, als ich in ihn hineinstolpere.

«Verdammt, Jason, nimm mir endlich das Ding ...»

Die letzten Worte meiner Schimpftirade bleiben mir im Hals stecken, denn Jason hat das Tuch von meinen Augen gezogen, und ich starre mit offenem Mund auf die karierte Wolldecke, die unter einer alten Eiche ausgebreitet liegt.

«Danke, dass du gekommen bist.»

Er beugt sich zu mir und drückt mir einen verheißungsvollen Kuss auf die Wange, der mein Gesicht erneut zum Glühen bringt. Mein Herz klopft schneller, als es sollte, meine Finger fühlen sich feucht an.

«Das nennst du ein Picknick?», frage ich und sehe ihn an. «Das ist mehr, als ich in der ganzen letzten Woche gegessen habe!»

Er sieht verdammt gut aus. Mein Magen macht einen Hüpfer, als ich den Blick an ihm hinabgleiten lasse. Die engen Jeans sitzen ihm tief auf den Hüften, dazu trägt er einen schlichten, aber sicher teuren Pullover, der so weich scheint, dass ich unwillkürlich die Hand ausstrecke, um ihn anzufassen. Ich bin einfach ein Fühlfetischist, ich kann nicht anders. Tatsächlich ist die Wolle so zart, dass ich erschauere. Ein bisschen zu warm für das schöne Wetter, aber unfassbar elegant.

Jasons schwarze Haare sind vom Wind leicht zerstrubbelt, was ihn verwegen aussehen lässt. Als käme er gerade aus dem Bett, eine durchaus reizende Vorstellung. Sein Lächeln ist freundschaftlich und ... nett. Himmel, Jason Hall kann nett lächeln. Ist das gut? Fast gefällt er mir besser, wenn er so ... anders ist. Immerhin weckt er dann keine falschen Hoffnungen in mir. Aber zum heutigen Wetter passt seine Laune einfach perfekt.

So perfekt wie das, was ich da mit einem raschen Blick auf der ausgebreiteten Decke entdecke. Weißwein in einem silbernen Kühler. Gläser. Porzellanteller. Geschnittenes Obst. Winzig kleine Canapés und Cupcakes, die wie selbstgemacht aussehen und so köstlich duften, dass sich mein Magen energisch zusammenzieht.

Oh Mann, ich fühle mich wie eine Verhungernde, dabei habe ich noch nicht mal das opulente Frühstück von heute Morgen verdaut.

«Setz dich.»

Das hat er doch ganz sicher nicht alles selbst besorgt. Neugierig schiele ich unter einer herausgefallenen Haarsträhne durch und mustere ihn. Bestimmt hat er eine seiner Angestellten damit beauftragt. Vielleicht sogar die blondierte Catherine.

«Jason, du musst nicht ständig versuchen, mich zu beeindrucken. Wir hätten im Café etwas trinken können, und ich wäre damit zufrieden gewesen.»

«Magst du kein Picknick?»

Mit einer eleganten Bewegung lässt er sich neben mir nieder und überkreuzt die Beine zum Schneidersitz. Ich hocke züchtig wie ein junges Mädchen aus dem neunzehnten Jahrhundert auf den Knien, die ich fest zusammengepresst habe. Jedenfalls stelle ich mir so die Mädchen aus den Jane-Austen-Romanen beim Picknick mit ihrem Liebling vor. Bis auf die Klamotten natürlich. Und bis auf die Tatsache, dass Jason nicht mein Liebling ist, sondern nur ...

Ich beiße mir auf die Wange und beobachte ihn, während er die Flasche entkorkt und den Weißwein einschenkt. Er reicht mir ein Glas und hebt seines in meine Richtung.

«Auf uns.»

Ich trinke einen Schluck, erst dann traue ich mich, ihm die Frage zu stellen, die mir seit gestern auf dem Herzen brennt.

«Warum hast du mir erzählt, dass Phil tot ist?»

Sein Gesicht verdüstert sich, sein Blick wirkt plötzlich seltsam verhangen. Ich kann sehen, wie sein Kiefer mahlt, und fröstele trotz des schönen Wetters.

«Wir haben uns vor Jahren zerstritten und hatten keinen Kontakt zueinander. Für mich war er so gut wie tot.»

«Aber es ist doch wohl ein Unterschied, ob man jemanden für tot erklärt oder ob man einem anderen erzählt, derjenige hätte sich umgebracht», protestiere ich und stelle als Zeichen meines Unwillens meinen Wein im Gras ab. Das Glas steht ein wenig schief, aber der Inhalt ist sicher. Es ist ein guter Wein – natürlich, ich habe nichts anderes erwartet – aber er steigt mir viel zu schnell zu Kopf. «Jason, wenn du mir jetzt nicht die Wahrheit sagst, stehe ich auf und gehe.» Ich bin wild entschlossen. Mein Herz klopft verdammt hektisch vor Aufregung, aber ich werde ihn nicht mit so einer blöden Ausrede davonkommen lassen. «Also? Ich höre.»

«Emma, bitte ... ich möchte den schönen Tag nicht mit alten Geschichten verderben.»

Seine Stimme klingt weich und schmeichelnd. Ich beiße die Zähne fest aufeinander und schüttele den Kopf, doch da ist er schon neben mir, ich spüre seine Hand auf meinem Oberschenkel. Warm. Weich. Meine Körperhaare stellen sich auf, aber ich versuche trotzdem, den Kopf zur Seite zu drehen, als er sich meinem Hals mit seinem Mund nähert.

«Lass uns die Sonne genießen. Es hat wirklich nichts mit dir zu tun, glaub mir.»

«Wie soll ich dir glauben, wenn du mich immer so ... anlügst?»

Das letzte Wort kommt nur noch erstickt aus meinem Mund, denn während ich spreche, knabbert er so verführerisch an meinem Hals, dass meine Stimme in ein heiseres Stöhnen übergeht. Oh, verdammt noch mal, das ist so unfair!

Energisch schiebe ich ihn von mir. Verdutzt hebt er eine Braue und sieht mich an, starrt mir jedoch nicht in die Augen, sondern auf den Mund, was mich irritiert.

«Ich möchte wissen, was für ein Spiel du spielst, Jason.» Das klingt nicht annähernd so fordernd, wie ich es gern hätte, und dass seine blauen Augen meine Lippen fixieren, während ich rede, schickt ein seltsames Kribbeln durch meinen Unterleib. Mir ist klar, dass er mich küssen will, und wenn ich ehrlich bin ... ich schlucke und schlinge die Arme um den Oberkörper, als könnte ich mich dadurch vor ihm schützen. Ich weiß längst, dass ich in seinen Händen zu flüssigem Wachs werde, und das ärgert mich.

«Die meisten Spiele machen keinen Spaß, wenn man den Verlauf und das Ende vorher kennt.»

Der Knoten in meinem Magen zieht sich immer weiter zusammen. «Ich mag solche Spiele nicht», flüstere ich.

Zum Glück sind die Spaziergänger um uns herum alle zu sehr

mit sich selbst beschäftigt, um Notiz von einem romantischen Liebespaar zu nehmen.

«Das habe ich durchaus anders in Erinnerung.»

Oh Scheiße. Er muss gar nicht weiterreden, ich weiß sofort, worauf er anspielt. Das Blut schießt mir so ungebremst ins Gesicht, dass mir schwindelig wird und ich mich unfreiwillig an ihn anlehnen muss.

«Verflucht, Jason, muss das sein? Kannst du nicht aufhören, ständig von den peinlichen ...»

«Das war alles andere als peinlich, Emma. Ich wünschte, ich könnte den Moment noch einmal erleben und so darauf reagieren, wie ich es damals wollte.»

Ich schließe die Augen und versuche, die Bilder zu verdrängen, aber sie sind da. Unwiderruflich. Ich kann sie nicht mehr ausblenden, mächtig tauchen sie aus der gut verschlossenen Schublade mit meinen schlimmsten Erinnerungen auf und schieben sich vor das Chaos in meinem Gehirn.

«Wenn ich daran denke, könnte ich ...»

Er ist schon wieder so dicht bei mir, dass ich ihn fühlen, riechen und hören kann. Ja, ich höre seinen Atem an meinem Ohr, der nicht mehr ruhig und tief geht, sondern hektisch. Als wäre er aufgeregt. Und während mein Blick zwischen seine Beine fällt, kriecht die Wärme über meinen ganzen Körper den Hals hinauf.

Kann er sich nicht beherrschen? Hier, in der Öffentlichkeit? Wenn nun einer sieht ... wenn hier *Kinder* vorbeilaufen und sehen, dass er ...

«Gütiger Gott, hör sofort auf damit!», stoße ich hervor, kann mich aber nicht rühren. Ich bin nicht mal in der Lage, zur Seite zu rutschen, um seinen hartnäckigen Berührungen aus dem Weg zu gehen. Vielleicht will ich das auch gar nicht. Ach verdammt, warum bin ich nicht einfach zu Hause bei Sylvia geblieben? Was habe ich denn erwartet von diesem Treffen?

Seine Hand macht sich selbständig und schiebt sich unter mein Kleid.

«Zieh das Höschen aus.» Er klingt verändert, die Stimme nicht mehr weich und einschmeichelnd, sondern ... hart. Fest.

Irritiert versuche ich, ihm in die Augen zu sehen, aber sein Blick ist starr auf meinen Schoß gerichtet.

«Bist du wahnsinnig?»

Mein Puls rast. Wir sitzen mitten im Hyde Park auf einer Picknickdecke, umgeben von Hunderten von Spaziergängern, und ich soll meinen *Slip* ausziehen? Jemand muss etwas in den Wein getan haben, dass er auf so eine absurde Idee kommt. Das Zeug verursacht bestimmt auch das pulsierende Klopfen tief in mir, das ich mir nicht anders erklären kann. Macht mich der Gedanke etwa *an*?

Die Erinnerung an das erwähnte Spielchen schäumt förmlich über. Das liegt wohl daran, dass er mir den Befehl mit dem Höschen ins Ohr geraunt hat, denn ich vermute, das wollte er damals eigentlich tun. Beim Wahrheit-oder-Pflicht-Spiel mit der gesamten Clique.

An jenem Tag war ich eingeladen und tagelang so stolz darauf, bei dem Geburtstag von Christine auftauchen zu dürfen, dass ich Sylvias Warnungen in den Wind schlug. Ich war fünfzehn und als einzige von unserer Clique eingeladen. Christine galt als unfassbar cool. Sie war bleich und hager, was damals sehr angesagt war, und umrandete ihre Augen so dick mit schwarzem Kajalstift, dass sie manchmal an einen Pandabären erinnerte. Sie rasierte ihren Schädel auf der einen Seite kahl und toupierte die andere Seite so wild, dass ihre Haare das Volumen eines Rosenbuschs bekamen. Und sie nahm Drogen. Keine schlimmen Drogen, aber sie hatte immer irgendwelche bunten Pillen dabei, die sie freigiebig an die beliebten Leute aus der Schule verteilte. Zu denen ich nicht gehörte.

Ich wusste, dass Jason kommen würde, er wurde immer eingeladen. Aber ich hatte keine Ahnung, dass mein Besuch bei der Party einem besonderen Zweck diente: der Belustigung von Christine und ihrer ach so coolen Clique. Diesen Zweck erfüllte ich zur Genüge, sodass ich um halb elf heulend zu Fuß durch strömenden Regen nach Hause rannte.

Ein mächtiger Schauer geht über meinen Körper, als ich daran denke. Die coole Clique hatte mich beim Wahrheit-oder-Pflicht-Spiel überrumpelt. So versuchte ich, der Frage aus dem Weg zu gehen, wann ich zum letzten Mal onaniert hätte. Nur, um anschließend verpflichtet zu werden, Christine zu küssen. Es blieb jedoch nicht bei einem harmlosen Kuss, sie schob mir stattdessen ihre Zunge in den Mund und küsste mich ... verdammt gut. Dass sie im Anschluss ihre Finger in meine Hose steckte und der versammelten Mannschaft petzte, dass ich feucht geworden war, brachte das bereits gefüllte Fass zum Überlaufen, und ich zog es vor, mich so schnell wie möglich zu verabschieden. Jasons Anwesenheit hatte ich verdrängt, doch mit seinen Worten zerrt er die unschöne Erinnerung gnadenlos an die Sonne.

Es war mein erster richtiger Kuss gewesen, und das Erlebnis hat die ungeheure Scham für alle Zeiten in mir festgetackert. Oh Gott, ich wünschte, Jason würde damit aufhören, mir ständig solche Geschichten ins Gedächtnis zurückzurufen. Ich bin eigentlich glücklich darüber, dass ich so viele davon vergessen habe.

«Zieh das Höschen aus, sonst tu ich es.»

Jetzt sieht er mich an, und seine Augen glitzern. Ein tiefblauer

Himmel mit funkelnden Sternen darin. Ich schlucke hart und versuche es mit einem hilflosen, bettelnden Blick, der ihn jedoch nicht erweicht.

«Jason, bitte, ich kann das nicht!»

Seine Hände sind so schnell unter meinem Kleid, dass ich nur noch entsetzt aufschreien kann. Schon hat er zwei Finger unter das Bündchen meines Slips gehakt und zieht vorsichtig daran, während unsere Blicke weiter aneinanderkleben und sich nicht trennen lassen.

Ich will ihn aufhalten, aber er ist entschlossener als ich. Und stärker. Als der Slip für alle Spaziergänger sichtbar knapp über meinen Knien hängt, helfe ich lieber rasch nach und schiebe ihn über die Knie bis zu den Knöcheln, dann hocke ich mich zurück auf die Unterschenkel, um das Desaster zu verbergen. Mein Gesicht glüht wie heiße Kohlen.

Das gemeine Grinsen ist wieder da. Der zuckende Mundwinkel, der so viel mehr aussagt als Worte. Mit diesem Ausdruck beugt er sich über mich und presst seine warmen Lippen auf meine. Ich schlucke, bevor ich seinen Kuss erwidern kann. Die Sonne brennt auf meinem Scheitel und auf meinen nackten Unterarmen, aber auch der Rest meines Körpers scheint in Flammen zu stehen.

Sein Kuss ist hartnäckig, Jasons Hände gleiten unter das Kleid und tasten sich über meine Oberschenkel nach oben. Hektisch presse ich die Knie fest zusammen.

«Lass locker, sonst werfe ich mich auf dich und nehme dich hier und jetzt», raunt er mir ins Ohr.

Mein Atem rasselt wie eine alte Eisenkette. Großer Gott, er wird doch nicht hier, vor allen Leuten ...?

Er ist so viel stärker als ich. Nicht nur körperlich. Meine Schenkel teilt er problemlos mit kräftigen Armen, und mir entfährt eine

Art Schluchzer, als seine Finger über meinen Schoß streichen. Die Berührung ist sanft wie ein Sonnenstrahl, kaum spürbar, und doch durchfährt mich ein elektrischer Stoß, der mich erbeben lässt. Meine Gedanken purzeln durcheinander, ich kann nicht mehr klar denken. Entsetzt merke ich, wie sich mein Becken ihm entgegenschiebt. Als *wollte* mein Körper, was er da tut! Mitten in der Öffentlichkeit!

Ich spüre meinen eigenen Puls, höre mein Blut in den Ohren. Mir wird schwindelig, trotzdem kann ich nicht anders, als meine Knie zu lösen und es ihm so leichter zu machen. Er ist so dicht über mir, dass ich kaum atmen kann. Hilfe!

Mühelos schiebt er einen Finger zwischen meine Beine und lässt ihn auf mir kreisen. Dabei verteilt er meine Feuchtigkeit, was mir die Hitze ins Gesicht treibt. Ängstlich presse ich mich noch dichter an ihn, damit uns niemand ertappt. Kann man sehen, was wir hier tun? Oder wirken wir auf Außenstehende nur wie ein verliebtes, knutschendes Pärchen?

Die Geräusche der Menschen verschwinden in Nebel. Das Geplapper und Gelächter wird leiser, übertönt vom unbarmherzigen Rauschen in meinem Kopf, vom rasenden Puls, der so heftig in meinen Schläfen klopft, dass mir immer schwindeliger wird. Ich schließe die Augen und drücke das Gesicht gegen seinen Hals, als er anfängt, in mich hineinzustoßen. Mein Atem flattert.

«Gott, Jason, bitte ...» Die Worte klingen gepresst und heiser, meine Stimme unsicher. Ich höre sein leises Lachen und ahne, dass ihn genau das erregt. Meine Reaktion. Meine *Angst*. Er steht darauf, meine Angst zu spüren, zu riechen.

Ich will das nicht, aber ich kann mich auch nicht wehren. Als hätte er mich mit unsichtbaren Fesseln an sich gebunden. Meine Finger krallen sich in seine Oberarme, die hart wie Stahl sind.

Unnachgiebig lässt er die Finger in mich hinein- und wieder aus mir herausgleiten, dann spüre ich seinen Daumen auf meiner empfindlichsten Stelle, während sein Atem dicht an meinem Ohr immer schneller geht.

Oh verflucht, er ist so unglaublich geschickt. Wieder und wieder kreist er auf mir, mal mit festem, mal mit weniger Druck. Tiefer ... flacher ... fester ... rund ... und rund ... mein Schoß zieht sich zusammen. Obwohl ich nicht will, gehorcht mein Körper anderen Regeln und lässt sich mitreißen von dieser gewaltigen Lust, nimmt mir Gedanken, Vernunft und Verstand.

Ich höre ihn, rieche ihn, spüre die weiche Wolle seines Pullovers und die Wärme auf meinem ganzen Körper, will in ihn hineinkriechen und in ihm verschwinden, damit mich niemand sieht, wenn ich gleich ...

Mir entfährt ein seltsamer Ton, den ich noch nie von mir gehört habe. Mein Unterleib zieht sich zusammen, meine Beine werden steif, dann kriecht die Anspannung meine Schenkel hinauf, um sich beim nächsten Schlag seines Fingers in einem pulsierenden Zucken zu lösen. Das Stöhnen kann ich nicht unterdrücken, obwohl ich in seine Schulter beiße. Schweiß bildet sich in meinem Nacken und auf den Brüsten, als sich mein Innerstes zuckend um seine Finger klammert und ein Höhepunkt mich durchschüttelt. Er explodiert tief in mir, und ich liege zitternd in Jasons Armen.

Minutenlang bleiben wir so ineinander verkeilt sitzen, dann zieht er vorsichtig die Hand hervor und ... leckt seine Finger ab!

Mit offenem Mund starre ich ihn an. Nein, das tut er nicht! Das kann nicht ... mein Gesicht glüht wie ein Hochofen, doch er lutscht genießerisch an seinen Fingern, bevor er mich angrinst und einen zufriedenen Ton von sich gibt.

Ich bebe am ganzen Körper. Hoffentlich hat keiner gemerkt,

was wir hier getan haben. Mitten im Hyde Park, am helllichten Tag! Spielende Kinder laufen kreischend über den Gehweg, eine ältere Dame mit Gehstock und ondulierten Haaren schenkt mir im Vorbeigehen lächelnd ein Augenzwinkern. Mir wird immer heißer, als säße ich in einer Sauna.

«Hunger?»

Jason streckt die Beine aus, lehnt sich zurück und stützt sich auf seine Ellbogen, während er mich noch immer grinsend mustert. Mein Magen zuckt nervös, an Essen kann ich gar nicht denken. Mein Puls geht so schnell, als wäre ich gerade eine Runde durch den Park gejoggt. Eine große Runde.

«Bist du verrückt?»

«Verrückt nach dir.»

Er reicht mir das Weinglas, ich trinke hastig einen großen Schluck. Um mich dreht sich alles, dass ich fürchte, gleich falle ich um. Außerdem hängt mein Slip um meine Knöchel, und ich frage mich, wie ich ihn so unauffällig entfernen kann, dass niemand was davon mitkriegt. Unmöglich, oder?

«Du machst mir nichts vor, Emma. Ich *weiß*, dass es dir gefallen hat.»

Ich versuche, meine Brauen so sehr zusammenzuziehen, dass er eingeschüchtert wird. Gelingt mir natürlich nicht. Fürchtet Jason Hall sich überhaupt vor irgendetwas? Kümmert es ihn, was andere von ihm denken? Ich schätze nicht.

«Du machst mir Angst.»

«Weil ich weiß, was du magst, und weil ich dich dazu bringe, aus dir herauszukommen.»

Gott, er ist so verflucht arrogant, wie er da sitzt, die Knöchel überkreuzt, die teuren handgenähten Schuhe mit den Ledersohlen wippen entspannt hin und her. Ich dagegen fühle mich wieder einmal wie ein hilfloser Teenager und weiß nicht, warum ich eigentlich hier bin. Bin ich eine Marionette, an deren Fäden er zieht? Warum lasse ich das alles zu?

Verlegen wische ich mit einer Hand über das Gesicht, als könnte ich so die hitzige Röte verstreichen, die meine Wangen zum Glühen bringt. Ich wünschte, ich hätte mich besser im Griff, aber sobald er sich mir nähert, sobald ich ihn *rieche* und anfasse, setzt mein Gehirn irgendwie aus.

«Nein, das ist es nicht. Ich traue dir nicht über den Weg.»

Trotzig werfe ich den Kopf in den Nacken und zupfe hinter meinem Rücken an dem Höschen, das immer noch um meine Knöchel gewickelt ist. Wenn ich nur wüsste, wie ich das da wegkriege. Meine Beine sind fast eingeschlafen und kribbeln wie Hölle, aber ich traue mich nicht, meine Sitzhaltung zu verändern. An seiner süffisant hochgezogenen Braue erkenne ich, dass ihm mein Dilemma völlig klar ist. Gütiger Gott, es macht ihn an, mich so vor sich zu sehen. Womöglich erregt ihn meine demütige Pose, die ich im Moment nicht verändern kann. Steht er *wirklich* auf so was?

Auf einmal kommt mir der Gedanke, dass das goldene Halsband für ihn vielleicht eine ganz andere Bedeutung hat. Ich schlucke so hart, dass sich meine Kehle fest gegen das Schmuckstück presst. Tragen nicht sogenannte Sklavinnen Halsbänder ihres Herrn, als Zeichen seines Besitzes? War das der Grund, warum er es mir erst vor der Nase weggeschnappt hat, um es mir anschließend gleichmütig zu überlassen? Ich meine, er hat nicht mal gefragt, ob ich es ihm zurückgebe, und rechtmäßig gehört es mir überhaupt nicht.

«Du solltest etwas essen, du wirst heute noch Kraft brauchen.» Sein gemeines Grinsen jagt mir Schauer über den Rücken.

«Ich glaube nicht, denn ich fahre gleich nach Hause», sage ich entschlossen und ignoriere die Feuchtigkeit zwischen meinen

Beinen. Nervös rutsche ich auf meinem Höschen herum, das auf einmal wie eine Fußfessel wirkt.

«Nein, das wirst du nicht. Du wirst mich begleiten und erst dann nach Hause fahren, wenn ich dich schicke.»

Ich pruste empört und tippe mir mit dem Zeigefinger gegen die Stirn. «Jason, wenn du glaubst, ich bin eine von deinen ... Tussis ...» Ich mag das Wort «Sklavin» nicht sagen, schließlich leben wir nicht mehr im siebzehnten Jahrhundert. Auf was für einen Scheiß lasse ich mich hier eigentlich ein?

«Das glaube ich mitnichten, Emma.»

Ich verdrehe die Augen. Plötzlich ist er wieder da, dicht neben mir. Ich habe kaum mitbekommen, wie er sich so schnell vorgebeugt hat. Wie eine Schlange, die auf ihre Beute lauert und aus heiterem Himmel zuschlägt. Hilflos versuche ich, die Augen zu schließen, doch da greift er mit einer Hand um mein Kinn und hebt meinen Kopf, sodass ich ihn ansehen muss.

«Wenn du mein Spiel spielen willst, musst du dich an meine Regeln gewöhnen.»

Seine Stimme klingt dunkel, bedrohlich. Ich schlinge die Arme um mich und beiße mir auf die Lippe. Mein Spiel?

«Ich kenne die Regeln nicht, das ist ein bisschen unfair, oder?»

«Es gibt nur eine Regel: Tu einfach, was ich dir sage.»

Ich muss lachen. «Und warum sollte ich das?»

«Weil es die einzige Regel ist.» Er verzieht keine Miene, während er das sagt. Irritiert blinzle ich ihn an. «Ich weiß Dinge von dir, Emma, die dir selbst nicht klar sind. Vertrau mir und gehorche mir.»

Jetzt fährt ein Überrest des Frühstücks endgültig Karussell in meinem Magen. *Gehorche mir?* Bin ich ein Hund oder was?

«Ich wüsste nicht, warum ich ...»

Wie ein Blitz ist sein Mund wieder auf meinem, sind seine

Hände plötzlich überall auf mir, an mir, da, wo ich sie jetzt gerade wirklich nicht haben will. Ich kann nicht protestieren, kann mich nicht wehren, weil sein Kuss einfach zu schön ist, zu gut schmeckt. Prickelnder Weißwein und ein sonniger Frühlingstag im Park ... und ein Kuss, der mir die Knie weich macht und einen Trommelwirbel in meiner Brust erzeugt. Ich höre auf zu denken und erwidere seinen forschenden Kuss, die fordernde Zärtlichkeit, mit der er mich schon zuvor verführt hat. Als er sich endlich von mir löst und mich ruckartig von sich schiebt, bleibe ich atemlos mit geöffneten Lippen sitzen.

«Aber ich weiß, warum», flüstert er, sein rechtes Augenlid zuckt. Ist er etwa nervös? Teufel, ich, Emma White, mache Jason Hall nervös! Ich kann es kaum glauben, und wahrscheinlich stimmt es auch nicht, aber allein der Gedanke erheitert mich und fühlt sich ... gut an.

«Spiel mit mir, Emma», lockt er mit gefährlicher Stimme. Himmel, ich spiele gern, aber das Ziel des Ganzen ist mir schleierhaft. Welchen Zweck sollte es also haben?

«Verrat mir erst, was mit deinem Bruder los war», beharre ich und sehe zu, wie sich sein Gesicht erneut verdüstert.

«Kannst du das Thema nicht einfach vergessen?»

Vehement schüttele ich den Kopf, bis sich eine weitere Strähne aus meiner Frisur löst und mir ins Gesicht fällt. «Oh nein. So leicht kommst du nicht davon.»

«Was ist, wenn ich dir verspreche, es später zu erzählen? Ich möchte das Vertrauen nicht zerstören, das wir ...»

«Es gibt kein Vertrauen, Jason. Ehrlich gesagt traue ich dir nicht mal bis zu diesem Baum.» Unterstützend zeige ich auf die alte Eiche, unter der wir sitzen, und er lacht leise. «Also hast du nichts zu verlieren, im Gegenteil. Versuch doch, mich anders von dir zu überzeugen als mit ...»

«Als mit was?», provoziert er mich, und schon ist das Funkeln in seinen Augen wieder da. Ich schlucke und senke unwillkürlich den Blick.

«Du weißt schon.»

«Nein, weiß ich nicht. Sag es mir. Womit habe ich es deiner Meinung nach bisher versucht? Mit Geld? Mit Geschenken? Oder mit ...?»

Ich atme tief ein. «Zwing mich nicht, es zu sagen!»

«Doch, das tue ich. Ich liebe es, wie du errötest, wenn du schmutzige Dinge sagen musst. Und ich werde dich dazu bringen, noch sehr viel mehr schmutzige Dinge zu mir zu sagen.»

Wieder rieselt ein eisiger Schauer über meinen Körper, der mich zittern lässt.

«Ich bin nicht die Richtige für solche Spielchen, Jason. Wirklich nicht.»

«Und wenn ich dir beweise, dass du es doch bist?» Er beugt sich über mich, seine Finger gleiten an meinem Rückgrat entlang und verstärken das Zittern meines Körpers, der sich plötzlich beinahe fremd anfühlt. Diese Frau bin doch nicht ich, die so auf einen unverschämten, arroganten Mann reagiert? *Hallo, Emma, wo steckst du? Komm raus und wehr dich!*

«Wie würde es dir gefallen, wenn ich dich an diesen Baum fesseln, dein Kleid hochziehen und dem nächstbesten Mann, der des Weges kommt, anbieten würde, dich zu ficken? Wenn ich dich verkaufen, Geld dafür verlangen würde, dass sich jeder Typ hier im Park an dir vergehen darf?»

Mein Atem geht stoßweise. «Du bist pervers!»

«Du weißt, dass ich es nicht tun *werde*, Emma. Aber macht dich der Gedanke, dass ich es von dir verlangen könnte, nicht an? ‹Mindfucking› nenne ich das. Weißt du, was das bedeutet?»

Mit zusammengepressten Lippen schüttele ich den Kopf und

weiche instinktiv ein paar Zentimeter zurück, doch er folgt mir, als wäre er an mir festgeklebt.

«Dann lass mich es dir zeigen.»

«Warum ich?» Fast klingt meine Stimme wie ein Wimmern, und das nervt mich maßlos. Ich bin kein wimmerndes, hilfloses Etwas. Ich bin nicht mehr das kleine, unglücklich verliebte Mädchen von damals. Ich bin Emma, eine gestandene Frau, und ich sollte ihm eine Ohrfeige verpassen, aufstehen und gehen.

Wütend richte ich mich so weit auf, dass ich das Höschen von den Füßen ziehen kann. Es ist mir egal, ob einer der Spaziergänger mich dabei beobachtet. Ich zerknülle es und drücke es ihm in die Hand.

«Hier. Das wolltest du doch haben, oder?»

Könnten meine Augen Feuer sprühen, würden sie das jetzt tun, jedenfalls fühlen sie sich an, als ob sie brennen. Jason grinst so entsetzlich zufrieden, dass er für einen Moment aussieht wie ein satter, glücklicher Kater.

«Weil du Emma bist. Weil ich dich begehre und weil ich es liebe, wie unbedarft du bist. Du bist keins dieser versauten Mädchen, die für mich die Beine hinter dem Kopf verknoten würden, wenn sie es könnten, nur, um mir zu beweisen, wie geil sie sind. Du kennst mich noch als den alten Jason, der nichts war und nichts hatte. Heute bin ich mehr als das, aber ich will dir zeigen, dass ich dir helfen kann, die Emma zu werden, die du sein könntest.»

«Ich bin mit der Emma, die ich bin, recht zufrieden.»

Ich schmolle ein bisschen. Er hört sich an wie eine Frau kurz vor der Trauung, die sich einredet, sie könnte sich ihren zukünftigen Ehegatten in den nächsten Jahren schon so hinbiegen, wie sie ihn haben will. Als ob! Menschen verändern sich natürlich, auch in einer Beziehung. Aber niemals so, wie man es erwartet. Auch meine Eltern waren mal glücklich miteinander ... oder sie waren zumindest ineinander verliebt. Was dann in all den Jahren passiert sein muss, dass sie am Ende so unglücklich wurden, kann ich mir kaum vorstellen. Ich weiß nur, dass ich nach Meinung meiner Mutter nicht unschuldig daran bin.

«Recht zufrieden ist nicht glücklich. Ich will, dass du glücklich bist.»

Schnaufend stoße ich die Luft durch die Nase aus. Er hält mein Höschen noch immer in der Hand und knetet es, als wäre es so ein Beruhigungsball zum Meditieren.

«Ich glaube, ich bin ohne dich glücklicher.»

«Du kannst jederzeit gehen, Emma.»

Mein Gott, kann er nicht damit aufhören? Ich fühle mich wie eine Fliege im Spinnennetz, die verzweifelt zu entkommen versucht, obwohl sie *weiß*, dass sie längst dem Tode geweiht ist.

«Wahrscheinlich gibst du mir gleich so was wie ein Safeword? Davon habe ich gehört.»

«Nein, ich mag Safewords nicht. Sie blockieren beide Partner - dich, weil du ständig daran denken musst, und mich, weil ich permanent damit rechnen muss, dass du es sagst. Ich weiß, was ich tue, wie weit ich gehen kann. Vertrau mir.»

Schon wieder - *vertrau mir*! Als ob das so einfach wäre! Großer Gott, ich habe in meinem Leben ungefähr ... fünf Männer gehabt. *Genau* fünf. Mit keinem davon hatte ich öfter als dreimal Sex, weil ich mich nie auf eine Beziehung einlassen wollte. Bevor es ernster werden konnte, bin ich weggelaufen. Jetzt will Jason, dass ich mich auf eine Sexbeziehung mit ihm einlasse, bei der er die Kontrolle über mich hat und ich nicht mal eine Reißleine, um das Spiel zu beenden?

«Das ist Wahnsinn, Jason. Ich habe absolut keine Erfahrung mit diesen Dingen.»

Seine Stimme ist ganz nah an meinem Ohr, ich kann seinen

Atem spüren. Jeder Zug dringt durch meine Haut und in mich ein, unwillkürlich beschleunigt sich meine eigene Atmung und paart sich mit seiner. Mit den Fingern gleitet er zärtlich über meinen Steiß, bevor er sie auf dem Ansatz meiner Pobacken kreisen lässt, sodass ich erschauere.

«Du musst mir vertrauen. Das ist das Wichtigste. Ohne Vertrauen funktioniert es nicht.»

«Das sagst du so leichtfertig.»

«Ich vertraue dir, Emma. Kannst du es auch? Ich verspreche dir, dich niemals so zu verletzen, dass du Schäden davontragen wirst. Ich verspreche dir, deine Grenzen behutsam und langsam zu finden und zu erweitern. Ich verspreche dir auch, dir eine Welt zu zeigen, die du mögen wirst. Da bin ich mir sicher.»

«Warum bist du so sicher?»

«Ich habe es schon damals gewusst, aber ich war noch nicht so weit.»

Ich ziehe die Luft so scharf durch die Zähne ein, dass es zischt. «Du warst schon früher so? Ein ... Sadist?»

Jason lacht so laut, dass ich zusammenzucke. «Ich bin kein Sadist! Um Himmels willen. Ich liebe Kontrolle und Macht. Und ja, das war früher schon so. Aber ich bin kein Sadist. Es macht mir keinen Spaß, jemandem Schmerzen zuzufügen.»

«Du hast mich ... geschlagen», antworte ich und beiße mir gleich darauf auf die Wange. Die Erinnerung an das Spanking bringt meinen Unterleib zum Kribbeln, alles in mir zieht sich erregt zusammen. Grundgütiger, wahrscheinlich hat er recht, und ich bin wirklich ... die Richtige für so was. Woran merkt man das? Ich habe nie solche Phantasien gehabt, davon abgesehen, dass mir als Kind die Räuber-und-Gendarm-Spiele Spaß gemacht haben. Davon abgesehen, dass ich als Kind davon geträumt habe, dass mein Vater mich übers Knie legt und mir den Hintern versohlt, wenn ich frech war. Aber das war doch nur, weil ich mir wünschte, mein Vater würde sich überhaupt mit mir befassen, auf irgendeine Art und Weise.

Entsetzt stöhne ich auf und reibe mir durchs Gesicht. Warum musste ich ausgerechnet auf Jason Hall treffen? Warum konnte mir nicht ein netter, liebenswerter Junge über den Weg laufen?

«Wirst du mir irgendwann die Regeln erklären?», frage ich, und es klingt wie eine Kapitulation. Wider Erwarten grinst er nicht, sondern mustert mich ernst, während er einen Finger unter mein Kinn legt und es anhebt. Die Sonne brennt in den Augen.

«Es gibt nur die eine Regel. Wenn du willst.»

Ich schlucke noch einmal, dann nicke ich fast automatisch. Was habe ich schon zu verlieren? Abgesehen von meinem Herzen ...

22

Wir reden beim Essen wie ganz normale Leute. Jason verrät, dass er wie ich auf *Florence and the Machine* steht und am liebsten Bücher von Michael Robotham und John Irving liest, was mir ein Grinsen entlockt. Dass er Thriller mag, habe ich mir gedacht, aber John Irving? Wir unterhalten uns über *Garp und wie er die Welt sah*, und Jason überrascht mich mit einigen Zitaten aus dem Roman. Wir sind uns allerdings einig, dass *Owen Meany* Irvings bestes Buch ist, und Jason kann auch hier mit einem Zitat aufwarten, über das wir eine halbe Stunde lang diskutieren. Es handelt davon, dass das Gedächtnis etwas Schreckliches ist: Nicht der Mensch besitzt das Gedächtnis, sondern das Gedächtnis besitzt den Menschen. Obwohl man glaubt, zu vergessen, ruft einem das Gedächtnis die Dinge wieder in Erinnerung.

Einige Minuten bleiben wir still sitzen. Um uns herum tobt das Leben im Park, kreischende Kinder, bellende Hunde, lachende Menschen. Aber wir befinden uns wie in einem Kokon auf der Decke, als wären wir allein auf der Welt.

Ich habe keine Ahnung, was er von mir erwartet oder wie ich mich ihm gegenüber verhalten soll, und zu meiner Erleichterung scheint er meine Unsicherheit zu bemerken.

«Komm her», bestimmt er und deutet zwischen seine Beine, nachdem wir die winzigen, wunderschönen Canapés aufgegessen haben. Der Geschmack von Gänsepastete vermischt sich in mir mit dem köstlichen Aroma der unfassbar leckeren kleinen Törtchen, von denen jedes einzelne wie ein Kunstwerk aussah.

Seine Hände ruhen auf meinen Schultern, dann fängt er an, meinen Nacken zu massieren. Ich schnurre unwillkürlich. Die Beine hat er um meine Hüften gelegt, und ... oh Gott, was macht er da mit seinen Händen? Mein Körper will sich unter seinem Griff auflösen und zerfließen, jedenfalls fühlt es sich so an.

«Ich wusste nicht, dass du Masseur bist.»

«Du weißt sehr vieles nicht, Emma.»

Die Worte wirken wie ein kalter Waschlappen im Gesicht. Vorsichtig drehe ich mich zu ihm um und versuche zu erkennen, was er denkt. Sein Ausdruck ist neutral und beherrscht, ich kann keine Gefühlsregung ausmachen.

«Warum erzählst du mir dann nichts von dir?»

«Es ist besser, wenn wir es so belassen.»

Stoisch massiert er mich weiter, und ich stöhne vor wohliger Erleichterung. Sein Atem an meinem Ohr kommt so plötzlich wie eine Windböe.

«Du solltest mit solchen Geräuschen vorsichtig sein, sonst kann ich mich nicht beherrschen und falle hier und jetzt über dich her.»

Ich muss kichern, obwohl mein Magen seltsame Hüpfer macht bei seinen Worten. Die Tatsache, dass ich ihm so etwas durchaus zutrauen würde, ist erschreckend genug.

«Dann nimm deine Hände von mir!»

«Tut mir leid ... aber ich kann nicht.»

Erbarmungslos knetet er meine Muskeln, von denen ich nicht einmal ahnte, wie steif und hart sie sind. Jetzt fühlt es sich an, als würde Jasons Griff allein sie wieder in einen geschmeidigen, weiblichen Körper verwandeln.

Dass er die Finger nicht von mir lassen kann, ist nichts Neues. Irgendwie schmeichelt mir das, ich fühle mich begehrt wie noch nie in meinem Leben. Es ist mir sogar egal, dass sein Begehren sich nur auf meinen Körper bezieht. Habe ich nicht mein Leben lang sowieso jede emotionale Bindung verweigert und mich genau darauf beschränkt, wenn es um Männer ging? Ich bin mir sicher, dass ich kein Beziehungstyp bin – nicht dass ich das jemals wirklich ausprobiert hätte. Ich weiß es einfach. So, wie ich weiß, dass ich niemals an einem Gummiseil kopfüber von einer hohen Brücke springen würde. Das muss ich auch nicht erst versuchen, um zu wissen, dass es nichts für mich ist. Ich habe Höhenangst und würde schon auf der Brücke ohnmächtig werden.

Genauso gut weiß ich eben, dass ich keine Beziehung will. Meine ersten Beobachtungen habe ich natürlich diesbezüglich bei meinen Eltern gemacht. Und – nein, das ist alles andere als erstrebenswert. Meine Eltern stritten häufiger, als sie sich in den Arm nahmen. Eigentlich stritten sie ständig miteinander, ich kann mich kaum an normale Unterhaltungen erinnern. Trotzdem konnten sie sich nicht trennen, waren auf eine mir unerklärliche Art und Weise aneinander gebunden, bis ...

Später habe ich jeden Jungen, der sich für mich interessierte (es waren nicht viele, im Gegenteil), in die Schranken gewiesen. Auf Sex kann ich locker jahrelang verzichten, den brauche ich nicht. Ehrlich gesagt war mir nie klar, warum die Leute darum so ein Aufhebens machen. Ich bin kein sexueller Mensch. Bis jetzt jedenfalls dachte ich das.

Seit Jason in mein Leben getreten ist, fühle ich mich jedoch wie eine Nymphomanin. Jeder Gedanke an ihn macht mein Höschen feucht und schickt dieses Kribbeln durch meinen Körper, als hätte ich meine Finger in die Steckdose gesteckt. Das ist nicht normal, zumindest für mich nicht, und es fällt mir schwer, damit umzugehen.

«Ich kann mich nicht viel länger beherrschen, Emma. Lass uns zu mir fahren.» Er spricht die Worte so nüchtern aus wie eine Wettervorhersage, und ich muss lachen.

«Ernsthaft? Es ist so schön hier draußen ...»

«Wenn du nicht willst, dass ich dich auf meinen Schoß ziehe und hier im Park ficke, sollten wir so schnell wie möglich verschwinden. Sonst garantiere ich für nichts.»

Mein Gesicht wird knallheiß. Eine ältere Dame betrachtet uns missbilligend mit gerunzelter Stirn und schüttelt ihren Kopf.

«Musst du so laut reden?», frage ich peinlich berührt und kneife ihn in den Oberschenkel. Verdammt, ist der hart! Wie kann man nur solche Muskeln haben? Was *macht* er, um seinen Körper so zu stählen? Neben ihm komme ich mir vor wie ein Pudding! «Warum denkst du immer nur daran?»

«Das musst du dich selbst fragen, Emma. Du machst das mit mir.»

Großer Gott, ich werde schon wieder feucht. Das *kann* doch einfach nicht normal sein! In mir prickelt alles, und ich muss ihm heimlich zustimmen. Auch ich würde jetzt gerne mit ihm ... vor allem würde ich wirklich gerne seinen ganzen Körper sehen. Nackt! Bisher weiß ich nur, wie er sich anfühlt unter dem Hemd. Hart. Muskulös. Mir läuft das Wasser im Mund zusammen.

«Dann lass uns fahren», sage ich und versuche aufzustehen, doch er zieht mich zurück, sodass ich zwischen seinen Beinen sitzen bleibe.

«Warte ein paar Minuten», bittet er. Als ich mich irritiert zu ihm umdrehe, grinst er mit hochgezogenem Mundwinkel, dann sieht er kurz an sich herab, und ich verstehe.

«Oh ... okay.»

Lachend drücke ich mich mit dem Rücken gegen ihn, damit sein kleines Malheur unentdeckt bleibt. Ich kann seine Härte an meinen Pobacken spüren. Er beruhigt sich nur langsam.

Als ich schließlich die Reste unseres Picknicks zusammenräumen will, hält er mich am Arm fest und schüttelt den Kopf.

«Lass nur, darum wird sich später jemand kümmern.»

Oh Gott. Dass er seine Bediensteten so rumscheucht und sie wirklich alles für sich tun lässt, ist mir ja fast peinlich. Wenn ich mir vorstelle, was allein Catherine und Orlando alles über ihn wissen müssen ... Mir fällt die Tätowierung ein, die ich am Handgelenk seines Fahrers gesehen habe. Während wir Hand in Hand wie ein verliebtes Pärchen durch den Park schlendern, frage ich danach.

«Warum hat Orlando dieselbe Tätowierung am Handgelenk wie du? Was ist mit ihm? Hat das etwas zu bedeuten?»

Jasons Blick verdüstert sich, doch er fährt sich nur rasch mit einer Hand durch das dunkle Haar, bis es sexy zerwuselt aussieht, und antwortet mir wider Erwarten.

«Ich kenne Orlando schon lange, er lebte auch in Elephant and Castle und war unser Nachbar, eine Etage unter uns. Leider hatte er eine harte Kindheit und war drogenabhängig. Ich habe ihn bei mir aufgenommen und ihm einen Job gegeben, aber er ist noch immer labil und braucht viel Unterstützung.»

Mir wird warm im Bauch. «Und die gibst du ihm? Das ist ... wirklich nett von dir.»

Jason lacht leise. «Das ist das Mindeste, was ich für ihn tun kann. Ich weiß noch, wie er als Siebenjähriger vor mir stand, mit laufender Nase und Dreck im Gesicht, die Hosen zwei Nummern zu groß, gehalten von einem ebenso zu großen Gürtel. Er war frech und versuchte, mich um Geld zu erpressen. Mich! Ich lachte ihn aus und redete mit ihm, und er erzählte mir, was bei ihm zu Hause los war. Seitdem habe ich immer ein Auge auf ihn gehabt, bis auf die Jahre, die ich in den USA verbrachte. Als ich zurückkam, war er ein Junkie geworden und lebte auf der Straße. Ich bin nur zufällig auf ihn gestoßen, habe ihn aber sofort erkannt und mitgenommen.»

Jason verstummt und presst die Lippen fest zusammen. Mir läuft bei der Vorstellung eine Gänsehaut über den Rücken. Kaum zu glauben, dass der hübsche Orlando sich auf der Straße durchschlagen musste ... Wir hatten alle kein besonders behütetes Elternhaus, aber so ein Absturz ist uns zum Glück erspart geblieben.

«Du hast ihn gerettet, Jason. Darauf kannst du verdammt stolz sein.»

Ich drücke seine Hand, die warm und weich in meiner liegt, und er erwidert den Druck. Neben ihm fühle ich mich beschützt und behütet, und fast schleicht sich so etwas wie Vertrauen in mein Herz. Wenn da nicht all die alten Geschichten wären, die mich daran hindern, Gefühle zuzulassen.

Nervös lecke ich über meine Lippen, als wir an der Ecke zur Park Lane in den schwarzen Mercedes klettern, in dem Orlando sitzt und grinst. Ich habe nicht bemerkt, dass Jason ihn angerufen hat. Stand er die ganze Zeit hier und hat auf uns gewartet? Unglaublich.

Wir schweigen während der Fahrt, aber es ist keine ungemütliche Stille. Aus dem Radio erklingt die weiche Stimme von Florence Welch, und ich kann nicht anders, als leise mitzusummen, was Jason offenbar erheitert.

Dog days are over ist eins meiner Lieblingslieder und zaubert mir sofort gute Laune. Jason starrt aus dem Fenster, hält aber die ganze Zeit über meine Hand. Ab und zu streift sein Daumen über meinen Oberschenkel und erinnert mich daran, dass ich kein Höschen mehr trage. Gott, ich komme mir unglaublich verrucht vor in diesem Aufzug. Es ist noch hell draußen, als wir Jasons Haus in Hampstead Heath erreichen. Glücklicherweise erwartet uns heute kein seltsamer Besuch.

«Möchtest du etwas trinken? Wein, Champagner ...?», fragt er mich im Flur.

«Wasser», sage ich schnell, denn die zwei Gläser von dem köstlichen Wein im Park sind mir zu Kopf gestiegen, und ich will einen klaren Verstand behalten.

Jason schickt mich nach oben ins Schlafzimmer, was sofort ein sehnsüchtiges Ziehen in meinem Unterleib auslöst. Wie ein Schaf gehe ich die Treppe hoch und öffne die Tür.

Auf dem Bett liegt das silberfarbene Kleid, das ich schon kenne. Ich atme tief ein und bleibe verdattert davor stehen. Soll ich es anziehen? Was hat es mit dem Ding auf sich, dass er mich ständig darin sehen möchte?

Es ist eine Art Verkleidung, ein Kostüm. Vielleicht soll es mir erleichtern, mich auf Jason, den Dom, einzulassen? Das Einläuten eines Rollenspiels. Aber will ich das überhaupt? Bin ich bereit dazu?

Ich fange an zu zittern, dann höre ich ein Türklappen hinter mir. Jason stellt das Wasserglas auf die Kommode und schlingt von hinten die Arme um mich.

«Möchtest du?» Mit dem Kinn deutet er auf das Kleid vor uns. Ich hebe die Schultern, weil ich wirklich nicht weiß, was es zu bedeuten hat.

«Ich habe dich gerne nackt. Die Alternative lautet also: Zieh dich aus.»

Wieder hat sich seine Stimme verändert und jagt mir Schauer über den bebenden Körper. Meine Knie fühlen sich an wie Gelee, ich will mich setzen, bleibe aber stehen und schmiege mich in seine Arme.

«Ich habe Angst», flüstere ich, bevor ich darüber nachdenken kann.

Er atmet tief durch die Nase ein, direkt an meinem Hals. Ich spüre, wie zwischen seinen Beinen etwas zuckt, direkt an meinem Po. Großer Gott, es macht ihn tatsächlich an. Das weiße, fast steril wirkende Schlafzimmer mit dem riesigen Bett flößt mir Respekt ein. Es ist so neutral gehalten, dass es zu verschwinden scheint, wenn man darin steht. Nichts lenkt davon ab, wie viel Aufmerksamkeit Jason mir schenkt. Beherzt schiebt er mich von sich und verschränkt die Arme vor der Brust. Warum sieht er nur so verflucht gut aus? Und warum ist er so ein Zauberkünstler mit seinen Händen und seiner Zunge?

«Zieh dich aus», wiederholt er, und jetzt liegt so viel Autorität in seiner Stimme, dass ich geradezu vor ihm zusammenschrumpfe.

Ich beiße mir auf die Lippe und schlüpfe aus dem Kleid, indem ich es unelegant über den Kopf ziehe. Dann greife ich um mich herum und öffne den BH. Meine Brüste purzeln förmlich heraus, so hektisch löse ich die Hebe. Jason schmunzelt amüsiert und lässt die Augen an meinem Körper entlanggleiten. Ich fühle mich unwohl, gleichzeitig erregt mich seine Aufmerksamkeit. Millimeter für Millimeter betrachtet er mich, ohne ein Wort zu sagen. Ich kann seinen Blick körperlich spüren.

«Woher ist die?», fragt er und deutet mit der Hand auf meinen Oberschenkel, den eine kleine Narbe ziert.

Ich zucke ein wenig zusammen, überlege, ob ich ihm die Wahrheit sagen soll, und entscheide mich dann dafür. Welchen Sinn hätte es, ihn jetzt noch zu belügen? Er scheint eh viel mehr über mich zu wissen, als mir recht sein kann.

«Da bin ich vor vielen Jahren in die Glasscheibe einer Bushaltestelle gerannt.»

Er verschluckt sich fast bei dem Versuch, sein Lachen zu unterdrücken, und ich stemme entrüstet die Hände in die Taille.

«Das ist nicht komisch! Ich hatte einen riesigen Splitter im Bein und bin damit den ganzen Weg nach Hause gelaufen.»

«Wie kann man in eine Glasscheibe laufen?» Er fährt mit der Hand durch sein Haar und legt den Kopf schief, schmunzelnd. Meine Ohren fühlen sich verdächtig heiß an.

«Ich war sozusagen auf der Flucht.»

«Um Himmels willen! Elephant and Castle war ein hartes Pflaster, aber vor wem oder was hattest du so viel Angst, dass dir das passieren konnte?»

Ich presse die Lippen so fest zusammen, dass sie sicherlich nicht mehr zu sehen sind. Nein, das kann ich ihm wirklich nicht sagen. Oder doch? Er weiß sowieso längst, was ich damals für ihn empfunden habe.

«Vor dir», antworte ich trotzig und betrachte die weißen Laken auf dem Bett so gründlich, als ob das feine Muster darauf eine Geheimbotschaft enthielte.

«Vor *mir*? Warum, um alles in der Welt?»

Meine Augen brennen, trotzdem suche ich nun doch seinen Blick. «Ich hatte dich entdeckt. Auf dem alten Spielplatz, weißt du noch? Du warst mit Lilian dort, und ihr habt ...» Nein, das kann ich nicht aussprechen. Aber vielleicht erinnert er sich daran und erspart mir derbe Worte. Jason legt die Stirn in Falten und schließt kurz die Augen, dann huscht ein erkennendes Lächeln über sein Gesicht.

«Du meinst Lilian Hammersmith? Die kleine Blonde aus der ...»

Mit einer raschen Handbewegung schneide ich ihm das Wort ab. Über diese Szene möchte ich nun nicht gerade ewig diskutieren, schließlich hat mich Lilians obszöner Gesichtsausdruck noch lange genug im Schlaf verfolgt.

Wir schweigen für einen Moment, und ich bin mir sicher, dass wir beide dieselben Bilder vor Augen haben. Die hässlichen, riesigen Betontürme, die uns als Kinder vorkommen mussten wie unheimliche, in den Himmel ragende Statuen. Vollgestopft mit Wohnungen und Hoffnungslosigkeit. Die offenen Laubengänge vor den Wohnungstüren, deren Zustand verriet, wie es um die Etagen bestellt war. Der ewige Lärm, der Geruch von Urin und scharfem Reinigungsmittel im Treppenhaus, die ständig defekten Fahrstühle, die unsere Waden stählten, weil wir die schweren Schultaschen zu Fuß in den zehnten oder fünfzehnten Stock tragen mussten.

Kurz liegt der Hauch von Vergangenheit über uns, dann reißt Jason mich in die Gegenwart zurück. Und die findet in einem luxuriösen, eleganten Schlafzimmer in Hampstead Heath statt. Nackt.

«Lässt du deine Leberflecke regelmäßig untersuchen?»

Mein Gesicht wird schon wieder heiß. Muss er auf diesem Makel so herumreiten?

«Manchmal», antworte ich ausweichend und widerstehe dem Drang, meinen bloßen Körper mit den Händen irgendwie zu bedecken. Meine Beine zittern. Warum stürzt er sich nicht einfach auf mich und nimmt mich? So, wie ich es mir vorgestellt habe?

Seinen Argusaugen entgeht nichts. «Warum lässt du deine Pussy nicht entwachsen? Das ist bequemer, als sie ständig zu rasieren.»

Großer Gott. Ich habe mich doch heute Morgen frisch rasiert, ich kann unmöglich schon wieder ... verunsichert schiele ich zwischen meine Beine, sehe aber nur glatte Haut.

«Ich bin kein Masochist.»

Er lacht heiser.

«Jesus, Jason, was soll das? Willst du mir jetzt meine körperlichen Makel vorhalten und mich demoralisieren?»

Entnervt bücke ich mich, um mein Kleid aufzuheben, wild entschlossen, es wieder anzuziehen. Wenn das ein lustiges Spielchen sein soll ... Nein, danke. Darauf habe ich wirklich keine Lust.

Seine Hand schnellt vor und reißt mir den bunten Stoff förmlich aus den Fingern. Nur widerwillig lasse ich los, um Sylvias Kleid nicht zu ruinieren, dann richte ich mich auf. An seinem amüsierten Gesichtsausdruck erkenne ich, dass er mich mit Absicht so bloßgestellt hat. Er scheint das tatsächlich zu genießen.

«Du weißt, dass mich dein Körper anmacht.»

Ich schüttele den Kopf und starre auf seinen Mund. Auf die vollen, weichen Lippen, die ich jetzt gern spüren möchte. Auf mir. An mir. Am liebsten überall.

«Deinen zeigst du mir ja nicht», antworte ich schließlich, nachdem ich meinen Mut zusammengenommen habe. Er stutzt kurz und guckt etwas irritiert.

«Wenn ich mich recht erinnere, hast du die wichtigsten Körperteile schon gesehen», meint er grinsend und sieht an sich hinab. Ich muss lachen.

«Aber noch nie ohne Hemd oder Pullover. Nur im Film.»

Jason zögert eine Sekunde, dann greift er nach dem Bund seines Wollpullovers und zieht ihn mit einer so perfekten Bewegung über den Kopf, dass mir der Atem stockt. Darunter ist er tatsächlich nackt.

Der Anblick seines bloßen Oberkörpers bringt mein Blut erneut zum Kochen. Schmerzhaft zieht sich alles in mir zusammen, während ich die fein definierten Muskeln unter der leicht gebräunten Haut betrachte. Meine Hände zucken, weil sie ihn anfassen, die beinahe haarlose Haut berühren wollen. Das große, schwarze Tattoo, das sich an seiner Seite bis zur Achsel hochzieht und einen Teil seiner muskulösen Brust ziert, lässt mein Herz schneller schlagen. Es ist ein Tribal, ein archaisch wirkendes Motiv, und es will so gar nicht zu seinem sonst so seriösen Aussehen passen. Eine Jugendsünde?

Plötzlich fühle ich mich neben ihm wieder unförmig und untrainiert. An mir ist alles weich und rund, während sein ganzer Körper hart wie Stahl wirkt. In den Lenden bilden seine Muskeln ein dezentes V, das im tiefen Bund seiner Hose verschwindet und in mir den Wunsch weckt, mehr von ihm zu sehen.

«Zieh die Hose aus», sage ich rau und spüre, wie meine Wangen heiß werden. Jason schmunzelt amüsiert.

«Lust auf einen kleinen Rollentausch, oder wie darf ich diesen Befehl verstehen? Ich ziehe es vor, bekleidet zu sein, wenn du nackt bist. Das verstärkt das Machtgefälle zwischen uns.»

Nervös fahre ich mir mit der Zunge über die Lippen und schüttele unwirsch den Kopf. Machtgefälle – was redet er denn da? Es würde sich nicht mal verändern, wenn er nackt neben mir stünde und ich ein vornehmes Kostüm anhätte. Die Kluft zwischen uns ist einfach zu groß, wir sind wie zwei Wesen von verschiedenen Planeten. Er hat es geschafft, hat das Elend unserer Jugend hinter sich gelassen und ist zu einem reichen, unfassbar attraktiven Junggesellen aufgestiegen. Während ich noch nie im Leben eine echte Beziehung hatte und beim Gemeindeblatt von St. Martin in the Fields arbeite. *Herzlichen Glückwunsch, Emma White.*

«Bitte, Jason.» Ich versuche es mit einem schmeichelnden Blick auf seine Bauchmuskeln, die aussehen, als könnte ich darauf Kartoffeln reiben. Himmel, wie viel Sport treibt der Mann? Woher nimmt er sich überhaupt Zeit dazu?

In den blauen Augen entdecke ich ein Funkeln.

«Ich mache dir einen Vorschlag. Ich trage noch Schuhe, Socken, eine Unterhose und meine Jeans. Das sind sechs Kleidungsstücke. Wenn du aus der Kommode da vorn für jedes ein Spielzeug auswählst, das ich benutzen darf, siehst du mich nackt.»

«Was?»

Widerwillig löse ich meinen Blick von seinem gestählten Oberkörper und blinzele ihn an. Langsam kommt es mir fast normal vor, so nackt vor ihm zu stehen. Zumal die Chance, dass auch ich ihn gleich endlich in ganzer Pracht sehen darf, größer wird.

Er geht zu der riesigen, weißen Kommode und zieht die oberen Schubladen auf. Neugierig folge ich ihm und sehe hinein. Dann stockt mir der Atem.

«Ist das dein Ernst?»

«Mein völliger Ernst.»

Jason kehrt zum Bett zurück und setzt sich. Das Grinsen in seinem Gesicht wird breiter, seine begehrlichen Blicke auf meinen Körper brennen sich mir in die Haut. Zögerlich nehme ich aus der Schublade zwei Teile, die nicht ganz so erschreckend wirken wie die meisten der anderen Dinger darin. Großer Gott, worauf lasse ich mich hier ein? Bin ich eigentlich wahnsinnig geworden?

«Wozu sind die?»

«Ich beantworte keine Fragen. Du wählst aus, was du benutzen möchtest.»

Sechs Teile? Hm … ich könnte es bei zwei belassen, Schuhe und Socken kann er ja meinetwegen anbehalten. Aber mir ist klar, dass Jason andere Pläne hat.

Eine Kerze in einem weißen Porzellangefäß erregt meine Aufmerksamkeit. Ich hebe sie hoch und schnuppere daran. Sie duftet wunderbar, nach Schokolade und Vanille. Lecker. Zufrieden grinsend stelle ich sie auf die Kommode. Eine Duftkerze ist harmlos.

Jason legt den Kopf schief und nickt. «Gut. Die Kerze.»

Dann zieht er den rechten Schuh aus und schiebt ihn unters Bett. Meine Finger kribbeln, als ich über die Gegenstände in der Kommode fahre. Bei den meisten habe ich keine Ahnung, was man damit überhaupt macht, andere jagen mir Angst ein. Eine kleine Peitsche mit vielen dünnen Lederriemen zum Beispiel. Oder ein Ding, das aussieht wie ein Teppichklopfer und das man wohl Paddle nennt. Was man damit anfängt, ist mir klar. Die Erinnerung an das sanfte Spanking, das Jason mir verpasst hat, kommt in mir hoch, doch ich lasse das Paddle hastig zurück in die Schublade fallen.

Jason beobachtet mich neugierig und belustigt. Blödmann! Warum sucht er nicht einfach was aus?

Ich nehme zwei kleine silberne Kugeln in die Hand und bin überrascht, wie schwer sie sind. Im Inneren vibriert ein Gewicht. Liebeskugeln, davon habe ich gehört. Die tun zumindest nicht weh.

«Zählen die für zwei?», frage ich, bevor ich sie neben die Kerze auf die Kommode lege.

«Oh nein, das ist nur ein Teil.» Jason zieht den linken Schuh aus und schiebt ihn zu dem anderen.

Ich werde immer nervöser, weil die Auswahl der unverfänglich wirkenden Dinge kleiner wird. Die silbernen Klemmen, die wie kleine Räder aussehen, schiebe ich hastig in die hinterste Ecke der Schublade. Ich ahne, dass die für meine Brustwarzen sind, und obwohl sie glitzernde Ziersteine haben und wirklich hübsch aussehen, stelle ich mir das extrem unangenehm vor.

Ich kaue auf meiner Unterlippe herum, dann ziehe ich entschlossen das Paddle hervor und platziere es neben der Kerze und den Liebeskugeln. Jason zieht eine Augenbraue hoch, ein Grinsen kann er nicht unterdrücken.

«Bist du sicher?»

Ich nicke stumm.

«Damit habe ich nicht gerechnet.»

Er zieht eine Socke aus, sie verschwindet bei den Schuhen. Sein Anblick ist unglaublich sexy, wie er so dasitzt auf dem breiten Bett, mit nacktem Oberkörper und auseinandergestellten Beinen, die schwarzen Haare leicht zerstrubbelt. Die Sehnsucht in mir wird immer größer und lässt mich beherzt zu einem Glasdildo greifen, der dem ähnelt, den ich im Film gesehen habe. Er besteht aus fünf verschieden großen Kugeln und liegt kühl in meiner Hand.

«Oh, eine sehr gute Wahl.»

Jason nickt zufrieden und lässt die zweite Socke folgen. Jetzt trägt er nur noch seine Jeans und die Unterhose. Ich bin wie elektrisiert und wühle mich durch das Sammelsurium in seiner Schublade, bis ich auf ein Paar Handfesseln stoße.

«Die zählen vermutlich auch nur als ein Teil?» Fragen darf man ja ...

«Natürlich.»

Nun steht er auf und legt die Hände auf den Knopf seiner Jeans, während er mir fest in die Augen sieht. Die Lederfesseln in meinen Händen fangen an zu zittern, hastig lege ich sie auf der Kommode ab. Noch bevor die silbernen Karabinerhaken, mit denen sie verbunden sind, die Oberfläche des Möbelstücks erreichen, höre ich seinen Reißverschluss. Ich sehe ihm zu, wie er die Jeans elegant über die Hüften zieht und mit den Füßen heraussteigt. In schwarzen, engen Shorts, die das ganze Paket erahnen lassen, bleibt er stehen und lächelt erwartungsvoll.

«Ich bin gespannt, was du als Letztes aussuchst, Emma.»

Ich auch! Oh Hilfe. Seltsame Analplugs will ich nicht, für diesen Bereich meines Körpers habe ich mich noch nie interessiert.

Die Klemmen, Zwingen und Peitschen sind mir suspekt. Nur ein kleines Rad an einem Holzgriff weckt meine Neugier.

«Was ist das hier?», frage ich, obwohl ich weiß, dass ich keine Antwort bekommen werde. Das Rad ist über und über mit winzigen Nadeln besetzt. Die Vorstellung, dass Jason damit über meine Haut fährt und mich ... piekst, erregt mich seltsamerweise. Kann man damit jemandem ernsthaft weh tun? Ich glaube nicht.

Entschlossen packe ich das Nadelrad zu den anderen Sachen und drehe mich triumphierend zu ihm um.

«Bist du sicher?»

Jason zwinkert fragend, bevor er mit beiden Händen in den Bund seiner Shorts fährt. Ich schlucke hart, ohne den Blick von seinem Schoß zu lösen, dann nicke ich. Mit einem Ruck zieht er die Shorts herunter und entblößt ... alles. Er ist halb steif, bei seinem Anblick zieht sich mein Magen nervös zusammen.

Warum habe ich gewusst, dass Jason sogar nackt autoritär und dominant wirkt? Er braucht keinen teuren Anzug, um mich vor Respekt erschauern zu lassen. Als er auf mich zukommt, mit einer Selbstverständlichkeit, die mir den Atem abschnürt, bleibe ich stocksteif stehen. Die Arme hängen dämlich an meinem Körper herab, weil ich nicht weiß, was ich sonst damit machen soll.

Er zieht mich zu sich und legt meine Hände auf meinen Rücken. Mit festem Griff umklammert er die Handgelenke, sodass ich ihn nicht mehr berühren kann. Meine Finger sind feucht geworden, mein Herz schlägt so schnell, dass es sich anfühlt wie ein Schmetterling, der hektisch in meiner Brust herumflattert.

Dann presst er seine warmen Lippen auf meine und küsst mich. Ich schließe die Augen, lasse mich auf den Kuss ein. Jeder Zungenschlag treibt mir Feuchtigkeit zwischen die Beine, die mich daran erinnert, dass wir beide nackt sind. Ich spüre seine Haut dicht an meiner und schiebe ihm mein Becken weiter entgegen, bis ich die sich langsam verhärtende Erektion an meinem Bauch fühle. Ein Zittern läuft über meinen Körper, als sein Kuss härter wird. Unnachgiebig.

Das Spiel kann beginnen. Ein Spiel, dessen Regeln ich nicht kenne. Ich muss mich auf ihn verlassen, darauf vertrauen, dass er weiß, was er tut. Was er mir antut.

«Knie dich aufs Bett», raunt er und dreht mich an den Hüften um, sodass ich ihn nicht mehr sehen kann. Nur zögerlich gehorchen meine Beine, die Knie fühlen sich so nachgiebig an wie Schaumgummi. Irgendwie erreiche ich das Bett und lasse mich beinahe erleichtert auf die Matratze fallen. Ich höre seine Schritte hinter mir, höre, wie er Dinge von der Kommode nimmt.

«Dreh dich auf den Rücken.»

Ich schlucke und schließe die Augen, bevor ich auch diesem Befehl nachkomme. Zitternd lasse ich zu, dass er meine Handgelenke am Kopfteil des Bettes befestigt und mich wehrlos macht. Die Lederriemen sind weich gepolstert, ich spüre sie kaum, muss aber die Arme nun ausgestreckt halten. Wie ein Käfer, schießt es mir durch den Kopf, als er meine Beine nimmt und diese ebenso spreizt. Ich schnelle mit dem Kopf hoch, um ihn zu beobachten.

«Was tust du da?», frage ich irritiert, denn Fußfesseln hatte ich nicht aus der Schublade geholt.

Jason grinst und wischt eine Haarsträhne von seiner Stirn. Er kniet zu meinen Füßen auf dem Bett und schließt gerade den Karabiner am rechten Fußriemen. Die Bewegung wirkt geübt, und unwillkürlich frage ich mich, wie oft er das schon gemacht hat. Das Video, das er mir gezeigt hat, taucht vor meinem inneren Auge auf und lässt mich erschauern.

Großer Gott, ich weiß ja, was er mit mir vorhat. Warum lasse ich das hier zu? Warum will ich, dass er solche Dinge mit mir anstellt? Bin ich verrückt geworden, oder war ich immer schon so? War das der Grund, warum ich bisher mit normalem Sex nicht viel anfangen konnte? *Brauche* ich so etwas hier, ohne es zu wissen?

«Bitte ... sei vorsichtig», flüstere ich noch, während er den linken Fuß festschnallt, sodass ich nun wirklich nackt wie ein aufgespießter Schmetterling vor ihm liege. Seine Augen gleiten mit unverhohlener Neugier über meinen Körper. Mir wird bewusst, dass er von seiner Position mitten in meinen Schoß sehen kann. Oh mein Gott! Mir wird ein bisschen übel, und ich ziehe vorsichtig an den Handfesseln, um zu prüfen, ob ich zur Not herausschlüpfen könnte. Keine Chance.

Ich bin ihm wie ein dämliches Tier in die Falle gelaufen! Vielleicht hat er die ganze Zeit darauf hingearbeitet? Jetzt liege ich gefesselt vor ihm und kann mich nicht wehren. Die Angst schnürt mir die Kehle zu, eine Art Panik steigt in mir auf.

«Ruhig, Emma. Ich werde dir nicht weh tun. Jedenfalls nicht mehr, als du vertragen kannst.»

Seine Hände streicheln über meine Beine, kitzeln an den Innenseiten meiner Oberschenkel. Mein Magen zieht sich zusammen, aber ich spüre auch etwas anderes, weiter unten. Himmel, ich bin schon wieder erregt. Erregt wie selten zuvor.

Jason steht auf und geht erneut zum Schränkchen. Ich kann ihn nicht sehen, weil mein Kopf flach auf dem Kissen liegt. Dann ertönt Musik. Eine sehr dunkle Männerstimme ist zu hören, deren Timbre mir sofort in den Bauch fährt. Geigen und Gitarren vermischen sich zu einer sinnlichen, ruhigen Melodie, die ich nicht kenne und die mir eine Gänsehaut beschert.

Der Duft der Kerze dringt mir in die Nase. Es ist ein süßer, beinahe köstlicher Geruch.

«Bevor ich dir die Augen verbinde», sagt er, und ich schlucke hart. Bitte nicht! Ich will sehen, was er mit mir vorhat. Die Spannung, mit verbundenen Augen warten zu müssen, kann ich nicht ertragen.

Die Duftkerze schwebt bedrohlich dicht über meinem Körper. Urplötzlich schießt die Erkenntnis durch mich hindurch, und erschreckt hebe ich den Kopf.

«Oh Gott, nein!», rufe ich und versuche, mit einem bittenden Blick sein Mitgefühl zu erregen. Seine blauen Augen haben sich verdunkelt, das Grübchen in der Wange ist tiefer denn je. Meine Hände fangen an zu zittern, als er das Porzellangefäß mit einem diabolischen Grinsen schräg stellt. Ich spanne all meine Muskeln an, kneife die Augen zu und warte auf den Schmerz. Gütiger Himmel, er wird mich mit heißem Wachs verbrennen! Gierig sauge ich die Luft ein, als wäre ich kurz vor dem Ertrinken. Dann halte ich den Atem an und warte mit geschlossenen Lidern darauf, dass es ... weh tut.

«Jason», flehe ich ein letztes Mal, kurz bevor ich den Strahl spüre, der sich über meine Brüste ergießt. Ich schreie entsetzt auf ... dann stelle ich erst fest, dass es gar nicht schmerzt. Kein heißes Wachs, sondern warmes Öl ist es, das Jason nun mit der Hand über meinen Oberkörper verteilt.

«Oh, verfluchter Mist», schimpfe ich und hebe wieder den Kopf, um ihn anzusehen. Er grinst wie ein kleiner Junge, der erfolgreich einen Streich gespielt hat.

«Es ist nur Massageöl.»

«Ja, das merke ich.»

Stöhnend lasse ich den Kopf zurück aufs Kissen fallen und genieße die sanften Liebkosungen, während er das Öl geschmeidig auf mir verreibt. Wie eine gute Körperpflege zieht es sofort in meine Haut ein und lässt mich nach der Anspannung erleichtert seufzen. Das Adrenalin zieht sich zurück, wohlige Entspannung ergreift meinen Körper. Mein Herzschlag beruhigt sich langsam, ich kann Jasons kundige Finger endlich genießen. Trotzdem bin ich sauer. Ist es das, was er mit «Mindfucking» meinte? Dann bin ich kein großer Fan davon. Oder doch?

Das Wechselbad aus Aufregung, Panik und Entspannung ist intensiver als alles, was ich bisher erlebt habe. Es ist ein bisschen wie bei einem Horrorfilm, den man angespannt sieht, bis am Ende die Erleichterung mit der Gewissheit durch den Körper spült, dass es nur ein Film war. Keine gruseligen Männer mit Eishockeymaske im Haus.

Jason ist unfassbar zärtlich. Er ölt jeden Zentimeter meiner Haut mit dem duftenden Massagewachs ein, und ich genieße mit geschlossenen Augen. Dann zieht er sich plötzlich zurück, und als er wiederkommt, legt er eine Stoffbinde um meinen Kopf. Ich will protestieren, aber er streicht mir über das Haar und flüstert beruhigend in mein Ohr.

«Es ist noch sehr viel aufregender so.»

Noch aufregender? Gütiger Gott, ich bin jetzt schon ein Nervenwrack. Wenn ich an all das Zeug denke, das ich selbst aus der Schublade geholt habe, wird mir ganz schwindelig. Was will er mit mir anstellen? Können wir nicht einfach nur ... ficken? Ich beiße mir auf die Lippe, um ein Grinsen zu verbergen. Womöglich fasst er es noch falsch auf und glaubt, dass ich mich über ihn lustig machen will oder so.

Sei ein bisschen ernsthafter, Emma, schimpfe ich mit mir selbst. Seltsamerweise verspüre ich gar keine Angst mehr vor dem, was auf mich zukommt. Stattdessen hat sich mein Gehirn auf reine Vorfreude, Neugier und Lust eingestellt. Ich fühle mich wie eine unerfahrene Landpomeranze, dabei dachte ich, sexuell durchaus erfahren zu sein. Wenn auch nur durch ziemlich langweilige One-Night-Stands.

Ich bin blind. Die dunkle Stimme des Sängers dringt bis in

meinen Bauch und löst dort Vibrationen aus. «Tonight, are you trying to fall in love again?», singt er zu schmeichelnden Violinen.

«Wer ist das?», frage ich, während ich kaum höre, wie Jason neben dem Bett mit irgendwelchen Dingen hantiert.

«Die *Tindersticks*. Eine meiner Lieblingsbands.»

Klar. Ich habe noch nie davon gehört, aber vermutlich ist es keine Band, die regelmäßig in den Charts auftaucht.

Ein Kitzeln auf meinem Bauch reißt mich aus den Gedanken. Ich bleibe still liegen und lasse die Berührung auf mich wirken, dann bin ich mir sicher, dass es das Nadelrad ist. Unzählige, winzige Nadeln fahren über meine Haut, über meine Brüste, umkreisen meine Brustwarzen, die sich immer mehr versteifen. Es ist eine seltsame Berührung, die kribbelt und dazu führt, dass ich mich kratzen will. Ich kichere.

«Das kitzelt!»

«So?»

Jasons Stimme klingt dunkel und lässt mich in die Starre zurückfallen. Himmel, was hat er vor mit dem Ding? Ab und zu spüre ich, dass er es fester gegen meine gespannte Haut drückt. Dann verschwindet das Kribbeln und weicht feinen Nadelstichen, die an Akupunktur erinnern. Noch immer nichts, das weh tun würde, aber bei dem Gedanken, was er mit dem Rad machen *könnte*, zucke ich zusammen.

Als er die Innenseiten meiner Oberschenkel mit den Nadeln hinaufgleitet, presse ich die Lippen zusammen und beiße die Zähne aufeinander. Oh nein, nicht da. Bitte nicht ... Natürlich landet er genau da. Ich kann spüren, dass meine Schamlippen geschwollen sind, während die Nadeln darüberprasseln. Mir wird heiß.

Die Spitzen treffen meine empfindlichste Stelle, und ich sauge erschreckt die Luft durch die Zähne ein, aber er ist vorsichtig.

Wenn er ausrutscht ... nur nicht dran denken! Lass dich darauf ein, Emma, genieß es. Aber die Anspannung ist zu groß, mein Körper ist steif wie ein Brett, und ich wage kaum noch zu atmen.

Minutenlang lässt er die Nadeln über meine Haut sticheln, und überall, wo er damit war, kribbele und glühe ich wie nach einer intensiven Massage. Ein schönes Gefühl, eigentlich. Wenn ich sicher wäre, dass er nichts Schlimmeres vorhat mit dem Teil.

Meine Beine versteifen sich in den Fesseln, mein Mund wird trocken. Wieder und wieder rollt das Rad über meine Haut, hier und da sticht es mich kurz, was mich erschreckt. Gerade will ich ihn bitten, damit aufzuhören, weil die Spannung mich überanstrengt und mir das Atmen schwerfällt, da ist es vorbei.

Ich kann nicht anders und atme erleichtert aus. Jasons leises Lachen holt mich in die Realität zurück, ich erwache wie aus einer Trance. Großer Gott, wenn das so weitergeht ...

Da ich nichts sehen kann, muss ich mich auf mein Gefühl und meine Ohren verlassen. Die schmeichelnde Stimme des Sängers wirkt wie beruhigender Balsam.

Zwischen meinen Schenkeln ist alles feucht und warm, was mich ein bisschen beschämt. Die Tatsache, dass Jason direkt in meine Mitte sehen kann, reizt mich. Ich kann nicht verbergen, dass es mich anmacht. Offenbar hatte er recht mit seiner Einschätzung von mir. Himmel, was würde Sylvia dazu sagen?

Bevor ich weiter darüber nachdenken kann, spüre ich erneut etwas. Diesmal ist es zwischen meinen Beinen, und es ist verdammt kalt. Ich gebe einen leisen Schrei von mir, als das glatte Etwas über meine Spalte streicht. Der Glasdildo, natürlich. Warum ist der so kalt, verdammte Axt? Ich will die Beine zusammenpressen, aber das geht natürlich nicht wegen der blöden Fesseln.

Mit einem der Knubbel gleitet Jason über meine Scham und

verreibt meine Feuchtigkeit überall. Mein ganzer Körper kribbelt vor Aufregung, die Bilder aus dem Video tauchen vor meinen Augen auf, die nackte, gefesselte Frau, die er mit dem Ding ... mein Gesicht wird glühend heiß. Oh Gott, er wird mich damit ... wird er?

Sehr langsam teilt Jason meine intimen Lippen mit dem Glasknubbel, sodass ich die Luft anhalte und auf sein Eindringen warte. Doch er verharrt nur wenige Zentimeter in mir, dann gleitet er heraus, streicht erneut kreisförmig über meine empfindlichste Stelle und löst damit ein lustvolles Zucken aus.

Meine Arme und Beine fangen an zu prickeln, als ob eine Ameisenfamilie darüberlaufen würde. Mein Schoß pulsiert voller Lust. Wenn ich könnte, würde ich die Beine weiter spreizen, um ihn endlich in mir zu spüren. Ihn – oder meinetwegen dieses Glasding, mit dem er gerade spielt. Es macht mich irre, dass ich ihn nicht sehen kann. Ich kann nicht einschätzen, was in ihm vorgeht und was er mit mir plant. Dieses Gefühl, ihm ganz und gar ausgeliefert zu sein, ist erregend und beängstigend zugleich. In mir zieht sich alles zusammen, mein Magen macht seltsame Geräusche, was Jason zum Lachen bringt.

«Hast du womöglich noch Hunger, Emma?»

Seine Stimme ist so nah an meinem Ohr, dass ich erschreckt zusammenfahre. Mit zusammengekniffenen Lippen schüttele ich den Kopf und hoffe inständig, dass er weiß, dass ich jetzt nicht mehr mit ihm reden will. Ich will ... etwas ganz anderes. Mein Körper summt wie ein Bienenstock vor Anspannung, die sich quälend aufbaut und nach Erlösung schreit. Großer Gott, noch nie im Leben hat mein Schoß sich danach gesehnt, gefüllt zu werden. Ich kann es körperlich spüren, es ist ein seltsames Gefühl. Verfluchter Mist, was macht er nur mit mir?

«Jason, bitte! Ich halte das nicht mehr aus», jammere ich

schließlich und zerre an den Handfesseln, um meine Ungeduld zu signalisieren. Ich kann sein Schmunzeln förmlich *hören* und werde ein bisschen sauer.

Das Glasding ist wieder da und kreist über meinen Schoß. Als ich an die anderen Sachen denke, die ich aus der Schublade geholt habe, muss ich schlucken. Das Paddle war mein Geschenk für Jason, weil ich dachte, dass ihm das Spaß machen wird. Aber wenn er so weitermacht wie jetzt, wird es gar nicht mehr zum Einsatz kommen, weil ich gleich ohnmächtig werde. Alles Blut scheint sich in meinem Unterleib zu sammeln, mein Kopf ist so leer, dass ich kaum noch denken kann.

Dann teilt Jason mit dem Glasknubbel meine Lippen und schiebt das Spielzeug, das langsam wärmer wird, in mich hinein. Mein Inneres legt sich um die verschieden großen Kugeln, jede öffnet mich ganz, bevor meine Muskeln sich wieder darum schließen, ein irres Gefühl. Mein Atem geht keuchend, als Jason anfängt, schneller zuzustoßen. Immer wieder öffnet er mich, dringt einige Zentimeter weit ein, bis es beinahe weh tut, und lässt die Kugeln dann eine nach der anderen wieder herausgleiten.

Meine Beine werden steif, ich reiße ein letztes Mal an den Handfesseln, und als der Höhepunkt um die Ecke guckt, scheint Jason das zu ahnen. Er zieht die Kugeln heraus und presst sie so fest gegen meine Knospe, dass ich aufschreie. Ich schwitze. Mir ist kalt. Mein Herz rast. Das Blut dröhnt in meinen Ohren. Mein ganzer Körper erstarrt, dann hebt sich mein Becken, und ich komme. Laut. Schreiend. Eine Ewigkeit.

Die Erlösung ist so groß, dass mir die Tränen aus den Augen schießen. Zum Glück sieht er das nicht wegen der Binde, trotzdem würde ich ihn jetzt gerne anschauen, in seine Augen blicken, um zu wissen, was in ihm vorgeht.

Seine Hand legt sich auf meinen Bauch, der sich im Takt

meines Atems rasch hebt und senkt. Ich bin dankbar für diese zärtliche Geste und wende den Kopf ein wenig, um seine Lippen zu suchen. Wieder errät er, was ich gerade brauche, sein Kuss ist warm und tröstend. Ohne Gier, dafür voller Zärtlichkeit.

Ich atme in Jasons Mund, er sucht mit der Hand meinen Herzschlag und lässt die Finger auf meiner linken Brust ruhen.

«Jason ...», flüstere ich, obwohl ich gar nicht weiß, was ich sagen will.

«Du bist unglaublich schön, wenn du kommst, Emma. Es macht mir Spaß, dich so zu sehen.»

«Es macht dir Spaß, mich zu quälen!», protestiere ich. «Ich dachte, dein Sadismus bezieht sich auf Schläge, aber offenbar hast du ganz andere Methoden ...»

Er lacht leise, dann zieht er die Augenbinde von meinem Kopf. Ich blinzele gegen die plötzliche Helligkeit, eine Träne hängt in meinen Wimpern.

«Geht es dir gut?»

Er ist ganz nah bei mir, sein Gesicht nur eine Handbreit entfernt von meinem. Ich kann ihn sehen, hören, riechen. Aber nicht anfassen. Das macht mich wahnsinnig.

Vorsichtig spähe ich zwischen seine Beine. Zu meiner Erleichterung sehe ich seine Erektion und muss grinsen. Immerhin ist er nicht immun.

«Lass uns ficken», sage ich mutig und muss selber lachen, als Jason den Mund verzieht.

«Solche Worte aus diesem schönen Mund ...», meint er kopfschüttelnd und steht vom Bett auf. Mein Herz klopft wieder schneller.

«Wo gehst du hin? Du lässt mich doch nicht so hier liegen?», rufe ich panisch, doch da ist er schon wieder neben mir. In seiner Hand rollen die beiden Silberkugeln. Oh Gott.

«Was ...?»

«Neugier bringt die Katze um, Emma. Vertrau mir.»

Wie ein kleiner Junge, der neugierig zum ersten Mal entdeckt, dass es einen Unterschied zwischen Mann und Frau gibt, kniet er sich zwischen meine Beine und betrachtet mich. Ich werde schon wieder rot, mein Kopf ist knallheiß. Himmel, ist mir das unangenehm! Ich gehöre zu den Frauen, die eine Wurzelbehandlung dem jährlichen Besuch beim Frauenarzt vorziehen würden.

Diese Stelle gehört nun mal nicht gerade zu meinen liebsten Körperteilen. Ich spüre, wie er die erste Kugel in mich hineinschiebt. Ich bin weit und offen nach dem Höhepunkt, und alles zwischen meinen Beinen ist nass. Die Kugel verschwindet ohne Widerstand in mir, sodass er die zweite von den kleinen Dingern gleich folgen lässt. Oh Hilfe, wie krieg ich die überhaupt wieder raus? Die haben nicht mal ein Bändchen! Schweißperlen bilden sich auf meiner Stirn, während Jason sich über mich beugt und die Handfesseln löst. Die Kugeln folgen jeder Körperbewegung und schlagen in mir gegeneinander, was lustige Vibrationen auslöst. Was zum Teufel hat er vor?

Ich traue mich nicht, zu fragen, setze mich aber auf, als er mich dazu auffordert. Die Handgelenke reibend, sehe ich zu, wie er die Fußfesseln löst und sich mir zuwendet. Das Funkeln in seinen Augen macht mir beinahe Angst, ebenso wie die ziemlich große Härte zwischen seinen Beinen. Mein Blick geht fahrig zwischen seinen Augen und seinem Schoß hin und her.

«Knie dich hin», sagt er. «Ich will dich von hinten nehmen.»

Die Worte treiben mir die Schamesröte ins Gesicht. Ich kann mich nicht daran gewöhnen, dass er einfach so sagt, was er möchte. Von hinten nehmen ... da in mir die Kugeln rollen, meint er wohl ... oh Gott, nein!

«Nicht da, Jason!», rufe ich erschreckt, gleichzeitig entdecke ich das Paddle neben ihm auf der Matratze. Natürlich – als ob er das vergessen würde! Meine Finger kribbeln, trotzdem folge ich seinem Befehl und knie mich hin.

«Aber nicht *da*!», sage ich noch einmal, etwas bestimmter, hoffe ich jedenfalls.

Ein leises Lachen ist die einzige Antwort. Das feine Lederpaddle trifft mich unerwartet, der Hieb ist kräftig, aber nicht so stark, dass es wirklich schmerzen würde. Gut, das halte ich aus. Ich kann nicht sagen, dass es mir besonders gefällt, allerdings bewegen sich die Kugeln in mir, wenn er zuschlägt. Kling klong. Ich kneife die Augen zu und atme tief ein und aus. Wenn ich mich konzentriere, ist es gut zu ertragen, zumal Jason sich zurückzuhalten scheint. Ich bete inständig, dass er nicht vorhat, mich dort zu nehmen. Soll ich ihm sagen, dass ich damit keine Erfahrung habe? Allein der Gedanke, dass er in dieser Position zwischen meine Pobacken gucken kann, beschämt mich.

Erleichtert hole ich tief Luft, als ich höre, dass er das Paddle wegwirft. Mit einem letzten Klatschen fällt es auf den Boden. Dann ertönt das bekannte Aufreißen der Kondompackung. Offenbar ist er bereit. Und ich?

«Sorry … aber länger kann ich nicht …», murmelt er, und mir wird heiß, als er mit beiden Händen meine Pobacken spreizt. Ich kneife alles zusammen, was ich zusammenkneifen kann, und schüttele entsetzt den Kopf. Das kann er nicht tun … braucht man dafür nicht Gleitgel oder irgendwas? Das ist doch …

«Nicht!», schreie ich und versuche, mich aus seinem Griff zu winden, habe aber natürlich keine Chance. Erst als sich seine Spitze zwischen meine Labien schiebt, beruhige ich mich langsam. Oh gut, er hat nicht vor, mich da … aber die Kugeln! Ich habe die Kugeln in mir, das wird doch nicht passen?

Mein Herz schlägt so schnell, dass mir schwindelig wird. Er

ist in mir. Ganz. Und stößt kräftig zu. Die Fülle droht mich zu zerreißen, ich kann die Kugeln spüren, die rechts und links von ihm in mir vibrieren und bei jeder Bewegung massierend in mir herumgleiten. Die Erregung, die er damit auslöst, ist so groß, dass ich aufschreie. Lieber Gott, bitte, ich ... es dauert nur ein paar Stöße, bis sich mein gesamter Körper verkrampft.

«Oh, verdammt», presse ich hervor, was ihn dazu ermutigt, schneller und kräftiger zu werden. Er ist tief in mir, hält mit beiden Händen meine Hüften fest, damit ich nicht wegrutsche. Ich spüre, wie sich mein Höhepunkt aufbaut. Er fängt in den Zehen an und durchzuckt mich bis zum Scheitel. Sekundenlang pulsiert alles in mir, meine Muskeln legen sich um ihn und um die Silberkugeln, dann stöhnt er hinter mir leise auf. Sein Zucken vermischt sich mit meinem, wir kommen gemeinsam, unsere Körper scheinen zu einem zu werden für ein paar Augenblicke, zittern und zucken in einem Takt, dann geben meine Knie nach, und ich breche keuchend unter ihm zusammen.

Ich war bewusstlos. Ganz sicher. Jedenfalls kann ich mich an die letzten Sekunden ... oder Minuten? ... nicht erinnern. In meinem Kopf purzelt alles durcheinander. Bilder von früher vermischen sich mit den letzten Erlebnissen, Jasons Augen, sein Schwanz, Phil, Sylvia, das Halsband, die Tätowierung ... Stöhnend kneife ich die Augen zu und versuche, so tief wie möglich zu atmen. Mein Herz stolpert seltsam unbeholfen und scheint mir im Hals zu schlagen.

«Großer Gott, Emma. Da scheine ich einen Nerv getroffen zu haben.»

Er liegt neben mir, eine Hand streicht durch meine Haare, was mich seltsamerweise überhaupt nicht stört, im Gegenteil. Die andere Hand ruht auf meinem Busen.

«Einen? Ich wusste nicht, dass ich solche Nerven überhaupt habe», versuche ich zu scherzen. Mein Mund kribbelt, als hätte ich eine Spritze beim Zahnarzt bekommen. Irgendwie gehorcht mir mein Körper nicht mehr, das ist wirklich verrückt.

Wir bleiben lange so nebeneinanderliegen und lauschen der Musik. Irgendwann nimmt Jason meine Hand. Unsere Augen sind geschlossen, die Atemzüge ruhig. Die dunkle Stimme singt: «For the love of that girl», und brennt sich damit in mein Gehirn. Ich weiß schon jetzt, dass ich die nächsten Tage damit verbringen werde, die Musik von den *Tindersticks* zu hören. Stundenlang. Und jedes Lied wird mir eine gewisse Szene zurückbringen und meinen Körper daran erinnern, was er erlebt hat.

«War das jetzt unsere erste ... Session?», frage ich vorsichtig in einer Pause zwischen zwei Songs, und Jason lacht.

«Session ... ich mag das Wort nicht. Die meisten Leute, die sich SMler nennen, würden mich nicht einmal als einen von ihnen bezeichnen.»

«Warum nicht?» Neugierig drehe ich mich auf den Bauch und stütze das Kinn in eine Hand, um ihn anzusehen. Sogar aus dieser Perspektive sieht er gut aus, das ist einfach unfair!

«Ich bin kein Sadist. Es macht mir keinen Spaß, anderen Schmerzen zu bereiten. Ich mag Kontrolle, Macht. Das ist das Gefühl, das ich liebe und das ich suche. Macht über einen Menschen zu haben, seine Lust zu kontrollieren, die Erfüllung quälend langsam hinauszuzögern, bis er nicht mehr Herr seiner Sinne ist und sich vergisst. Meinetwegen.»

Er zieht einen Mundwinkel hoch, als müsste er über sich selbst lachen. Ich lache nicht. Ich verstehe ihn. Seltsamerweise begreife ich, woraus er seinen Lustgewinn zieht, und kann sein Verhalten nachvollziehen. Was ich nicht verstehe, ist die Tatsache, dass auch er angeblich keine feste Beziehung will. So wie ich.

Sind wir nicht ein Traumpaar? Nur Sex. Keine Gefühle. Keine Verpflichtungen.

Das Zerren in meinem Bauch verrät mir, dass etwas an diesem Gedanken falsch ist, aber ich will jetzt nicht darüber nachdenken.

Ich möchte einschlafen. Neben ihm. In diesem riesigen Bett. Und am nächsten Tag neben ihm aufwachen, seine Morgenerektion an meinem Hintern spüren und ihn zu einem Quickie verführen. Nur selten bin ich morgens neben einem Mann aufgewacht, weil ich meine One-Night-Stands in der Regel vorher beendet habe. Gelegentlich kam es vor, dass ich einfach zu müde war und in einem fremden Bett eingeschlafen bin, um mich in aller Herrgottsfrühe aus dem Haus zu stehlen. Seit meiner Kindheit habe ich nicht mehr ein solches Bedürfnis verspürt, mich nachts an jemanden zu kuscheln. Ausgerechnet Jason ...

Ich springe fast auf, als mir klar wird, was das bedeutet.

«Ich sollte nach Hause fahren», sage ich entschlossen, bleibe aber auf der Bettkante sitzen, mit dem Rücken zu ihm. Seine Hand legt sich auf meinen Steiß, eine beruhigende Geste.

«Bitte bleib.»

Irritiert drehe ich mich zu ihm um. Er sieht großartig aus, wie er so daliegt. Entspannt, nackt, selbstverständlich. Beinahe schutzlos. Ein Schauer läuft über meinen Körper.

«Hier? Bei dir?»

«Ich kann nicht neben dir schlafen, aber du musst dieses Bett nicht verlassen, wenn du nicht willst.»

«Und du?»

«Es gibt noch ein paar Betten in diesem Haus», sagt er grinsend, und ich grinse zurück. Das glaube ich ungesehen. Das Haus dürfte genug Räume haben, um eine Footballmannschaft darin unterzubringen. In Einzelzimmern.

«Warum willst du nicht neben mir schlafen? Ich schnarche nicht, versprochen.»

Jason lacht und richtet sich auf. Seine schwarzen Haare sind zerstrubbelt, trotzdem hat er die Beherrschtheit, die Kühle bereits zurückgewonnen. Schade. Ich mochte den verletzlichen, nackten Jason.

23

Ich wache irritiert auf und taste nach meinem Handy, das mich mit einem erbarmungslosen Piepston aus dem Schlaf gerissen hat. Erst als mein traumverhangener Blick auf den unbekannten Nachttisch fällt, weiß ich wieder, wo ich bin. In Jason Halls Haus in Hampstead Heath!

Ich bin allein im Bett. Mein Handy zeigt mehrere Kurznachrichten von gestern Nacht an, alle von Sylvia, die sich Sorgen um mich gemacht hat. Ich antworte ihr kurz, damit sie beruhigt sein kann. Alles ist gut.

Gähnend strecke ich mich und stelle fest, dass ich noch immer nackt bin. Natürlich, einen Pyjama hatte ich gestern nicht dabei, schließlich konnte ich nicht damit rechnen, bei Jason zu übernachten. Ob er schon wach ist?

Vorsichtig schwinge ich die Beine aus dem riesigen Bett und suche das Zimmer mit den Augen ab. Von meinen Klamotten ist nichts zu sehen. Neugierig öffne ich Jasons Kleiderschrank und stoße einen Pfiff aus. Wow, der Mann hat mehr Zeug als Sylvia, und das will was heißen! Teure Anzüge, jede Menge weiße Hemden, aber auch ein paar Jeanshosen und Pullover. Die Anzahl der weißen Hemden irritiert mich. Vielleicht wäscht jemand wie

Jason sie gar nicht, sondern zieht einfach jeden Tag ein neues an? Kichernd fahre ich mit den Händen über die Gürtel, die sorgfältig an einem großen Ring aufgehängt sind. Neuerdings sind Gürtel für mich viel mehr als Kleidungsstücke. Wenn ich an das Geräusch der sich öffnenden Gürtelschnalle denke, überfährt mich ein Schauer. Ein Versprechen ... und eine Drohung.

Ich schäme mich fast, wenn ich an den Zustand meines Kleiderschrankes denke. Da ist alles durcheinander, kreuz und quer, während bei Jason Ordnung vorherrscht. Er scheint nicht nur sich selbst, sondern auch sein Leben gut im Griff zu haben. Kann ich das von mir behaupten?

Die Versuchung ist einfach zu groß. Ich bin allein in Jasons Schlafzimmer, und mal im Ernst – wer würde die Gelegenheit nicht nutzen? Natürlich schaue ich in jede Schublade, durchforste die Kommode, die neben den bereits gesehenen Accessoires noch einige weitere Spielzeuge und seltsamerweise sogar Dessous beinhaltet. Aber ich finde nichts Persönliches, nichts, das mir mehr über Jason verraten würde. Darüber, wer er heute ist.

Überraschend ist das eigentlich nicht, wenn ich ehrlich bin. Mein Schlafzimmer ist gleichzeitig mein Wohnzimmer, daher befindet sich darin mein ganzes Leben. Die Ordnung ist nur oberflächlich. Wer die Schränke öffnet, kann einen ganzen Film sehen. Alte Kinderfotos (auf einigen sehen meine Eltern sogar glücklich aus, obwohl ich weiß, dass sie nur für die Kamera gelächelt haben), Urkunden und Medaillen vom Schulsport (nicht dass sie der Rede wert wären, aber auch kleine Erfolge soll man feiern), Hunderte von Büchern, die in drei Reihen im Regal stehen. Sogar meine Tanzschuhe vom Abschlussball habe ich aufgehoben, sie hängen am Spiegel. Eine der wenigen schönen Erinnerungen an meine Jugend.

Jasons Film gleicht eher einer schwarz-weißen Art-déco-Vorstellung, alles ist so gründlich und ... unwirklich.

Ich schließe den riesigen Schrank, dann entdecke ich etwas Glänzendes auf einem der kleinen weißen Sessel. Mit spitzen Fingern hebe ich es auf und stelle fest, dass es ein Kleid ist. Ein Satinkleid. Langsam geht mir das zu weit mit Jasons Bevormundung, zumindest meine Klamotten möchte ich mir doch lieber selber aussuchen. Und gegen das Teil von gestern ist nichts einzuwenden, es wäre jedenfalls sehr viel passender fürs Büro als dieser Fummel hier.

Der Stoff fühlt sich kühl und glatt an in meiner Hand. Bevor mich noch Orlando oder ein anderer von Jasons Angestellten nackt sieht, ziehe ich es lieber über den Kopf.

Ein Blick in den großen Spiegel am Kleiderschrank offenbart Schreckliches. Das Kleid ist verflucht kurz, vor allem, wenn man keine Unterwäsche trägt. Mein Gesicht ist blass wie immer, aber mit den dunklen Rändern unter den Augen sehe ich aus wie ein Zombie. Dabei habe ich ganz gut geschlafen, warum scheint es dann, als hätte ich eine ruhelose Nacht hinter mir?

Noch bevor ich meine strohigen und zu allen Seiten abstehenden Haare bändigen kann, klopft es an der Tür, und ich fahre erschreckt zusammen.

«Ja?»

«Emma, ich bin's. Darf ich reinkommen?»

Ich muss lachen. «Es ist dein Haus, du musst nicht fragen.»

Schon schiebt sich der schwarze Haarschopf durch die Tür, gefolgt vom restlichen Jason. Er ist bereits fertig angezogen und trägt einen dieser umwerfenden schwarzen Anzüge mit einem weißen Hemd, wie immer ohne Krawatte. Hat er irgendwo ein Anzuglager, oder war er schon hier und hat die Sachen aus dem Schrank geholt, während ich noch geschlafen habe? Hoffentlich habe ich nicht gegrunzt oder gesabbert! Eine scheußliche Vorstellung, von jemandem heimlich dabei beobachtet zu werden.

Ich komme mir vor wie ein Dorftölpel neben ihm, obwohl das Kleid ganz schick ist. Nur ungefähr zehn Zentimeter zu kurz für meinen Geschmack. Nervös ziehe ich es am Saum nach unten und versuche zu lächeln.

«Hast du gut geschlafen?»

Ich nicke. «Wo sind meine Klamotten?»

Jason lacht und betrachtet mich von oben bis unten. Er lässt seinen Blick so intensiv über meinen Körper gleiten, dass ich eine Gänsehaut bekomme.

«Gefällt dir das Kleid nicht?»

«Nein. Ich möchte bitte mein eigenes Kleid und vor allem meine Unterwäsche haben!» Drohend hebe ich den Zeigefinger in die Luft und zeige wie mit einer Pistole auf ihn. «Also, wo sind die Sachen? Rück sie raus, Jason, oder ich zeige dich wegen Diebstahls bei der Polizei an!»

Er stößt sich elegant mit der Hüfte vom Türrahmen ab, dann kommt er auf mich zu. Auch er wirkt ein wenig müde und hat kaum sichtbare Schatten unter den Augen. War es wirklich schon so spät gestern, als wir eingeschlafen sind?

«Ich finde, du solltest das Kleid behalten.»

«Ich muss gleich zur Arbeit. So ein kurzes Kleid wird Reverend Clawson sicher nicht gutheißen.»

Mit gerunzelter Stirn betrachtet Jason weiter ungeniert meine nackten Beine. «Glaubst du, es würde ihn anmachen?»

Ich stöhne entsetzt auf und versuche, meine Haare mit den Fingern zu kämmen. «Hör auf damit! Jetzt habe ich den ganzen Tag Angst vor ihm.»

«Dazu hast du sogar Grund», murmelt er mit einem seltsamen Ausdruck im Gesicht.

Mein Magen zieht sich zusammen – was mich daran erinnert, dass er gähnend leer ist. Ich hebe die Brauen und sehe Jason in die Augen. Was mit ihm los ist, kann ich nicht erkennen. Aber es scheint mir, als hätte der Name von Reverend Clawson irgendwas mit ihm gemacht.

«Wie bitte? Warum sagst du das? Kennst du ihn etwa?»

«Vielleicht.» Er löst den Blick von mir und fährt sich zerstreut durch die Haare. Jason wirkt nervös, eindeutig. Aber warum? Mein Herz klopft schneller, und mir fällt wieder ein, wie Reverend Clawson sich nach ihm erkundigt hat. Steckt vielleicht etwas ganz anderes hinter alldem hier, als ich vermutet habe?

«Jason ... wenn es da etwas gibt, eine Verbindung zwischen euch, solltest du mir das sagen. Immerhin ist er mein Vorgesetzter, und er hat neulich schon so komisch nach dir gefragt ...»

«Er hat nach mir gefragt?»

Er macht einen Schritt zurück, als wollte er den Abstand zwischen uns vergrößern. Mir ist, als ob sich eine kalte Hand um mein Herz legt und zudrückt. Mein Magen schmerzt.

«Was ist los, Jason? Hat er etwas damit zu tun, dass du mich zufällig im Auktionshaus gesehen hast?»

Er atmet schwer, ich kann deutlich sehen, wie sich sein Brustkorb hebt und senkt. Mir wird übel, meine Knie verwandeln sich in Butter, und ich will mich setzen, bleibe aber stehen.

«Nicht heute, Emma.» Jason schüttelt kurz den Kopf, wie um schlechte Gedanken zu vertreiben. «Du hast nichts damit zu tun.»

Ich beiße die Lippen aufeinander und zupfe an dem zu kurzen Kleid. «Zumindest meine Unterwäsche möchte ich anziehen», knurre ich, um ihn abzulenken. Das schlechte Gefühl bleibt, aber das muss ich wohl mit mir selbst ausmachen. Vielleicht kann ich etwas aus dem Pfarrer rauskitzeln. Jason scheint nicht bereit, sich mir zu öffnen. Verdammter Mist, ich hätte es mir denken müssen. Das ganze Gerede, dass er mich schon früher mochte und sich nur nicht getraut hat … Als ob Jason Hall jemals Angst davor gehabt hätte, ein Mädchen anzumachen! Und ich Idiot bin darauf reingefallen.

«Sei nicht böse, bitte. Er ist ein Geist aus meiner Vergangenheit, und daran möchte ich nicht mehr denken. Verstehst du das?»

Ich schlucke und nicke, aber meine Augen sind ganz heiß geworden. «Ist schon gut. Ich verstehe, dass du nicht ehrlich zu mir sein willst. Es geht hier schließlich nur um …» Nein, ich bringe es nicht über mich, das Wort zu sagen. Es kommt mir plötzlich entsetzlich billig vor, und ich fühle mich dämlich und naiv. Himmel, warum habe ich ihm den ganzen Mist geglaubt? Weil ich es wollte?

Jason grinst und zieht ein schwarzes Höschen aus der Tasche. Ich schnappe nach Luft.

«Ist das meins?»

«Das hoffe ich doch.»

Empört ramme ich ihm den Ellbogen in die Seite, dann reiße ich den Slip an mich. An den Schrank gelehnt, bleibt er stehen und sieht mich herausfordernd an.

«Willst du ihn nicht anziehen?»

«Raus mit dir!»

Ich schiebe ihn zu Tür; er gehorcht seufzend. Eilig schlüpfe ich in den Slip und ziehe ihn hoch. Hat er mich jetzt gerade überrumpelt, das Kleid im Büro zu tragen? Mir wird schon wieder warm. Großer Gott, was ist aus mir geworden? Sylvia wird mich einweisen lassen, wenn ich ihr das erzähle. Allerdings ist das Kleid wirklich wunderschön, es passt mir perfekt, und bis auf die geringe Länge ist es ein fließender Traum. Mir dämmert, dass diese Klamotten und Schuhe aus dem Lager seines Onlineshops kommen. Nachher im Büro werde ich mir die Seite mal genauer ansehen.

«Ich muss gleich los, um neun habe ich einen Termin bei der Arbeit! Ich bin sowieso schon zu spät dran», rufe ich durch die geschlossene Tür und mache mich auf den Weg ins Bad. Waschen und Zähneputzen muss sein, wenn ich schon keine Zeit mehr zum Duschen habe. Die verpackte Einwegzahnbürste hat mich gestern irritiert, sie lag im Bad, als hätte er sie für mich dort deponiert. Oder für jemand anders? Für eine seiner vielen ... Ach, was soll's. Mir ist sowieso klar, dass ich nur eine weitere Kerbe im Pfosten seines Designerbettes bin. Ein lustiges kleines Spielzeug. Aber will ich das sein? Kann ich das sein? Ich schrubbe meine Zähne, als hätte ich gleich einen Termin beim Zahnarzt. Wütend und viel zu kräftig.

Ich spüle den Mund aus und klappe den Spiegelschrank zu, da fällt mein Blick auf Jasons dunkle Haare, und ich fahre erschreckt zusammen.

«Ich fliege gleich nach Mailand und werde dort bis Donnerstag bleiben. Arbeit.»

Irritiert drehe ich mich zu ihm um. Ich hatte nicht bemerkt, dass er mir ins Badezimmer gefolgt war, aber was kann ich sagen? Es ist schließlich sein gutes Recht.

«Einkaufen?»

«Verhandlungen mit einigen Designern, ja. Ich würde dich einladen, aber da du ins Büro musst ...»

Oh Mann. Ich könnte mit Jason nach Mailand fliegen und bei Gucci, Prada und Gott weiß wem ein- und ausgehen. Wichtig sein. Stattdessen werde ich mir Reverend Clawsons narzisstische Ergüsse anhören und diese hinterher so zusammenfassen, dass die Leute es lesen wollen. Jedenfalls hat er mir angekündigt, er hätte heute einige persönliche Nachrichten für das neue Gemeindeblatt, die dringend eingearbeitet werden müssen.

Offenbar sehe ich enttäuscht aus, denn Jason legt mir beide

Hände auf die Schultern und drückt mich kurz. Mein Herz klopft schneller, als ich in seine blauen Augen sehe. Verdammt, ich wünschte, ich wäre nicht so schnell auf ihn reingefallen. Die Erinnerung an gestern Abend lässt mich noch immer wollüstig erschauern.

«Catherine macht dir Frühstück, falls du willst. Ich muss jetzt leider los, der Flieger geht in einer Stunde. Ich melde mich am Donnerstag, wenn ich wieder da bin.»

Ich nicke stumm und wende den Kopf, sodass seine Lippen auf meiner Wange landen. Er zieht eine Augenbraue hoch, dann nimmt er mein Kinn in die Hand und dreht mich zu sich zurück.

«Ich werde dich vermissen, Emma», murmelt er, bevor sein Mund meinen trifft. Sein Kuss ist hart, aber zärtlich. Mit geschlossenen Augen lasse ich mich auf den Rhythmus ein, erwidere den Schlag seiner Zunge, bis ich die Feuchtigkeit in meinem Schoß spüre. Oh verflucht, Jason!

Ich fühle mich wie bei einem Boxkampf, nur dass Jason der Profiboxer ist, und ich komme mir vor wie ein winziger, hagerer Mann, der noch nie im Leben so schwere Handschuhe getragen hat. Wie soll ich mich wehren, ich habe einfach keine Chance gegen ihn!

Nach einer gefühlten Ewigkeit zieht er sich zurück und streichelt mir mit dem Daumen über die Wange. Die Zärtlichkeit der Berührung erschreckt und irritiert mich. Wir sehen uns lange in die Augen, ohne etwas zu sagen, dann dreht er sich um und geht zur Tür.

«Bis bald, Emma. Pass auf dich auf.»

Auf dem Flur höre ich seine Schritte, die Ledersohlen knarren auf dem Boden.

Warum sollte ich dir gehorchen? Weil es die einzige Regel ist.

Seine Worte von gestern klingen mir noch in den Ohren nach.

Es kam mir verrückt vor, absurd, aber jetzt ... Es hat etwas Befreiendes, von jemandem dirigiert zu werden. Ich muss über nichts nachdenken, kann mich fallen lassen. Und das ist doch der Reiz, wenn ich Sylvia glauben kann, oder etwa nicht? Aber woher zum Teufel will Jason gewusst haben, dass ich es mag?

Ein Schauer läuft mir über den Rücken, dann stehe ich auf und mache mich trotzig auf die Suche nach meinen Klamotten. Schließlich kann ich unmöglich in diesem kurzen Kleid ins Büro gehen!

24

Reverend Morris zieht beide Augenbrauen bis zum Haaransatz hoch und reißt den Mund auf. Für einen Moment sieht er aus wie ein zu groß geratenes Kind, dem gerade jemand erklärt hat, dass es den Weihnachtsmann gar nicht gibt.

«Emma? Ist ... hast du heute etwa Geburtstag?»

Mein Gesicht wird heiß, und ich zupfe verlegen an dem viel zu kurzen Kleid. Der verfluchte Jason hat meine Klamotten von gestern gut versteckt. Einen Umweg mit dem Taxi nach Camden, um mich umzuziehen, wollte ich nicht machen, da ich um neun Uhr einen Pressetermin habe. Deswegen konnte ich auch nicht auf Orlando warten, der erst Jason zum Flughafen bringen musste, sondern habe mich aus dem Haus geschlichen wie ein Dieb, weil ich Catherine nicht über den Weg laufen wollte. Erst auf der Straße habe ich ein Taxi gerufen, in Hampstead Heath fahren die nicht einfach so auf der Straße herum.

Mein Besucher wartet schon ungeduldig mit dem Fuß wippend im Büro auf mich.

«Nein, ich ... mir war danach, mich ein wenig schick zu machen», lüge ich und drehe mich so elegant wie möglich auf dem Absatz um. Ich spüre den brennenden Blick des Pfarrers in meinem Rücken und versuche, nicht daran zu denken, dass sich meine Pobacken wahrscheinlich deutlich unter dem dünnen Stoff abzeichnen.

«Mr. Newsmith? Entschuldigen Sie bitte die Verspätung.» Verlegen lächelnd reiche ich dem Reporter die Hand und registriere seinen anerkennenden Blick über meinen Körper. Oh Gott, ich fühle mich wie ein Sexobjekt in diesem Kleid! Und besonders gut gefällt mir das nicht. In den verfluchten hochhackigen Sandalen kann ich immer noch nicht vornehm schreiten, daher gehe ich eilig um den fremden Mann herum und lasse mich auf meinen sicheren Schreibtischstuhl fallen.

«Wenn so eine Schönheit die Belohnung ist, warte ich gern.»

Autsch. Ich kann mit Komplimenten nicht gut umgehen, schon gar nicht aus dem Mund eines zu leger gekleideten Mittvierzigers, der augenscheinlich denselben Friseur hat wie Tony Blair. Meine Lippen kräuseln sich beim Versuch, höflich zu lächeln.

«Was kann ich für Sie tun? Ich nehme an, es geht um unser Gemeindefest?»

Warum muss ich sämtliche Presseanfragen der Gemeinde allein beantworten? Heute bin ich irgendwie genervt, was nur zum Teil daran liegt, dass Montag ist.

«Auch. Aber eigentlich bin ich wegen Reverend Clawson hier.»

Verdutzt hebe ich den Kopf und sehe in die hellgrauen Augen des Journalisten. Wahrscheinlich mag ich ihn nicht, weil er einen Job hat, den ich auch gern hätte. Er ist ein richtiger Reporter bei einer richtigen Zeitung. Nicht dass ich neidisch wäre ... ich würde einfach nur gern das tun, was er tut.

«Was ist mit Reverend Clawson?»

«Sie wissen es nicht?» Jetzt guckt er so verwirrt wie ich vermutlich, und wir müssen beide gleichzeitig lachen.

«Es tut mir leid, ich bin gerade erst reingekommen und war

am Wochenende unterwegs», sage ich vorsichtig, in der Hoffnung, dass er mich aufklären wird. Mein Chef kommt ihm zuvor, indem er die Tür aufreißt und plötzlich in seinem schwarzen Anzug mit dem weißen Kragen in meinem Büro steht, als wäre er der Erzbischof von Canterbury persönlich.

«Reverend Clawson, darf ich Ihnen Mr. Newsmith vom Indepen...»

«Wir kennen uns bereits, Emma», unterbricht er mich schnarrend und reicht meinem Besucher die Hand, ohne mir einen Blick zu gönnen. Was in Anbetracht meines Kleides vermutlich mein Glück ist. «Sie sind sicherlich hier wegen meiner Berufung?»

Berufung? Großer Gott, was habe ich hier verpasst? Das ist ja unfassbar peinlich. Heimlich schiele ich auf den Monitor und versuche, einen Blick in meine E-Mails zu erhaschen. Tatsächlich entdecke ich eine von Samstag, die Reverend Morris geschrieben hat, mit der Betreffzeile *Herzlichste Glückwünsche an Reverend Clawson von der gesamten Gemeinde*. Mir wird ein bisschen flau, weil ich nicht gefrühstückt habe und jetzt eigentlich nur einen starken Kaffee will.

«Ja, ich habe letzte Woche davon gehört. Herzlichen Glückwunsch.»

Reverend Clawson lächelt so milde, wie es mit einem Gesicht wie seinem eben möglich ist. Ich klappe meinen Mund wieder zu und tue so, als hätte ich diese sagenhafte Neuigkeit nur kurz verdrängt.

«Es ist wohl angebrachter, wenn Sie direkt mit Mr. Newsmith sprechen. Dann bekommt er alle Informationen direkt aus erster Hand», sage ich eifrig und deute gönnerhaft auf den zweiten Stuhl an meinem Schreibtisch. Der Pfarrer wirft mir einen misstrauischen Blick zu und schüttelt kaum merklich den Kopf. Hat er womöglich gesehen, wie kurz mein Kleid ist?

«Wann haben Sie erfahren, dass Sie zum Bischof bestellt wurden?», fragt der Tony-Blair-Imitator freundlich, und ich atme unhörbar aus. Okay, das wusste ich tatsächlich nicht, aber es ist eine Information, mit der ich umgehen kann. Allerdings hätte ich es für wahrscheinlicher gehalten, Reverend Clawson würde zur katholischen Kirche wechseln, schließlich macht er keinen Hehl daraus, dass er nichts von Frauen als Priesterinnen hält und für den Zölibat eintritt. Im letzten Gemeindeblatt hat er dann noch polternd verkündet, er würde bei der anstehenden Abstimmung gegen die Bischofsweihe von Frauen in der anglikanischen Kirche stimmen. Als emanzipierte Frau kann ich darüber nur den Kopf schütteln. Wenn er könnte, würde er vermutlich Hosen als Kleidungsstücke für Frauen verbieten.

Ich höre den beiden Männern zu, ohne wirklich aufzunehmen, worüber sie sprechen. Meine Gedanken schweifen ständig ab. Was hat Jason mit dem Pfarrer zu tun? Kann ich ihn einfach darauf ansprechen? Was soll ich fragen, wenn er wissen will, warum ich diese Information brauche?

Ich starre aus dem Fenster, während Gesprächsfetzen wie «seit dreißig Jahren im Dienste der Kirche und Ihrer Majestät» oder «große Ehre für mich» an mir vorbeifliegen.

Vielleicht könnte ich erzählen, dass Jason eine großzügige Spende an die Gemeinde machen will und ich ihn daher im Gemeindeblatt erwähnen muss. Das wäre eine Möglichkeit, ganz unverfänglich auf das Thema zu kommen. Hastig kritzele ich mir eine Notiz auf einen Block von meinem unaufgeräumten Schreibtisch, damit ich den Einfall nicht vergesse.

«Hast du alles mitgeschrieben, Emma? Für unser Gemeindeblatt?»

Irritiert lasse ich den Kugelschreiber fallen und sehe von dem Zettel auf. «Ja … natürlich», murmele ich und versuche, mich ab jetzt auf das Gespräch der Männer zu konzentrieren. Ich frage einfach Reverend Morris später nach den Details, er wird mir sicher helfen.

Nachdem ich Mr. Newsmith verabschiedet habe, bleibt Reverend Clawson in meiner Tür stehen und betrachtet mich. Verlegen fahre ich mit der Hand über das Kleid und versuche, so selbstbewusst wie möglich auszusehen.

«Kann ich Ihnen noch bei irgendetwas helfen?», frage ich und halte seinem bohrenden Blick stand.

«Triffst du dich mit Jason Hall?» Die unumwundene Frage wirkt wie ein Fausthieb, und ich zucke erschreckt zusammen.

«Warum möchten Sie das wissen?»

Woher weiß er *überhaupt*, dass ich mich mit Jason treffe? Mein Herz klopft wieder schneller und warnt mich vor einer Bedrohung.

«Du solltest die Finger von ihm lassen, er ist nicht gut für dich.»

«Was zum ...» Hastig verschlucke ich den Fluch, der mir über die Lippen hüpfen wollte. Immerhin befinden wir uns hier sozusagen in einem Gotteshaus. Ohne eine weitere Antwort dreht der Pfarrer sich um und zieht die Tür hinter sich zu. Minutenlang bleibe ich stocksteif hinter dem Schreibtisch stehen, meine Unterarme überzieht eine Gänsehaut.

Er ist nicht gut für mich? Hat Reverend Clawson etwa den anonymen Brief geschrieben? Das kann unmöglich sein. Oder? Was um alles in der Welt hat Jason mit dem Pfarrer zu tun? Er war mir zwar immer etwas unheimlich, mit seinem Ziegenbart und dem voluminösen Körper, aber mir fehlt definitiv die Phantasie, um eine Verbindung zwischen den beiden herzustellen.

Ich schaffe es tatsächlich, mich eine halbe Stunde lang auf die Arbeit zu konzentrieren, bevor meine Gedanken wieder auf Wanderschaft gehen. Zu Jason, natürlich. Erneut durchforste ich das Netz nach ihm, finde aber nur die alten Zeitungsartikel, die ich schon kenne. Trotzdem lese ich sie noch einmal, nippe währenddessen an meinem zweiten Kaffee und lasse parallel auf YouTube die *Tindersticks* laufen. Mit Kopfhörern, ich will ja kein Aufsehen erregen.

Wie erwartet jagt mir die Stimme des Sängers wohlige Schauer über den Körper. Das dunkle Timbre erinnert mich an gestern und ruft alle möglichen Gefühle wieder hervor. Oh verdammt, ich werde sogar feucht! Im Büro! Das darf doch nicht wahr sein.

Mein Handy brummt und zeigt mir eine Kurznachricht an. Von Jason. Sofort beschleunigt sich mein Herzschlag, kaum dass ich sie öffne.

Denke an Dich und lese Owen Meany, *gerade am Flughafen gekauft. Flieger hat Verspätung. Werde Dich vermissen. J.*

Mann, wird Jason jetzt sentimental? Damit habe ich nun wirklich nicht gerechnet. Eifrig schreibe ich zurück.

Du bist noch gar nicht in der Luft und vermisst mich schon? Was soll ich davon halten? Du hast einen Ruf zu verlieren.

Es dauert nur wenige Sekunden, bis die Antwort kommt.

Okay, ich gestehe, erst die nette Dame von der BA Lounge vernascht zu haben, bevor ich anfing, an Dich zu denken. Sie war sehr willig, aber nicht annähernd so faszinierend wie Du. Zufrieden?

Mir schießt schon wieder das Blut ins Gesicht. Meine Finger zittern ein wenig, während ich die Antwort eintippe.

Schon besser. Nichts anderes erwarte ich von Dir. Allerdings begreife ich nicht, was an mir faszinierend sein soll? Du kennst mich doch schon so lange. Ist das nicht langweilig?

Diesmal dauert es etwas länger, bis eine neue Nachricht eintrifft. Ungeduldig drücke ich immer wieder auf das Display, um den Eingang nicht zu verpassen.

Du bist alles andere als langweilig, Emma. Dieses Staunen in Deinen Augen erregt mich. Du bist noch zu überraschen, und das gefällt mir.

Meine Stirn kräuselt sich. Gut, was ich mit Jason bisher erlebt habe, war wirklich neu für mich. Und ich habe keinen Hehl daraus gemacht, weil ich einfach eine verdammt schlechte Lügnerin bin. Er hätte mir sowieso nicht geglaubt, wenn ich so getan hätte, als wäre ich abgeklärt und erfahren. Wozu also sollte ich mich verstellen?

Um ihm keine Angriffspunkte zu bieten.

Dazu ist es längst zu spät. Ich bin so verwundbar wie ein geblendetes Reh ...

25

Das Mittagessen habe ich mir verkniffen, stattdessen bin ich während der Pause in den nächsten Topshop gelaufen und habe mich dort neu eingekleidet. Jeans und ein dunkelblaues T-Shirt, ein Paar reduzierte Chucks musste ich mir auch gönnen. Die zierlichen Sandalen sahen zur Jeans aus, als hätte Cinderella sich nach dem Ball umgezogen und nur die Schuhe vergessen. Reverend Morris' Kommentar, ihm hätte das Kleid besser an mir gefallen, habe ich dezent ignoriert.

Jason hat mir den ganzen Tag lang Kurznachrichten geschickt, und ich habe bei der Vorbereitung des Gemeindefestes ständig Musik gehört.

Als ich am Abend unsere kleine Wohnung in Camden betrete und Sylvias Pasta rieche, knurrt mein Magen so laut, dass es die Nachbarn hören müssten.

«Du bist die Beste!»

Ich schlinge von hinten die Arme um Sylvias Taille und drücke mich an ihren Rücken. Sie steht mit einem T-Shirt und einer abgeschnittenen Jeans bekleidet am Herd und rührt in einer Tomatensoße, die nach sehr viel Knoblauch und Basilikum duftet. Genau das brauche ich jetzt.

«Setz dich und erzähl. Ich hab mir vielleicht Sorgen um dich gemacht, du Nase! Mach das nie wieder!» Das italienische Temperament funkelt in ihren Augen, während sie mir mit dem Holzkochlöffel droht und anschließend auf einen unserer Plastikstühle deutet.

Brav gehorche ich (ich habe schließlich Hunger!) und setze mich, dann schenke ich uns Rotwein ein. Es ist der übliche Chianti aus Sylvias Fundus, also gab es heute wohl keine Geschenke von Jason.

«Hast du bei ihm geschlafen? Dass du *mit* ihm geschlafen hast, musst du mir nicht erzählen, das sehe ich dir an.»

«Ich bin einfach zu durchschaubar», sage ich seufzend. «Ja, ich habe bei ihm geschlafen, allerdings allein. Er wollte nicht in einem Bett mit mir liegen.»

«Vielleicht schnarcht er ... oder sabbert im Schlaf.» Sylvia lacht und prüft mit der Gabel, ob die Spaghetti schon durch sind. Mein Magen gibt unanständige Geräusche von sich, aber trotz des Hungers habe ich irgendwie keinen Appetit. «Hat er dir erklärt, was es mit Phil auf sich hat?»

«Er hat nur gemeint, dass sie sich zerstritten haben und er seinen Bruder daher für tot erklärt hat.»

«Und der anonyme Brief?»

Ich zucke die Achseln und trinke noch einen Schluck Rotwein. Himmel, wenn das so weitergeht, werde ich noch zur Alkoholikerin, aber seit ich Jason begegnet bin, habe ich immer häufiger das Gefühl, Alkohol zu brauchen. Schlimm! Ab morgen steige ich auf Wasser und Cola um, nehme ich mir jedenfalls vor.

Über den Brief haben wir kein Wort mehr verloren, ehrlich gesagt hatte ich ihn völlig vergessen. Im Gegensatz zu Sylvia hat er mir keine Angst eingejagt, aber vermutlich lag es nur an ihrem Beschützerinstinkt.

Sylvia gießt die Nudeln ab und füllt zwei Teller, dann setzt sie sich zu mir. Beim Essen reden wir nicht viel, offenbar gab es auch bei ihr nichts zu Mittag. Ich überlege kurz, ob sie diese Woche Früh- oder Spätschicht hat, aber ich bin durcheinander. Mein ganzes Leben fühlt sich irgendwie durcheinander an.

Zwischendurch brummt mein BlackBerry in der Handtasche und signalisiert den Eingang einer weiteren Kurznachricht. Obwohl es mir in der Hand juckt, widerstehe ich dem Drang, sofort nachzusehen. Das wäre unhöflich Sylvia gegenüber, ihr ist ein gemeinsames Essen wichtig, und ich habe sowieso ein schlechtes Gewissen.

«Ich mache mir Sorgen um dich. Du wirkst zum ersten Mal, seit wir uns kennen, irgendwie ... verliebt.» Sylvia kneift ein Auge zu, und ich verstecke mich schnell hinter dem Weinglas, um meine Röte vor ihr zu verbergen.

«Quatsch.»

«Warum triffst du dich dann noch mit ihm? Du hast das Halsband – das war angeblich alles, was du wolltest. Dann warst du sauer auf ihn, weil er dich belogen hat, und bist trotzdem mit wehenden Fahnen zu ihm gerannt. Hast du dafür eine andere Erklärung als Verliebtheit?»

Ihre braunen Augen blitzen, und ich weiß genau, warum. Schon vor Jahren, als wir noch zur Schule gingen, hat sie mit mir gewettet, dass ich Beziehungspsychopathin vor meinem dreißigsten Geburtstag verheiratet sein werde. Nun hofft sie womöglich, dass Jason meinen Panzer knackt. Sehr witzig.

«Jason ist genauso wenig der Typ für eine Beziehung wie ich. Er kann ja nicht mal neben einer Frau übernachten, geschweige denn Gefühle für jemand anderen als sich selbst entwickeln.»

«Gehst du nicht zu hart mit ihm ins Gericht?» Sylvia zieht die perfekt gezupften Brauen zusammen und mustert mich, während sie sich eine Gabel voller Spaghetti in den Mund schiebt. Ihr T-Shirt hat einige rote Soßenspritzer abgekriegt.

«Er hatte noch nie eine Beziehung, Sylvia!»

«Entschuldige mal ... da kenne ich zufällig noch jemanden. Ich glaube, ihr seid wie füreinander geschaffen. Ihr könntet ja eine Nicht-Beziehung miteinander eingehen.»

«Wir hatten Sex, und sonst war gar nichts», versuche ich das Gespräch abzublocken, weil ich ahne, in welche Richtung es abdriften wird.

«Emma», sagt Sylvia prompt, in diesem Ton, der mich zusammenzucken lässt. «Nur weil deine Eltern es nicht geschafft haben, heißt das noch lange nicht, dass du so werden musst wie deine Mutter.»

Ich presse die Lippen so fest aufeinander, dass es schmerzt. Lieber Gott, bewahre mich vor diesem Familiengespräch! Leider redet Sylvia sich offensichtlich gerade erst warm.

«Du bist nicht wie deine Mutter, und nicht jeder Mann ist wie dein Vater! Es gibt viele Ehen auf der Welt, die wunderbar funktionieren. Nicht jedes Paar liegt sich dauernd zankend in den Haaren, und nicht jeder Mann legt es darauf an, seine Frau ins Krankenhaus zu bringen.»

Autsch! Meine Augen brennen, da hilft auch der Rotwein nicht. Sylvia streckt eine Hand über den Tisch und streichelt meine Finger.

«Liebes, glaubst du nicht, es ist langsam an der Zeit, dass du es zulässt?»

«Ich will jetzt nicht darüber reden», antworte ich schroffer als beabsichtigt, aber bei Sylvia darf ich mir das erlauben. Sie versteht mich, wir kennen uns schon so verflucht lange. «Oder möchtest du, dass ich ausziehe? Dann sag es direkt!»

Meine beste Freundin verdreht genervt die Augen und schüttelt ihre langen Haare. «Sei kein Idiot, du weißt, dass ich dich liebe. Genau deshalb glaube ich, dass du endlich die Liebe eines anderen verdient hast. Und vor allem das Gefühl, selbst zu lieben. Du kannst nicht dein Leben lang davor weglaufen, Emma!»

«Klar kann ich das. Es gibt Tausende unverheirateter Mönche. Vielleicht studiere ich noch mal, Theologie oder so. Und lebe im Zölibat.»

«In der katholischen Kirche sind keine weiblichen Pastorinnen zugelassen, und die anglikanischen Priester leben nicht zölibatär», erklärt Sylvia, als ob mir das nicht klar wäre. Hey, *ich* arbeite in einer Kirchengemeinde!

«Du weißt, wie ich das meinte.»

«Ja, das weiß ich. Und genau deshalb bitte ich dich, deinen Zynismus abzulegen und die Gefühle zuzulassen, die du eindeutig hast. Ich sehe es dir an, Emma! Dein Gesicht glüht, sogar deine Ohren werden rot, wenn du an ihn denkst! Du musst gar nicht von ihm sprechen, ich sehe sofort, wenn er deine Gedanken besetzt. Du warst schon früher in ihn verschossen, und jetzt hast du die Chance, daraus wirklich etwas zu machen!»

«Ja, genau. Eine Katastrophe!» Die Worte dringen viel lauter über meine Lippen, als ich wollte, aber mein Körper gehorcht mir ja sowieso nicht mehr, darum wundert es mich nicht. Ich spüre, wie meine Unterlippe vor Aufregung zittert.

«Ich habe dir gesagt, dass du dir Hilfe suchen solltest, und das habe ich immer so gemeint. Aber inzwischen meine ich, dass du sie noch dringender nötig hast, als ich dachte. Dr. Jenkins ist eine gute Psychologin, ich kann dir einen Termin ...»

«Hör auf damit», sage ich drohend. Ich wusste, dass das Gespräch so aus dem Ruder laufen würde, ich wusste es einfach!

«Okay, ich höre auf.»

Wir schweigen und starren nachdenklich in unsere Weingläser.

«Hast du mal nach Phil gesucht, im Internet? Vielleicht gibt es alte Zeitungsberichte oder irgendwas über ihn?»

Gut, ich bin Journalistin, aber zu meiner Verteidigung muss ich sagen, dass ich einfach zu beschäftigt war mit meiner Arbeit und mit ... Jason. Diese einfache Möglichkeit hatte ich gar nicht bedacht.

«Verdammt, nein.»

«Na dann ... worauf warten wir?» Sylvia grinst wieder und springt förmlich vom Stuhl auf.

Oje, ihre Detektivader. Das ist nicht gut. Ich erinnere mich mit Schrecken an unsere früheren Kinderspiele, als sie ständig mit Mehl Fingerabdrücke von jedem nahm, der uns über den Weg lief. Wir waren verrückt danach, Detektiv zu spielen.

Die Suche nach Phil Hall fördert tatsächlich Erstaunliches zutage. Mit offenem Mund starre ich auf die Ergebnisse bei Google. Sylvia reibt sich verwirrt über das Gesicht.

«Er hat ein *Buch* geschrieben?»

In der Tat hat Jasons großer Bruder vor mehreren Jahren einen offenbar ziemlich erfolgreichen Roman veröffentlicht. Neugierig klicke ich den Titel bei Amazon an und öffne die Leseprobe. Das Buch heißt *In der Tiefe* und scheint ein schwermütiger belletristischer Text zu sein.

Die Zusammenfassung verrät, dass es um Vergangenheitsbewältigung geht, und die vielen Rezensionen lassen darauf schließen, dass es damals ein Skandalbuch war. Es ist nicht unter Phils richtigem Namen erschienen, allerdings wird das Pseudonym schon auf der ersten Google-Seite seinem realen Namen zugeordnet. Offenbar hat die Geheimhaltung des Künstlernamens nicht geklappt.

Sylvia lehnt sich über meine Schulter, und so lesen wir gemeinsam den Anfang des Romans. Schon auf der fünften Seite entziffere ich etwas, bei dem mir das Blut gefriert. Sylvia schüttelt ungläubig den Kopf.

«Das kann doch nicht ...»

«Glaubst du, das ist autobiographisch?»

Wir lesen weiter, ich höre sie neben mir atmen. Mein eigenes Herz schlägt so heftig, dass mir schwindelig wird. Und dann ist die Probe zu Ende.

«Oh Gott.»

Nervös ziehe ich den BlackBerry aus der Handtasche und öffne Jasons Kurznachrichten. Gleich zwei hat er mir geschickt, in der letzten fragt er nach, ob er mich gerade stört oder ich womöglich schon im Bett liege. Mit zitternden Fingern tippe ich meine Antwort.

Du hast mir nicht erzählt, dass Phil ein Buch geschrieben hat.

Es dauert eine Minute, bis eine Rückmeldung kommt.

Emma – lies es nicht. Bitte, lies es nicht. Es ist furchtbar.

«Furchtbar?» Sylvia zieht beide Brauen hoch, sodass sie schmale Monde über ihren Augen bilden. «Ob das der einzige Grund ist, warum du es nicht lesen sollst?»

Mir schwirrt der Kopf. Ich kann das einfach nicht glauben.

Mir war klar, dass du es herausfinden würdest. Aber ich bitte dich wirklich, es nicht zu lesen.

Während ich Jasons erneute SMS lese, legt Sylvia das Buch in den Warenkorb und schließt die Bestellung ab. Expresslieferung, morgen Nachmittag.

«Na, jetzt bin ich aber mal gespannt», sagt sie grinsend und verschränkt die Arme vor der Brust. «Sieht so aus, als hätten wir uns in Jason getäuscht?»

«Es ist nur ein Roman. Fiktiv. Und wir wissen nicht genau, worum es wirklich geht.»

«Aber morgen Abend werden wir es erfahren.» Die Detektivin reibt sich die Hände.

Mir ist ganz übel. Mein Magen tobt herum wie ein verrückt gewordener Schwertkämpfer. «Jason ist in Mailand, er kommt erst Donnerstag zurück.»

«Seid ihr verabredet?»

Verwirrt hebe ich die Schultern. «Ich glaube schon. Vielleicht ist es nicht richtig, was ich hier mache. Jason will nicht darüber reden, und das sollte ich akzeptieren. Wir haben eine Vereinbarung, es geht nur um Sex. Ich spreche ja auch nicht über meine Probleme mit ihm.»

«Es wäre ein guter Anfang für dich, Emma. Vielleicht fällt es dir leichter, wenn du einen Ansatzpunkt hast? Offenbar ist in seinem Leben einiges vorgefallen, das ihn belastet. Und falls ich das richtig sehe, hat Phils Buch irgendetwas damit zu tun.»

Ich beiße mir auf die Unterlippe und starre auf meine neuen Chucks. Vermutlich hat sie recht. Morgen Abend werde ich klüger sein ...

26

Die Stunden im Büro sind heute dahingekrochen, obwohl ich verdammt viel Arbeit mit dem dämlichen – Verzeihung – Gemeindefest hatte. Wegen der ganzen Organisation und weil Ken immer noch krank ist, konnte ich mich kaum unserem Heftchen widmen. Am Wochenende werde ich leider eine Sonderschicht einlegen müssen, und das passt mir gerade gar nicht!

Donnerstag kommt Jason aus Mailand zurück. Momentan könnte ich mir eher vorstellen, das Osterwochenende mit einer ganz besonderen Form von Eiersuchen zu verbringen als mit Arbeit. Ich fürchte nur, die Entscheidung liegt nicht in meiner Hand.

Seufzend krame ich um halb neun abends meine Unterlagen zusammen und verlasse das inzwischen leere Büro. Zum Glück ist mir Reverend Clawson heute nicht über den Weg gelaufen, auf seine unheimliche Anwesenheit kann ich im Moment verzichten. Zumal ich ihn langsam wirklich verdächtige, etwas mit diesem anonymen Drohbrief zu tun zu haben.

Ist das alles wirklich erst eine Woche her? Oh Gott, es kommt mir vor, als wären Monate vergangen, seit ich Jason bei der Auktion getroffen habe. Ich kann es kaum erwarten, nach Hause zu kommen. Hoffentlich ist das Buch schon da! Ich werde kein Auge zutun, bevor ich es gelesen habe, ganz egal, ob Jason das recht ist oder nicht. Fast habe ich ein schlechtes Gewissen, aber nur fast. Schließlich schickt er mir den ganzen Tag Kurznachrichten, die mich von der Arbeit abhalten. Seine Schuld, dass ich heute so spät aus dem Büro komme!

Die Straßen sind nicht dunkel, das sind sie nie mitten in London. Ebenso wenig, wie der Himmel jemals schwarz wird. Über der Stadt leuchtet es irgendwie immer rot, von den vielen Lichtern, die überall brennen. Ein perfektes Motiv für die Darstellung von Stromverschwendung – London bei Nacht!

Es ist kühl heute Abend, ich ziehe die Schultern hoch auf dem Weg zur U-Bahn-Station, weil ich keine Jacke angezogen habe. Am Morgen schien noch die Sonne, aber jetzt weht ein frischer Wind durch die vollen Straßen.

Während der Fahrt starre ich aus dem Fenster der rappelnden U-Bahn und lasse die Notfallmarkierungen im Tunnel an mir vorbeirasen. Normalerweise lese ich, obwohl die Fahrt kurz ist. Aber heute bin ich froh, ein paar Minuten entspannen zu können. Nur die Augen mache ich nicht zu, sonst schlafe ich womöglich ein und fahre durch bis nach Kennington.

In der Küche im ersten Stock brennt Licht, das sehe ich schon von der Straßenecke aus. Meine Fingerspitzen kribbeln vor Aufregung. Bestimmt war Sylvia vor mir zu Hause und hat schon alles gelesen. *Wehe!*

Während ich die schmale Carol Street entlang auf unser Haus zugehe, bemerke ich das Auto. Es fährt verflucht langsam, vermutlich, um hinter mir bleiben. Erst als das Motorengeräusch erstirbt, wage ich, mich umzudrehen. Ein schwarzer Alfa Romeo, wahrscheinlich hat einer unserer Nachbarn ein neues Auto und parkt gerade am Straßenrand ein. Den Fahrer kann ich nicht erkennen, denn im Wagen brennt kein Licht, und noch bevor ich die Haustür aufschließen kann, erlöschen auch die Scheinwerfer. Ich warte ein paar Sekunden, aber es rührt sich nichts. Niemand steigt aus. Das ist doch seltsam? Mein Herz klopft schneller, und ich überlege, ob es gut ist, jetzt reinzugehen. Falls mich jemand verfolgt hat, weiß er danach, wo ich wohne.

Gott, Emma, wirst du jetzt paranoid?

Kopfschüttelnd drücke ich die Haustür auf und lasse sie unmittelbar hinter mir ins Schloss fallen. Ich bin ein Idiot, ernsthaft. Die ganze Sache mit Jason, seine Geheimniskrämerei, der anonyme Drohbrief – das alles hat mich offenbar nervöser gemacht, als ich zugeben will. Und irgendwie ist es komisch ... der erste Tag ohne Jason seit über einer Woche. Wir haben Handynachrichten und E-Mails geschrieben, aber wenn ich ehrlich bin, denke ich ständig nur an ihn und seinen Körper, möchte ihn anfassen, ihn riechen, ihn streicheln ...

«Hey! Das Buch ist da!»

Sylvia kaut auf irgendwas aus dem riesigen Topf herum, der auf dem Herd exotische Düfte von sich gibt. Ein Curry? Currys sind Sylvias neue Leidenschaft, und ich bin sehr dankbar dafür. Ich liebe es, dass sie so gut kocht, sonst würde ich mich ausschließlich von Fast Food ernähren.

Das Buch liegt auf dem Tisch, noch in dem braunen Amazon-Umschlag verpackt. Sie hat es nicht geöffnet, also auch nicht gelesen. Wahnsinn! Ich wusste gar nicht, dass sie so viel Selbstbeherrschung an den Tag legen kann, wenn sie will. Jedes Jahr zu Weihnachten muss ich mein Zimmer abschließen, weil sie sonst auf der Suche nach meinen Geschenken für sie die Schränke und Schubladen durchwühlt. Wie ein kleines Kind, entsetzlich!

Während ich die Schuhe von den Füßen streife, reiße ich die

Verpackung auf und hole das gute Stück hervor. *In der Tiefe.* Es ist ein Hardcover mit schwarzem Umschlag, nur der weiße Schriftzug sticht sofort ins Auge.

«Na los, lies doch!» Sylvia rührt noch ein letztes Mal im Topf, dann stellt sie sich auf die Zehenspitzen und holt Teller aus dem Hängeschrank unserer Plastikküche.

«Jetzt? Vor dem Essen?»

«Na sicher! Ich sterbe vor Neugier.»

Das Buch liegt plötzlich schwer in meiner Hand, und der Verrat an Jason nagt an mir. Kann ich das wirklich tun? Er hat mich gebeten, es nicht zu lesen, aus welchem Grund auch immer. Es geht mich nichts an. Warum will ich dann unbedingt wissen, was mit ihm passiert ist? Aber weil er sich mir gegenüber so bedeckt verhält, provoziert er meine Neugier erst recht.

Beim Essen blättere ich in den ersten Seiten herum bis zu der Stelle, an der die Online-Leseprobe geendet hat.

«Und?»

Mir fällt schon zwei Seiten weiter die Gabel aus der Hand, und ich starre Sylvia mit aufgerissenem Mund an. «Ich glaube, ich weiß, warum Jason seinen Bruder für tot erklärt hat.»

«Na was? Sag schon!» Sie greift über den Tisch, um mir ungeduldig das Buch wegzunehmen, aber ich schlage mit der flachen Hand darauf und halte es fest. «Lies vor!»

Kopfschüttelnd schlucke ich und schließe die Augen. Nein, das mag ich nicht vorlesen. Kann ich nicht vorlesen. Ich kann nur hoffen, dass es Fiktion ist, dass Phil sich das nur ausgedacht hat und nicht wirklich ...

«Mein Gott, Emma!»

Sylvia platzt endgültig vor Neugier und lässt ihren noch halb vollen Teller stehen, geht um mich herum und liest über meine Schulter hinweg mit. Ich wage kaum zu atmen.

«Himmelherrgott, das ist ja ...»

Wieder und wieder gleiten meine Augen über die Seite und lesen die wenigen, aber trotzdem aussagekräftigen Worte.

Ich konnte nichts dafür. Er kam jede Nacht in mein Bett, sein kleiner, warmer Körper drückte sich vertrauensvoll an mich. Seit unser Vater ausgezogen war, spielte ich Vaterersatz für ihn. Und es war gut so.

Eines Nachts kam er zu mir. Er war so klein und so unschuldig. Er wusste noch nichts über diese ungeheure Macht, die von meinem Körper Besitz ergriffen hatte und mit der ich nicht umgehen konnte.

Ich hatte seine kleinen Füße auf dem Linoleumboden gehört, wie sie zu mir herübertapsten. Er schob sich neben mich unter die Bettdecke.

Und dann war da plötzlich seine Hand auf meiner Brust ... seine warme, kleine Hand. Als ich die Augen öffnete und den winzigen Mund im Mondlicht sah, konnte ich nicht anders.

Es fühlte sich richtig an, obwohl ich wusste, dass es verboten war.

Das Geheimnis schweißte uns zusammen. Ich hoffe, er kann mir eines Tages verzeihen, denn ich liebe ihn.

«Glaubst du, Phil hat ...» Sylvia beißt sich auf die Lippe und sieht mich an. Mir wird eiskalt.

«Ich hoffe nicht.»

Vielleicht ist Jason nur sauer, weil Phil so ein Buch geschrieben hat? Ich mag mir nicht ausmalen, dass er sich wirklich an seinem kleinen Bruder ... Was für eine grauenhafte Vorstellung! Tränen schießen mir in die Augen.

«Ruf Jason an und frag ihn», schlägt Sylvia vor. Sie nimmt meine Hand und drückt sie tröstend.

«Nein. Er wollte nicht, dass ich das Buch lese, und ich ... Er muss von selbst damit herausrücken. Ich will ihn nicht drängen.»

«Ach, komm, ich glaube nicht, dass es wirklich so schrecklich ist. Das hier ist bestimmt nur ein drittklassiger Schundroman. Liest du noch weiter?»

Ich schüttele vehement den Kopf. «Nein. Und Jason hatte im Übrigen recht – es ist ein verdammt schlechtes Buch.»

Wir schweigen, während Sylvia ihr Curry aufisst. Mir ist der Appetit gründlich vergangen, mein Magen fühlt sich an wie ein einziger Klumpen. Keinen Bissen bekomme ich mehr runter.

Nach dem Essen trinken wir Weißwein, Sylvia blättert zwischendurch in Phils Buch, liest ein paar Absätze und schüttelt immer wieder den Kopf. Ich kann gar nicht klar denken. Ich weiß nicht, wie ich mit diesem Wissen umgehen soll. Oder ob ich überhaupt damit umgehen kann. Ich bin keine Psychologin, ich weiß nicht, was Jason zugestoßen ist und wie er es verarbeitet hat in den ganzen Jahren. Vielleicht hat er sich Hilfe gesucht, vielleicht auch nicht. So, wie ich ihn einschätze, hat er darauf verzichtet und versucht, sich selbst zu heilen.

Missbrauch ... was für ein gruseliges Thema. Ich kenne das sonst nur aus Zeitungen und dem Fernsehen. Es kommt mir surreal vor, wie ein übler Traum. Und ich fühle mich absolut nicht in der Lage, Jason irgendwie zu helfen. Wie auch? Ich bin selbst traumatisiert, auch wenn mir meine eigenen Probleme dagegen plötzlich wie kleine Schönheitsflecken auf einem sonst makellosen Körper vorkommen. Sie stören das Gesamtbild, aber sie sind nicht wirklich schlimm.

Nachdenklich gehe ich zum Fenster und sehe raus auf die dunkle, menschenleere Straße. Es ist spät, aber keine von uns macht Anstalten, ins Bett zu gehen. Das Auto parkt noch immer gegenüber, und wenn ich mich nicht täusche, dann ...

«Sag mal ... weißt du, wem der schwarze Alfa da draußen gehört?» Meine Stimme klingt scharf, als ob mein Körper schon etwas weiß, von dem mein Verstand noch nichts ahnt. Mein Herzschlag beschleunigt sich.

Sylvia hebt fragend die Schultern. «Keine Ahnung, zeig mal.» Neugierig kommt sie zu mir, und wir entdecken die schemenhafte Bewegung gleichzeitig.

«Da sitzt einer drin!»

«Sicher?» Ich zweifle noch, aber auch ich habe den Schatten gesehen. Mein Magen zieht sich zusammen.

«Wirst du verfolgt? Beobachtet er dich? Ist dir das Auto heute schon mal aufgefallen, oder warum hast du gefragt?»

Ich kaue auf meiner Lippe und nippe am Wein, bevor ich antworte. «Ja, irgendwie kam es mir seltsam vor, als ich nach Hause gegangen bin. Der Wagen ist sehr langsam hinter mir hergefahren, den ganzen Weg von der U-Bahn-Station bis zu uns, dann hat er dort geparkt, und ich dachte, einer unserer Nachbarn hätte einen neuen Wagen. Aber jetzt ...»

Der anonyme Brief, Jasons seltsames Verhalten, ein doch recht offensichtlicher Verfolger ... Muss ich mir Sorgen machen? Was zum Teufel ist hier los?

«Ich geh runter.» Sylvia wirkt wild entschlossen.

«Nein! Bleib hier! Wir wissen nicht, wer das ist, vielleicht ist er gefährlich!»

Ich kann sie nicht aufhalten. Die Detektivin in ihr ist geweckt, und ich weiß, dass sie keine Ruhe geben wird. Mit angehaltenem Atem presse ich mein Gesicht gegen das Fenster, nachdem ich das Licht in der Küche ausgeschaltet habe, und beobachte den Wagen. Sylvias Haarmähne taucht unten auf der Straße auf, und ich rechne damit, dass das Auto gleich mit quietschenden Reifen davonbrausen wird wie in einem Fernsehfilm.

Mein Mund klappt auf, als sie an die Autoscheibe klopft, wie wenn es ganz normal wäre, am späten Abend zu einem parkenden Wagen zu gehen und den Fahrer aufzuschrecken. Sie scheint gedämpft zu sprechen.

Ich drehe mich um, leere das Weinglas und setze mich an den Tisch zurück. Minuten später höre ich die Wohnungstür.

«Ich hab hier jemanden mitgebracht», ruft Sylvia aus dem Flur, und ich richte mich alarmiert auf. Wie bitte? Sie hat nicht wirklich einen wildfremden Typen von der Straße ...

Oh. Mein. Gott!

«Hi, Emma.» Orlandos Lächeln wirkt etwas verkniffen, als er unsere kleine Küche betritt.

Ich ziehe scharf die Luft durch die Zähne ein, meine Hände werden feucht. «Was um alles in der Welt *tust* du hier?»

«Ah, ihr kennt euch wirklich. Dann ist ja gut», sagt Sylvia und bleibt mit verschränkten Armen in der Tür stehen.

Dann ist ja gut? Gar nichts ist gut! Warum steht er den ganzen Abend über vor meiner Wohnung und beobachtet mich? Verfluchter Mist.

«Was soll das, Orlando? Hat Jason dir befohlen, mich zu beschatten, während er in Mailand ist?»

Zwei Gefühle toben in mir, die so gar nicht zueinander passen wollen. Ich bin sauer über die Bevormundung und Kontrolle, sauer über das Misstrauen, das Jason offensichtlich mir gegenüber hegt. Gleichzeitig klopft mein Herz schneller, und mein Bauch suggeriert mir, dass ich es mag. Dass es mir gefällt, wie Jason sich um mich sorgt und kümmert, auch wenn er nicht da ist. Anscheinend beherrsche ich seine Gedanken; er denkt an mich, und das ist mehr, als ich je gehofft hätte.

«Jason hat mir aufgetragen, auf dich aufzupassen. Er hat gesagt, du hast einen Drohbrief bekommen.»

Ich stöhne entsetzt auf. «Spinnt der? Das ist doch kein Grund, mir nachzuspionieren», schnaufe ich, zeige aber trotzdem auf den Stuhl mir gegenüber. Ich muss ja nicht gleich meine guten Manieren vergessen, auch wenn ich sauer bin. Stinksauer, um genau zu sein. «Du hast mir einen verdammten Schock eingejagt, Orlando! Ich komme mir vor wie in einem Krimi, von allen beobachtet und verfolgt, aber keine Ahnung davon.»

Sylvia betrachtet Orlando mit unverhohlenem Interesse, und er erwidert ihren Blick mit einem entzückend breiten Lächeln.

Oh nein! Lass die Finger von dem Jungen!

Zwischen den beiden fliegt beinahe spürbar Energie in unserer kleinen Küche hin und her. Und mir ist klar, dass Orlando Sylvias Helferinstinkt perfekt befriedigen würde, abgesehen von der Tatsache, dass er gut sechs oder sogar acht Jahre jünger sein dürfte als wir!

Klar, er sieht gut aus, und ich kenne Sylvias Beuteschema, aber der Gedanke erschreckt mich.

«Möchtest du was trinken?», frage ich schroff und werfe meiner besten Freundin einen missbilligenden Blick zu, den sie grinsend und mit einem Achselzucken beantwortet. Als könnte ich ihr jemals eine Flause aus dem Kopf treiben, wenn die sich erst mal eingenistet hat ...

«Sei nicht sauer, Emma. Jason hat sich Sorgen gemacht, weil er ein paar Tage nicht da ist. Darum hat er mich gebeten, ein Auge auf dich zu haben. Er möchte nicht, dass dir etwas passiert.»

Sorgt er sich wirklich? Oder ist er womöglich eifersüchtig und will wissen, ob ich während seiner Abwesenheit mit einem anderen ...? Mein Herz flattert heftig bei dem Gedanken. Jason Hall und Eifersucht, das passt so gut zusammen wie saurer Weißwein und Schokolade. Nein, das kann ich mir nicht vorstellen.

«Warum hat er Angst? Was ist eigentlich los mit ihm? Langsam kommt er mir vor wie ein Verbrecher mit düsterer Vergangenheit. Wolltest du die ganze Nacht in dem Auto verbringen oder was?»

Er hebt die Schultern. «Klar. Hab ich gestern ...»

Als er meine Augen sieht, verstummt er und senkt den Blick. Gut so. Offenbar bin ich wenigstens noch in der Lage, meine berüchtigten Blitze abzufeuern und verständlich zu machen, dass ich sauer bin. Wirklich *stink*sauer!

Sylvia stellt ihm ungebeten eine Dose Pepsi vor die Nase und hockt sich danach auf die Arbeitsplatte unserer Küche. Aus dieser erhöhten Position beobachtet sie uns neugierig, ich kann förmlich sehen, wie ihr Gehirn hinter der hohen Stirn arbeitet.

«Du bist also Jasons Fahrer», stellt sie dann fest, und Orlando nickt, dankbar für den Themenwechsel.

«Seit zwei Jahren, ja. Ich bin sein Fahrer und sein Mädchen für alles.»

«Wie ein Mädchen siehst du nun nicht gerade aus.»

Ich stöhne entsetzt auf. Lieber Gott, ich bitte dich, erspare mir einen Flirt zwischen Sylvia und Orlando!

«Du auch nicht», antwortet Orlando frech, sodass Sylvia empört die Brauen hochzieht. «Ich meine, du bist halt kein Mädchen mehr ...»

Seine Unbeholfenheit ist niedlich und bringt mich zum Lachen.

«Orlando kommt auch aus Elephant and Castle», erkläre ich. «Er ... hatte eine schwierige Jugend, und Jason hat ihm auf die Beine geholfen.»

Sofort fangen Sylvias Augen an zu leuchten. Oh Scheiße, das hätte ich nicht sagen dürfen. Ich beiße mir auf die Zunge und schüttele innerlich den Kopf. Jetzt reite ich sie auch noch selbst rein, ich kenne sie doch! Emma, denk nach, bevor du redest!

«Schönes Tattoo.» Sie zeigt auf sein Handgelenk, das unter dem schwarzen Sweatshirt hervorlugt.

Zum ersten Mal sehe ich Orlando in legerer Kleidung, ohne den Anzug, den er trägt, wenn er Jason durch die Gegend kutschiert. Die schwarzen Baggy Pants sitzen tief auf seinen schmalen Hüften, seine Füße stecken in schweren Boots. Ich werde nichts verhindern können, so viel steht fest. Dafür ist er einfach zu sehr Sylvias Typ.

«Das habe ich Jason zuliebe gemacht. Es verbindet uns wie Blutsbrüder. Jeder sieht sofort, dass wir zusammengehören.»

Er sieht aus wie ein kleiner Junge, wenn er so redet und seine grünen Augen anfangen zu blitzen. Ich bin mir sicher, dass er Jason liebt, und ich kann es ihm nicht verdenken, wenn die Geschichte wahr ist. Immerhin hat Jason ihm sozusagen das Leben gerettet, da würde es mich nicht wundern, wenn Orlando ihm seinen Penis gespendet hätte.

«Ihr seid zusammen?» Sylvia reißt die Augen so weit auf, dass Orlando und ich gleichzeitig anfangen zu lachen.

«Nicht *so*. Wir sind wie Brüder. Richtige, gute Brüder.»

Er verstummt plötzlich, als hätte er schon zu viel gesagt, und ein Schauer durchläuft meinen Körper. Ich denke an Phils Buch, das sichtbar auf dem Tisch liegt. Oh Gott, er wird es sehen und Jason erzählen, dass ich es gelesen habe. Ich bin mir sicher, dass Orlando die ganze Geschichte kennt.

Bevor ich ihn ausfragen kann, fängt Sylvia an zu plaudern, und ich sitze daneben wie in einem Nebel, höre nicht zu, aber auch nicht weg. Nur einzelne Wortfetzen schnappe ich auf, dann überfällt die Müdigkeit mich plötzlich wie ein Einbrecher. Meine Augen klappen zu, die Hand, auf die ich mein Kinn stütze, knickt weg, und ich schrecke auf.

«Geh doch ins Bett, Emma», sagt Sylvia fürsorglich.

Gut, ich bin nicht ihre Aufpasserin. Wenn sie mit Orlando vögeln will, wird sie das so oder so tun. Ob er will oder nicht. Also kann ich genauso gut schlafen gehen.

«Gute Nacht», sage ich noch, dann verschwinde ich in meinem Zimmer, ziehe mich aus und schlüpfe unter die Decke. Das Gemurmel und Gelächter aus der Küche wird immer leiser, zieht vorbei wie ein Vogelschwarm, bis mich endlich wohliger Schlaf einhüllt.

27

Lautes Geschrei dringt aus der Küche in mein Schlafzimmer. Ein heftiger Streit, der gefühlt tausendste in diesem Jahr. Ich will das nicht hören, halte mir die Ohren zu und ziehe mir das Kissen über den Kopf. Mein Herz schlägt so schnell, dass es weh tut. Es fühlt sich an wie ein Trommelwirbel in meiner Brust, hart, unbarmherzig.

Hört doch auf damit! Bitte! Ich kann nicht mehr!

Tränen fließen über meine Wangen, während ich unfreiwillig dem Gebrüll lausche. Ich bin schuld. Natürlich bin ich das. Wäre meine Mutter nicht schwanger geworden, hätte sie meinen Vater nicht geheiratet. Dann wäre sie heute nicht so entsetzlich unglücklich. Ich will endlich ausziehen! Sobald ich einen Job habe, ziehe ich aus, und wenn ich in einem dieser winzigen Studentenkäfige auf dem Campus leben muss, alles ist besser als das hier. Seit neunzehn Jahren kann ich mich an kaum eine Nacht erinnern, in der ich nicht von diesem Geschrei geweckt wurde. Seit neunzehn Jahren habe ich den Blick meiner Mutter vor Augen, diesen verzweifelten, schuldzuweisenden Blick, mit dem sie mich bestraft.

Ich habe mich nicht aufgedrängt; sie hätten beide aufpassen müssen, wenn sie mich nicht gewollt hat. Aber das haben sie nicht getan, und sie ist viel zu früh schwanger geworden. *Ich bin schuld.* Die Worte hämmern in meinem Kopf.

Wenn du nicht gewesen wärst, hätte ich deinen Vater nie geheiratet. Wenn ich dich nicht bekommen hätte, hätte ich eine Ausbildung gemacht und wäre jetzt selbständig. Wenn ich nicht schwanger geworden wäre, säße ich jetzt nicht in Elephant and Castle, verheiratet mit einem erfolglosen Docker, der kaum genug Geld verdient, um uns zu ernähren.

Ich war eine schöne junge Frau, Emma. Ich hätte einen guten Mann abbekommen können. Einen reichen, attraktiven Mann. Ich müsste jetzt nicht mit deinem Vater, dem gefühllosen Verlierer, in dieser schäbigen Wohnung sitzen und mir die Haare selbst schneiden. Ich müsste unsere Kleidung nicht auf dem Flohmarkt kaufen und mich nicht dafür schämen. Ich müsste mich nicht sorgen, ob aus meinem Kind trotz allem etwas wird oder ob es auf die schiefe Bahn gerät in dieser Gesellschaft. Ich hätte ein schönes Leben haben können, Emma, wenn du nicht gewesen wärst. Wenn ich nur aufgepasst hätte.

Ich weine immer noch, kann nicht mehr schlafen. Draußen hupt ein Auto, zwei Etagen unter uns streitet noch jemand, am offenen Fenster. Das hysterische Schreien einer Frau vermischt sich mit dem Gekeife meiner Mutter, ab und zu unterbrochen durch das Brüllen meines Vaters.

Ich will hier weg. Ich *muss* hier weg, aber ich kann nicht. Ich muss aufpassen, dass nichts Schlimmes passiert, dass keiner den anderen aus dem Fenster schubst oder mit dem Fleischmesser ersticht. Ich bin verantwortlich, schließlich ist es meine Schuld.

Es wird ruhiger in der Küche, ich atme tief ein und versuche, mein rasendes Herz zu beruhigen. Dann summe ich ein Lied, ein Schlaflied.

Hush-a-bye, don't you cry,
Go to sleepy, little baby.

When you wake, you'll have cake,
And all the pretty little horses.

Niemand außer Granny hat mir jemals ein Schlaflied gesungen. Während ich das Lied summe, höre ich ihre Stimme in meinem Kopf. Ihre alte, brüchige Stimme, die immer so gezittert hat. Ich weiß nicht genau, wie alt sie war, als sie starb, aber sie kam mir uralt vor. Mit dieser Pergamenthaut, so zerknittert wie eine zusammengeknüllte Serviette. Mit den wässrig blauen Augen, die nie ihren Glanz verloren und in denen ich immer sehen konnte, dass sie einmal eine glückliche, junge Frau gewesen war.

Ein dumpfes Geräusch reißt mich aus der Erinnerung, gefolgt von einem entsetzten Aufschrei. Das war mein Vater.

«Verfluchte Scheiße! Steh auf! Steh wieder auf, Erica!»

Mein Blut rast durch die Adern, und ich setze mich im Bett auf. Durchs Fenster dringt das Licht der Straßenlaternen. Es ist nie ganz dunkel hier.

In der Küche steht mein Vater in einer Blutlache. Ich schreie. Und schreie. Bis er mich schüttelt.

«Hör auf damit, Emma. Hör sofort auf zu brüllen, verfickter Mist! Ruf einen Krankenwagen!»

«Was hast du getan?»

Ich zittere am ganzen Körper, mir ist eiskalt. Meine Mutter liegt auf den harten Fliesen, und aus ihrem Kopf fließt Blut. Eine Menge Blut. Sie ist tot! Er hat sie ermordet, umgebracht!

«Ruf. Einen. Krankenwagen.»

Er steht einfach nur da, riecht nach billigem Bourbon und Schweiß und rührt sich nicht. Warum hilft er ihr nicht? Ist sie tot?

«Mum», sage ich und knie mich neben sie. Im Hintergrund höre ich seine Schritte, irgendwo draußen heult eine Polizeisirene. Er murmelt etwas ins Telefon, dann schellt es an der Tür. Jemand kommt und fragt, was bei uns los ist, aber ich verstehe nichts. Meine Mutter. Sie öffnet die Augen nicht, ich kann nicht sehen, ob sie noch atmet. Er hat sie geschlagen oder geschubst oder beides. Sie ist tot. Ich bin mir sicher, dass sie tot ist.

Großer Gott, bitte lass das nicht wahr sein, bete ich stumm, dann schiebt mich jemand zur Seite wie ein Möbelstück, und ein Mensch in einem weißen Kittel beugt sich über sie.

«Kopfverletzung, sofortiger Transport ins St. Thomas», höre ich. Mein Vater ist verschwunden, ich bleibe allein zurück und sinke heulend auf den Küchenboden, mitten in die Blutlache ...

Schweißgebadet wache ich auf und brauche ein paar Minuten, um mich zu orientieren. Alles ist gut. Ich bin in meinem Zimmer, in meinem Bett in Camden, nebenan schläft Sylvia, und meine Mutter ist weit weg. Das war der erste Traum dieser Art seit Jahren, und ich zittere immer noch am ganzen Körper. Mein Nachthemd klebt mir auf der Haut, das Bettlaken ist komplett zerwühlt. Oh Mann, warum konnte ich nicht irgendwas Schönes träumen? Warum kommt dieser Mist plötzlich wieder hoch?

Ich reibe mir Schlaf und Tränen aus den Augen und strecke mich, bevor ich aufstehe. Es ist sehr früh, aber der Tag wird lang, also sehe ich lieber zu, dass ich rechtzeitig im Büro bin. Die Wohnung ist ruhig, Sylvia schläft entweder noch oder ist schon zur Arbeit gegangen. Hat sie Früh- oder Spätschicht?

Verdammt, normalerweise kenne ich ihren Dienstplan besser als sie selbst, aber seit zwei Wochen ist mein Leben ein einziges Chaos. Ich muss sogar darüber nachdenken, welcher Tag heute ist. Dienstag? Oder doch schon Mittwoch? Erst der Blick auf den Kalender gibt mir Gewissheit. *Verrückt. Ich bin völlig verrückt geworden.*

Ich hocke mich mit angezogenen Knien in die Dusche und lasse das heiße Wasser auf mich niederprasseln. Es umarmt und wärmt mich, das tröstet. Ich denke an Jason und das Buch seines Bruders, an Orlando, der gestern Abend in unserer Küche saß und trotz seines Schicksals so lebensfroh wirkte. Das graue Nieselwetter, das London wieder im Griff hat, trägt nicht gerade dazu bei, meine Stimmung zu heben. Wann ist mein Leben eigentlich so kompliziert geworden?

Im Büro herrscht schon jetzt Betrieb wie in einem Bienenkorb. Alle wirken nervös und aufgeregt, Reverend Clawson läuft mit wehendem Mantel an mir vorbei und kramt hektisch in irgendwelchen Unterlagen herum. Na klasse, das hat mir heute gerade noch gefehlt. Statt wie sonst gemütlich an meinem Computer zu sitzen und mir kluge Gedanken zu machen, werde ich diese elend lange Aufgabenliste abarbeiten müssen, die auf meinem Schreibtisch liegt.

«Emma, hast du die Fähnchen bestellt?»

Ich muss den Kopf in den Nacken legen, um Reverend Morris ansehen zu können, aber das bin ich ja gewohnt.

«Ja, letzte Woche schon. Sind die noch nicht da?»

«Leider nicht. Kümmere dich bitte darum.»

Immerhin sagt er bitte, der Tonfall jedoch ist eher wie beim Militär. Schnaubend rufe ich in der Agentur an, die ich mit dem ganzen Werbekram beauftragt habe, und frage nach. Man bemüht sich. Danke.

Mein BlackBerry brummt, eine neue Mitteilung. Der Absender zaubert mir sofort ein Lächeln ins angespannte Gesicht.

Wie geht es Dir heute Morgen?

Ich antworte.

Ich habe schlecht geschlafen und sehr viel Arbeit. Also frag besser nicht.

Minuten später vibriert das Handy wieder auf meinem Tisch.

Tut mir leid. Sehen wir uns morgen? Bei mir?

Oha. Jetzt ist die Einladung offiziell. Sehen wir uns? Will ich ihn denn sehen? Keine Frage, natürlich will ich. Mein Verstand sagt zwar nein, aber mein Körper ist ganz anderer Meinung. Der bloße Gedanke an Jason reicht, um dieses aufgeregte Summen hervorzurufen. Außerdem hege ich die leise Hoffnung, dass wir dann endlich miteinander reden können. Über Phils Buch, über Jasons Vergangenheit, über Reverend Clawson ... Wenn ich nur wüsste, was das alles zu bedeuten hat! Seitdem der Pfarrer weiß, dass ich Kontakt zu Jason habe, ist er noch merkwürdiger als sonst, und ich werde den Verdacht nicht los, dass er etwas mit dem anonymen Drohbrief zu tun hat. Es ist nur ein Gefühl, aber ein verdammt intensives. Leider bekomme ich dieses Puzzle ohne Jasons Hilfe nicht gelöst.

Heute Abend werde ich das Buch zu Ende lesen, und morgen ... sehe ich Jason wieder. Ganz bestimmt. Und wenn ich ehrlich bin, ist die Vorfreude größer als meine Sorge.

28

Meine Knie zittern, vor allem, weil es ganz schön kühl ist an diesem Abend. Die kleine Handtasche hängt an meinem Arm, und den Daumennagel habe ich schon so kurz gekaut, dass ich mir aufs Fleisch beiße.

Als hinter mir ein Motorengeräusch ertönt und ich gleich darauf die Reifen über den Kies knirschen höre, atme ich tief aus. Er ist hier.

«Emma! Tut mir leid, der Verkehr war ...»

«Nein, ist schon gut.» Ich schüttele den Kopf und versuche zu lächeln. Mein Herz flattert nervös.

Sieht er nach den wenigen Tagen in Mailand wirklich noch besser aus als vorher? Oder kommt mir das nur so vor? Diese blauen Augen, mit denen er mich so intensiv ansieht, das schwarze, dichte Haar. Auf seinem Kinn liegt ein leichter Schatten, als hätte er sich heute Morgen nicht rasiert. Sexy. So sexy wie das Grübchen, das sich durch sein Lächeln vertieft.

Orlando geht mit einem Kopfnicken an mir vorbei, in den Händen zwei große Lederkoffer, die er ins Haus bringt. Ich bleibe unschlüssig vor der Tür stehen und warte, während Jason eine Papiertüte aus dem Auto holt und zu mir kommt.

«Ach, komm her», sagt er leise, lässt die knisternde Tüte fallen und zieht mich in seine Arme. Unsere Hüften drängen sich aneinander, mit dem Daumen streicht er mir über die Unterlippe und sieht mir in die Augen, bevor er mich küsst. Ich wehre mich nicht. Will mich gar nicht wehren. Dafür sind seine Küsse einfach zu gut.

Minutenlang bleiben wir ineinander verhakt stehen, unsere Unterleiber so dicht zusammen, dass kein Blatt Papier dazwischenpassen würde. Ich zerfließe unter seinem gekonnten Kuss und kann kaum atmen, er lässt mir keine Chance, Luft zu holen.

«Jason», stoße ich schließlich japsend hervor und schiebe ihn sanft von mir. «Nimmst du Viagra, oder was ist mit dir los?»

Oh Mann, das kann doch nicht wahr sein, aber was ich da vorhin am Bein gespürt habe, war definitiv nicht sein Portemonnaie.

«Entschuldige. Aber ich habe dich vermisst.»

Mir wird ganz heiß. Überall. Alles in mir kribbelt, und mein Magen verkrampft sich. Er hat mich vermisst ... Was hat das zu bedeuten?

«Mich oder meinen Körper?»

«Euch beide.»

Er grinst und greift um mein Handgelenk, dann zieht er mich mit sich ins Haus, und ich folge ihm, während ich mich frage, wie um alles in der Welt man mit so einer Erektion noch normal gehen kann.

«Hast du Hunger?»

«Nein, danke. Ich hab im Büro eine Pizza gegessen.»

Jason lacht. «Dann ging es dir besser als mir. Ich musste mich mit einem Sandwich auf dem Rückflug begnügen, aber es hat zumindest gereicht. Aber was zu trinken ...? Setz dich doch!»

Er wirkt fahrig heute, fast ein wenig nervös. Ich ziehe meinen dünnen Mantel aus und hänge ihn über eine Stuhllehne, dann setze ich mich aufs Sofa und beobachte ihn an der Bar.

«Auf dich.»

Aus dem Rotweinglas, das er mir reicht, duftet es köstlich. Nach Johannisbeeren und Waldfrüchten, aber heute sagt er nichts über die Weinsorte. Wir trinken und stellen beinahe gleichzeitig die Gläser auf dem kleinen Tisch ab.

Anschließend setzt er sich zu mir und legt seine Hand auf mein Knie. Wärme durchflutet mich, meine Augen sind gefesselt von ihm. Ich kann nicht wegsehen. Unwillkürlich strecke ich die Hand aus und öffne zwei Knöpfe an seinem Hemd, das Sakko hat er schon ausgezogen. Er unterbricht mich nicht, und ich werde mutiger.

Meine Finger gleiten unter den Stoff und streichen über seine harte Brust, aber ehe ich weitermachen kann, legt er mir eine Hand in den Nacken und zieht meinen Kopf zu sich heran, um mich zu küssen. Hart.

Er ist gierig, seine Hände sind plötzlich überall. Er schmeckt nach Wein und nach Jason, sein Aftershave kitzelt in meiner Nase. Wie zwei Ertrinkende küssen wir uns, klammern uns aneinander fest. In meinem Bauch macht sich Hitze breit, die von dort durch meinen ganzen Körper zieht, mein Gesicht glüht vor Verlangen und Aufregung.

Mehrmals schlagen unsere Zähne beim Küssen gegeneinander, während wir uns gegenseitig ausziehen. Meine Finger zittern, als ich die übrigen Knöpfe an seinem Hemd öffne, dann zieht er mir den Pullover über den Kopf und befreit meine Brüste innerhalb einer Sekunde vom BH. Ich schlinge die Beine um ihn und spüre seine Härte. Die Hosen, die uns noch voneinander trennen, wirken plötzlich wie unüberwindbare Hindernisse, und ich erschauere, als er seine Gürtelschnalle öffnet und den Lederriemen aus den Ösen zieht. Oh Hilfe, er wird doch nicht …?

Nicht heute. Ich bin einfach nur heiß auf ihn, will ihn anfassen, schmecken, spüren. Meine Finger fahren über die Tätowierung an seiner Seite und zeichnen das Muster nach. Seine Augen glänzen wie im Fieber, als er mich ansieht. Kurz nur, zu mehr haben wir keine Zeit. Wir zerren uns die Hosen von unseren Körpern, sodass wir beide nackt sind. Wir gehen nicht ins Schlafzimmer, ins gemütliche Bett. Jason wirft mich an den Hüften herum, mit dem Oberkörper zur Sitzfläche des Sofas. So bleibe ich vor ihm knien, den ganzen Körper angespannt wie einen Bogen, und lausche dem Geräusch der Kondompackung.

«Großer Gott, Emma, es tut mir leid», murmelt er von hinten in mein Ohr. Seine Hände zerwühlen mein Haar, dann greift er um meine Hüften und löst damit umgehend das lustvolle Zucken in meinem Schoß aus. Ich bin bereit, oh Gott ja, ich bin so bereit für ihn ... aufstöhnend spreize ich die Beine, um es ihm leichter zu machen, und dann ist er in mir.

Tief. Verdammt tief. Sein heiseres Keuchen erregt mich, ich genieße die kräftigen Stöße, mit denen er mich nimmt. Verlangen. Gieriges, hitziges Verlangen. Wir sind wie zwei Tiere; ich denke nicht darüber nach, wie mein Hintern in dieser Position für ihn aussieht oder dass meine Haare total zerstrubbelt sind. Alles ist egal in diesem Moment, der sich einfach nur gut und richtig anfühlt.

Mein Becken schlägt ihm entgegen, erwidert jeden seiner Stöße. Ich laufe über vor Lust, mein Unterleib zieht sich pulsierend zusammen. Wir ficken. Oh Gott, wir ficken. Meine Augen fangen an zu brennen, ich kralle mich mit den Händen in den Sofasitz und lege meinen Kopf darauf, um die Wucht seiner kräftigen Stöße abzumildern. Er stöhnt hinter mir, er ist so tief und so nah, obwohl er durch die Stellung auch irgendwie weit weg ist. Ein Wechselbad, in das er mich schleudert, mit all der Vehemenz, die ich von ihm kenne und erwarte. Großer

Gott, wann bin ich jemals so genommen worden? So rasend, so lustvoll …

Er wird langsamer, als wollte er sich beherrschen, dann ist seine Hand zwischen meinen Beinen, streicht immer wieder kreisförmig über meine sensible Stelle. Macht mich wahnsinnig.

«Aaah», höre ich. War ich das? Egal. Kann nur noch einsilbig denken. Oh. Gott. Gut. Ja. Fest. Schnell. Gut! Gut!

Mein Körper verkrampft sich und wird steif, mein Atem stockt, Hitzewellen steigen in mir auf und glühen in meinem Gesicht, auf meinem Oberkörper. Dann spüre ich, wie auch er sich verändert und sich plötzlich zurückhält. Ein Raunen hinter mir, die Hand, die immer weiterkreist und mich massiert, so gut, oh, so gut … ich komme. Hart. Mein Becken zuckt und zuckt, ohne aufzuhören, alles in mir pulsiert, ich merke gar nicht, ob er auch kommt, bin gefangen in meiner eigenen Lust, mein Höhepunkt frisst alles um mich herum auf.

Ich höre Stöhnen, Keuchen, ein Seufzen, weiße Blitze zucken im Schwarz hinter den geschlossenen Lidern, mir wird schwindelig. Dann spült eine Welle der Entspannung durch mich hindurch, und ich fühle, wie jeder einzelne Muskel in mir schlagartig erschlafft, mein Herzrasen langsamer wird und mein Atem wieder einsetzt.

«Emma …», flüstert er und beugt sich tief über mich, seine nackte Brust liegt auf meinem Rücken. Er ist noch in mir, ich weiß nicht, ob er gekommen ist, aber es ist auch egal. Ich will gar nicht aufhören. Noch mal!, will ich rufen wie ein Kind nach einem Ritt auf dem Karussell. Noch mal! Aber aus meinem Mund dringt nur ein seltsamer Ton, der wie ein ersticktes Schluchzen klingt.

Sein Mund erobert meinen Nacken, küsst und knabbert an mir, dann legt er die Hände auf meine, mit denen ich mich noch immer an die Sofakissen klammere.

«Nächste Runde geht rückwärts», flüstert er, und mein Unterleib verkrampft sich erneut, bevor Jason nach dieser winzigen Ruhepause erneut zustößt. Oh mein Gott! Hab ich das mit dem Karussell gerade etwa laut gesagt?

In meinem Kopf wirbeln die Gedanken wild durcheinander, mein Herzschlag beschleunigt sich schon wieder. Ich fühle mich weit und offen an, trotzdem spüre ich ihn noch in mir. Es ist, als ob er noch weiter anschwillt, und jetzt kümmert er sich nicht mehr um mich. Die kräftigen Bewegungen dienen ihm, allein seiner Lust, und genau damit reißt er mich ein zweites Mal mit sich. Mein Hintern stößt gegen seine Lenden, er nimmt mich so hart, dass mir der Atem stockt. Ich konzentriere mich auf ihn, auf das Zittern tief in mir, bis ich ahne, dass er kommt. Ein Zucken, ein Aufblitzen in mir, sein Stöhnen, plötzlich so nah an meinem Ohr, sein Atem auf meiner Haut ... ich komme mit. Großer Gott, ich folge ihm über die Klippe, und wir stürzen gemeinsam in den Strudel. Ich höre mich schreien, es pocht ganz tief in mir, zieht meinen gesamten Körper zusammen, und Sekunden später liegen wir schnaufend übereinander auf dem Sofa.

«Entschuldige, aber ich habe in Mailand so oft an dich gedacht, dass ich mich nicht beherrschen konnte.»

«Kein Grund, sich zu entschuldigen», sage ich und zwinge meine eingefrorenen Mundwinkel zu einem Lächeln. Seit wann bekommt man vom Sex eine Gesichtslähmung? Himmel, diese Nebenwirkungen sind schlimmer, als mir Arzt oder Apotheker jemals hätten erklären können.

Nachdem er sich aus mir zurückgezogen hat, ziehen wir uns nicht an. Nackt sitzen wir nebeneinander auf dem Sofa, nippen am Wein und scherzen miteinander wie alte Freunde.

Es ist seltsam mit Jason. Manchmal fühlt es sich an, als würden wir uns gut kennen und eine Art Freundschaft mit Sex veredeln. Dann wieder komme ich mir vor, als würde ich das alles nur träumen. Wenn die Erinnerungen an früher auftauchen und mich mahnen, vorsichtig zu sein. Die alte Mädchenschwärmerei nicht mit etwas Tieferem zu verwechseln. Kann ich mir eingestehen, dass es dazu längst zu spät ist?

Jason holt eine schwarze Felldecke und wickelt sie um uns. Ich liege an seine Schulter gelehnt zwischen seinen Schenkeln, er hat ein Bein um meine Hüften geschlungen und eine Hand auf meinen Bauch gelegt. Noch nie habe ich mir so wenige Gedanken darüber gemacht, wie ich mich für jemanden anfühle. Ich muss mich das nicht fragen, weil ich es spüre. Ich spüre, dass Jason mich gerne anfasst, dass er mag, was seine Finger ertasten und seine Augen sehen. Und das ist so ungewohnt und ... großartig, dass mir die Tränen aufschießen.

«Warum hast du keinen Freund?», fragt er nach einigen Schweigeminuten, in denen ich nur unserem Atem gelauscht habe.

«Woher willst du das überhaupt wissen? Hast du mich danach gefragt?», necke ich ihn und kneife in seinen Oberschenkel. Verflixt hart, der Kerl.

«Du bist nicht der Typ Frau, der einen Freund so hintergehen würde.»

Oha. Das sind ja mal Lorbeeren ... Oder meint er damit nur, dass ich zu langweilig bin, um jemanden mit einer leidenschaftlichen, verhängnisvollen Affäre zu betrügen? Ich kaue an meinem Daumennagel und sehe aus dem Fenster. Nur Dunkelheit um uns herum, in Hampstead Heath ist der Nachthimmel schwärzer als in der Stadt, obwohl auch hier der rote Schimmer der vielen Lichter darin liegt.

«Du hast recht, ich habe keinen», gestehe ich schließlich. «Und ich hatte auch noch nie einen.»

Mein Herz fühlt sich an, als ob jemand es in der Brust zusammenpressen würde wie ein Orange. Herrgott, warum sage ich das überhaupt? Damit er sich noch besser fühlt, dass er mich rumgekriegt hat?

«Wie kann das sein, Emma?» Seine Stimme klingt ehrlich irritiert. Klar, ich bin fast dreißig, und es ist vielleicht wirklich nicht ganz normal.

«Also, ich hatte schon Sex, falls du das meinst.»

«Ich heiße nicht Josef, Emma, angebliche Jungfräulichkeit hätte ich dir also nicht abgekauft. Ich meine, warum noch nie jemand in deinem Leben war, den du geliebt hast? Dem du vertrauen konntest? Der dich zurückliebte und für dich da war, wenn du ihn brauchtest? Du bist eine schöne, liebenswerte Frau, ich sehe keinen Grund dafür.»

Meine Beine zittern, von der Anstrengung vermutlich. Ich spüre jede einzelne Faser im Körper, als hätte ich einen schlimmen Muskelkater nach ausgiebigem Sport. Ich lasse sein Kompliment wie warmen Regen über mich fließen. Meint er das ernst, oder gehört das zu seiner Masche? Er klingt ganz normal, nicht ironisch oder sarkastisch wie früher.

«Ich hatte keine guten Vorbilder für Beziehungen», antworte ich leise. «Meine Eltern ...» Mir bricht die Stimme, und ich muss schlucken. Doch dann sprudeln die Worte aus mir heraus. Außer mit Sylvia habe ich nie mit jemandem darüber gesprochen, aber plötzlich, hier in seinen Armen, habe ich das Gefühl, dass ich es ihm sagen kann.

«Meine Eltern haben sich nur gestritten. Meine Mutter gab mir die Schuld an ihrem Unglück. Wenn sie nicht schwanger geworden wäre, hätte sie meinen Vater nie geheiratet. Ich weiß nicht, wie oft ich das gehört habe in meinem Leben ... Ich kann mich an kaum einen Tag erinnern, an dem sie es nicht gesagt hätte, auf die eine oder andere Art. Jede Kleinigkeit eskalierte zwischen meinen

Eltern zu einem Drama. Es flogen Teetassen und Aschenbecher, aber sonst gab es keine Handgreiflichkeiten. Trotzdem waren die Nächte für mich ein Horror. Ich konnte nicht einschlafen, weil ich Angst davor hatte, von ihnen geweckt zu werden. Es ging immer nur um Bagatellen und um Geld. Vor knapp zehn Jahren kam es zu einem Unglück.» Meine Augen werden heiß.

Jason nimmt meine Hand und drückt sie. «Rede weiter», flüstert er, und sein warmer Atem tröstet mich.

Ich presse den Rücken fester gegen ihn, irgendwie ist es gut, ihn dabei nicht anzusehen. Ich kann aus dem dunklen Fenster schauen, während ich die Erinnerungen zulasse. Die Erinnerungen, die ich in die hinterste Schublade gestopft habe. Ich hole tief Luft, bevor ich alles hervorzerre.

«Ich ging zur Uni, wohnte aber noch zu Hause. Ich wollte bald ausziehen, um dem ständigen Theater endlich zu entgehen, aber irgendwie fühlte ich mich verantwortlich. Schließlich trug ich ja die Schuld daran, dass sie so unglücklich waren, und ich hatte Angst, dass es ohne mich noch schlimmer werden könnte. Also blieb ich. Eines Nachts wurde ich wie immer durch die Schreie geweckt, versuchte aber, sie zu ignorieren. Doch es war einiges anders als sonst. Meine Mutter schrie und heulte, mein Vater blieb die meiste Zeit ruhig. Bis ich einen dumpfen Laut hörte und dann meinen Vater, der entsetzlich brüllte. Ich sprang aus dem Bett und lief in die Küche, um nachzusehen ...»

Ich muss wieder schlucken. Jason bleibt stumm hinter mir, legt beide Arme um meinen Oberkörper und zieht mich fest an sich. Ich spüre seine Körperwärme, während ich am ganzen Leib zittere.

«Meine Mutter lag in einer Blutlache, sie sah aus wie tot. Mein Vater hatte sie mehrmals mit dem Kopf auf die Kante der Arbeitsplatte in der Küche geschlagen. Marmor. Mum landete im Krankenhaus, meinen Vater nahm die Polizei mit. Weil er nicht vorbestraft war, wurde er später wieder freigelassen, kam aber nie mehr nach Hause.»

«Oh Gott, Emma, es tut mir so leid.»

Jason drückt mich in seinen starken Armen, bis ich fast keine Luft mehr kriege, aber ich fühle mich gut. Es befreit mich, endlich darüber zu reden. Es ist gar nicht so schlimm, wie ich befürchtet hatte, auch wenn mir die Erinnerung einen stählernen Ring um die Kehle zu legen scheint.

«Wo sind deine Eltern jetzt?»

Er spricht leise und behutsam, als hätte er Angst, etwas Zerbrechliches zu zerstören. Vielleicht ist die Sorge berechtigt; der Augenblick fühlt sich an wie ein zarter Schmetterling, der jederzeit von der Hand flattern und verschwinden kann. Ich will ihn behalten und rede einfach weiter.

«Meine Mutter habe ich seit Jahren nicht gesehen. Ich kann nicht ... Wenn ich sie ansehe, fühle ich mich schuldig. Ich sehe die Anklage in ihren Augen – da ist nichts als Wut auf sich selbst, auf mich, auf ihr Leben. Sie hat es auch nach der Trennung von meinem Vater nicht in den Griff bekommen, ehrlich gesagt weiß ich nicht, was sie heute macht. Und das ist besser so. Für mich.»

Ich habe gar nicht gemerkt, dass ich weine, aber meine Wangen sind nass. Jason streicht mit dem Zeigefinger darüber und küsst meinen Nacken.

«Du trägst keine Schuld, Emma. Du bist nur zur falschen Zeit zur Welt gekommen.»

Meine Finger verknoten sich ineinander. «Mein Vater ist vor ein paar Jahren gestorben. Herzinfarkt. Ich bin mir sicher, dass er sie nicht umbringen wollte. Er war nicht reich, aber er hat immer versucht, uns ein halbwegs anständiges Leben zu bieten. Was man eben so als Docker zu bieten hatte, du weißt ja selbst ...»

Er lacht leise. «Wir haben mehr gemeinsam, als du glaubst.»

Oha. Was haben wir denn gemeinsam, von unserer Herkunft abgesehen? Und von einigen Erinnerungen an die Schulzeit. Meine sind allerdings bestimmt sehr viel unschöner als seine.

«Du bist also der Meinung, Beziehungen müssen immer in einer Katastrophe enden? Das ist Unsinn, Emma. Es gibt auf der Welt viele Beispiele dafür, dass es nicht so ist.»

«In Romanen vielleicht. Und in kitschigen Filmen», sage ich trotzig und ziehe die Nase hoch wie ein Kleinkind. Jason reicht mir wortlos einen Zipfel der kuscheligen Decke, und nach kurzem Zögern benutze ich ihn.

«Unsere Vereinbarung gefällt mir im Übrigen sehr viel besser als eine echte Beziehung.» Ich versuche zu lächeln und drehe mich zu ihm um.

Jason zieht eine Braue hoch und sieht von oben auf mich herab. «Welche Vereinbarung meinst du?»

«Nur Sex. Du hast selbst gesagt, dass du ...»

«Ja, das habe ich gesagt.»

Er klingt plötzlich leise, was ich nicht einordnen kann. Verunsichert? Oder traurig? Kann es sein, dass er selbst diesen Deal schon bereut? Dabei war es doch seine Idee ... Nein, unmöglich.

Ich strecke die Hand aus, streiche vorsichtig über seine Wange. Er zuckt kaum merklich zusammen, dann nimmt er meine Finger in seine und küsst sie. Einen nach dem anderen. Die sanfte Liebkosung lässt mich erschauern. Noch nie war ich so innig, so vertraut mit einem Mann. Es macht mir Angst, aber es fühlt sich auch gut an. Es fühlt sich so verdammt richtig an, dass sich wieder ein Kloß in meinem Hals bildet.

«Und diese ganze SM-Sache ... ich soll dir gehorchen und so weiter.»

Er lacht. «Emma, das ist nur ein Spiel. Eine Vorliebe, nichts weiter. So wie manche Menschen eine Vorliebe für Dreier haben, oder für Analsex. Ich mag es, aber wenn es dir nicht gefällt, müssen wir es nicht tun.»

«Willst du damit sagen, dass du weiter mit mir ...?»

«Oh Gott, sag das nicht so, als sei es undenkbar für dich! Bitte! Ich kann mir gar nicht mehr vorstellen, *nicht* mit dir zu schlafen. Es ist anders für mich als mit anderen Frauen, intensiver, echter. Vielleicht liegt es daran, dass wir uns schon so lange kennen. Dein Gesicht ist mir so vertraut, jahrelang habe ich es täglich gesehen, und doch entdecke ich jedes Mal etwas Unbekanntes darin. Eine Überraschung.»

Ich schweige und beiße mir auf die Wange. Ein paar Minuten lang sitzen wir einfach nur so da, stumm, unsere Hände ineinander verschlungen. Ich kann seinen Atem spüren, wie sich seine Brust hebt und senkt. Ruhig und sicher. Verdammt sicher.

«Du warst damals nicht gerade nett zu mir», wage ich dann einen Vorstoß und wende meinen Blick wieder von ihm ab. Wenn ich ihn ansehe, habe ich ihm sowieso nichts entgegenzusetzen. «Warum bist du heute so ... anders?»

«Weil ich mich verändert habe. Ich bin nicht mehr unsicher, ich weiß, was ich will. Und im Moment will ich dich.»

Mein Magen krampft sich zusammen, als ich seine Lippen in meinem Nacken spüre. Er lässt seine Hände von meinem Bauch nach oben wandern, zu meinen Brüsten. Mein Körper ist bereit für ihn, aber mein Verstand nicht. Zu rot und auffällig leuchten die Alarmlampen, um sie ignorieren zu können.

«Wir müssen mit unserer Vergangenheit leben, aber sie darf uns nicht beherrschen», murmelt er in meinem Nacken, mit hitzigem Atem.

«Das sagst ausgerechnet du?» Lachend entziehe ich mich seinem Griff, seinem Mund, um mich wieder zu ihm umzudrehen.

«Du machst so eine Mördergrube aus deiner Geschichte, dass man denken könnte ...»

«Was könntest du denken?» Seine Stimme klingt plötzlich härter als vorhin und erzeugt eine Gänsehaut auf meinem Körper.

Ich hole tief Luft, dann sage ich es. Der Moment ist richtig, da bin ich mir sicher. «Ich habe Phils Buch gelesen.»

Ich spüre, wie er sich hinter mir versteift. Seine Hand rutscht von mir ab und fällt aufs Sofa.

«Ehrlich gesagt, war ich neugierig, und es hat mich ... schockiert. Bitte sag mir, dass es nicht wahr ist!»

Er schweigt, die Stille ist beängstigend. Mein Herz klopft heftig in der Brust, meine Finger werden feucht. Oh Gott, ich bin ein Idiot. Nun habe ich alles ruiniert! Statt zu warten, dass er sich von selbst öffnet, musste ich ihn drängen, und jetzt wird er ...

«Leider kann ich das nicht sagen, Emma.»

Entsetzt sehe ich in seine Augen. Sie sind so dicht, so nah, und sie scheinen gar nicht mehr blau zu sein, sondern ... schwarz.

«Nein ...»

«Es ist wahr. Phil hat mich missbraucht, aber ich hatte jahrelang keine Erinnerung daran. Das ist wohl durchaus normal nach einem traumatischen Erlebnis. Es saß tief in mir, aber ich konnte mich nicht erinnern, was genau damals geschehen ist. Erst sein Buch hat alles wieder hervorgezerrt. Als ich es las, wusste ich, dass es wirklich passiert und nicht seiner Phantasie entsprungen war.»

Mir wird übel. Oh mein Gott! Wie muss er sich gefühlt haben, als Phil das Buch veröffentlichte? Kein Wunder, dass er ihn für tot erklärt hat – ich hätte ihn vermutlich wirklich umgebracht! Jetzt ist es an mir, Jasons Hand zu nehmen und sie fest zu drücken. Er erwidert die Geste nicht, zieht sich aber auch nicht zurück. Ich warte geduldig, dass er weiterspricht.

«Wir hatten damals eine schlimme Zeit, Emma. Meine Mutter

war allein mit uns Jungs und hatte kaum genug Geld, uns durchzubringen. Trotzdem war sie tapfer und hat nie aufgegeben. Mein Vater war ein brutaler Alkoholiker. Er zog aus, als ich drei war, und das war vermutlich gut so. Für mich. Phil hatte nicht so viel Glück.»

Ich zittere am ganzen Körper. Niemals hätte ich damit gerechnet, dass so viel Leid über der Familie lag! Ich hatte Jason immer bewundert. Für sein Aussehen, seine Coolness, die ihm Herzen und Türen öffnete, für seine Zielstrebigkeit. Für die Macht, die er ausstrahlte. Ohne es zu wollen?

«Meine Mutter hatte es nicht leicht mit uns. Vor allem nicht mit Phil. Sie war streng gläubig, wie du vielleicht noch weißt, und verbrachte mehr Zeit in der Kirche als zu Hause. Das war ihr Trost, ihr Hort, sie arbeitete ja auch dort, und ihr Glaube half ihr durch alles. Ich versuchte, ein guter Sohn zu sein. Und ich wollte für mich sichergehen, dass ich ‹normal› war. Ich war beliebt bei den Mädchen, und das nutzte ich aus. Ich ... ach, du weißt ja selbst, wie ich früher war. Aber ich hatte immer das Bedürfnis, Macht auszuüben. Ich konnte mich nicht auf eine echte Beziehung einlassen, auf Gefühle, die mich machtlos gemacht hätten. Es gab keine Erklärung dafür ... bis ich Phils Buch gelesen habe.»

«Was ist ... mit deiner Mutter passiert?» Ich ahne Schreckliches.

«Sie hat sich umgebracht. Gerade zu der Zeit, als ich an der Uni Schwierigkeiten bekam. Es gab Gerüchte, ich sei HIV-positiv, die dazu führten, dass ich von allen Kommilitonen gemieden wurde. Niemand wollte mehr etwas mit mir zu tun haben, plötzlich war ich nicht mehr der coole Jason, sondern ein Nichts. Und ich hatte Angst, dass meine Mutter davon erfahren könnte, sie war so labil. Sie litt unter Nervenzusammenbrüchen, ich weiß nicht, wie oft ich sie in die Klinik gebracht habe, wenn es mal wieder so weit war.»

Jetzt zittere ich wie Espenlaub. Ach du heilige Güte! Er will mir doch nicht sagen, dass seine Mutter sich wegen der Gerüchte umgebracht hat? Mir wird ganz schlecht, mein Magen springt beinahe gegen mein Herz.

«Bitte, sag mir, dass sie ...»

«Sie hat sich umgebracht, Emma. Hat sich die Pulsadern aufgeschnitten. Sie hat nichts hinterlassen, keinen Brief, keine Nachricht, und ich habe sie gefunden. Sie war schon zwei Tage tot, als ich sie fand, lag in der Badewanne unserer alten Wohnung und ...»

Ich strecke die Hand aus und berühre seine Wange. In seinen langen Wimpern hängt eine glitzernde Träne, die sich nicht lösen will. Es ist einfach furchtbar. Wie kann ein Mensch so viel Leid ertragen?

«Und du?», frage ich vorsichtig und zeige auf das Tattoo an seinem Handgelenk, das die Narben verbirgt. «Wolltest du es ihr gleichtun?»

«Nein. Und ja. Ich weiß nicht. Ich war voller Schuldgefühle, und als Phils Buch erschien, wusste ich, was passiert war. Sie hatte alles herausgefunden. Phil zog ein Jahr nach dem Vorfall mit mir aus, er war gerade achtzehn geworden. Ich war wütend auf ihn, weil er uns einfach im Stich ließ wie unser Vater. Später begriff ich, dass er es mir zuliebe getan hatte. Er wollte verhindern, dass er sich erneut an mir vergreift.»

«Wie kannst du ihm noch Verständnis entgegenbringen? Du musst ihn hassen!»

«Ich hasse ihn nicht. Nicht Hass ist das Gegenteil von Liebe, sondern Gleichgültigkeit. Und mehr empfinde ich heute nicht für ihn. Es ist besser so, vor allem für mich. Ich möchte nicht mit Groll in mir durchs Leben gehen. Was geschehen ist, werde ich nie vergessen können, aber ich bin nicht nachtragend und versuche, ihn so gut wie möglich zu ignorieren.»

«Weißt du heute, warum deine Mutter sich umgebracht hat? War es wegen der ...?»

«Nein. Heute weiß ich es.»

Er holt tief Luft und legt beide Hände um meine nackten Schultern. Die Decke rutscht weg und verbirgt jetzt nur noch unsere Unterleiber. Als wollte sie damit bedeuten, dass die Nacktheit in diesem Moment unangebracht ist. Aber eigentlich ist sie das nicht. Wir *sind* nackt. Verletzlich. Und ich weiß, es grenzt an ein Wunder, dass er mir all das erzählt. An seiner Art zu reden kann ich erkennen, dass er das alles zum ersten Mal in Worte fasst. Er klingt nicht so eloquent wie sonst, die Worte kommen langsam, beinahe gequält aus seinem Mund und wirken holprig.

«Phil war vor einem halben Jahr in Manchester, um den Nachlass unseres Vaters aufzulösen. Er ist an seiner Fettleber verstorben ... viele Jahre zu spät, wenn du mich fragst. Und dabei fand Phil einen Brief, den unsere Mutter geschickt hatte, bevor sie sich das Leben nahm.»

Mir stockt der Atem, mein Mund wird trocken. «Und?»

Oh Gott, bitte sag, dass sie sich nicht meinetwegen umgebracht hat!

«Ich zeige ihn dir. Wenn du willst?»

Irritiert hebe ich beide Arme.

«Gut?»

«Komm mit nach oben.»

Wir gehen nackt wie Adam und Eva die Treppe hinauf. Von einem verführerischen Apfel weit und breit keine Spur, trotzdem habe ich das Gefühl, wir täten etwas Verbotenes. Wir nehmen die Unverbindlichkeit aus unserer Affäre, und ich bin mir nicht sicher, ob es gut ist. Das schlechte Gewissen knabbert Löcher in mein Herz und bringt meine Hände zum Zittern.

Mitten im Schlafzimmer bleibe ich unsicher stehen, während

Jason aus einem der anderen Räume etwas holt. Er kommt mit einem flauschigen Bademantel zurück, der mir viel zu groß ist und wie eine Schleppe hinter mir herschleift.

«Steht dir gut, der Mantel. Vielleicht wächst du ja noch rein?»

Ich schnaufe empört und setze mich auf die Bettkante, warte auf ihn. Er hat eine Pyjamahose aus dunkelblauer Seide angezogen, deren Anblick mein Herz sofort wieder zum Rasen bringt. Vor allem, als er sich umdreht und mir den Blick auf seinen Hintern freigibt, der von dem glänzenden Stoff betont wird.

Bleib ruhig, Emma. Er ist gerade dabei, dir etwas sehr Intimes zu zeigen, also hör auf, ständig an Sex zu denken!

Oh Mann, wann genau hat eigentlich mein Körper die Regie übernommen?

Jasons Blick holt mich sofort zurück in die Gegenwart. Er reicht mir ein vergilbtes Blatt Papier. Ich sehe ihm in die Augen, während ich es an mich nehme, dann falte ich den engbeschriebenen Brief auseinander und fange an zu lesen.

Lieber Sam,

ich setze meinem Leben ein Ende. Ich weiß, dass es viele Fragen aufwerfen wird und dass besonders die Jungs es nicht verstehen werden. Ich kann mit niemandem darüber sprechen, denn was geschehen ist, war meine Schuld.
Phil hat sich an seinem Bruder vergangen. Ich weiß es nicht von Jason oder von Phil selbst, sondern von Reverend Clawson. Ausgerechnet der Mensch, dem ich am meisten vertraut habe, hat es gewusst und vor mir verheimlicht. Erst nachdem Phils Buch erschienen war, hat er es mir in einem Brief geschrieben. Er war sauer – wegen des Buchs!
Phil hatte es ihm gebeichtet, nachdem es passiert war. Aber er

hat weder Phil noch Jason geholfen, im Gegenteil! Stattdessen quälte er Jason im Unterricht. Nannte ihn schmutzig, redete ihm ein, er habe sich versündigt. Er züchtigte ihn sogar, und ich hatte keine Ahnung, all die Jahre nicht!
Ich kann mit dieser Schuld nicht mehr leben, sie zerfrisst mich. Ich habe versagt. Ich wollte unseren Jungen ein Zuhause bieten, eine gute Mutter sein, dabei schloss ich die Augen vor der schrecklichen Wahrheit. Bitte, Sam, kümmere Dich um die Jungs. Du hast sie ein Leben lang ignoriert, aber jetzt brauchen sie Dich, wenn ihre Mutter nicht mehr da ist. Das ist das Einzige, worum ich Dich bitte.

Deine Elly

Die Tränen schießen mir ungebremst in die Augen. «Oh mein Gott, Jason ...»

Gleichzeitig trifft mich eine Erkenntnis mit der Wucht eines Vorschlaghammers. *Reverend Clawson* ... Das ist kein Zufall, oh nein!

«Du hast das alles *geplant*?», entfährt es mir, und mein Herz fühlt sich an, als wollte es mir aus dem Hals springen. Meine Halsschlagader pulsiert so heftig, dass man sie bestimmt sehen kann. «Die Auktion, das Halsband ... Du hast dich aus einem ganz bestimmten Grund an mich herangemacht, oder? Um an Reverend Clawson heranzukommen!»

«Emma, bitte, lass mich erklären ...»

Er hockt sich vor mich und nimmt meine Hände, die ich ihm sofort wieder entreiße. Wut, Enttäuschung und Trauer kämpfen in mir, ich weiß nicht, wann ich mich zuletzt so erbärmlich gefühlt habe. Mir wird schlecht.

«Und ich Idiot habe dir geglaubt! Von wegen Zufall, von wegen, ‹ich fand dich schon damals toll›. Das waren nur Lügen! Du hast mich benutzt, Jason!»

Ich könnte mich übergeben. Auf seine seidene Pyjamahose, die ich ihm gerade am liebsten um den Hals wickeln würde. Herrgott, wie konnte ich nur so doof sein? So unfassbar naiv?

«Gut, ich gebe zu, dass ich bei der Recherche nach Reverend Clawson auf dich gestoßen bin. In St. Martin in the Fields habe ich ihn gefunden. Und dann sah ich deinen Namen auf der Webseite und dein Foto. Ich wusste, dass ich den Kontakt zu dir brauchte, aber ich hatte keine Ahnung, wie ich das anstellen sollte, ohne aufzufallen.»

«Und dann? Hast du mich verfolgt, ausspioniert? Was, Jason? Was?»

Wenn meine Augen Pfeile schießen könnten, würde ich ihn damit jetzt aufspießen.

«Eine Zeitlang habe ich dich beobachtet, und als ich dich im Auktionshaus vor dem Halsband sah, fasste ich einen Plan. Ich musste ja irgendwie dein Vertrauen gewinnen, um an mein Ziel zu kommen. Aber Emma ... bitte glaub mir, dass sich alles anders entwickelt hat, als ich vorhatte. Ich ... du bist ... du bist anders, als ich dachte. Du warst so offen, trotz deines anfänglichen Misstrauens. Du warst so ehrlich und so neugierig, ich konnte nicht ... bitte, am Anfang wollte ich dich noch manipulieren, aber jetzt ...»

Mein Blut kocht. Ich schließe die Augen, um ihn nicht ansehen zu müssen. Um ihn verflucht noch mal nicht ansehen zu müssen! Meine Finger krallen sich in das Bettlaken, als müsste ich mich daran festhalten.

«Warum sollte ich dir das glauben, Jason?», sage ich schließlich leise. «Du hast dein Ziel noch nicht erreicht, oder? Was hast du mit Reverend Clawson vor?»

«Ich weiß es ehrlich gesagt nicht. Ich wollte mich rächen, ich wollte ihn sehen, wollte sehen, wer unserer Familie solches Leid angetan hat. Ein Mann Gottes? Er hat Kinder misshandelt, tatenlos zugesehen, wie ein Junge missbraucht wird. Ich dachte, ich würde ihn zur Rede stellen. Das letzte Mal bin ich ihm vor vielen Jahren auf der Beerdigung meiner Mutter begegnet. Er sprach mir sein Beileid aus und bot mir seine Hilfe an. Ich wusste ja von nichts und dachte, er meint es gut, aber heute ...»

«Er wird nächste Woche zum Bischof berufen, Jason. Dann ist er weit weg, und ich kann dir nicht mehr helfen. Und dann? Lässt du mich fallen wie ein Paar getragene Socken?»

«Du sollst mir gar nicht helfen, Emma, oh Scheiße. Denk das nicht! Glaub nicht, dass ich Hilfe von dir erwartet habe! Deswegen bist du nicht hier, und ich bin nicht seinetwegen so verrückt nach dir.»

Ich bin sicher, dass er mir die Enttäuschung ansehen kann. Ich war noch nie besonders gut darin, meine Gefühle zu verbergen.

«Ich habe dir alles erzählt, Emma. Reicht dir das nicht als Vertrauensbeweis?»

«Wirklich alles?», frage ich, und mein Herz klopft schon wieder schneller.

«Alles, was uns angeht.»

«Warst du deshalb neulich bei uns an der Gemeinde? Um Reverend Clawson zu sehen?»

Jason nickt. «Ich wollte ihm Angst einjagen. Ich dachte, wenn er sieht, dass ich dich kenne, ahnt er, dass ich etwas vorhabe. Aber dann hast du diesen anonymen Drohbrief bekommen, und ich wollte dich nicht in Gefahr bringen.»

Ich schlucke hart. «Glaubst du, der Brief kam von ihm?»

Zwar hatte ich eine Vermutung, aber so richtig konnte ich mir keinen Reim darauf machen. Nun erscheint alles deutlich vor meinen Augen und ergibt irgendwie einen ... Sinn.

«Wer sonst sollte das geschrieben haben? Spätestens da wusste ich, dass du mir wichtiger bist als er. Sehr viel wichtiger.»

Ich kaue auf meiner Lippe. Er hockt noch immer vor mir, beide Hände um meine Knie gelegt, als wollte er mich daran festhalten, und sieht mich an. Sein Blick ist traurig, aber ich erkenne noch etwas anderes darin. Vertrauen …? Das ist ein großes Wort, und ich weiß nicht, ob wir beide es verdient haben.

«Es ist schlimm, was mir geschehen ist, Emma. Und ja, ich hasse Reverend Clawson, auch wenn ich meinem Bruder langsam verzeihe. Er hätte ebenso Hilfe gebraucht wie ich, und derjenige, der uns hätte helfen können, hat sich lieber an dem Unglück geweidet.»

Er legt einen zweiten Brief zu dem seiner Mutter, und ich erkenne die krakelige Handschrift des Priesters sofort. Aber ich will diesen Brief nicht lesen, zu grausam erscheint mir das, was mich darin erwartet.

Vorsichtig strecke ich die Hand aus und streiche über Jasons Wange. Seine Augen sind dunkel, und auf einmal ist da noch ein anderer Jason. Ein kleiner Junge, verletzt und eingeschüchtert, der Hilfe sucht und keine bekommt. Stattdessen findet er Anklagen, Schuld … genau wie ich. Wir waren zwei unschuldige Kinder, die unter den Anklagen von Erwachsenen fast zerbrochen sind. Mir ist entsetzlich kalt. Und ich weiß, dass ich ihm Unrecht angetan habe, genau wie alle anderen. Oh Gott!

«Lass mich beweisen, wie ernst es mir mit dir ist, Emma.»

Er zieht sich zu mir hoch und ist plötzlich über mir, auf mir. Seine Lippen sind feucht, ich schmecke Salz und lasse mich küssen.

Er ist anders als sonst, anders als vorhin. Zärtlich, nicht wild und triebhaft. Sein Mund zittert an meinem, als er den Bademantel von meinen Schultern schiebt und mich auf den Rücken drückt. Wir küssen uns, innig wie zwei Liebende, dann spüre ich ihn zwischen den Schenkeln. Er wird härter, so, wie ich durch unseren Kuss feuchter werde. Etwas hat sich verändert. Es ist nicht der Sex, der uns antreibt, es ist etwas anderes, das viel tiefer geht.

Mein Herz verkrampft sich, als er in mich eindringt. Sanft und vorsichtig. Seine Hände umfassen meinen Kopf, zerwühlen mein Haar, sein Mund ist an meinem Hals und küsst mich dort, ich spüre seine Zähne auf der Haut, seinen heißen Atem. Eine Träne löst sich aus meinem Auge, während er mich liebt. Wir ficken nicht. Diesmal nicht.

Wir bewegen uns langsam und bedächtig, sehen uns in die Augen, während er sich mit mir vereint.

«Emma», flüstert er. «Liebes. Ich brauche dich. Bleib bei mir.»

Meine Augen sind noch immer nass. Es gibt kein Zurück, nicht für mich. Nach allem, was war, finde ich keine Entschuldigung. Er hat sich mir geöffnet, aber ich trage eine Sünde mit mir, die ich ihm nicht länger verheimlichen kann. Nicht nach dieser Nacht.

Ich spüre, wie er härter in mir wird, bis er kurz innehält und leise aufkeucht. Er benutzt kein Kondom, nicht diesmal. Es ist egal. Es fühlt sich gut an, ihn so nah zu spüren, ihn in mir zu wissen.

«Oh Gott, Emma», raunt er, seine Hände schieben sich unter meinen Hintern und ziehen mein Becken hoch. Er kreist auf mir, reibt sich an mir, dann stöhnt er unterdrückt auf. Als ich sein Zucken in mir spüre und die Hitze fühle, die er in mich verströmt, komme auch ich. Leise und weinend. Ich halte ihn fest danach, obwohl ich weiß, dass ich loslassen muss.

29

Seine Atemzüge sind tief und ruhig. Sein Arm liegt auf meinem Oberkörper und drückt mich auf die Matratze, sodass ich kaum wage, Luft zu holen. Er ist tatsächlich eingeschlafen. Neben mir.

Mein Herz klopft so schnell, dass ich es hören kann. Es ist mitten in der Nacht, und ich kann nicht schlafen, was selten vorkommt. Ich weiß, dass es richtig ist, was ich tun werde. Tun muss. Trotzdem habe ich Angst davor.

Ich bin nicht dafür gemacht, mit jemandem zusammen zu sein, das ist mir klar. Und Jason ist es auch nicht. Schon gar nicht sind wir beide dazu gemacht, zusammen zu sein. Wir wissen beide, wo es zwei Menschen hinführt, die nicht gut füreinander sind.

Die dunklen Flecken auf unseren Seelen sind groß, und noch längst stehen wir nicht komplett nackt voreinander da. Ich bin mir sicher, dass wir es beide wissen, aber jetzt ist meine Zeit gekommen, ein Geständnis abzulegen. Ich kann es ihm nur nicht persönlich sagen, weil meine Angst verdammt groß ist.

Ich winde mich unter seinem Arm hervor und schleiche zur Tür, wo ich noch einmal stehenbleibe und mich umdrehe, um ihn anzusehen. Er sieht so friedlich und entspannt aus, während er schläft. Ab und zu zuckt sein Mundwinkel im Schlaf, sein Arm gleitet über das Kissen, als würde er meinen warmen Körper suchen, der da eben noch lag. Tränen schießen mir in die Augen. Am liebsten würde ich zurückgehen, mich wieder neben ihn kuscheln, die Decke über uns ziehen und einfach einschlafen. Ganz normal. Aber nichts ist normal, und mir ist klar, dass es für uns keine Chance gibt. Nicht nach all dem, was vorgefallen ist.

Ich mache kein Licht, stehle mich nackt und barfuß vorsichtig die Treppe hinunter. Im Wohnzimmer finde ich meine Klamotten und ziehe mich leise an, dann gehe ich zu dem antiken Sideboard an der Wand und öffne einige Schubladen. Einen Kugelschreiber habe ich in der Handtasche, Papier finde ich bei Jason. Auf dem Daumennagel kauend, setze ich mich an den Esstisch und fange an zu schreiben.

Es tut mir leid. Ich muss etwas beichten und weiß nicht, wie ich mich erklären soll. Ich weiß nur, dass Du nie wieder ein Wort mit mir reden wirst, wenn Du das hier erfährst, und Du hast jedes Recht der Welt dazu. Aber ich kann auch nicht mit diesem Geheimnis leben. Ich will Dich nicht weiter belügen, mein schlechtes Gewissen frisst mich auf.
Wenn ich damals geahnt hätte, welche Auswirkungen mein Tun hat, hätte ich anders gehandelt. Aber ich war jung, und ich war wütend. Wütend auf Dich, weil Du Eva Bournes zu einer Abtreibung gezwungen hast. Sie war an der Uni meine beste Freundin und am Boden zerstört, als sie mir alles erzählte.
Ich dachte, Du müsstest endlich in Deine Schranken gewiesen werden. Du warst so arrogant, so egoistisch, und Du hattest eindeutig eine Grenze überschritten. Du bist über Menschen getrampelt wie ein Amokläufer und warst nicht bereit, die Konsequenzen zu tragen. Ich wollte, dass Dir diese Grenzen aufgezeigt werden, darum habe ich das Gerücht auf dem

Campus gestreut, Du seist an Aids erkrankt. Ich wollte, dass die Mädchen sich von Dir fernhalten, sodass Du gezwungen würdest, über Dich nachzudenken, wenn sich niemand mehr für Dich interessiert.
Ich bin traurig, wenn ich daran denke, was ich mit dieser unbedachten Rache angerichtet habe. Beinahe hätte ich ein Leben zerstört – Dein Leben, Jason, und ich verstehe, dass Du mich jetzt hasst.
Ich hasse Dich nicht, Jason. Aber Du bist mir auch nicht gleichgültig. Ich verstehe Dich.
Du wirst weiterhin ein gutes Leben haben, mit hoffentlich vielen willigen Frauen in Deinem weißen Schlafzimmer, und ich gönne es Dir. Ich wünsche Dir, dass Du eines Tages die Frau findest, die Dein Herz öffnet und Dir beweist, dass Du es wert bist, geliebt zu werden. Ich bin mir sicher, dass es sie gibt.

Emma

Mein Name verwischt, als eine Träne darauftropft. Eine leise, salzige Träne, von der ich nicht gespürt habe, wie sie aus meinem Auge entkommen ist.

Himmel, ich habe seit Jahren nicht so viel geweint wie heute. Es tut verflucht weh, mein Herz fühlt sich an wie in einer Schraubzwinge, das Atmen fällt mir schwer. Meine Hand zittert, während ich den Kugelschreiber auf den Tisch lege, neben das Blatt. Ich lausche nach oben, doch kein Geräusch ist zu hören. Jason schläft. Neben mir, glaubt er. Morgen wird er aufwachen und feststellen, dass ich nicht mehr da bin, dann wird er den Brief lesen und mich hassen.

Ich wünschte, wir hätten keine solche Vergangenheit. Aber wären wir uns dann jetzt überhaupt wiederbegegnet? Er wäre mir vermutlich nie über den Weg gelaufen, wenn er keinen Anlass dafür gehabt hätte. Wenn Reverend Clawson nicht so ein verdammtes Arschloch wäre!

Ich wusste, dass mit ihm etwas nicht stimmt. Aber das … und nun wird er auch noch Bischof! Es ist einfach nicht gerecht, aber was kann ich schon dagegen ausrichten?

Ich nehme meine Handtasche, ziehe die Jacke an und schleiche mich aus dem Haus. Ich werde zu Fuß gehen, es sind nur vier oder fünf Kilometer, das schaffe ich. Und die Bewegung brauche ich jetzt, um mich abzureagieren. Vielleicht habe ich sogar aufgehört zu weinen, wenn ich wieder in Camden bin …

30

«Oh Scheiße, Emma, was ist passiert?»

Ich schlottere am ganzen Körper, weil mir unerträglich kalt ist. Meine Augen fühlen sich geschwollen an, meine Nase trieft, und ich höre, wie meine Zähne aufeinanderschlagen.

Sylvia reibt sich den Schlaf aus den Augen und zieht mich in die Küche, wo sie mir die feuchte Jacke auszieht, eine Wolldecke um meine Schultern legt und mich auf einen Stuhl zwingt. Draußen dämmert es, meine Füße tun weh, obwohl ich bequeme Turnschuhe trage, und mir ist übel. Wirklich übel.

«Ich mach dir einen Kaffee, und dann erzählst du.»

«Tut mir leid, ich wollte dich nicht wecken. Du musst bestimmt früh raus, geh doch wieder ins Bett», sage ich kläglich. Ich kann die aufziehende Erkältung im ganzen Körper spüren.

«Ich hab morgen frei, Feiertag.»

Karfreitag. Wie passend.

Sylvia hantiert mit dem Kaffee herum, dessen Duft schon bald unsere Küche füllt, und sieht mich dabei besorgt an.

«Hat er dir was getan? Hat er dich geschlagen?»

Ich schüttele den Kopf. «Um Gottes willen, nein. Hat er nicht. Wir haben eigentlich nur ... geredet.»

Und gevögelt. Verfluchter Mist, warum kann ich nicht aufhören, daran zu denken? Nicht einmal jetzt, wo ich ganz andere Dinge im Kopf haben sollte.

«Über Phils Buch?»

«Auch. Und über einiges mehr.»

Dankbar nehme ich die heiße Tasse entgegen und trinke einen großen Schluck. Dass ich mir dabei die Zunge verbrühe, spüre ich kaum, mein Körper fühlt sich sowieso an wie betäubt. Dann straffe ich die Decke vor meiner Brust, ziehe die Knie unters Kinn und fange an zu erzählen.

«Heilige Scheiße», sagt Sylvia, als ich fertig bin. Gut, ein paar Details habe ich ihr lieber verschwiegen, zum Beispiel die Sache mit dem Sex ... Sie weiß eh schon viel zu viel darüber, und mir ist jetzt nicht danach, gewisse Dinge auszusprechen.

«Das ist eine Story, mein lieber Mann ... das glaubt dir kein Mensch. Du kommst mir vor wie eine Romanfigur!»

«Ich mir auch.» Wir lachen, und es fühlt sich gut an, auch wenn mein Lachen rostig klingt.

Auf der Straße fahren die ersten Autos, obwohl heute Feiertag ist. Manche Menschen müssen auch an solchen Tagen arbeiten. So wie ich. Siedend heiß fällt mir ein, dass ich nachher ins Büro muss, um das verdammte Gemeindeblatt fertigzustellen. Morgen früh muss es in der Druckerei vorliegen, damit es am Dienstag erscheinen kann. Und ich habe diese Nacht keine Minute geschlafen!

Sylvia macht mir eine Kompresse aus warmen Teebeuteln für die Augen und massiert meine Hände mit einer duftenden Creme. Gott, ich bin so froh, dass ich sie habe! Auch wenn sie mit mir geschimpft hat, weil sie meint, ich sollte das Kirchenblatt ruhen lassen und stattdessen besser schlafen.

Das geht aber nicht, ich nehme meinen Job ernst, und die

Gemeinde verlässt sich auf mich. Ich bin die Einzige, die sich um das Heft kümmert, und ich weiß, wie wichtig es für Reverend Morris ist. Und für Reverend Clawson ... Bei dem Gedanken an ihn dreht sich mir der Magen um.

Unter den Teebeuteln halte ich die Augen fest geschlossen und genieße Sylvias sanftes Streicheln. Anschließend dusche ich, abwechselnd heiß und kalt, um meinen Kreislauf in Schwung zu bringen. Es gelingt mir halbwegs, trotzdem fühlt sich mein Gehirn an wie Watte, und ich bin kaum in der Lage, einen klaren Gedanken zu fassen.

Der Blick in den Spiegel zeigt mir das nackte Grauen – ich sehe aus, als hätte ich drei Tage und Nächte durchgemacht. Allerdings nicht feiernd, dazu sind die Ränder unter den Augen zu grau und die Schatten im Gesicht zu düster. Ein wenig Make-up hilft, das Schlimmste zu vertuschen, Sylvias Schrankinhalt sei Dank.

«Ich mach mir Sorgen um dich, Emma. Du siehst echt fertig aus. Das war alles ein bisschen viel in den letzten Tagen ...» Sie beißt sich auf die Lippe und sieht mich mit großen Augen an.

«Ich bin hart im Nehmen», versuche ich zu scherzen, aber ich glaube, die Verzweiflung in meinem Blick entgeht ihr nicht. Wir kennen uns zu lange, als dass ich ihr noch etwas vormachen könnte.

Auf den Straßen ist kaum etwas los, was kein Wunder ist. Die Menschen genießen den freien Tag und liegen in ihren Betten, einige Unverdrossene machen sich sicherlich gleich auf zur Feiertagsandacht in den Kirchen. Auch zu uns. Aber heute ist es wichtig, dass ich so früh da bin, ich will nämlich niemandem über den Weg laufen.

Es ist ein bisschen peinlich, dass das Gemeindeheft noch nicht fertig ist, Reverend Morris weiß zum Glück nichts davon. Er glaubt, ich hätte es schon am Mittwoch in den Druck gegeben. An dem Tag hat er die Inhalte abgesegnet, mir fehlten jedoch ein paar Informationen, sodass ich die Druckerei um Aufschub bitten musste. Zum Glück hat das geklappt, aber heute *muss* ich fertig werden.

Ich fahre den Rechner hoch und reibe mir die Augen. Dann mache ich mich an die Arbeit. Ich weiß ja, was ich zu tun habe, die Routine hilft mir, die Müdigkeit zu überwinden.

Zwei Stunden später höre ich die Glocken der Kirche nebenan, die mir signalisieren, dass die Frühmesse vorbei ist. Gleich wird einer der Pfarrer ins Büro kommen, sich einen Kaffee ziehen und hinter seiner Tür verschwinden. Ich hoffe inständig, dass es heute Reverend Morris ist.

Nach einem letzten Korrekturgang richte ich noch ein paar verrutschte Einschübe, die nicht korrekt gesetzt waren, schließlich schicke ich die fertige Datei los. Meine Hände zittern, während ich meine wenigen persönlichen Habseligkeiten vom Schreibtisch sammele und in eine Box packe.

Ein Foto von Sylvia, ein getrockneter Blumenstrauß, den die Kollegen mir zum Geburtstag geschenkt haben. Eine alte Eintrittskarte für ein *Coldplay*-Konzert in der Royal Albert Hall, das wir gemeinsam gesehen haben. Es sind nur wenige private Sachen, irgendwie bin ich in diesem Büro nie wirklich angekommen. Und mir ist klar, dass die Zeit hier für mich vorbei ist. Ich kann nicht bleiben.

Seltsamerweise mache ich mir keine Sorgen um meine Zukunft; ich bin zuversichtlich, einen neuen Job zu finden. Irgendwann. Und irgendwo. Ich muss nur hartnäckig sein und es immer wieder probieren. Bis dahin gehe ich zur Not kellnern, das habe ich ja während des Studiums schon gemacht.

Einen letzten Anruf muss ich noch erledigen. Die Visitenkarte liegt in meiner Hand wie Blei, aber ich raffe mich auf und wähle die darauf angegebene Handynummer.

31

«Wenn du jemals so alt wirst, wie du heute aussiehst, kannst du dich glücklich schätzen», versucht Sylvia, mich aufzuheitern.

«Haha!»

Mir ist eiskalt, eine Art Schüttelfrost hat von meinem Körper Besitz ergriffen, und ich bin einfach nur todmüde. Ich will schlafen. Bis Montag, oder besser noch bis Dienstag. Das verdammte lange Osterwochenende, das sich jetzt schon anfühlt wie das längste Wochenende meines Lebens, irgendwie hinter mich bringen. Gleichzeitig bin ich so aufgewühlt, dass ich mein Gehirn kaum in den Leerlauf zwingen kann. Die Gedanken rauschen durch meinen Kopf wie ein reißender Fluss, allerdings wechseln sie dabei ständig die Richtung und zermürben mich.

«Geh ins Bett und schlaf dich aus! Du hast alles getan, was du tun konntest, und ich bin verdammt stolz auf dich.»

Habe ich nicht, und das weiß ich. Aber was sonst hätte ich machen sollen? Was passiert ist, ist passiert, und ich kann es nicht mehr ändern. Ich kann mich nur dafür entschuldigen und hoffen, dass man mir verzeiht. Dass Jason mir verzeiht.

Der BlackBerry ist stumm geblieben, den ganzen Tag lang. Keine SMS, keine E-Mail und natürlich kein Anruf. Der Schmerz über die vernichtete Hoffnung schneidet in meine Eingeweide. *Sei kein Idiot, Emma! Womit hast du denn gerechnet? Dass er einfach so darüber hinweggeht und dir verzeiht? Im besten Fall hasst er dich jetzt nicht, sondern verspürt nur Gleichgültigkeit dir gegenüber. Wie bei Phil.*

Sylvia sitzt auf meiner Bettkante wie eine Mutter und hält meine Hand. Ich fühle mich krank, obwohl ich weiß, dass meinem Körper nichts fehlt. Eine aufkommende Erkältung vielleicht, aber das ist nichts, womit ich nicht umgehen könnte. Vom Gefühl her jedoch gehöre ich ins Krankenhaus, auf die Intensivstation. Der Schmerz nimmt mir die Luft, jeder Atemzug geht schwer und rasselnd, weil mein Brustkorb plötzlich so verflucht eng ist. Warum tut das so weh? Was ist mit mir passiert, dass ich solche Schmerzen empfinde?

«Du hast Liebeskummer», diagnostiziert Frau Doktor Love ganz professionell und drückt meine Hand ein bisschen fester.

Kopfschüttelnd versuche ich, sie anzusehen, aber mein Blick ist trüb. Sie hat die Jalousien heruntergelassen, um die letzten Sonnenstrahlen dieses Frühlingstages auszusperren. Trotzdem kann ich nicht schlafen.

Ständig wandert mein Blick zum Nachttisch, wo mein BlackBerry liegt. Jede Spamnachricht wird mit zitternden Fingern begrüßt und enttäuscht gelöscht. Mir sollte klar sein, dass er sich nie wieder bei mir meldet. Ich konnte ihm nicht bei dem helfen, was er eigentlich vorhatte, und ich habe ihn enttäuscht.

«Liebeskummer ist ein großes Wort», sage ich, aber was weiß ich davon? Ich hatte noch nie welchen, weil ich nie verliebt war. Aus Angst vor ebendiesem Schmerz, der so übermächtig erscheint. Zum ersten Mal seit Jahren fühle ich mich hilflos wie ein Kind, das auf die Knie gefallen ist und schreit, vor Schmerz und Schock darüber, dass niemand ihm geholfen hat. Sylvia tupft mit ihrem

Pulloverärmel die Tränen von meinen Wangen und sieht mich besorgt an.

«Lass es einfach raus, Emma. Wollen wir einen Film gucken? Du kannst dabei einschlafen, wenn du müde wirst. Wie wär's mit *Ist das Leben nicht schön?*»

Ich schüttele entsetzt den Kopf. «Auf gar keinen Fall! Danach bringe ich mich um!»

Sylvia und ich haben viele Weihnachtsfeste mit diesem Film verbracht. Und mit zahlreichen anderen alten Streifen, einem Liter Ben & Jerry's und einer Familienpackung Kleenex. Es ist unsere Weihnachtstradition, weil auch Sylvia keine guten Erinnerungen an diese Feiertage hat und wir gemeinsam unseren Kummer in Tränen und Eiscreme ertränken. Trotzdem sind es gute Erinnerungen. Es ist das, was unsere Freundschaft ausmacht – wir können miteinander weinen, ohne der anderen erklären zu müssen, warum.

Auf meinem Schreibtisch liegt das Halsband von Granny. Der Anblick schnürt mir die Kehle zu, und ich will Sylvia bitten, es wegzulegen, zu verstecken, damit ich es nicht sehen muss.

Plötzlich verbinde ich damit nicht mehr nur die Erinnerung an Granny. Bilder und Gefühle kommen in mir hoch, gegen die ich nichts tun kann. Sie schwappen einfach nach oben und treiben mir die Tränen in die Augen. Großer Gott, warum bin ich so bescheuert? Es war nur Sex, mehr nicht. Sex mit einem verdammt attraktiven Mann, den ich eigentlich nicht leiden konnte. Der früher ekelig und gemein zu mir war. Verzweifelt versuche ich, die Erinnerungen von damals wieder abzurufen. Vielleicht helfen sie mir, ihn wieder so zu sehen, wie ich ihn sehen sollte? Als arroganten, gefühlskalten Narzissten, dessen Weg mit Frauenherzen gepflastert ist. Nun liegt meins neben all den anderen wie ein Stern auf dem Walk of Fame, warum überrascht mich das überhaupt?

«Weißt du noch, was Jason damals über meine Brüste gesagt hat?» Meine Stimme klingt kläglich, aber ich will jetzt darüber reden. Sylvia verdreht die Augen.

«Hör auf damit, Emma! Das war damals, du warst ein dünner, schlaksiger Teenager wie fast alle von uns, und Jason war ein Arsch. Vergiss es einfach!»

«Nein, du verstehst mich nicht! Ich *will* es nicht vergessen, ich will mich daran erinnern! Vielleicht verschwindet er endlich aus meinem Kopf, wenn ich mir all die alten Sachen ...»

«Warum quälst du dich selber? Ruf ihn an, entschuldige dich noch einmal persönlich bei ihm. Erklär ihm, wie furchtbar du dich über ihn aufgeregt hast, dass du etwas tun wolltest ... Er wird dir verzeihen, Emma. Aber wenn du davor wegläufst und ihm nichts als einen blöden Brief hinterlässt ...»

Mein Gesicht glüht, obwohl mir immer noch eiskalt ist. Ich ziehe die Bettdecke bis zum Kinn hoch und verkrieche mich darunter.

«Würdest du mir so etwas verzeihen, Syl? Nein, er hat alles Recht der Welt, mich zu hassen. Eigentlich sind wir quitt ... er hat mich belogen, und ich habe ihm auch nicht die Wahrheit gesagt. Jedenfalls ist mit all dem Wissen jetzt klar, wo wir stehen. Da, wo wir früher schon waren.»

«Du bist ein entsetzlicher Pessimist, Emma, jedenfalls, wenn es um Liebe geht. Und ein verdammter Feigling noch dazu. Du hast längst vergessen, was er damals zu dir gesagt hat.»

«Oh nein, das habe ich nicht!» Ich richte mich im Bett auf und spüre, wie meine Lebensgeister wieder zurückkommen. «Er hat im Schwimmbad gesagt, dass mir eine Badehose reichen würde, schließlich gebe es nichts, was das Bikinioberteil verbergen müsste.»

Sylvia lacht und sieht an mir vorbei zu meinem Schreibtisch.

«Ehrlich, das war doch fast lustig. Du kennst doch den alten Spruch: Was sich liebt, das neckt sich?»

«Wegen ihm habe ich mit Frank Morris geschlafen. Weil ich mir beweisen wollte, dass ich auch begehrenswert war.»

«Irgendeiner musste der Erste sein, Emma. Und Frank war sicher nicht die schlechteste Wahl.»

«Er war ein Stoffel und hat nicht mal bemerkt, dass er der Erste war!»

Schon wieder schießen mir die Tränen in die Augen, als die Erinnerung an mein unrühmliches erstes Mal in mir hochkommt. Frank war beliebt in der Schule und sah gut aus, und ich meinte sicher, dass der Zeitpunkt richtig war.

Ich wollte dazugehören, wollte mich als Frau fühlen. Die Enttäuschung danach kann ich immer noch spüren, obwohl es so lange her ist. Das war es also, und nichts hatte sich anschließend verändert. Ich war noch immer dieselbe Emma, niemand sah mir an, was ich getan hatte, obwohl ich mir das einbildete.

Es war so wie am achtzehnten Geburtstag, dem ersehntesten Tag der Jugendzeit. Am Abend stellt man fest, dass man sich nicht verändert hat. Es ist nur ein Datum, ein einziger Tag im Leben, und er hat mit dem Prozess des Erwachsenwerdens so viel zu tun wie jeder andere Tag auch.

Man wird nicht mit einem Schlag erwachsen, nur weil man plötzlich volljährig ist. Ebenso wenig wird man schlagartig zur Frau, nur weil man einem beliebigen Jungen erlaubt hat, sein Ding in einen reinzustecken.

Erst seit ich Jason wiedergetroffen habe, fühle ich mich wie eine Frau. Ich fühle mich begehrt, und ich bin mir sicher, dass seine Lust echt war. So etwas kann man nicht schauspielern. Meine jedenfalls war echt, jede Sekunde davon, und mein Körper verzehrt sich vor Sehnsucht nach seiner Berührung, seinem

Duft, seinen Fingern, wie sich ein Junkie nach seiner Droge verzehrt.

«Bitte sag mir, dass das irgendwann weggeht», flehe ich Sylvia an. «Wie lange dauert das?»

«Das kann ich dir nicht sagen, Emma. Manchmal dauert es nur ein paar Tage, manchmal ein ganzes Leben.»

Ich beiße mir auf die Lippe und kaue darauf herum. Sylvia ist erfahren in Sachen Liebeskummer, weil sie ständig welchen hat. In der Regel nur für ein paar Tage, aber sie kann ihren Kummer zelebrieren wie ein Wellnesswochenende unter Frauen. Ich bin allerdings fest entschlossen, das hier nie wieder zu erleben. Ich kann mich an nichts erinnern, das so verdammt geschmerzt hätte.

«Schlaf jetzt, Liebes. Du bist erschöpft und übermüdet, du siehst wirklich schrecklich aus. Ich bin da, wenn du mich brauchst.»

Sie beugt sich über mich und drückt mir einen tröstenden Kuss auf die Stirn. Ihre langen Haare fallen in mein Gesicht und kitzeln, sie duften nach fruchtigem Shampoo und nach Sylvia.

Als ich mein Gesicht ins Kissen presse und versuche, einfach nicht mehr zu atmen, fallen mir wie von selbst die Augen zu. Ich höre noch ihre Schritte und die zuklappende Zimmertür, dann versinkt die Welt um mich herum in Dunkelheit ...

32

Er liegt über mir, die Arme neben meinem Kopf aufgestützt. Ich sehe in seine dunkelblauen Augen und biete ihm meinen Mund, den er gierig nimmt. Sein Körper ist schwer, das Atmen wird fast unmöglich, aber ich genieße das Gefühl, ihn so dicht auf mir zu haben.

«Emma», flüstert er. Immer wieder. «Emma.»

Ich liebe dich. Hat er das gesagt, oder war das nur in meinem Kopf?

«Ich liebe dich auch», antworte ich beinahe tonlos. Es ist egal, ob er es gesagt hat, denn ich kann es spüren. Genau wie seine Erektion, die sich an meinen Schenkel presst. Ich winde mich unter ihm, lasse zu, dass er mir die Hände über meinen Kopf führt und sie dort mit seiner Kraft hält. Wir brauchen keine Fesseln, sein Blick ist Fessel genug. Ich rühre mich nicht, während seine Lippen über meinen Körper wandern, die erhitzte Haut küssen, überall. Er lässt keinen Zentimeter aus.

Meine Brustwarzen ziehen sich zusammen, als er sie streift, alles in mir schreit wehmütig nach mehr, ich will mehr von ihm. Immer mehr.

Dann ist er unten. Ich bleibe liegen, wage nicht zu atmen,

während der Zungenschlag meine empfindlichste Stelle trifft. Ein Finger dringt in mich ein, ich bin so nass, dass er mühelos in mir verschwindet. Alles rinnt an mir entlang, zwischen meine Pobacken. Er stößt zu, immer wieder, massiert mich und reibt an mir, und seine Zunge ... oh mein Gott, seine Zunge. Ich wimmere und schiebe ihm mein Becken weiter entgegen, ich will ihn fester, tiefer.

«Oh bitte, Jason! Komm», rufe ich gequält, weil er mich hinhält, weil er so unfassbar langsam und sanft an mir reibt und leckt und küsst, dass meine Beine zu zittern anfangen. Ich will mich aufrichten, aber ich kann nicht. Wie festgenagelt liege ich auf dem Bett, die Finger in das Kopfkissen verkrampft. Seine Hände gleiten unter meinen Po, heben mich an, dann spüre ich seine Zunge, die überall ist. In mir, auf mir, über mir.

«Oh Gott!» Ich komme. Ich komme in Jasons Gesicht, das Bett unter mir zittert, alles pulsiert, zuckt, fließt. Meine Hände schnellen nach unten und halten ihn fest, krallen sich in seine Haare, die weichen, schwarzen Haare, und dann sieht er mich an, von da unten, hebt den Blick, und ich glaube, er lächelt, während ich keuchend unter ihm dahinfließe.

«Ich bin noch nicht fertig mit Ihnen, Madame», flüstert er, sein Kinn glänzt von meiner Lust, was mir die Schamesröte ins Gesicht treibt. Ich bin erschöpft, erleichtert, aber ich will trotzdem noch mehr. Kann nicht aufhören.

Er setzt sich hin und zieht mich auf seinen Schoß. Wie von selbst schlingen sich meine Schenkel um seine Hüften, wie von selbst gleitet meine Spalte über seinen Schaft und öffnet sich für ihn, bereit, ihn aufzunehmen. Dann endlich ist er in mir.

Gut, oh, gut!

Ich halte mich an ihm fest und reite auf ihm, während wir uns küssen. Sein Kuss ist gierig und wild, seine Hände liegen auf meinen Hüften, und er schiebt mich dichter an sich heran, lässt mein Becken auf sich kreisen. Wir schwitzen, ich höre unsere Geräusche, mein eigenes Wimmern, sein Keuchen und Raunen.

«Ich will dich, Emma. Ich will dich so sehr.»

Er biegt meinen Oberkörper nach hinten und küsst meine Brüste, schießt damit zuckende Blitze in meinen Schoß, der sich schon wieder verkrampft.

Er ist tief, so tief. Ich umarme ihn mit meinen inneren Muskeln, dann spüre ich, wie er die Umarmung erwidert, indem er loslässt. Wir sehen uns an, als wir kommen. Gemeinsam. Vereint in einem nicht enden wollenden Höhepunkt, der unsere schweißnassen Körper erschöpft übereinander zusammenbrechen lässt.

Jemand stöhnt. Ein leiser Schrei einer Frau. Verwirrt reibe ich mir die Augen und stelle fest, dass es noch immer – oder schon wieder? – dunkel ist, und mein Höschen ist so nass, als hätte ich ins Bett gemacht. Ach du Schande.

Mit einem Satz bin ich aus dem Bett, aber bevor ich mir weiter Gedanken darüber machen kann, höre ich wieder die seltsamen Geräusche von nebenan. Murmeln. Mein Herz fängt an zu rasen. Sylvia? Was ist bei ihr los?

In Nachthemd und Unterwäsche stürme ich aus dem Zimmer und reiße ihre Tür auf – dann entfährt mir ein schockierter Aufschrei. Oh. Mein. Gott!

«Emma! Verflucht!»

Die Haare hängen meiner Freundin wirr ins Gesicht, aber das bemerke ich nur aus dem Augenwinkel. Mein Blick ist gefesselt von ihrem nackten Hintern, der sich deutlich von der violetten Bettwäsche abhebt. Und von dem Mann unter ihr ...

«Bist du total bescheuert?», schreie ich und zeige mit zitterndem Finger auf sie. Und ihren Lover.

«Geh! Raus! Sofort!» Sylvias Augen sprühen Funken in dem nur spärlich beleuchteten Zimmer.

Ich wollte sowieso gerade gehen. Das Blut rauscht mir in den Ohren, als ich in die Küche schlurfe und mich wie paralysiert an den kleinen Tisch setze. Ich bin total desorientiert, keine Ahnung, wie spät es ist. Habe ich einen ganzen Tag verschlafen? Oder waren es nur ein paar Stunden? Ich erinnere mich, dass ich häufiger wach geworden bin zwischendurch, aber sonst?

Minuten später kommt Sylvia in ihrem kurzen T-Shirt zu mir und streicht mir über den Kopf, bevor sie sich neben mich setzt.

«Es tut mir leid, Emma, es ist so über uns gekommen, und ich habe nicht dran gedacht, dass du uns hören könntest. Du hast tief und fest geschlafen.»

«Warum er? Warum um alles in der Welt er?», frage ich leise.

Dann kommt er zu uns in die Küche, bleibt aber im Türrahmen stehen. Ich sehe ihn nicht an, schließlich ist er fast nackt. Nur eine Boxershorts trägt er, und ich will wahrhaftig nicht sehen, was der Junge so zu bieten hat.

«Du kennst mich doch.» Sylvia grinst, um Entschuldigung bittend.

«Hi, Emma.»

«Hi.»

Was soll ich sonst schon sagen? Ich habe die beiden gerade beim Vögeln erwischt, und der Anblick war wirklich ... beeindruckend. Ich werde ihn so schnell nicht vergessen. Die ganze Küche riecht nach Sex, mir ist bewusst, dass auch ich meinen Teil dazu beitrage, denn die wirren Träume dieser Nacht waren vor allem eines: feucht.

«Sei nicht sauer, ja?»

«Warum bist du hier, Orlando? Hat Jason dich geschickt?»

Jetzt sehe ich doch auf. Gut, ich kann Sylvia ein wenig verstehen. Einem so attraktiven, jungen Mann mit so einem Körper zu widerstehen wäre ähnlich schwer, als wollte man auf einen kostenlosen Double Chocolate Muffin bei Starbucks verzichten.

Orlando schüttelt den Kopf und lächelt. «Nö, tut mir leid. Ich bin wegen Sylvia hier, wir hatten uns ... verabredet.»

Ich spüre, wie mir das Blut ins Gesicht schießt, weil er mir die Enttäuschung ansieht. *Tut mir leid.* Er weiß, was los ist. Er weiß, warum ich so aussehe, wie ich aussehe, und ich will das nicht. Er wird es Jason erzählen, und der wird sich daran weiden. Und denken: Geschieht ihr recht. Das hat sie verdient.

«Sorry für die Unterbrechung. Ich habe nur ... da waren so komische Geräusche, und ich hatte plötzlich Angst ...»

Sylvia drückt meine Hand und verdreht zu Orlando gewandt die Augen. Ha, das habe ich genau gesehen! Unglaublich!

«Es ist gut. Wir haben nichts Schlimmes getan.»

«Hmm», macht Orlando und fängt sich dafür einen Hieb von Sylvia ein, die ihn drohend ansieht.

«Ich zieh mich an und gehe irgendwohin, dann habt ihr eure Ruhe», sage ich und stehe auf.

«Nichts da, du gehst wieder ins Bett. Du siehst immer noch schrecklich aus. Es ist zwei Uhr morgens und ganz sicher keine gute Zeit für einen ausgedehnten Spaziergang im Hyde Park.»

Beim Wort «Hyde Park» zieht sich mein Magen schmerzhaft zusammen. Weil ich mit ihr reden muss, nicke ich Orlando kurz zu und ziehe Sylvia mit mir in mein Zimmer.

«Du weißt, dass du ihn nur willst, weil er deine Helferseite anspricht, oder?»

Meine Freundin teilt diese ehrliche Sorge natürlich nicht.

«Das ist Unsinn. Ich will ihn, weil er großartig aussieht und erstklassig im Bett ist.»

«Oh Gott, erspar mir das», gebe ich stöhnend von mir und

halte mir die Ohren zu. Ich kenne sie und weiß, dass sie mir jedes Detail erzählt, wenn ich sie lasse.

«Ist aber wahr. Du machst dir einfach viel zu viele Gedanken, Emma. Warum kannst du nicht mal den Moment genießen und für den Augenblick leben? Ohne daran zu denken, was früher war und was übermorgen sein könnte? Wir laufen immer Gefahr, verletzt zu werden, wenn wir unseren Schutzpanzer ablegen. Gut. Aber es ist doch besser, das Risiko einzugehen, als sich nie auf jemanden einzulassen? Wir werden überleben, egal, was passiert. Das ist das Wichtigste. Und wenn du keine Erfahrungen sammelst und stattdessen in deinen Erinnerungen festhängst, wirst du dich nie verändern. Lass es zu, Emma. Ich kann es doch auch.»

Ich schlucke und nehme sie in den Arm. Sie hat ja recht. Auch Sylvia hat eine düstere Vergangenheit, im Gegensatz zu mir aber ist sie bereit, sie zu vergessen. Wirklich zu vergessen.

So, wie ich einige Dinge aus meinem Gedächtnis streichen sollte. Trotzdem werde ich versuchen, die schönen Augenblicke zu behalten. Sie waren jede Sekunde des Schmerzes wert.

Müde krieche ich zurück unter die Decke und schließe die Augen. Ich bin bereit für weitere Träume, auch wenn sie alles sind, was mir von Jason bleibt.

33

Das Osterwochenende gehörte zu den längsten Wochenenden meines Lebens. Schon seit einer Stunde laufe ich an diesem Morgen durch die Stadt, höre Adele und die *Tindersticks* auf dem iPod (habe ich eigentlich jemals behauptet, keine masochistische Neigung zu haben? Nun ja ...) und bin nervös wie ein Kind vor der Einschulung. In zwei Stunden geht das Gemeindefest los, oben im Büro brennt aber schon Licht, also bin ich nicht die Erste heute. Ich bleibe vor der Kirche stehen und warte auf den Transporter.

Wer ist wohl schon da? Reverend Morris? Oder Reverend Clawson, der sich auf seine große Feier einstellen will?

Es ist noch kühl, aber der Himmel verspricht einen schönen Frühlingstag. *Als ob.*

Beim Anblick des grauen Wagens, der um die Straßenecke biegt und vor dem Haus stehenbleibt, macht mein Magen einen Hüpfer.

«Morgen.» Der junge Fahrer mustert mich kurz, aber er interessiert mich nicht. Ich trage ein Kleid, keine Jeans, und die Sandalen mit kleinem Absatz. Sogar geschminkt habe ich mich, als gäbe es einen Grund zu feiern.

«Hier draußen lassen?»

«Ja, bitte. Einen Stapel legen Sie am besten gleich ins Treppenhaus, und einen Karton nehme ich selbst mit hoch», antworte ich dem wortkargen Mann und zeige ihm, wo er die Kisten mit den Gemeindeblättern hinstellen kann. Den einen Karton reiße ich sofort auf und hole mit zitternden Händen das Magazin heraus, um es auf der Mittelseite aufzuschlagen.

Da ist er. Niemand ist mir auf die Schliche gekommen. Jetzt kann ich nicht mehr ins Büro, weil hier gleich das Chaos ausbrechen wird, aber darauf bin ich vorbereitet. Die Straße füllt sich langsam mit Menschen auf dem Weg zur Arbeit oder zum Einkaufen. Im Covent Garden ist heute Markt, da ist es erfahrungsgemäß voll, und über Ostern waren viele Touristen in London. Ein Rentner-Ehepaar geht lächelnd an mir vorbei, er zieht höflich seinen Hut, um mich zu begrüßen. Ich kenne die beiden vom Seniorentreff und grüße zurück. Hoffentlich ist mir das Lächeln nicht zu schief geraten.

Dann taucht an der Straßenecke der Mann auf, auf den ich hier warte. Mein Puls beschleunigt sich, als er auf mich zukommt, mit freundlichem Gesichtsausdruck.

«Guten Morgen, Ms. White. Haben Sie schon ...?»

«Nein, ich wollte erst in die Gemeinde, wegen des Magazins.»

Der Brief von Reverend Clawson brennt förmlich Löcher in meine Jackentasche. Ich hätte ihn nicht mitnehmen dürfen, aber ich brauchte ihn. Gleich nachher werde ich ihn mit der Post an Jason zurückschicken. Mr. Newsmith reichte zum Glück eine Kopie. Grinsend faltet er den heutigen *Independent* auseinander und hält mir die Schlagzeile dicht vor die Augen.

Mein Magen zieht sich zu einem Klumpen zusammen, als ich Reverend Clawsons Gesicht vor mir sehe. Das feiste Kinn, das ekelhafte Bärtchen – passend zu der Schlagzeile über seinem Konterfei.

Zukünftiger Bischof deckt Kindesmissbrauch

Beinahe gleichzeitig höre ich einen Schrei von oben, aus unserem Büro. Offenbar hat jemand den Karton mit den Gemeindezeitungen geöffnet und den Artikel entdeckt. Ich traue mich nicht, die Zeitung zu nehmen, und ich traue mich nicht, nach oben zu sehen. Vielleicht starrt ein vor Wut schäumender Reverend Clawson aus dem Fenster und plant seine fürchterliche Rache an mir?

«Haben Sie ...?»

«Klar. Direkt heute Morgen nach dem Druck. Das war ich Ihnen ja mindestens schuldig.»

Mr. Newsmith sieht so zufrieden aus, dass ich fast lächeln möchte. Mit dieser Geschichte habe ich ihm einen großen Gefallen getan, sagt er. Dass auch Jason es mitbekommen wird, weil ich den Kollegen gebeten habe, auf dem Weg hierher eine Zeitung bei ihm zu hinterlegen, tröstet mich. Immerhin weiß er jetzt, dass meine Entschuldigung ernst gemeint war. Ich erwarte nicht, dass er mich versteht, aber mein Gewissen ist beruhigt. Wir sind quitt. Oder?

Drinnen wird es immer lauter, die Bombe ist geplatzt. Unschlüssig bleibe ich vor dem Haus stehen, nicke einer älteren Dame zu, die sich ein Gemeindemagazin aus dem aufgerissenen Karton nimmt, und sehe den Journalisten an.

«Was wird jetzt aus Ihnen? Ich nehme nicht an, dass Sie weiterhin hier arbeiten werden ...» Er deutet mit dem Kinn auf den Karton.

«Bestimmt nicht. Aber ich werde schon etwas Neues finden, darüber mache ich mir gerade keine Gedanken.»

«Das müssen Sie auch nicht. Sie sind eine gute Journalistin, ich mag Ihren Schreibstil. Wenn ich Ihnen irgendwie helfen kann ... gerne. Nun, ich werde hier warten und einen Originalkommentar von Reverend Clawson einfordern. Für die morgige Ausgabe.»

Er zwinkert mir zu wie ein Verbündeter, und ich muss tatsächlich lachen. Es tut mir verdammt gut, weil es sich richtig anfühlt. Besser als eine Entschuldigung.

Mit einem unhörbaren Seufzer werfe ich noch einmal einen Blick zurück auf das Haus hinter mir. Das war's. Eine nette Zeit, aber wenn ich ehrlich bin, war ich einfach nur zu bequem, mir einen Job zu suchen, den ich wirklich will. Jetzt habe ich mir selbst einen Tritt in den Hintern verpasst und *muss* etwas ändern. Ein neuer Anfang, vor dem ich seltsamerweise kaum Angst verspüre.

Ich lasse Mr. Newsmith stehen und gehe die Straße entlang zur U-Bahn-Station. Mein Job ist getan, die gesamte Gemeinde und ganz London werden in Kürze wissen, was für ein großartiger Priester Reverend Clawson ist. Ich habe Wind gesät, den Sturm sollen nun andere ernten.

Mein Herz fängt an zu rasen, als ich ihn entdecke. Er steht an der Straßenecke, inmitten einer Menschentraube, die sich an ihm vorbei zur Rolltreppe drängelt. Und trotzdem steht Jason da, als wäre er allein. In der Hand den zusammengerollten *Independent*.

Ich versuche, meinen Blick von ihm zu lösen, aber es gelingt mir nicht. Verflucht, war er schon immer so groß? Er sieht gut aus, leger in verwaschenen Jeans und T-Shirt. Mein Daumen bewegt sich wie von selbst zum Mund, ich knabbere am Nagel und bleibe stocksteif stehen, während er auf mich zukommt.

Oh Gott, mir wird schwindelig. Die Stimmen um mich herum verschwimmen zu einem Rauschen, ich nehme nicht einmal mehr Wortfetzen wahr.

«Emma», sagt er leise, als er vor mir steht. Nur ein Schritt trennt uns voneinander, und doch kommt es mir vor, als stünden wir an gegenüberliegenden Ufern der Themse. Habe ich ein Boot, das mich rüberbringen kann?

«Danke.»

Ich nicke, sage aber nichts. Mein Herz schlägt jetzt ganz weit oben im Hals, ich bringe keinen Ton heraus.

«Ich fürchte, du musst dir eine neue Arbeit suchen?»

Mein Versuch, zu grinsen, misslingt kläglich. Mein Gesicht fühlt sich an wie nach einer Wurzelbehandlung beim Zahnarzt, die Nerven gehorchen mir nicht. Ich zittere am ganzen Körper. Warum ist er nicht wütend auf mich? Warum schreit er mich nicht an, weil ich ihn belogen habe?

«Komm mit. Orlando wartet auf uns.»

Meine Knie verwandeln sich in Pudding. Wohin will er mit mir? Ich wage nicht zu fragen, aber ich folge ihm wie in Trance. Nehme seine Hand, die warm und trocken ist, im Gegensatz zu meiner. Zwei Straßen weiter parkt der schwarze Mercedes und nimmt uns auf wie Flüchtlinge. Stumm fahren wir durch die Stadt, am Bankenviertel vorbei Richtung Docklands.

Ich wende den Kopf, um ihn anzusehen. Jason streckt die Hand aus, legt den Daumen an meinen Mund und reibt mit einer kräftigen Bewegung über meine Lippen, bis der schöne rote Lippenstift, den ich mir heute Morgen von Sylvia geborgt habe, seine Finger ziert.

«Das hast du nicht nötig. Du bist ohne diese Maske viel schöner.»

Ich schlucke. Das Zeug habe ich für ihn benutzt, ich mache mir nichts vor. Weil ich insgeheim hoffte, er würde vor dem Büro auftauchen, wenn er die Zeitung gelesen hat. Ich habe mich nicht getäuscht, aber noch weiß ich nicht, was das bedeutet. Ist es möglich, dass er mir verzeiht?

«Es tut mir leid», sage ich leise und weiche Orlandos Blick im

Rückspiegel aus. Stattdessen starre ich auf die gepolsterte Kopfstütze vor mir und zähle die Narben im Leder.

«Alles ist gut. Ich bin dir nicht böse, und ich denke, wir sind jetzt quitt.» Jason hebt die linke Hand mit der Zeitung.

«Ah. Das war das Mindeste, was ich tun konnte.»

«Die Bischofsposition dürfte sich erledigt haben. Mehr konntest du nicht tun. Dafür bin ich dir sehr dankbar, Emma.»

Ich nicke wieder und schlucke.

«Aber eine Sache muss ich aufklären ...»

Hm. Was meint er? Ich habe alles gestanden, was mir unter den Nägeln brannte.

«Ich habe nicht mit Eva Bournes geschlafen.»

«Was?»

«Eva Bournes. Du hast mir geschrieben, wie entsetzt du warst, als sie dir von der Abtreibung erzählte. Emma, ich habe nie im Leben Sex mit ihr gehabt. Wenn sie wirklich schwanger war, dann definitiv nicht von mir. Also habe ich sie auch nicht zu einer Abtreibung überredet, das wäre sowieso nicht meine Art. Ich war immer vorsichtig, auch früher schon.»

Mein Gesicht wird ganz heiß. Natürlich, auch mit mir hat er Kondome benutzt. Vorsichtig. Und ich Schaf habe ausgerechnet über ihn erzählt, er sei HIV-positiv. Wie konnte ich nur?

«Aber sie hat mir erzählt, du ...»

«Sie hat sich an mich rangemacht, ja. Aber sie war nie mein Typ, und ich war nicht mit ihr im Bett. Vielleicht wollte sie sich an mir rächen. Es ist ihr mit deiner Hilfe ja auch gelungen.» Er lacht leise. Traurig.

«Oh Gott, Jason ... ich wusste nicht ... ich dachte ...» Ich beiße mir auf die Unterlippe und versuche verzweifelt, die brennenden Tränen zu unterdrücken, die in mir aufsteigen. Ich war ein Idiot. Ein verdammter Idiot. Was wird jetzt aus uns?

«Es ist gut. Du hattest durchaus Gründe, mich zu hassen. Ich hoffe nur inständig, dass sich dieser Hass nicht in Gleichgültigkeit verwandelt hat.»

Seine Augen haften an mir, und plötzlich zieht es unsere Köpfe zueinander, als trügen wir zwei Magnete in uns, deren Anziehungskraft stärker ist als jede Macht der Welt. Seine Lippen landen auf meinen, heftig und wild, ich lege eine Hand um seinen Kopf und ziehe ihn zu mir herunter. Wir küssen uns leidenschaftlich, wie zwei Verdurstende. Ein Schluchzer entfährt mir, mein ganzer Körper zieht sich zusammen und wird heiß.

«Wir wissen nicht, ob wir das Ziel erreichen», murmelt er und streicht mit der Hand über meine Wange. Sein Gesicht ist so nah, dass ich seinen Atem spüren kann. «Aber wenn der Weg schön genug ist, welche Rolle spielt es dann, wohin er uns führt? Wir müssen nur das Risiko eingehen, auf die Reise zu gehen.»

Ich nicke. Er hat recht. Und der Weg mit ihm bis hierher war aufregend. Wie eine Achterbahnfahrt. Ich bin bereit, weiterzugehen. Mit ihm. Neben ihm. Und manchmal vielleicht hinter ihm, wenn ihm danach ist. Die Kontrolle abzugeben, wenn es mir richtig erscheint, und sie dann zu behalten, wenn es mir gefällt. Es gibt keine Garantien auf das Leben oder auf die Liebe, alles ist ein Wagnis. Aber zum ersten Mal will ich mich darauf einlassen.

Plötzlich hält der Wagen an, ich habe keine Ahnung, wo wir eigentlich hingefahren sind. Nur zögernd löse ich meinen Blick von Jason und sehe aus dem Fenster.

«Nein! Das ist nicht dein Ernst!»

«Es wird Zeit, dass auch du dich deinen Dämonen aus der Vergangenheit stellst, Emma. Bitte. Wie lange ist es her?»

Ich schließe die Augen und stöhne innerlich. Um Himmels willen. Ich will hier nicht sein, ich will hier weg und vergessen ...

«Fünf Jahre. Ungefähr», murmele ich, mehr zu mir selbst.

Meine Finger verknoten sich, unwillkürlich habe ich Jasons Hand abgestreift und zupfe nun an meiner Nagelhaut.

«Wir können unsere Erinnerungen nicht besiegen. Sie besitzen uns. Entweder, wir stellen uns ihnen und verwandeln sie in Erinnerungen, mit denen wir leben können, oder wir werden von ihnen zerfressen. Das Leben lebt nicht uns, Emma. Wir sollten das Leben leben. Und das geht nur, wenn wir mit unserer Vergangenheit Frieden schließen. Ich habe die Frau gefunden, die mein Herz geöffnet hat. Jetzt lass mich dir helfen, auch deins zu öffnen. Für mich.»

Meine Hände zittern, mir wird plötzlich eiskalt. «Meinst du das wirklich?»

Jason sieht mir tief in die Augen und nickt. Diese verdammten dunkelblauen Augen, in denen manchmal Sterne tanzen und manchmal finstere Abgründe lauern. Sein Gesicht ist weich, trotzdem unnachgiebig. Vielleicht hat er recht? Er hat es geschafft, also kann ich es auch schaffen. Ich kann stark sein, ich muss es nur zulassen.

«Okay.»

Ich erkenne meine eigene Stimme kaum wieder, so leise und verletzlich klingt sie. Langsam klettere ich aus dem Auto und hoffe inständig, dass er mich begleiten wird. Tatsächlich legt sich kurz darauf seine starke Hand um meine und hält mich fest. Ganz fest. Ich drücke sie, gemeinsam gehen wir auf das bekannte Gebäude in Elephant and Castle zu. Unsere gemeinsame Vergangenheit.

Irgendwo im Haus streitet eine Frau mit einem Mann. Ich habe Angst. Angst vor der Wahrheit, Angst vor der Vergangenheit. Alles kommt in mir hoch, alles spült über mich hinweg wie eine riesige Welle. Der Schmerz, die Enttäuschung, die Gewissheit, schuld zu sein an all diesem Elend.

Jason stützt mich, als wir die Treppe hinaufgehen und mein Elternhaus betreten. Ich habe nicht einmal gewusst, dass sie noch immer hier lebt. In der alten Wohnung.

Im Treppenhaus bleibe ich stehen und atme tief aus. Ich stehe da, die Hände ineinander verknotet wie ein Schulmädchen. In meinem Kopf herrscht ein riesiges Durcheinander, die Gedanken purzeln umher und lassen sich nicht einfangen. Dann nimmt er mich mit, zum Fahrstuhl.

Wir sagen nichts, aber wir sehen uns an. Unsere Augen verhaken sich ineinander, bis der Aufzug stehenbleibt und uns in einen grauen Flur mit Rissen im Putz spuckt, der von Vernachlässigung zeugt.

Vor der Tür halte ich inne. Ich bebe vor Anspannung. Bevor ich klingeln kann, ist Jason da, legt seine Arme um meine Schultern und drückt mich an sich. Mein Herz klopft so heftig in der Brust, dass er es spüren muss. Dann sind seine Lippen auf mir, weich und warm. Ich schließe die Augen, als er mich küsst. Der Kuss ist frei von Gier und Lust, dafür voller Zärtlichkeit. Vertrauen.

Oh Gott, so fühlt es sich also an. So fühlt sich an, wovor ich jahrelang weggelaufen bin, was ich nie zulassen wollte. Jetzt bin ich mir sicher, dass es so sein muss, dass es richtig ist. Atemlos lege ich das Gesicht gegen seine Brust, seine Hand gleitet in mein Haar und streichelt mich. Ich kann beinahe spüren, wie mein Herz sich in mir weitet, die Flügel spreizt und damit flattert.

«Ich bin da, wenn du mich willst», flüstert er. «Immer.»

Eine Träne löst sich aus meinen brennenden Augen und rinnt mir über die Wange. Oh ja. Oh Gott, ja. Ich will dich, Jason. Mit all deinen dunklen Flecken auf der Seele, mit all deinen seltsamen Vorlieben, wenn es sein muss. Weil ich weiß, dass unter den Flecken etwas ist, das ich lieben kann. Wenn ich es zulasse.

Das Schrillen der Klingel fährt mir ins Rückenmark. Es ist dasselbe Schrillen wie früher, nichts hat sich hier verändert. Sekunden später öffnet sich die Tür.

«Hallo, Mum», flüstere ich, doch die Worte wären nicht nötig gewesen. Ihre trüben Augen flackern auf, als sie mich erkennt. Sie ist alt geworden, die Haare grau und strähnig, trotzdem kommt es mir vor, als würde ich in mein eigenes Gesicht schauen. Wir sehen uns so verdammt ähnlich. Meine Augen werden heiß, während ich langsam auf sie zugehe.

«Emma! Bist du es? Oh mein Gott, Emma!»

Sie freut sich. Sie freut sich wirklich. Noch nie hatte ich das Gefühl, dass sie glücklich ist, mich zu sehen. Ich lege meine Arme um sie, sie ist so dünn und zerbrechlich, trotzdem drücke ich viel zu fest zu. Halte sie fest, wie ich sie noch nie in meinem Leben gehalten habe. Ich spüre Jasons Blick in meinem Rücken, und ich weiß, dass er lächelt.

«Ist das dein Freund?» Sie sieht neugierig an mir vorbei, dann stutzt sie.

«Hi, Mrs. White. Kennen Sie mich noch? Jason. Jason Hall. Wir wohnten damals in der ...»

«Natürlich kenne ich dich noch, Jason! Über Emmas Bett hing jahrelang ein Foto von dir! Du hast dich überhaupt nicht verändert.»

Oh Gott, wie peinlich. Ich traue mich kaum, mich zu ihm umzudrehen. Natürlich grinst er so breit, dass ich um seine Ohren fürchten muss.

«Bild dir bloß nichts darauf ein», knurre ich ihn an, aber sein Gesichtsausdruck verändert sich kein bisschen. Es ist fast so, als wären wir wieder Teenager. Der erste Besuch bei der Mutter, wie ein Vorstellungsgespräch. Himmel, es ist beinahe wie der Moment, den wir damals nie hatten. Als hätte die Zeit uns zurückkatapultiert in unsere Vergangenheit.

«Dann haben wir ja noch mehr gemeinsam, als ich dachte.» Jason greift in seine Hosentasche und zieht etwas hervor. Mit gerunzelter Stirn nehme ich es ihm aus der Hand. Kurz bleibt mir die Luft weg.

Es ist ein Foto, ein altes Foto. Von mir. Ich erkenne sofort, wo er es gemacht hat – der Schnappschuss zeigt eine verträumt blickende Emma vor der Jugendherberge auf unserer gemeinsamen Klassenfahrt. Ich erinnere mich an den Moment, ich weiß sogar, an was – oder besser gesagt, an wen – ich in der Sekunde gedacht habe. Das Bild ist vergilbt, als hätte es jahrelang irgendwo an der Wand gehangen.

«Weißt du, Emma, dein Vater hat Jason immer sehr gemocht.»

Der Knoten in meinem Magen löst sich plötzlich auf, während Jason meine Hand nimmt und sie drückt. Ich schlucke hart, um die Tränen am Aufsteigen zu hindern. Dad ... dass Mum ihn überhaupt erwähnt, zeigt mir, dass auch sie sich verändert hat.

Wir können unsere Erinnerungen nicht loswerden. Sie besitzen uns. Jede Verletzung, jedes böse Wort sitzt tief in uns wie ein Stachel und lässt sich nicht abschütteln. Jede Erfahrung macht uns zu dem, was wir heute sind. Aber wir können lernen, mit den Erinnerungen zu leben, indem wir sie zulassen. Und dann können wir uns zu neuen Ufern aufmachen, unsere Herzen öffnen für einen anderen, Vertrauen und Verantwortung zulassen.

Ja, ich bin bereit ...

MIX
Papier aus verantwortungsvollen Quellen
FSC® C083411

Das für dieses Buch verwendete FSC®-zertifizierte Papier
Holmen Book Cream liefert Holmen, Schweden.